伊格言　倉本知明 訳

グラウンド・ゼロ
台湾第四原発事故

GROUND ZERO

白水社

グラウンド・ゼロ　台湾第四原発事故

目次

[主な登場人物]

林群浩《リンチュンハオ》……第四原発のエンジニア。原発事故で当時の記憶を失い、総統府北台湾原発処理委員会の監視の下で軟禁状態に置かれている。

李莉晴《リーリーチン》……総統府北台湾原発事故処理委員会付属医療センターで働く心理カウンセラー。ドリーム・イメージを使って林群浩の治療を担当する。

小蓉《シャオロン》……林群浩の恋人。孤児として施設で育ち、貧しい老人などの面倒を見るソーシャルワーカーとして働いていた。

融怡《ロンイー》……施設で暮らす中学生。林群浩と小蓉の養子になることが決まっていた。

玲芳《リンファン》……小蓉の幼なじみ。施設で障害のある子どもたちの世話をしている。

シスター・オールグレン……施設を運営するカソリックのシスター長。

シスター・丁《ディン》……施設で働くシスター。施設では医者の役割も果たす。

紀心雅《ジーシンヤー》……林群浩の前任のカウンセラー。

ルーシー……李莉晴の大学時代の親友。

賀陳端方《ホーチェンドゥアンファン》……原発事故当初、核エネルギー安全署長を務め、専門家による「決死隊」を結成し、立入禁止区域で調査を敢行して以来、国民的英雄として圧倒的な支持を受ける。与党国民党の次期総統候補。

黄立舜《ファンリーシュン》……第四原発の副所長。陳弘球の大学時代の元クラスメート。

陳弘球《チェンホンチウ》……第四原発のエンジニア主任。林群浩の上司。

ダイコン……林群浩の同僚。

康力軒《カンリーシェン》……林群浩の同僚。

劉宝傑《リウバオジエ》……台湾の著名ニュースキャスター。

呉儀倩《ウーイーチェン》……放射能マンションに暮らす女性。

蘇宏翊《スーホンシャン》……台北市馬偕《マッケイ》病院急診科の医師。

馬英九《マーインジウ》……中華民国第十二、十三代総統。原発事故によって総統の役職を2017年まで延期された。原発事故当初、現場の指揮権限を賀陳端方に譲渡した。

（ジジ、ジ、ジジジ……）

（テレビ画面に光が灯る）

「視聴者の皆さま、最新のニュースをお知らせいたします」

映し出された画像は不安定に揺れ、女性アナウンサーの輪郭はまるで亡霊のように奇妙な色合いにぶれていた。

「**総統府の原発事故処理委員会**の発表によると、今朝未明に花蓮《ファリエン》のメノナイト病院に一名の負傷者が運び込まれたとのことです。負傷者の身元を調査したところ、立入禁止区域にいたことが確認され、おそらく現在まで疎開が完了していなかった住民のひとりだと思われます。原発事故処理委員会によれば、現在負傷者の家族とは連絡がつかず、また負傷者自身の意識も混濁状態にあり、健康状態もはっきりしないということでした。また、被曝状況については検査が必要な状態であり、慣例に従えば、総統が公布した緊急命令第八条に基づき、当負傷者は即刻管理・収容され、適切な医療を受けることになりそうです」

「統計によれば、**北台湾原発事故における立入禁止区域からの強制疎開令**が発令されて以降、現在まで九七名の未疎開者の存在が確認されています。また、今回のように管理・収容されたケースは一一名にのぼるとのことです。警察が取り寄せた現場の監視カメラの映像によれば、例の負傷者は家族らしき人物に付き添われて病院までやって来たようですが、その人物は受付で手続きを済ませるとすぐに病院を離れてしまったようで、手がかりらしきものは何も残していかなかったようです。現在に至るまで、警察でもその身元を特定できていない状態が続いております」

「現在わかっているところでは、負傷者の身元が非常に特殊であるということです。男性は原発事故の際に第四原発関連の施設で働いていたようですが、事故以降は行方不明となっていて、政府が公表した特定災害失踪者のひとりであったようです。この件に関して、馬英九《マーインジウ》総統は原発事故処理委員会の主要メンバーとしての立場から、国民に対して自らの生命と安全を守るためにも、立入禁止区域の住民は政府の指示に従って速やかに北台湾地区から疎開すること、また立入禁止区域に留まらないように強く訴えかけました……」

「それでは引き続き、視聴者の皆さまが最も関心を持たれている国内の食品安全問題についてお伝えいたします」

　女性アナウンサーが話題を変えると、まるで吹雪が吹き荒れるようにテレビ画面が途切れ途切れに点滅した。

「立入禁止区域における農畜産物の市内への流入を防ぐことは難しく、また現在各種食品やその産地を有効に管理することはできない状態にあります。流通経路が放射能汚染地域と重なっていることもあって、これらの食品が汚染された可能性も否定することはできません。こうした事態を受けて、原発事故処理委員会は本日午後、国民が自らガイガーカウンターを購入することを奨励する決議を決定いたしました。殷偉《インウェイ》スポークスマンは、マスコミの質問に答える形で、食品の安全問題に関して長期的な対策を講じる必要があることを述べ、原発事故処理委員会はすでに関連部門に詳しい調査を進めるように指示を出すことを決定、何らかの成果があり次第、国民に説明を行なう旨を発表いたしました……」

（ジジ、ジ、ジジジ……）

（不安定に揺れ続ける画像）
（ブツン）

0

GroundZero

　そこは無人の都市《まち》だった。

　ゴーストタウン。空は明るかった。時刻は白昼、林群浩《リンチュンハオ》がそこを通り過ぎた頃には、都市は打ち棄てられてからずいぶんと時間が経っているようだった（そこには、高層ビルやオフィス街、川沿いに建てられた豪邸があった。輝く星々のように夜空に煌々と輝く観覧車と高層ビルに設置された回転式レストランがあり、それは巨大な彫塑か球状や四角形の電波塔のような形をしていて、そこから放たれる光の旋律は様々なバリエーションを持っていた。その都市には、繁華街から離れた背の低い古いアパートに小さな公園、空き地に店主のいない明かりの灯った書店にスラムの黒いトタン屋根が並んでいた。堤防沿いの違法建築と郊外に立ち並ぶ無人の工場、橋の下に建てられた無人のバスの待合所、そして冷たく青白い光の中で考えこむ自動販売機……）。この都市は一切が停止した奇妙な状態に陥っていた。それはさながら引き伸ばされた立体の舞台装置のようで、そのすべてがリアルだった――

　ただ、そこには猫の子一匹いなかった。

　誰ひとりそこにはいなかった。

　林群浩はそれでも小蓉《シャオロン》がこの都市にいるのだとわかった。

　この都市にある部屋のどこかに隠れているはずだった。

　林群浩は歩みを速めた。悲しみに濡れたその瞳は辛酸を嘗《な》め尽くした者のようだった。ぼさぼさの髪が風に揺られ、無精ヒゲが生い茂り、皺《しわ》が蔓《つる》のように顔じゅうを伝っていた。冷たい風は塵やほこりに占領された街頭に吹き荒《すさ》んでいた（巻き上げられたそれらは苛立たしげに地表を旋回していた）。彼はひっくり返ったゴミ箱と交通標識、それに電線を避けて、オープンテラスの喫茶店にあった壊れた椅子と歪んだ藤棚を迂回して、小さな公園の曲がり角にようやくそのアパートを見つけた（公園の周囲は車で溢れていたが、錆《さび》に侵食された車体はまるで苔《こけ》が生い茂っているようで、また金属の巻貝か藤壺がくっついているようにも見えた）。

玄関の扉を押し開ける（扉がギ、ギ、ギと機械を擦り合わせたような音を立てた）。彼は小さな中庭（塵あくたが冷たく淀んだ空気に浮かんでいる）を通り抜けると、螺旋《らせん》階段をのぼって、三階の部屋の前までやってきた。

ノックする（コンコン、コンコンコンコン）（コンコン、コンコンコン）。

扉が開いた。

そこに立っていたのは、白髪の老婦人だった。しかし、林群浩はひと目でそれが小蓉だとわかった。老婦人の顔立ちには、確かに小蓉のものらしき面影があった。

彼女は彼を扉の内側に引き入れると、ふたりは強く抱きしめ合った。白く乱れた髪が彼の肩にふわりと落ちてきたが、小蓉はすぐに緊張した面持ちで外に誰かいる、彼らはあなたをつけて来た、私たちふたりを探しに来たのよと言った。

絶対に見つかっちゃダメよ。小蓉が言った。

なにがなんだかさっぱりわからなかった。ここは無人のゴーストタウンじゃなかったのか？　彼は窓際にそっと歩み寄った（そこはホテルのように暗い部屋で、古く汚れた深い色合いのカーペットが敷かれてあった。電気スタンドに椅子や机、ベッドなど、装飾品のすべてが小さなホテルの部屋のようだった）。カーテンをそっと引くと、外はすでに夜になっていた。窓の外に広がる広漠としたゴーストタウンは、他に比べるものがないほど深い暗闇の中に沈んでいた。

見ちゃダメ、早くカーテンを閉めて。小蓉が言った。

確かに人の声が聞こえたような気がした。いくつかの声が交じり合っていた。少なくとも四人、いや五人はいる。彼らが打ち棄てられた街頭を突き進み、誰も住んでいないはずのこのアパートの扉を開く音がはっきりと聞こえてきた。駆け足で螺旋階段を上ってきた彼らは、ふたりのいる部屋の前で立ち止まって扉をノックした。

（コンコン、コンコン）

小蓉が小さくすすり泣く声をあげた。

（コンコンコン、コンコンコンコンコンコンコンコンコン——）

もうおしまいよ。小蓉が言った。その顔は涙で濡れ、肩は小刻みに震えていた。ふたりは互いに強く抱きしめ合った。

彼らは扉を突き破ろうとし始めた。（ドン！）（ドン！）

扉はあっという間に破られて、何人もの人間が部屋になだれ込んできた。林群浩と小蓉は部屋の隅で小さく震えていた（途端に部屋全体がまるで黄昏のような角や切っ先のない薄明かりの中に落ち込んでしまった）。ふたりは恐怖のあまり、すっかり声を失っていた。

しかし、林群浩はすぐにあることに気づいた。侵入者たちには目がなかった。

彼らには目がなかったのだ。暗闇へ向かって延々と墜落していく部屋の中で（もともとあったはずの日の光までも、静止した都市によって永遠に遮られてしまっていた）、彼らは視力というものを持っていなかった。その顔には底が見えぬほどに深いふたつの穴が空いているだけで、きょろきょろと周囲を見回そうとする彼らの行為は明らかに徒労であった。

彼らにはなにも感じ取ることはできなかった。たとえなにかを目にしたとしても、それはなにも見ていないのと同じことだった。

林群浩は強く小蓉を抱きしめた。瞳を閉じれば、頰を伝う涙の痕を感じることができた。

指先でそっと顔に触れてみる。

恐怖の中で、彼ははっと自分の顔も彼らと同じように両目がないことに気づいた。溢れ出る涙もまた同じように、底の見えぬ深いふたつの穴から湧き出てきたもので、まるでこの世とは別の場所にあるがらんどうから溢れ出てくるようだった――

林群浩は目を覚ました。まるで甕《かめ》の中にうずくまって、ねばねばした液体のような巨大な恐怖の中に身を浸しているような感じだった。心臓が跳ね上がり、ひどく息苦しかった。全身から噴き出した冷や汗がぐっしょりとシャツを濡らしているのがわかった。

どこからともなく流れてきた空気が優しくカーテンを揺らした。それは存在と不在の間に生きる亡霊たちの仕業のようでもあった。

苦しげに頭をもたげた彼は枕元にある時計に目をやった。

「もしもし……わかりますか!」遠くから女性の声が響いた。「目が覚めましたか?」

林群浩はゆっくりと身を起こした。ばらばらに散らばっていた身体が急速にひとつに集まっていくような気がして、なにやら自身の身体が水中で次第に静止していく虚像のような気がした。

「大丈夫ですか?」

「ええ」

彼は額をこすってみた。どうやら自分は真っ白なベッドの上にいるようだった。ポニーテールの女性が彼に水を一杯手渡した。「もう少し休んでいてください」と女性が言った。「後でまたチューブを抜きにきます」

手渡された水をひと口飲んだ林群浩は、そっと自分の頬に、そして首の付け根から伸びたチューブに触れてみた。チューブと連結した皮膚は縄で結んだような固い手触りがした。それは繭《まゆ》か、あるいは巨大な口づけの跡のようだった。

チューブを引き抜いた彼は凝り固まった肩の筋肉を指でそっと揉《も》みほぐすと、自分の頭をベッドの上にゆっくりと置き直した。

身体は疲れ切っていた。瞳を閉じると、彼は再び朦朧《もうろう》とした意識の中へ落ちていった――

1

Under GroundZero

2017.4.27
pm 4:17

二〇一七年四月二十七日。午後四時十七分。台湾台南《タイナン》。総統府北台湾原発事故処理委員会付属医療センター。

北台湾原発事故から五五六日。二〇一七年の総統選挙まで、残り一五六日。

「それじゃ、まず昨日の成果を見てみましょうか。林さん、そこにかけてください」

李莉晴《リーリーチン》は画像を映すように指示すると、パソコンの画面を患者へ向けて言った。

「こちらが抽出された画像の一部です。これを見てどう思いますか?」

荒野に屹立した廃墟。それは外壁をモルタルで塗られた粗末な簡易小屋の屋根のように見えた。ただそこには孤立した小屋があるだけで、そこから何かを連想する余地はなかった。壁に空いたふたつの黒い窓は空虚な獣の瞳のようだった。

林群浩《リンチュンハオ》は首をふって答えた。「なにも覚えてないです」

「大丈夫。それでは、もう少し拡大して見てみましょうか」。李莉晴が手元のマウスを動かすと、拡大された画像が画面に映し出された。「これでどうかしら?」

画像はさらに荒くなり、無数の静脈のような皺《しわ》が硬いコンクリートの表面を切り刻んでいた。

「ダメです。わかりません」。彼は再び首を横にふった。

「今回の解析度はいまいちね」。李莉晴は微笑を浮かべて言った。「実際、ほとんどの人の夢なんて拡大してしまえばこんなものよ。視覚的に見ればほとんど意味をなさない。でも、重要なのはそこじゃない。一番重要なのは、これを見てあなたがなにを連想したかってこと」。李莉晴は林群浩をちらりと見た。「なんでもいいのよ」

「なんと言うか……」林群浩は首を傾げながら口を開いた。「小さな頃に田舎で見た農家とかプレハブ小屋とか、そんなものしか連想できません」と彼は気まずそうに答えた。「でも、こんな建物は別にどこにだってあるわけですから――」

「まぁね……他には？」

「他には……」彼は一瞬、言葉をつまらせた。「……はっきりしないんです。僕にはなにもかもはっきりわからないんです」

「大丈夫。じゃ、さきにもう一枚の画像の方から見てみましょうか」。李莉晴はさっと画像を差し替えた。「そうね……、この画像はどうですか？」

見たところ、それはさきほど見た孤立した廃墟と同じ建物のようだった。同じように寒々とした荒野にあって、色彩のない灰色の画像だった。しかし、この画像の中では建物の右半分がまるで空爆にでもあったかのように倒壊していた。

「これはさっきの画像の後に撮られたものですか？」

「前よ」。李莉晴は再び林群浩の顔に目をやった。「あなたの夢の時間軸に従えば、これはさっきの画像の前に位置するはず。これを見てなにか思い出した？」

「そうですね……」、彼は頭を垂れて考え込んだが、やがて首をふった。「ダメです。やっぱりなにも思い出せない」

「ＯＫ。心配しないで。じゃ、まず夢の内容について話し合いましょうか。この夢がどんなストーリーだったか覚えてる？」

「正直、あまりよく覚えていません」。林群浩は考え込むようにして答えた。「なんだかひどく緊張していたような気もするんですが」

「緊張？」李莉晴は続けて言った。「じゃ、ちょっと目を閉じてくれる？　深く呼吸して。はい、もう一回」

両目を閉じると、瞼《まぶた》の裏に浮かんだ真っ赤な光線が瞳を突き刺すような気がした。それはまるで血の跡のようにも見えた。

「その緊張していた感覚をもう一度思い出してくれる？　あるいは、夢の中で見た光景を思い出してくれてもいい。じゃ、もう一度深呼吸して。はい、準備はいい？」

「確かになにかを感じます」

「なにを？」

「誰かに追われてる」。林群浩は閉じていた瞳を開いた。「確か、誰かが僕を殺しにやって来たんだ」

「その調子。続けて」

「それが誰なのかわからない。どうして僕を殺そうとするのかも。でも、彼らは僕を殺しにやってきて、僕は怖くてぶるぶる震えてたんだ。……緊張して、部屋の中から逃げ出した。逃げて、逃げて、逃げて、気がつけばこの廃墟の前にいた」

「なるほど」

「それから……」林群浩は言葉を続けた。「覚えているのはこれだけです。あるいは、逃げている最中になにかあったのかもしれないけど、それについてはなにも覚えていません」

「それはつまり、他にもなにかあるってことかしら？」李莉晴が口を開いた。「他にもなにかがあったと思うわけね？」

「ええ、確かになにかあったと思います。でも、それがなんだったか、まるで思い出せないんです」

「大丈夫、十分よ」。李莉晴はじっと林群浩を見つめると、しばらく黙り込んでしまった。「私たちが治療に取り組んでから、もうかなりの時間が経ちました。あなたもこの治療法にずいぶん慣れてきたでしょう。私はどちらかと言えば楽観的な人間だけど、数ヵ月前と比べても治療にはなんの進展もない。特にあなたが前に言っていた『駐車場の夢』についてはなにもわかっていない状態。確かあなたはその夢を何度も見るって言ってたわよね？」

「ええ、十数回は見ました」。林群浩の顔はまだ夢の余韻が醒めていないように強張《こわば》っていた。

「間違いなく、それは重要な夢の一部よ。なのに、まだ一度も画像を記録できずにいる。でも、運がなかっただけなのかも。治療を続けていけばそのうちきっと、その画像を記録できる日も来るはず」。李莉晴はそこまで言うと言葉をのみこんだ。「私はあなたが現在の状況についてどう思っているのかを知りたいのよ」

「現在の状況について？」林群浩は頭《かぶり》をふって答えた。「なにも特別な考えなんてありませんよ。だって、そもそもなにも覚えていないんですから。以前だって治療を受けたけど、結局は……」

「ＯＫ。でも、少なくともあなただってわかっているはずよ。あなたはなんと言っても、あの第四原発で働いていたエンジニアなんだから」

「ええ、わかってますよ」。林群浩はため息をついた。「自分が何者なのか、それについてはちゃんと覚えています。でも覚えているからどうだって言うんです？　もちろんわかっていますよ。世界中の人間を同時に洗脳することなんてできっこないんだから。でも、僕は本当にそのことについてはなにも覚えていないんだ」

「いいのよ」。李莉晴の顔に再び笑みが戻った。口元には貝殻のような白い歯がきれいに並び、魅力的な笑顔を咲かせていた。シルバーのハート形をしたネックレスが蝶のようにその胸にとまり、白い首すじには艶のある黒い髪がかかっていた。李莉晴はふり返って時計を見上げた。

「大丈夫。ただちょっとあなたの考えを知りたかっただけだから。どのみち、私たちにはまだまだ時間がある。ちょっと、なによその顔。いやいやつきあってやってるって感じ」

林群浩は苦笑いを浮かべた。「これまでだって、なんの手がかりもないんですよ。それに、自分がいったいいつまで監視されるのかもわからないんですから」

李莉晴はそれには答えることなく、笑みを浮かべて、「次の診察までまだ三〇分あるの」と言った。「あと一枚見るくらいの時間があるんじゃない？」

林群浩はしばらく黙り込んだ。「正直、本当にうんざりしてるんですよ」

彼の言葉に今度は李莉晴の方が黙り込んでしまった。「了解。じゃ、これは見なくてもいい」。李莉晴は続けて言った。「最近はよく眠れる？　なにか変化のようなものはあった？」

彼女は話題を変えたが、林群浩はそれには答えなかった。

「先生、僕は真剣に訊いてるんです」。彼が突然口を開いた。「彼らがこうやって僕の自由を制限していることを、本当に正しいと思いますか？」

「ええ」、李莉晴は視線をパソコンの画面へと戻した。青白い光がその美しい顔を照らし出していた。

「正しいとは、思わない」

「ずいぶんと簡単に言うんですね」。彼は肩を落として言った。「先生はこんなふうにすることで、自分が共犯者のひとりになるとは思わないんですか？」

診察室は一瞬の間静寂に包まれ、薄ら寒い日の光が静かに針の先で停止していた。「ええ、……そうかもね」。李莉晴が口を開いた。「でも、こうも思うの。私はただ自分の職務に忠実になることで、あなたを助けたいと思ってる」

頭を垂れた林群浩は黙って自分の指を見つめていた。

「今でも気分が落ち込むことが多い？」

林群浩は相変わらずそれには口をつぐんでいた。なんてことはない。自分が落ち込んでいるのかどうかさえ、彼にはわからないのだ。彼はかつて自分が楽観的な人間であったことさえ忘れてしまいそうだった。

「私との会話は、本当にあなたの助けにならない？」李莉晴が優しい声で言った。

「私もあなたも、目指すところは同じはず。だから、ほら。なにかを思い出すまで一緒にがんばりましょう」

「それが必要なのは僕じゃなくて、彼らの方でしょう」

「ええ。でも、なにかを思い出せても、思い出せなくても、私たちはあなたの睡眠障害と感情の落ち込みを改善しなくちゃいけないのよ」

李莉晴は強調して言った。「それは私が今すべきことであって、私の仕事でもある。確かに、私は付属医療センターであなたの主治医ではないけど、それでもこのドリーム・イメージには効果が見られているでしょう？　もう少し早く治療を始めていれば結果は違ってたのかもしれないけど、でも今は最初から一歩一歩やっていくしかないの……」

「仮になにか進展があったとしても、かえってプレッシャーを受けるだけのような気もします」。林群浩は声を落として言った。「紀心雅《ジーシンヤー》先生に診てもらったときには、確かになんの進展もなかったけど、その頃の方がずいぶんリラックスできていたので」

「もちろん」と李莉晴が口を開いた。「あなたの言いたいことはわかる。でも、私たちが今やっていることは、紀先生のアドバイスでもあるの。とにかく、あなたがこの件でいろいろと気を揉む必要はないわ。私たちだって、治療の回数を減らせればどんなにいいかと思ってる。その方がもっとリラックスして治療に専念できるし、もう少し時間を置いた方が、あなたもこの環境に慣れるかもしれない……」

「先生」と林群浩が話を断ち切った。「僕はいったいあとどれくらいの間、こうして閉じ込められなくちゃいけないんですか？」

「わからない。もともとあなたの被曝状況が確認できていなかったときは、あなたがこうして強制的にここの施設に収容されることもあながち間違いではないと思っていたけど」、李莉晴はパソコンの画面に目をやった。違った色合いの光がその黒い瞳の中に浮かんでいた。「でも……個人的な意見を言えば、あなたが被曝していないことが確認された時点で、彼らはあなたを解放するべきだったと思う」

「それなら、彼らはどうしてここまでするんですか」

「あなただってわかっているはずでしょ」。李莉晴が笑いながら言った。「彼らの措置は**緊急命令**と**暫**

定憲法に則《のっと》っているの。理論上、今年九月に新しい総統が誕生するまでは、彼らはこの法令を盾にすることができる。私だっておかしいとは思うけど、でもどうしようもない。だから私は自分のできる範囲内で……」

「僕はあなたの意見を聞いているんですよ、先生」。林群浩は李莉晴の言葉を断ち切るように言った。「いったいどう思うんですか？　どうして彼らはここまでするんだと思います？」

李莉晴はパソコンの画面から視線をそらせた。「彼らだってせいぜいあなたを『軟禁』することくらいしかできないでしょう」。林群浩の目を見据えながら李莉晴は話を続けた。「『軟禁』であって、『監禁』じゃない。あなたを直接監禁したいと思う人たちもいたはずだけど、彼らだってそこまですることはできなかった。でも、話を戻すようで悪いけど、あなたの身元はやっぱり特殊なの。わかるでしょ？」李莉晴が続けて言った。「わかっているはず。あなたはあの第四原発のエンジニアだった。原発事故が起こったときに、あなたは原発内部にいた可能性もある。なのにあなたはこうして生きていて、しかもなにも思い出せずにいる。あなただって、その間にいったいなにが起こったのか知りたいはずでしょ？」

「もちろん」と林群浩が答えて言った。「僕以上にこの件にこだわっている人間が他にいると思いますか？」その瞳は暗く沈んでいた。「わかってるんです。彼らが僕を疑っていることは。みんなが僕を疑っている。あるいは先生だって……」

「私は疑ってない」。李莉晴は彼の言葉をさえぎって答えた。「あなたを信じていいと思ってる。彼らのやり方にはもちろん問題がある。だけど、そうする気持ちもわからなくはないの……」彼女は手元のマウスを動かしながら続けた。「彼らのやり方はもちろん間違ってる。――ＯＫ、やっと見つかった」。李莉晴がふり返って言った。「じゃ、今度はこの画像について話し合いましょうか？　いいでしょ？」

「いいえ、もう十分です」突然立ち上がった林群浩は腰を曲げるように頭を下げた。「申し訳ありませんが本当に疲れてるんです。それにこのあとまだ用事があるので、お先に失礼します」

しばらく沈黙していた李莉晴が口を開いた。「了解。疲れたなら無理強いはしない。でも、今日見たこの画像はプリントアウトしてあなたに渡しておくから。家に持って帰ってできるだけ目に付きやすい場所、そうね、例えばテーブルの上とかに置いておいて」。李莉晴は立ち上がって、彼のために扉を開けてやった。

「もしかしたら、突然なにかを思い出さないとも限らないでしょ？　あなたにとっても決して悪いことじゃないはず」

「もちろん。想像を絶するほどのラッキーってやつですよ」。林群浩は苦笑いを浮かべながら、紺色の薄いウィンドブレーカーを羽織った。

「本当になにか思い出すことができれば、彼らだって満足してくれるはずです。それに、僕も一命を取り留められるわけだ。でしょ？」彼は振り返って言った。「あるいは適当なつくり話でもして、彼らを騙してやるのもいいかもしれない」

2

Above GroundZero

2014.10.11
am 9:22

二〇一四年十月十一日。午前九時二十二分。台湾台北。陽明山《ヤンミンシャン》の山頂。

北台湾原発事故発生の三七三日前。

最初に感じたのは、指先が触れる感触だった。

目を開けると、林群浩《リンチュンハオ》の瞳にはベッドのすみに座って優しく自分の髪の毛を撫でる小蓉《シャオロン》の姿が映った。

笑みを浮かべた小蓉は下半身に薄いペチコート、上半身にはピンク色のブラジャーをつけていた。その背後からは、朝の目映《まばゆ》い光が開け放たれた窓から暖かな部屋の中へ差し込んでいた。

それは確かな実体を持った光の塊だった。小蓉は逆光の中に座り、その美しい腰元のラインが光と影のコントラストに浮かび上がっていた。

「頭は痛い？　顔色もまだよくないみたい」

「ああ、まだ少し痛むかな」

小蓉が笑って言った。「さっきはなんの夢を見てたのかしら？」

「なんで？」

「だって、ひどい寝言だったから」

「マジかよ。なんて言ってた？」

「よく聞き取れなかった」。小蓉が微笑みながら続けた。「ウウウとかアアアとか、そんな感じ。寝言なんてほとんど他人には聞き取れないものよ。でも、少なくともいい夢じゃなかったみたい。どんな夢だったか覚えてる？」

林群浩は首をふった。「覚えてない。ただ、頭が割れそうなほど痛い」と眉間に皺《しわ》を寄せながら答えた。

「みたいね。昨夜ちょっと飲みすぎたんじゃない？」小蓉は彼の額を撫でてから、その手を握って言った。「かわいそうに。新しい仕事を始めてから、これが最初の休暇だなんて」

「仕方ないさ。とにかく仕事が多すぎるんだ」

「ねえ、まさか放射能をここに持ち込んだりしてないでしょうね」。小蓉はその手をふりほどいて彼をぺしりとたたいた。「第四原発から離れるときに、ちゃんと放射能を洗い落としてるんでしょ？　私まで汚染しないでよ」

「汚染されるなら昨晩とっくに汚染されてるさ」

「どういう意味？」

「ほら、横になって」。林群浩は小蓉の手をとって言った。「もう少しだけ付き合って」

小蓉は彼のそばに横になった。小蓉の温かく柔らかな体軀《たいく》を寝転んだ姿勢のまま越えると、窓の外の庭が目に入ってきた。水色のペンキが塗られたバスケットゴールは相変わらずいつもの場所に立っていて、まばらな山桜の枝葉が遠くの小路を蔽い隠していた。

安らかな街で緩やかに跳ねる心臓の音色は、生命の溢れる空間で自らの旋律を奏でていた。林群浩はくすくすと笑った。

「なに笑ってるのよ」と小蓉が言った。

「べつに。ただ、さっき君が言ったことを思い出すとおかしくて」。林群浩は声を出して笑った。「汚染されるなら昨晩とっくに汚染されてるってあれさ。それに、君だって汚染されてずいぶんまんざらでもなさそうだったじゃないか」。彼はそう言って、欠伸《あくび》をひとつしてみせた。「しかも、正真正銘の体内被曝ってやつさ。体内ってところがミソなんだ。どういう意味だがわかるかい？　体内被曝ってやつは体外被曝に比べてその危険性が一千倍近くもあるって説もあって……」

「あきれた。よく私の前でそんな話ができるわよね」、小蓉の頰が赤く染まった。「あきれてものが言えない……」

「心配しなくても平気さ。原発から帰るときは、いつもしっかり放射能を洗い落としているし、昨夜だってお楽しみが終わればきちんと身体を洗ってただろ？」

「べらべら喋る男は嫌い」。小蓉はベッドの上で身を起こした。「勝手にすれば？　コーヒー入れてくる」

「ちょっと待って」。林群浩は彼女の手を握って言った。「頼むからさ、もう少しだけそばにいてくれよ」

小蓉が再び彼の隣に身を横たえた。コバルト色のシーツの上、真っ白なチョウセンアサガオがその花弁と枝葉を伸ばしていた。

「全部本当なんだ」と林群浩は天井を見つめながら言った。ガラス窓を挟んで揺れる枝葉は、壁の上に無数のおぼろげな影をつくっていた。それはさながら鉛筆でスケッチされた夢のようだった。「祖国を裏切って亡命したあるロシア人のスパイはそうやって消されたんだ。体内被曝だよ。彼はイギリスに亡命して、ロンドンのある寿司屋で注文した後、お腹をくだした。それからどうも身体の調子が悪くなって、三週間後には亡くなってしまった」


「本当？」

「きれいさっぱりね。殺し屋はおそらく放射性金属元素のポロニウムを持って、それを寿司の中に包んで彼に食べさせたんだ。問題はその殺し屋がどうやってポロニウムをそんなふうに持ち歩いたのかってことさ。しかも、日本料理店にまでそれを持ち込んで、寿司の中に紛れ込ませるなんて――」

「鉛の箱に入れておいたとか？」小蓉が言った。

「いや」林群浩が答えた。「そこがこの話の肝《きも》なんだ。ポロニウムの有害放射性物質は、紙が二枚あれば十分に防ぐことができる。だから、殺し屋はポロニウムの金属粉を紙に包んでいれば、それで大丈夫なんだよ。それだけで自分が傷つくことはまずないからね。だけど、一旦それをのみこんでしまえば事態は一変する。これがまさに、体外被曝と体内被曝の違いなんだ」

「怖い……」

「ひどいもんだよ。まず、骨髄組織が破壊されて、お次は腎臓だ。そして全身の器官が同時多発的に衰弱していく。造血機能も破壊されて、あらゆる器官の粘膜がきれいに剝がれ落ちて吐き出されていくんだ。想像してみなよ。ばらばらに磨り潰された肝臓や肺、腎臓やなんかが口からひとつずつ吐き出されていく様子を。健康なひとりの人間が、こうしてたった二二日以内にくたばってしまったってわけさ。ネットで検索してみれば、そのスパイが死ぬ前に撮った写真を見ることができるよ。本当に人間じゃないような姿をしてるから」

「なんだか信じられない……ねえ、ホントに平気なの？　あなたも知ってると思うけど、運動に参加してる大学時代のクラスメートたちは、みんな第四原発は信用できないって言ってるのよ。彼らがYouTube上にアップしたチェルノブイリに関するドキュメンタリーは見た？　それにちょっと前に『グラウンド・ゼロ』って名前の原発小説もあったじゃない？　あれにだって確か……」

「平気だよ」。林群浩は優しく小蓉の白い肩を抱きながら言った。「なにも問題はないさ。今ちょうど総合検査をしているところなんだ。僕たちはアメリカのV顧問会社と協力していればいい。彼らはこの手の仕事には慣れているからね。あの第一原発だって、プラント一式の提供から建設まで彼らが一括して請け負ってくれたんだ。林宗堯《リンゾンヤオ》〔元GE《ゼネラル・エレクトリック》の原発技師。当時、第四原発の安全監督委員会の委員を務めていた〕なんかよりもずっと早くからこの問題に取り組んできたんだ。だからきっと、検査も徹底して安全を重視して行なわれるはずさ。それに、台湾はなにも初めて原発を建てるってわけじゃないんだから。ほら、あれ見て！」庭の方から犬の鳴き声が響いてきた。ガラス窓を挟んで綿飴《わたあめ》のような真っ白な濃霧が、草に覆われた山の中腹にあるこの小さな庭の上に留まっていた。

それはひどく愛らしい、ひと摑みの雲の訪問者だった。

ふたりは顔を合わせて笑いあった。「ずいぶん可愛らしいお客さんだ。ポチがすっかり怯えちゃってるよ。きっと、自分の敵がやって来たとでも思ったんじゃないかな」

「雲は私たちの敵でもあるのよ」。小蓉が言った。

「雨が降っちゃえば、私たちだって出かけることができないじゃない」

「平気さ。もし雨が降れば――」林群浩は両手を小蓉の腰へと回した。「もう一度、最初からお楽しみを始めればいいじゃないか」

「あきれた！」

3

Under GroundZero

2017.4.27
pm 8:13

二〇一七年四月二十七日。午後八時十三分。台湾台南《タイナン》。

北台湾原発事故から五五六日。二〇一七年の総統選挙まで、残り一五六日。

空はすっかり暗くなっていた。夕食を終えたばかりの林群浩《リンチュンハオ》はゆったりとした足取りで公園を横切った。鬱蒼と生い茂った木蔭に、空気中には砂埃に似た小さな硝煙が浮かんでいた。四方からは街灯の光が彼に向かって投射され（それはさながら互いが感じている気まずさを避けようとするかのようで、光は終始互いに視線を合わせようとしなかった）、彼は歩みを進めるごとに変幻自在で予測不可能な己の影を目にすることになった。

それは無数の歯車の動きによって地上に映し出される、複雑で緻密な構造をした影絵のようだった。

ひとりぼっちの影絵。

しかし、彼は自分がひとりでないことはわかっていた。

例えば、石橋の上でハンチング帽をかぶって携帯をいじっているあの若者（その表情は暗闇の中に隠れていたが、スクリーンの微弱な光が鼻柱と眼窩《がんか》を照らし出していた）、例えば、白い運動服に身を包み、忙しげに犬の散歩をしている銀髪の中年男性（林群浩は公園のそばの歩道で彼とすれ違ったが、公園の入り口でも再び顔を合わせた）、例えば、スーツに身を包んでいるのに黒いビジネスバックを投げ出して、池にいる魚たちに餌をやっているサラリーマン……

自分はひとりぼっちなどではなかった。なぜなら、彼らは皆彼の「パートナー」である可能性があったからだ。

公園から離れると、林群浩はゆっくりと街の中に入っていった。街の向こう側の空に小さな花火が上がるのが見えた。

二重三重の人の群れが、遠くの広場に向かって流れていた。

ああ、そうか。彼はその人の群れがいったいどこに向かっているのかわかった。その方向には賀陳《ホーチェン》端方《ドゥアンファン》の選挙事務所があった。

ということは、賀陳端方は選挙の序盤戦に勝利したのだろうか。

予想と違《たが》わぬ結果ってわけだ。林群浩は思った。なんのサプライズもなしか。さすがは国民的英雄だ。現実的に見れば、原発事故が起こって以降、原発推進を唱えてきた政権与党の中にあって唯一彼だけが党の顔になり得る人間だった。

あるいは、巨大な災害が起こった時ほど、国民は本物の英雄を期待してしまうものなのかもしれない。

林群浩は歩き続けた。うら寂しい大型スーパーマーケットの側を通り過ぎると、商店街を抜けて、古い菓子屋と靴屋の間にある台南特有のレンガ造りの路地裏へと入っていった(路地裏のそばに建てられた黒い瓦屋根の古い木造家屋からは、細く澄んだ声色をした日本語の懐メロが聞こえてきた。蓄音機の音質には砂礫《されき》に触れるような感触があって、それは繭から生まれ出た指先がひっそりと濡れたこの夜に触れているようであった)。角を曲がると再び大通りへと戻ってきた。あとは宿舎の扉にカードをあてて中に入るだけだった。

細い糸のような雨が空から無数の線となって降っていた。部屋へ戻ってあかりをつけた林群浩は、カーテンを引いて静かに霧雨の中に浮かぶ古都を見つめていた。

暗影の都市《まち》。時間の都市。記憶と忘却の都市。美しき都市。ここはまさにセンチメンタルな都市だった。台北などに比べれば、ここは生活リズムが緩慢で温かみのある都市だった(あるいは飲み屋のママさんたちの都市ともいえた)。ほんの少し前まで、この都市はひどく愛らしい場所だった。

しかし、今は違った。

台南はすっかりその愛らしさを失ってしまっていた。理由は簡単。ここは今、この国の首都になってしまったからだ。原発事故以降、この都市は中華民国中央政府の所在地となってしまったのだった。

林群浩はコートを脱いで部屋着に着替えると、パソコンを開いてフェイスブックにログインした。

思った通り、賀陳端方のフェイスブックは書き込みで溢れていた。

林群浩はマウスを動かしながら、さして親しくない友人たちが賀陳端方に関する写真や記事をフェイスブックに貼りつけていくのを眺めていた（そこには確かに親しい友人は誰もいなかった。親しかった友人は皆行方知れずになっていて、彼らの時間はある瞬間を境に止まってしまった。彼らのフェイスブックの個人ページは永遠に原発事故の一日前で停止していた。――それは食事や家族写真のアップロードだったり、あるいは新聞記事や他人への毒舌だったりした）。

なんだか途方に暮れてしまった。永遠に沈黙するそれらのページが、ふと自分のものであるかのように思えてきてしまったのだ。

両者の間にはどんな違いがあるのだろうか。唯一の違いは自分はまだ生きていて、もしかしたらまだページを更新する可能性があるということだけだった（ただ彼はずいぶんと長い間、亡霊のようにフェイスブックになにかを書き込むことはしていなかった）。彼もまた彼らと同じように、その記憶は原発事故の一日前で停止してしまっていたのだ。

だが、自分はまだ手触りのようなものを覚えていた。それは一種の匂いであり、また温度であった。指先で、手のひらで、そっと頬や額、そして髪の生え際と眉毛と目に触れてみる。

それは間違いなく自分自身の手だった。

しかし、それ以外について彼はなにも覚えていなかった。

4

Under GroundZero

2017.4.27
pm 8:21

二〇一七年四月二十七日。午後八時二十一分。台湾台南《タイナン》。

北台湾原発事故から五五六日後。二〇一七年の総統選挙まで、残り一五六日。

「ええ、それはいいわね！　ありがと。うんうん。じゃ、土曜の午後にまた」

李莉晴《リーリーチン》は携帯電話をリビングのソファの上に放り投げた。風呂上がりにかかってきた電話は大学時代のクラスメートだったルーシーからで、週末にスイーツを食べに出かけて、ついでに一杯飲まないかという誘いだった。ガウンを羽織った李莉晴はフルーツジュースを片手にソファに腰を下ろすと、もう片方の手で濡れた髪をタオルで拭いた。

そして、右足を伸ばしてテーブルに置かれたテレビのリモコンを足の指で器用に操作した。

「……いえいえ、それじゃまったく変わりませんよ」。テレビは政治の討論番組『ニュース最前線』を放送していた。画面に映し出されたのは、グレーの上着を身につけた容姿端麗な野党議員、余莓莓《ユーメイメイ》〔台湾の女性政治評論家、民進党議員〕で、波のような長髪をなびかせながら激しい口調でまくし立てていた。「もう一度質問いたします。与党はいったいどのような総統候補を立てるつもりでいるのですか？　賀陳端方《ホーチェンドゥアンファン》か呉敦義《ウードゥンイー》〔国民党議員、行政院長や副総統を歴任〕か？　周杰倫《ジェイ・チョウ》〔台湾の男性ポップスター〕か蔡依林《ジョリーン・ツァイ》〔台湾の女性ポップスター〕か？　はたまたコアラかカバか。しかしそんなことに私は何の関心もないのですよ。なぜなら、誰が出てこようと、なにも変わりはしないんですから。多くの国民にとって、誰が選ばれようと大差はないのです。問題は人物ではなく、政党の側にあるからです——あなたたちはすでに国民から信頼を失った政党なんです。今日が何日かわかりますか？　西暦二〇一七年四月二十七日ですよ。テレビの前の視聴者に問いたい。果たして、我々は今総統を選ぶべき時期にあるのか。我々は昨年二〇一六年一月の時点で総統選挙を行なうべきでした。その時点で我々は新しい総統を選ぶべきだったのです。それなのに、現在総統の地位についているのは誰です？　馬英九総統です。いまだに彼が総統なのです。あれほどの失策を犯しながらいまだに総統の地位にいるのですよ。我々はいまだに与党国民党の総統候補の党内選挙について話し合っているんです」。女性議員の声は徐々に高ぶっていった。「あなたがたにうかがいます。これはいったい誰の責任なんですか？　総統選挙を一年先延ばしにしたのはどの政府ですか？　原発事故を手をこまねいて眺めていたのですか？　放射能汚染が拡大していくのを手をこまねいて眺めていたのは、どの政府ですか？　国家を混乱させ、経済を崩壊させ、国民の健康に重大な被害を与えた。しかも、現在に至るまでなんら有効な手立ても見通しも立っていない。どこの政府がこうした事態を導き、総統選挙を一年半も先延ばしにさせたのですか？　いったいどこの政府が——」

「余議員、お話の途中で大変申し訳ありません」。司会者の劉宝傑《リウバオジエ》〔台湾の著名ニュースキャスター〕が女性議員の話を遮った。「視聴者の皆さま。最新のニュースが飛び込んでまいりました。賀陳端方氏に関するニュースです。現場の様子をご覧いただきましょう。麗萱《リーシュエン》さん——」

「視聴者の皆さま、私は現在台南市北門路《ベイメンルー》にある賀陳端方氏の選挙事務所前に来ております」。女性記者の背後に降る小雨が、幕のようにその背後に集まった人ごみをぼんやりとした暗い影のように見せていた。「皆さんもご覧の通り、選挙戦の序盤にもかかわらず、しかもこのように雨が降っている中、二、三百人にも上る支持者たちがこの場所に集まっております。賀陳端方氏が党内選挙の序盤戦に勝利したことを、彼の支持者たちは熱烈に歓迎している模様です。最新の世論調査によると、賀陳署長の支持率は三社の調査会社の統計では、いずれも独走状態にあるとのことです。なかでもギャラップ社によるデータでは、その支持率が三割近くまで上がっています」。記者の声は徐々に高まっていく雑音の中に消えていった。「党員投票率は六三パーセント、ご覧のように現場に集まった民衆はひどく興奮状態にあり、そのなかには――我々が――また、後ほど――」

「麗萱さん！　麗萱さん――」、劉宝傑はカメラに向き直って口を開いた。「視聴者の皆さま、大変失礼いたしました。どうも衛星回線に問題が生じたようです。では、邱《チョウ》議員」と劉宝傑はもうひとりのゲストに向き直った。「邱議員にお尋ねします。与党国民党は賀陳端方氏を候補者として立てることが確定したようですが、この結果についていかがお考えですか？」

「想定の範囲内ですね」。真っ赤なジャケットを羽織った与党議員の邱義新《チョウウイーシン》は細いその両目をさらに細めて言った。齢はとうに五十を超えているはずなのに、その頭には天を衝くようにふさふさとした髪の毛が生い茂っていた。「以前の世論調査でも同様の結果が出ていたはずです。国民は賀陳署長が正真正銘の英雄であることをわかっているのです。原発事故は確かに台湾にとって不幸な出来事でした。しかし、原発事故が起こってから、賀陳署長はその知恵と決断力を持って迅速に事故の被害状況をコントロールいたしました。国民がパニックに陥っていた当時、馬総統と江《ジャン》国会議長から権限を譲渡された賀陳署長はすぐさまその専門能力を生かして、迅速に部署を越えた協力関係を進めて、必要なあらゆる措置を講じたのです。そうして、最短の時間でこの社会に秩序を取り戻すことに成功したのですよ。総統が台南への遷都を発表してから、賀陳署長は自ら被災地調査のために決死隊を組織して、生命の危険を顧みることなく台北へと舞い戻り、高線量の放射線に汚染された地域の状況を詳細に調査して、数百名の人命を救ったのです。賀陳署長が組織した決死隊によって、**翡翠《フェイツイ》ダムがすでに放射能に汚染されている**という情報を持ち帰ってくれたおかげで、台北に暮らしていた国民の二次被害を食い止めることができたのです。彼が自らの身の危険を顧みずに闘ってくれたおかげで、我々は原発事故後の台北における正確な現状を把握することができたのです。そこで暫定的に二五キロの避難区域を設定した後、**北台湾原発事故立入禁止区域**を正式に設定したのです。それによって住民を避難させることにも成功しました。こうした任務は口で言うほどに簡単なことではないのですよ。なぜなら、誰だってこんな貧乏くじを引きたいとは思わないからです。しかし、賀陳署長は後方で綿密に作戦を練って、それをひとつひとつ着実に実行していった――」

「確かに世論調査と党内選挙の結果を見る限り、賀陳端方氏の当選は間違いないようです」。劉宝傑が邱議員の話を引き受けて話を続けた。

「多くの国民は賀陳端方氏がこうした任務に耐え得る英雄であることを認めております。しかしながら、彼の英雄としてのイメージは果たしてどこまで真実に近いのでしょうか？」劉宝傑はカメラに向かって手を伸ばした。「まずはこちらのＶＴＲをご覧いただきましょう」

テレビ画面に国会議場が映し出される。壇上前では核エネルギー安全署長の賀陳端方と台湾電力社長の李文毅《リーウェンイー》が肩を並べて立っていて、野党からの質問に答えていた。

「まず、李社長にお聞きいたします――」野党議員が手元のファイルを整理しながら言った。

「情報筋によれば、台湾電力は来週、核エネルギー安全署に第四原発の燃料棒装塡の申請を行なう予定だということですが、これは本当ですか？」

「そのような事実は聞いておりません」と李文毅が答えた。「我々の作業はまだそこまで進んでおりません。目下は安全検査に尽力しているところであります」

「そうですか。では、賀陳署長にお聞きいたします。この件について、あなたは知っていましたか？」と議員が訊いた。

「存じ上げません」

「なるほど」、議員は続けて言った。「賀陳署長、あなたはご自分の立場を自覚しておられないようですね。現在、台湾電力は核エネルギー安全署に燃料棒装塡の申請を出そうとしているのですよ。あなたたちは彼らを検査する立場にありながら――」

「その点については十分にわかっております」。賀陳端方は議員の言葉を遮って答えた。「我々は確実に検査を実行いたします。厳格に、わずかのミスも逃さぬように、安全検査を行なうつもりであります」

「つまり、あなたがたは台湾電力を監視する立場にあるのです」。議員が続けた。「監視者であるべきなのですよ。言葉を換えれば、核エネルギー安全署の関係職員たちは、台湾電力から利益を享受してはならないのです。この点に関して、同意していただけますか？」

「もちろんです。我々は一貫して利益の享受などといった事実はありません」。賀陳端方は流れるように答えた。「核エネルギー安全署と台湾電力の間にはこれまで利害関係などありませんでした……」

「あなたがたは公然と詐欺を行なうつもりですか？」議員は賀陳端方と尹培義《インペイイー》を指差して言った。「あなたがたは、過去によからぬ記録を残しているじゃないですか。核エネルギー安全署はかつて台湾電力から多額の研究費を受け取っていますね――」

「私が就任してからはそのような事実はございません」と賀陳端方は簡潔に返答した。

「それでは両者の間にもしも利益の享受があることが発覚すれば、あなたは責任をお取りになりますか？」議員が迫った。「職を辞する覚悟はおありですか？」

「我々の間にはそのような不適切な関係はございません」

「もしもあれば、責任をお取りになられますか？

今ここで答えてください」

「この件に関して、今ここでお答えすることはできかねます」。賀陳端方は議員の質問を直接拒絶した。彼はマイクを握りしめて、やや前のめりの姿勢で言葉を続けた。「申し訳ありませんが、私は有言実行をモットーとしてきた人間です。個人的な考えを述べさせていただければ、重要なのは己の職務を全うすることであって、辞職することが最良の選択とは限らないのです。私は目の前の問題から逃げ出すようなことはいたしません。それに、我々には台湾電力が燃料棒の装塡申請を出すこと自体に干渉する権利はないのです。なによりも、我々と台湾電力との間にはなんの利害関係もないのですから――」

「つまり、辞職するつもりはないと？」

「我々がやるべきは仕事を全うすることです。私は署内の人間に対して、もちろん私自身に対しても、常に厳しい要求を課してきたつもりです」。賀陳端方はしばらく言葉をためてから、「良心に誓ってやましいことなどいたしてはおりません」と続けた。

「なるほど、けっこうです。あなたは自分の仕事に対して責任を取りたくないとおっしゃるわけですね」。議員はファイルから一枚の写真を取り出して言った。「賀陳署長、これが誰かわかりますか？　写真の中の人間が誰か、あなたにわかりますか？」

画面はそこで一時停止して、『ニュース最前線』のスタジオへ切り替えられた。「視聴者の皆さま、これは二〇一五年の国会質疑の映像です」と劉宝傑はジェスチャーを交えながら言った。「写真に映し出されたのが誰なのか、現在知らない人間はいないはずです。月紅楼《ユエホンロウ》事件、浙江《せっこう》料理で有名な月紅楼レストランで、台湾電力原子力発電部秘書であった劉《リウ》紛《フェン》氏が、核エネルギー安全署諮問委員であった尹培義らを接待していた事件です。両者はただ旧交を温めあっていただけであって、仕事の話はしていないと供述しております。しかし、事件が発覚してから賀陳端方氏はすぐさま公式に謝罪して、自らにも処分を下しました。それだけにとどまらず、尹培義ら関係した職員を二十四時間以内に更迭して厳罰に処しました。この件で多くの人間が彼の決断の早さに驚き、危機にあっては適切に処分を行なえる人間だと思うようになりました。しかし、野党側ではどうも違った考え方を持っているようです。余苺苺議員、そのあたりのお考えをどうぞ」

「我々の見解は確かに邱議員たちとは大きくかけ離れています」。余苺苺は軽蔑のまなざしで邱義新を一瞥した。「賀陳端方が尹培義を解任したかなど、どうでもいいのですよ。問題は原発事故がいまだに収束していないという事実です」。余苺苺は懐から反原発のスローガンが描かれたシールを取り出して続けた。「非核国家の建設は我が党の一貫した政策であります。この場をお借りして、包み隠さず皆さまに申し開きすることができます。我々は非核路線を歩む中で数多《あまた》の困難につき当たり、ときに諦めかけることもありました。第四原発を建設中止に追い込んだと思えば、次の瞬間には建設再開といったことを繰り返してまいりました。しかしながら、二〇一一年に福島であのような惨状が起こってから、脱原発路線は間違いなく国民全体の共通認識となっていったはずです。本来、原発擁護派であったドイツのメルケル首相も福島第一原発事故以降はその立場を鮮明に変えております。福島の災害は世界に向けて証明してみせたのですよ。『絶対に安全な核エネルギー』などといったものは、人類の抱いた妄想でしかなかったことを。邱議員がおっしゃられる通り、人類はその技術を使って核エネルギーを利用することができます。しかし、予測不能の大災害に見舞われた際に、あるいはそうした災害がない状態においても、原発とは限りなく危険な存在であるのです。世界中が原発の危険性について慎重な態度で臨んでいるなかで、なぜか我々の政府だけが反応の鈍い恐竜のようにぼんやりとしている。わかっているはずですよ。第一、第二原発の設備はとっくに老朽化して、第四原発に至っては明らかな不良品だということを。実際にあとから取ってつけたような大改修がいまだに施されているじゃないですか。二〇一二年には第二原発で原子炉を支えるアンカーボルトが断裂するといったありえない事故まで起きていて、翌年の二〇一三年にも同様の事故が起きている。第一原発にいたっては、台風が来ただけでトラブルを起こしているんです！　三基の原発に六つの原子炉、それが台北の人口密集地帯のすぐそばにあるんですよ！　しかし、今はそれについてどうこう言うことは差し控えましょう。原発事故が起こってから、政府の中央部会幹部の半分は行方不明の状態なんですから。半分ですよ！　さらに言えば、与党議員の実に三分の二が行方知らずときている。問題を引き起こしておいて、責任を取ることなくとんずらですか！　そもそも第四原発再開の国民投票を呼びかけたのはあなたがたじゃないですか。いったい誰がこのザル法を巧みに利用して、第四原発の運転再開を進めてきたんですか？　その政党の名前をここでお教えいたしましょうか？　それは――」

「余議員！」与党議員である邱義新がその言葉を遮った。「それを言うならお互いさまだ！　あんたたちの党だって半数近くの人間が蒸発しているじゃないか！」邱議員は負けずに言い返した。「いったいこの期間にどれだけの数の人間がこの国と運命をともにすると誓った次の日に行方をくらましたと思う？　それに原発事故はもう起こってしまったんだ。起こってしまったんだよ！　そうやって終日自分のことを棚にあげて他人を批判するだけじゃ、現状を解決するためになんの役にも立たないんだよ！　原発事故が起こった直後、我々は遷都を決行して、北台湾地区の立ち入り禁止区域を設定した。この国難を乗り越えるために、総統は緊急命令を出して与野党合意の下で総統選を一年半後に延期したんじゃないのか。我々は暫定憲法を公布した。それはなぜか？　非常時には非常時のやり方というものがあるからだ。与野党は共同してこの国難に当たる必要があった。我々は原発事故の事後処理が何よりも重要な課題であることを同意したんじゃなかったのか――。いいですか。なによりも復興こそが喫緊の課題なんですよ。我々に今必要とされているのは指導力であって、実行力なのです。今こそ、被災者救済に実績のある総統が必要なのです。我々は未来への展望をもたず、永遠と過去に囚われている政治屋など必要としていないのです！」

「問題はまさにそこにあるんです」と美人議員がペン先を討論相手に向けながら言った。「邱義新議員、いえ、邱大将軍閣下殿。あなたはさきほど原発事故はすでに過ぎ去ったとおっしゃられた。しかし、事実は違います。あなたは物事の是非を公然とひっくり返してみせたのです。原発事故の核心は、それが事後処理を必要としているだけにとどまらず、事後処理がいったいいつまで続くのかさえわからないことにあるのです！　我々にわかっていることは、賀陳端方氏が調査隊を引き連れて汚染地域に行き、翡翠ダムがすでに重度の放射能汚染を受けているという情報を持ち帰る前に、すでに数十万人に上る北台湾地域に暮らす国民が汚染された水を口にしてしまったという事実なのです！　原発事故からすでに一二日が経過しましたが、それは彼らが一二日分の汚染水を口にしてしまったことを意味しているのです。我々にわかっていることは、昨年度の我が国の経済成長率がマイナス五四パーセントを記録したということです。マイナス五四パーセントですよ！　我々にわかっていることは、原発事故によって我々は実に国土の五分の一を、しかもそれは台湾で最も人口密度の高い地区を失ったということなのです。いったい現状はどうなっているのか誰にもわからないのです！　これは人類がその歴史の中で生み出してしまった最大級の廃墟ではないですか。現在すでに完全に信用を失ってしまった経済省と台湾電力以外に、我々が入手できる唯一の情報ソースがあの賀陳署長が公表した立入禁止区域における現状報告書なのです。そんなものをいったいどうやって信じろと言うんですか？」余莓莓は激昂したように机をたたいて言った。「国民の皆さま、信じられますか？　この男、賀陳端方。彼こそが核エネルギー安全署の署長だったんですよ。原発の安全問題は彼が責任を負っていたはずです。その任期中に事故は起こった。

台北はあらかた破滅して、台湾はまさに亡国の瀬戸際に追い詰められているのです。それなのに、今にいたってもなお、彼の調査報告書をもとにすべてが進められていく。それどころか、彼を次の総統にさせようだなんていったいどういう了見なんですか！私にはまるで理解が……」

「余議員、どうやら物覚えが悪いようなので思い出させてあげましょう――」、邱義新は無遠慮に余莓莓議員の言葉を断ち切った。「世論調査がすでに答えを出しているでしょう。民進党を支持している者や反原発の立場にある者でさえも、賀陳端方氏への信任度はかなり高い。これがなにを意味するかあなたにわかりますか？　つまり、彼はよくやっているということですよ！　彼は己の職務に忠実で、第四原発を厳しく検査してきたし、こうした議論をする際に決して台湾電力を擁護したりしなかった。二〇一四年末に台湾電力が第四原発の総合検査の報告書を出した際にも、台湾電力と経済省の意見が食い違ったことがありましたね。彼はその際も、辞表を出して自らの意思を貫きました。幸いにも、江国会議長の支持があって彼を強く慰留したために、引き続き署長の職務に留まって台湾の安全のために働いてくれました。それに、彼の強い意志があったからこそ、燃料棒装塡の申請にしろ、第四原発の低稼働運転の申請にしろ、申請して二度目でようやく許可が降りたんです。そもそも彼の功績を称えるに、わざわざ決死隊の例をもち出す必要はないくらいなんですよ」。目を血走らせた邱義新は、口沫《こうまつ》を飛ばしながら言った。「国民の目は節穴じゃないぞ。お前たちはただ選挙のために政局を利用しているだけじゃないか。予言しておいてやる。最後に国民から審判を受けるのはお前らの方だ――」

（プツン）

李莉晴はテレビのスイッチを切った。そして、電灯のあかりを落として、空っぽになったガラスのコップを片手にキッチンへと向かった（薄暗い室内で、李莉晴の影がテレビ画面に幽霊のように映っていた）。

役立たずの政治屋ばっかり。李莉晴は心のなかでそっとつぶやいた。きれいに洗ったコップを立てかけると、リビングに戻ってソファの上に放り投げていた携帯電話を拾い、ついでにタオルで汚れていた画面を拭いた。

着信が三件、未読メッセージが一件。

メッセージを見た李莉晴はすぐさま電話をかけた。

三分後、李莉晴は身なりを整えて家を出た。黒い傘を手に、ひとり暗く湿った台南の夜に向かって歩き出した。

針のように尖った小雨は依然としてしとしとと降り続いていた。

5

Above GroundZero

2014.10.14
pm 4:14

二〇一四年十月十四日。午後四時十四分。台湾宜《イー》蘭《ラン》。頭城《トウチェン》鎮大渓《ダーシィ》漁港《ユーガン》。

北台湾原発事故発生まで、あと三七〇日。

玄関のベルが鳴った。

小蓉《シャオロン》は白く塗られた低い塀の前に立って待ってい た。背後に広がる山が海に面しているために、目の前の塀はまるで恋人の肩を抱いているようだった。色とりどりのハナシュクシャが満天の星空のように咲き誇り、冬の空気には潮騒の匂いが混じっていた。小蓉の視界は目の前の白い塀に遮られていたが、建物の一番高いところにかけられた真っ白な十字架だけははっきりと目にすることができた。

「どなたかしら？」

黒ずんだ木製の扉には郵便ポストのような小さな穴があって、そこから一対の感情を殺した瞳が顔を覗かせた。

「シスター・オールグレンはいらっしゃいますか？」小蓉が言った。「小蓉です。覚えてらっしゃいますか？」

「あら！　小蓉じゃない。ずいぶん久しぶりね。さあ、早く入りなさい」

「外での生活はうまくいってるのかしら？」とシスター・オールグレンが笑いながら言った。その青い瞳は水の流れのような柔らかな曲線を描く皺《しわ》の中に埋もれていった。「今日はまたどうして戻ってきたの？」

「ええ、なんとかうまくやっています」。小蓉が言った。「でも、定期的にこの場所に帰ってきたくて。なんと言っても、ここは懐かしい場所ですから」

シスターが杖をついて立ち上がった。その顔は真っ白なベールの中にすっぽりと覆われていた。そよ風が吹く中、二人は菜園の間にある畦道を歩いていった。そこはまだ成長途上のチンゲン菜が植えられていて、小さく芽吹くその様子は深い眠りの中にある緑の妖精たちのようだった。

「この前に帰ってきたのは、確か春だったかしら？」

「シスターの記憶力のよさは昔のままですね」

「あら、私が覚えていることは意外と多いのよ」とシスターが言った。「あなたが小さな頃に恥ずかしがりやさんだったこともちゃんと覚えているわ。高校に上がるまで、その性格は変わらなかったわよね」

「ええ」

「ここ数年であなたは見違えるほど明るくなった。いったい誰があなたを変えてしまったのかしら？」

小蓉は頬を赤く染めて、「いやだ。自然とこうなったんですよ」と言うと、小さな声で続けて言った。「仕事をするのに人見知りのままじゃ都合が悪いじゃないですか。でも、正直なところを言えば、小さい頃は自分がこうやって一日中他人とコミュニケーションを取らなくちゃならないような仕事をするだなんて思いもしませんでした。仕事を始めた頃だって、自分にどこまでできるのかとても不安だったんですよ——」

黄昏が近かった。修道院の塀とそれを囲む枝葉を挟んで見える青い海面が徐々に薄白い霧の中に包み込まれていった。それはさながら静謐に沈む虚構の夢のようだった。「そんなことない。あなたは小さい頃は確かに人見知りだったけど、それでもクラスメートたちはなにか問題があると必ずあなたに相談してたじゃない」

「シスターったら、そんなことまで覚えているんですね」

「それに、他のクラスメートたちが悪さをしたときも、あなたは何度か彼らの証拠隠滅の手助けをしてたわよね」。シスターが声をあげて笑った。「あなたは他の子どもたちがカンニングするのまで助けてあげて、自分の答えを見せていたじゃない。だから、先生たちはあなたをクラス委員や風紀委員長にするわけにはいかないって言ってたんじゃなかったかしら？」

「シスターったら、私の黒歴史ばかり覚えているんですね。なにか他の話をしましょうよ」と小蓉が言った。「最近はお身体の方はよろしいんですか？」

「視力がね、昔よりもずいぶん悪くなっちゃって。パソコンの文字が見えないのよ。でも、それを口実に事務仕事は全部シスター・柯《コー》と玲芳《リンファン》に任せているから」。シスター・オールグレンが足をとめて、遠くの海を指差した。「数年前なら、天気がよければ舞い上がる波しぶきだってしっかり見えていたのよ。でも今ではぼんやりと青や灰色の景色が見えるだけ」。シスターはそこで言葉を切った。「小蓉。あなたはきっとたくさんの私みたいな身体の不自由な老人たちの世話をしているんでしょうね」

「ええ。……でも、実際はそんなに多くはないんですよ。ほとんどの場合、そこまで重い介護を必要とはしないんです。私がやっているのはお年寄りとおしゃべりしたり、お弁当やラーメンを買って来てあげたり、彼らの使い走りをすることくらい。彼らのなかには身体が不自由な人たちも少なからずいますから。もちろん、他にも報告書を書いたり、統計を取ったりするような事務仕事もありますよ。でも、それは社会福祉士《ソーシャル・ワーカー》にとって普通の仕事なんです」。小蓉は近くにあった椅子を指差して言った。「シスター、ちょっと座りませんか？」

「ええ、気を遣わなくても大丈夫」とシスターが言った。「でもそうね。少し休みましょうか」

二人は椅子に腰を下ろした。暗く沈んだ海の青は遠く空の果てに近づくにしたがってぼんやりとその色を失っていくようだった。近場に目をやれば、不規則な風の流れの中でひらひらと落ち葉が舞っていた。

ふと気づくと、入り口近くに少女がひとり立っていた。

「あら、融怡《ロンイー》じゃない」。シスター・オールグレンが少女に向かって手招きした。「融怡、早くいらっしゃい。誰が来ていると思う？」

「こんにちは、融怡」と小蓉が手をふった。

「小蓉ねえさん」。短髪の少女がか細い声でそれに答えた。清楚な顔つきをしたその少女はひどく人見知りのようだった。

「融怡、ちゃんと小蓉にお礼を言いなさい」。シスターが言った。「こんなによくしてもらってるのに、ほんとにあなったたって子は――」

「小蓉ねえさん、私……」少女は恥ずかしげに頬を染めて、窮屈そうにスカートの裾をいじくっていた。「その、どうも、ありがとう、ございます」

「どういたしまして。私はあなたの顔を見られただけでうれしいのよ」と小蓉が言った。「おばさんじゃなくて、おねえさんって呼んでくれてありがとう。ふふ、ねえ、あなたたちクラス全員でどこかに遊びに行ってたの？」

「うん」

「あなただけ先に帰ってきたの？」

「うん」。少女はこくりとうなずいた。「まだ宿題が終わってなかったから。だから、早めに帰ってきたくて」

「あら、お邪魔しちゃったかしら？」小蓉が言った。「宿題をさきに片付けちゃう？」

「うん」と少女が再びうなずいた。「シスター・オールグレン。もう戻ってもいいですか？」

「ええ、いいわよ」

二人は融怡の背中を見送った。

「あの子はあなたの小さな頃と同じで、人見知りが激しいのよ」とシスター・オールグレンが小さな声で言った。

「それなら、大きくなればきっと問題ないはずですよ」と小蓉が笑いながら言った。「だって、今の私にはなんだってやってのける自信がありますから」

「そうかしら？」シスターも笑って言った。「それなら、ビキニでカラオケするなんてのはどうかしら？」

「シスター。私の職務にはさすがにそのような項目は書かれておりませんが――」

「あともう少しだけ待っててくれるかしら」。シスターが小蓉の手を握って言った。「もう少ししたら、玲芳が帰ってくるから」

6

Under GroundZero

2017.4.28
pm 9:12

二〇一七年四月二十八日。午後九時十二分。台湾台南《タイナン》。私立奇美《チーメイ》病院。

北台湾原発事故発生から五五七日。二〇一七年の総統選挙まで、残り一五五日。

病院はすでに病院としての体をなしていなかった。まず、病室の中にベッドを六つ入れて、入りきらないベッドは廊下に並べられた。林群浩《リンチュンハオ》がやって来た頃には、階段と階段の間の踊り場にまでベッドが並べられてあった。あらゆる空間にまるでウィルスが繁殖するように、病院関係者と病人の家族たちが折り重なるように溢れかえっていた。人間は青白い光の下では平面的な存在となり、そうした平面的な人形たちが皆同じようにひそひそ声で話し合っていた。

最初に林群浩の目に飛び込んできたのは、白髪がまばらに混じった父親の後頭部だった。母親の様子を見に来ていた父親は腰掛け椅子に腰を下ろすと、ベッドに背を向けて忙しそうにしているナースステーションの様子を無表情で眺めていた。

「父さん」

その声にハッとした父親が弱々しい笑顔を浮かべてみせた。

「晩ご飯は食べた？」林群浩はカーテンを開けながら言った。母親は深い眠りの中にあった。彼はそっと手を伸ばして、優しくその手を握りしめた。やせ細った手には、死人の身体に現れるような大小さまざまな紫色をした鬱血痕が浮かび上がっていた。皮膚組織が半分破壊されている。彼はそれが白血病の症状であると知っていた。皮膚組織の修復能力が低下しているために、ほんの軽く擦ったり力を加えたりするだけで粘膜が出血を起こしてしまうのだ。

接触と痛み。**触れることがそのまま相手の痛みへとつながっていく。**

彼は母親の額と手に触れた。額は熱かったが、その手は冷たかった。

母親が目を覚ました。「群浩……」

「母さん――」、林群浩は言葉を詰まらせた。「母さん、大丈夫?」彼は父親をふり返って訊いた。「熱は下がった?」

父親が首をふった。

すると母親が、「私は平気」と微笑んで言った。髪の毛はすべて抜け落ち、残っているのはひな鳥の身体にあるようなうぶ毛だけだった。「生きていればそれだけで十分。ずいぶん長く生きてきたし、こうやって三人が一緒にいられるだけで、私は満足なのよ」

「母さんの言うとおりだ」と父親が言った。「少なくとも今はお前がここにいる。行方知れずだった頃、俺たちがどれだけ不安だったたか」

彼には返す言葉がなかった。しっかりと母親の手を握った林群浩は、自分の小さな影が真っ黒な窓ガラスに映っていることに気づいた。

「母さん、ちょっと歩かない?」

「そうね。今日は一日中ずっとベッドから降りていなかったから」

林群浩は父親と一緒に注意深く母親を抱き起こすと、ベッドに占領されてすっかり狭苦しくなってしまった病院の青白い廊下をゆっくりと歩いていった(歩くのにも細心の注意を払う必要があった。白血病の症状以外にも、骨に累積された放射能によって骨がもろくなる可能性があったからだ。実際、多くの病人たちが病理性の骨折に苦しんでいた)。廊下の突き当たりまで歩くと、カーテンがかけられた大型のガラス窓の向こうに駐車場が見えた。そこはちょうどこの近辺で最も暗い場所で、駐車場の外側は街灯のあかりもほとんど届かない、深い暗闇に沈んだ田園地帯だった。空気が震えているせいか、不安定に揺れる街灯のあかりは弱々しい脈拍のようだった。暗闇の中、一切は暗闇それ自体よりも孤独であった。

カーテンを引いた林群浩は母親を車椅子に座らせてやった。

「私もこんな田舎で大きくなったのよ」。母親が突然口を開いた。

彼は黙ってうなずいた。

「原発事故があったときに、私たちはあなたがどこにいるのかわからなかったじゃない。だから、お父さんとふたりで、とにかく南へ向かって逃げた。昔言ったかもしれないけど、私はオートバイくらいしか運転できないから。事故の状況がどうなっているのか、まるでわからなかったし、政府はご覧のとおり混乱状態だったでしょ？ 入ってくる情報もいったいなにを信じていいのやらまるでわからなかった。翡翠《フェイツイ》ダムが汚染されてることだって知らなかったし、もし知っていれば、あの数日間はきっとペットボトルを買って飲んでいたはずよ。それに、避難の最中に自分の身を守る手立てだって考えられたはずじゃない。あるいはそうしていれば、今こうして病気になることもなかったのかも」

林群浩は相変わらず口をつぐんだままだった。

「あのとき、市内から避難していなかったときに最初に思い浮かんだのが、小さい頃に見た田舎の夜だった。……魚の養殖池。夜になれば街灯以外はなにもない場所よ。聞こえてくるのは、ただ水車が立てるカタカタって音だけ」。母親は話を続けた。「街まで歩けばレンタルスクーター屋もあったけど、それに乗れるのは大人だけじゃない？ 小学生のときにね、学校が終わると毎日急いで家に帰ったのよ。暗くなって家に帰れなくなるんじゃないかって、不安だったから。一度大雨が降ったことがあってね、溝の中に落っこちたことがあったのよ。それでずいぶんと時間を食っちゃって、しかも冬だったから水は痛いほど冷たくて、空はあっという間に暗くなっちゃった。周りを見渡せば暗闇がどこまでも続いていて、私は怖くなってわぁわぁ泣きながら家まで走って帰ったのよ――」

林群浩はもう一度ガラス窓に映し出された自分の姿を見つめた。廊下に吊るされた電灯は砂時計のようで、振り子が並ぶように彼らの頭上に規則正しく並べられてあった。あの透明な容器に満ちているのは光などではなく、なにやら無数の不規則な形をした、切り刻まれたガラス片のような気がした。

ガラスの臓器に入った粉末と欠片《かけら》。それらはまるでショーウィンドーに飾られたガラスの人間もどきのようだった。透明なその身体には、無数の精巧にできあがったガラスの臓器が詰め込まれているのだ。手足に骨格、血管に神経、透明な血液に臓器に陰嚢。しかし、それらは原因不明の内部被曝で粉々になった挙句、残骸は身体の中に閉じ込められ、砂時計の中の流動体へと変化していくのだ。

――永遠の死へ向かって封じ込められた無数の砂時計たちは、鏡に映し出された虚像をそこにつくり出していた。

そうした虚像の背後には暗闇に沈む駐車場があった。林群浩は再びあのドリーム・イメージが撮影できなかった駐車場の夢を思い出した。そこはがらんとした屋内型地下駐車場で、境界線の曖昧なその空間は青白い薄明かりの中に浮かんでいた。コンクリートの固い地面には無数の停車線が引かれてあったが、そこには不規則に四、五台ほどのキャンピングカーが停められてあるだけだった。ペンキと新しい塗料の匂いが静まり返った世界に漂い、夢の中で彼は自分が車を取りにきたのだと知っていたが、車がそこにないこともまたわかっていた。彼は真っ黒なスポーツカー（それは一般的な車よりもさらに巨大で、人間以外のものを載せるためのものであるかのようだった）を迂回して、あの停滞した空間を通り抜けていった。駐車場の隅まで歩いていくと、彼は分厚い金属製の防火扉を力いっぱい押し開けた。

扉の外は同じような地下駐車場だった。それは元の駐車場とさして変わりない場所で、同じように空っぽの駐輪場がたくさんあるだけだった。あかりはまるでひきつけを起こしたように弱々しい心拍を打っていた。彼は再び駐車場の隅まで歩いていくと、同じように防火扉を押し開けた。

しかし、そこに現れたのはまたしても駐車場だった。すっかり混乱してしまった林群浩は歩くスピードを緩めた。来る道を誤ったのだと思って、彼は元の駐車場へと戻っていった。なにかおかしい。彼は思った。最初の駐車場は確かこんな場所じゃなかったはずだ。しかし、そこにどのような違いがあったとしても、彼にはそれを確認する術はなかった。

林群浩は再びこの駐車場を突き抜けることにした（巨大な通風孔はこの密閉された空間に巣喰う獣の一部のようで、かすかな機械の運転音が辺りに響いていた）。駐車場の隅までやってくると、彼は再び防火扉を押し開けた。

しかし、そこに現れたのはやはり駐車場だった。まるでループ状につくられた駐車場のようだった。防火扉を開ける度に目の前に現れる同じような光景を目にした林群浩は、その瞬間自分の車はここにはないのだとようやく理解した。自分の車を探すために（しかし、彼は自分の車がどんな車種であったのかまるで思い出せなかった）、彼はひとつまたひとつと合わせ鏡の迷路のようにどこまでも続いていく駐車場を走り抜けていった。いったいどれだけの時間が経ったのか（時間はまるで凍結したように動かなかった）、再び同じ形をした防火扉を押し開けると――


海だ。

防火扉を閉めた林群浩は海の中に足を踏み入れた。その瞬間、彼は例えようもないほど重い水流に身を包まれてしまった。そこは海の心臓だった。光は遍《あまね》く吸収されて、上を見上げても海面は見えず、下を向いても海底は見えなかった。周囲にはなにも浮かんではおらず、視界もまた最低限しか利かず、聴覚も徐々に失われていった。静寂に満ちた空間で耳には薄く強靭な膜をかけられてしまったようだった。しかし、匂いと触感から、彼は自分が広大な大海原の中心で浮遊しているのだとわかった。水圧が襲ってくると、夜の海に沈む林群浩は突然深い恐怖を感じた。こうした恐怖は心理的な状態だけが原因ではなく、自身の感覚器官と肉体から来ているのだと思った。彼の心臓はばくばくと跳ね上がり、全身の震えを抑えることができなかった――

夢はいつもここで中断された。瞳を開けた林群浩は果てしない恐怖からようやく目覚めることができた。迫りくるその冷たさを直感的に感じると、全身が硬直して、まるで自らの死のリハーサルをしているかのようだった。

原発事故以降、林群浩はすでにこの奇妙な夢を少なくとも十数回見た。以前、彼は李莉晴にこの「**駐車場の夢**」について話したことがあった。しかし、その夢はまるでドリーム・イメージから故意に逃れるように、これまで一度もその画像の撮影に成功したことはなかった……

「ところで、小蓉《シャオロン》と養子に迎えるって言っていたあの子、名前はなんだったかしら？」母親が突然口を開いた。

その言葉に、林群浩はふっと現実に引き戻された。まぶしい電灯の光に彼は思わず目を細めた。

「融怡《ロンイー》だよ。どうかした？」

「あの子がどうなったか、その後消息はあった？」

「いや」、林群浩は答えた。「どうなっているかわからないんだ。原発事故があってから、なんの手がかりもなくて……」

「可哀そうに……」母親の声が小さくなった。

小蓉。融怡に小蓉。

二人のフェイスブックのホームページは永遠に止まったままだった。

まさか、こんな日が来るとは考えたこともなかった。停止したフェイスブックの画面は、小蓉が確かにこの世界に存在した証しのようになっていた。

小蓉はただコンピューターのコードの中にだけ存在していた（いや、この画面だって元をただせばただのコードの集合体じゃないか）。そこは純粋なロジックと演算がつくり出したバーチャルな空間だった。

7

Under GroundZero

2017.4.29
pm 5:17

「誰かに監視されている気がする」

二〇一七年四月二十九日。午後五時十七分。台湾台南《タイナン》。北台湾原発事故から五五八日後。二〇一七年の総統選挙まで、残り一五四日。

　喫茶店の巨大な窓ガラスは店の外に広がる歩行者専用の広場と向かい合うようにつくられてあった。週末、広場では手づくりの品を持ち寄ったマーケットが定期的に開催されていて、「手づくりマーケット」といったかわいらしい名前が掲げられていた。春の黄昏時の光はゆるやかに溶け始めて、弱りゆく光が徐々に広がりつつある暗闇にのみこまれていた。露店を開いている人々が次々とあかりを灯すと、ぼんやりと浮かび上がる光の輪が、まるで夢の中にふいに現れた虹色の露のように浮かんで見えた。

「監視されてるって、どういうこと？」ルーシーが目を見開いて言った。

「だから、誰かに監視されてる気がするのよ」と李莉晴《リーリーチン》は声を抑えて言った。喫茶店の白い壁には窓の外を行き交う人と枝葉が街灯に照らされて影をつくっていた。黒いエプロンをした店員がふたり、狭い店内を忙しそうに行き来していた。店内は薄暗く、人々の顔は濃い油絵の暗闇に沈み込んでいるようだった。

「監視って、いったい何のために？」

「ねえ、ルーシー」、李莉晴の表情が強張った。

「どうしてそんなことを言うのか教えてあげる。でも、絶対に口外しないで。家に帰ったらすぐに私が言ったことをメモしてちょうだい。パソコンに保存してもいいし、紙に書いておくのもいい。ＯＫ？　それから彼氏にはこのことを言ってもいいけど、それ以外の人には言わないで。あなたたちが知っていればそれでいいから」

　ルーシーはぽかんとした様子でうなずいた。なにも言えずに、ただ黙ってうなずくしかないといった様子だった。

「おとといの夜、あなたが私を誘った日よ」。李莉晴が言った。「あの後、アシスタントから電話があったの。事務室に戻って、最新のドリーム・イメージ*1の画像を見てほしいって。ほら、この前あなたにも言った例の林群浩《リンチュンハオ》の画像よ」

「ああ、あの記憶喪失だっていう第四原発のエンジニア？」

「そう。あのほとんど軟禁状態に置かれたエンジニア。あの日の午後、ちょうど彼と面談したのよ。彼の見たドリーム・イメージについて二人で話し合った。知ってると思うけど、このドリーム・イメージはだいたい六、七年前に生まれたばかりのまだまだ新しい技術なの。臨床での応用経験は少ないし、画像の品質や抽出速度、完成度なんかもまだ安定していないのが実情。でもぶっちゃけて言えば、それでも信頼度はかなり高い。つまり、メディカル・センターのＣＥＯは今回のケースをそれだけ重視しているってことなのよ。だからこそ、私を彼の主治医にして、特別にこの最新技術を使用することを許可してくれたってわけ。ねえ、言ったことあったかしら？　この器械って全国でもまだ二台しか配備されていないってこと」

　ルーシーがうなずいた。

「たった二台しかないのに、それを特別に私に貸してくれたのよ。それって明らかにうちのメディカル・センターが判断できるレベルの話じゃない。少なくとも、原発事故処理委員会が関わっていることは確かね。つまり私が言いたいのは、この技術は正直そこまで完成度は高くないんだけど、少なくとも静止した夢の画像の一部を取り出すことはできるってこと。しかも歪みなしにね。それでおとといの夜、アシスタントから連絡を受けて、例の林群浩から取り出した最新のドリーム・イメージを見たの」

「最新の画像？」

「ええ、最新の画像。まだ抽出時の速度が安定していないから、毎回静止画像の現像速度が一定じゃないのよ」。李莉晴はドリーム・イメージの仕組みについて簡単に解説した。「普通は現像にだいたい二十二時間ほどかかるんだけどね。早ければ半日もかからないけど、遅いときには二、三日かかることもある。あの日、アシスタントに呼ばれて見に行った画像は現像にかなりの時間がかかったの」

「で？　なにかわかったの？」

李莉晴は鞄から風景を描いた葉書のようなものを一枚取り出した。「一枚だけこっそり小さなサイズでコピーしておいた。ほらここを見て」。李莉晴はしばらく息を止めると、ルーシーの顔をちらりと見た。「私には証人になってくれる人が必要なの」

「これ？」ルーシーが葉書を受け取った。

「隠して」

「うん」。ルーシーは無意識に周囲を見回すと、身体を横に向けて葉書を自分の太ももとテーブルの間に隠した。「よくわからない。見た感じ、心霊写真にしか見えないけど？」

「確かにそう見えなくもないわよね」。李莉晴が小さく微笑んだ。「これは林群浩の同じ夢から抽出した三枚の画像よ。前の二枚は十時間前後で現像できたから、その日の午後に彼と話し合ったんだけど、彼自身なにも思い出せなかった。その二枚には人が映ってないんだけど、こっちの一枚には人が映っているの」

「ええ、でもはっきり見えないわ」

「いいえ、よく見て。この顔」

「うーん、……あっ！」ルーシーが低く叫んだ。

「でしょ？　似てると思わない？」李莉晴は写真をルーシーの手から奪うと、それを鞄の中に収めて紅茶をすすった。「監視されてると思ったのはこれが原因。私は例のアシスタントが怪しいって思ってる。じゃなきゃ、コンピューター自体がオンライン上で監視されているのか」

「それってこの人が映っちゃってるから？　でも、

まさか……」ルーシーが続けて言った。「どうしてそう思うの？」

「もともとパソコンにあったファイルが突然消えちゃったのよ」

「ねえ、それってマジ？」ルーシーが言った。

「失礼します」。突然姿を現した店員に二人はすっかり驚いてしまった。「お水をお入れいたします」。店員は心持ち身体を伸ばして、それとなくルーシーを一瞥すると、水差しを持ちあげて二人のコップに水を注いだ。透明なコップの中で水が丸い弧を描いた。ルーシーは慌てて写真を下に向けた。

「OK。もう行っちゃった」。李莉晴はほっそりとした女性店員が離れていく姿をじっと見つめながら話を続けた。「どこまで話したっけ？　ああ、そうだ。もとのファイルが消えちゃったってとこまでだったわね。アシスタントに訊ねたんだけど、彼女も知らないって。もちろん、信じていいかどうかはわからないけど」

「じゃ、今あなたの手にあるその写真は……」

「唯一残った最後の証拠ってわけ。問題は絶望的に画質が悪い上に、そのとき深く考えていなかったから、こんな小さいサイズの写真しかプリントアウトしなかったってこと」。李莉晴は大げさに身ぶりを加えながら言った。「しかも、考えてみれば彼らがドリーム・イメージ本体や私のパソコンをオンライン上で監視してなくても、理論上私のパソコンのどんなフォルダにどういったことをしたかってことは、調べてみれば簡単にわかることよね」

「それって、つまり……」

「つまり、私がこれをプリントアウトしたってことはちゃんと記録されてるってこと」。李莉晴が続けて言った。「もし彼らが私のことを監視していなくて、アシスタントにも何の問題がなかったとしても、私のパソコンにはこの画像を保存して、それをプリントアウトしたってことがはっきり記録されてるの。実際、私のパソコンは私の仕事のプロセスをすべて記録しているわけだから」

「じゃ、どうすればいい？　私はどうすれば……」

「だからこうして二枚分コピーしたのよ」。李莉晴がうなずいた。「二枚ともあなたに渡しておく。一枚はあなたが信頼できる人に渡してちょうだい」

「わかった。……じゃ、一枚は彼氏に渡してもいい？」ルーシーはひどく困惑している様子だった。

「ええ」。李莉晴は顔をあげると、ルーシーの目を覗きこんだ。「ごめんなさい。こんなふうにあなたを巻き込んじゃって」

「いいのよ」とルーシーが首をふった。「大丈夫。でも、ホントにそこまで警戒しなくちゃいけないの？　彼らだってこんな写真、ただの夢だって思うんじゃない？」

「私もそう願ってるけど、正直そこまで楽観的にはなれない。ほら、原発事故があってから今まで、きな臭いことばかりじゃない。もしも今回のことが原発事故処理委員会のレベルまで関わるような話なら、警戒するにこしたことはないわ」と李莉晴が小さな声で言った。

「しかも、私にはもう一つ、証拠になるものがあるの」

「証拠になるものって？」

「ルーシー、今後この件について電話で話しちゃダメ。メールやメッセンジャーもダメ。何か言いたいことがあれば直接会って話すこと。いい？」

「ねえ、それって……」

「私は彼らがそうやって例の林群浩を監視していることを知っているの」。無数の薄暗い色彩をした影が李莉晴の真っ黒な瞳の中に浮かんでいた。

「彼はすべてを監視されている」

＊1　所謂《いわゆる》「ドリーム・イメージ」（Dream Image Reconstruction）に関して、その技術は二〇〇八年の時点ですでに京都の「国際電子通信基礎技術研究所（ATR, Advanced Telecommunications Research Institute International）脳髄情報通信グループ（Brain Information Communication Laboratory Group）」が提起して、その実験にも成功していた。その基本的な概念は、まず被験者に数百にのぼる異なる色合いの画像を見せて、その際に脳を流れる血液の流動分布を観察してデータベースとして記録する。一度データベースを集計した後、それらを計算して被

験者の脳部を流れる血液分布と電位の変化を観察、被験者の過去のイメージを映像化するものである。この技術を基礎にして研究開発を進めた結果、現在のドリーム・イメージの映像化に成功した。

8

Above GroundZero

2014.10.14
pm 4:58

二〇一四年十月十四日。午後四時五十八分。台湾宜蘭《イーラン》。頭城鎮《トウチュン》大渓漁港《ダーシィユーガン》。

北台湾原発事故まで、あと三七〇日。

落ち葉が舞い落ちる微かな響きに耳を澄ませていると、最初に聞こえてきたのは子どもたちの声だった。

ハナシュクシャがそよ風に揺られ、犬たちが浮き浮きした調子で尻尾をふって吠え立てた。

「玲芳《リンファン》が帰ってきたようね」とシスター・オールグレンが小蓉《シャオロン》の肩をたたいて言った。「あとはふたりで楽しんでちょうだい。私はお先に失礼するわ」

「シスター。お部屋まで一緒に戻りますよ」

「大丈夫」。シスターは笑いながら言った。「そのくらい平気よ」

小蓉はシスター・オールグレンがゆっくりと去っていく後ろ姿を見送った。それと入れ替わるように、玲芳が数人の子どもたちを引き連れて入り口に姿を現した。子どもたちの年齢はバラバラで、青年の年齢に差し掛かっている者もいれば、まだほんの四、五歳の子もいた。彼らはまるで小鳥がさえずるようにぺちゃくちゃとお喋りしながらやって来た。二匹の犬たちがまるで挨拶でもするように、小蓉に向かって小さく声をあげて鳴いた。

「あら、小蓉じゃない！」玲芳は驚いたように叫んだ。「どうしてここに？」

「なによ。私がここに来ちゃいけないわけでもあるのかしら？」

「あら、再会早々ケンカをふっかけようってわけ？」玲芳はひどく興奮している様子だった。「シスター・オールグレンとはもう会った？　ちょっと待っててね」。玲芳はくるりと身を翻すと、大声で言った。「今日はここで解散。部屋に戻ってちょうだい。ほらほら、そこ、慌てない。いつもどおり、年長者は年少者の世話をしてあげて」。玲芳は子どもたちを迎えにやって来た若いシスターに向かって頭を下げた。「シスター・鄧《デン》。あとはよろしくお願いします」

子どもたちはバラバラに散っていった。彼らは皆、障害があった。何人かの子どもたちは杖をついて、他の子どもたちが肩を貸して歩いていた。何人かの子どもたちは明らかに精神的な疾患があるようで、途方にくれたその表情からは喜びや悲しみといったものをどのように表現すればいいかわからないようだった。彼らはシスター・鄧と数人の年長者に連れられてその場を離れていった。

ほとんどの場合、子どもたちは自然に暮らす妖精たちがその住処へと帰っていくようにして姿を消してしまうのだった。

扉が閉まると、温室の中は静まり返った。

——静かすぎる室内では、ついさきほど枝葉を揺らしていた風の音さえも消えてしまったかのようだった。しかし、この密封された透明な空間では、なぜか視覚を通すことで（あのガラスをすり抜けた光と冷たい絵葉書のような風景）、一層強くこの部屋全体を揺らしている風の存在を感じることができた。手袋をはめた玲芳の手には小さなじょうろとハサミが握られていた。きっと、枝の剪定《せんてい》を行ないながら、水やりでもするつもりだったのだ。

「で？　あなたはまだ陽明山《ヤンミンシャン》のお山で暮らしてるわけ？」玲芳が口を開いた。

「ええ」

「その方がいい。おそろしい人間とは距離を置いていた方がいいのよ」

「あなたよりおそろしい人間なんているのかしら？」

「まあいないでしょうね」と玲芳が笑った。

「ねえ、知ってる？　さっきシスター・オールグレンったら、私が小さい頃にクラスメートのカンニングを手伝ってたって言ったのよ」。小蓉が言った。

「まあ、あの人ったらそんなことまで覚えてるのね」

「だから、ホントは言ってやりたかったの。ねえ、シスター。カンニングをしてたのは玲芳だって覚えてますかって」

「ははは――」。ふたりは大声で笑い合った。花壇の上に座っていた一匹のトラ猫がふり返ってふたりに目をやると、自分の爪を舐め始めた。

「あの頃はやんちゃだったから」。玲芳が言った。「シスターたちもまさか私がここに残るとは思わなかったでしょうね。それにあなた。皆あなたが外の世界で仕事をすることになるなんて思いもしなかった……」

「ええ。――でも、それほど違いはないんじゃないかしら。今やってる仕事だって、結局は誰かの世話をしているわけだし。ただ前よりももっと他人とコミュニケーションする機会が増えただけよ」

「私たちはふたりとも誰かの世話をして生きてる」。玲芳が言った。「私の場合は、ずっと修道院に閉じ込められているって所が違うかな」

「ねえ、玲芳」、小蓉は言葉を選ぶように言った。「あの知的障害の子どもたちの面倒は、普通の子どもたちより大変なんじゃない？」

「場合によるかな」。玲芳はハサミを持ったまま、盆栽の中に生えた苔《こけ》を掘り出しながら言った。「私たちが小さい頃にも同じようなクラスメートはいたでしょ？　そのときどう思った？　その頃は彼らを世話してるなんて意識はなかったけど。もちろん、世話しにくい部分もあるわよ。でもそうじゃないときだってある。彼らといるとね、生命《いのち》っていったいなんだろうってよく考えるのよ」。玲芳は小蓉の目を見ながら言った。「どんな子どもであれ、なにかを学んで、そこから生きるために必要な知恵を学んでほしいって思ってる。普通の子どもたちにとって、それはそんなに難しくないことかもしれない――。

いえ、あるいはそうでもないのかも。でも、最終的に彼らは成長する過程でそれを習得することができる。少なくともある程度まではね。この社会の環境に適合するために、あるいはこの社会の中に自分の居場所を見つけ出すために。——そして、その居場所の中で平穏な日常を送りたいと願ってる——」

「ええ」

「彼らは所謂《いわゆる》マジョリティで、それはマジョリティへかけられた一種の期待なのかも。でも、精神的な障害のある子どもたちはやっぱり違うのよ」。雲が光をさえぎって、夕焼けの角度をすっかり変えてしまった。枝葉によってつくり出された影が玲芳の毅然とした表情の上でゆっくりと揺れ動いていた。

「彼らに他の子どもたちと同じようにそれを学びとることを期待するのは酷よ。だって、あの子たちは一生それを学び取ることができないんだから。人類がつくり上げたこの世界で、彼らに見合った居場所を見つけ出すなんて、土台無理な話なのよ」。玲芳が言った。「彼らはこの文明世界から最も離れた場所にいる。でも、逆を言えば、もしもこの文明が存在しなければ、もしも私たち人類がこの地球上に現れた原始の時代にまで遡れば、彼らだって普通の健常者となにも変わらないはずじゃない。たとえなにかを学び取ることができなくても、それは生きる上での障害になったりはしない。でしょ?」

「ええ」

「だから、こんなふうに思うのよ。あの子たちの立場に立ってみれば、今の文明は一種の災難なんじゃないかって」。玲芳はそこで一旦言葉を切って話を続けた。「歴史は一種の災難なのよ。あの子たちにはどれだけ努力してもできないことがある。でも、それがなに? 私たち、私やあなただってどれだけ努力してもできないことくらいある。得手不得手は誰にだってあるの。私たちはそれを許容しなくちゃいけない。でも、この文明社会で生きるあの子たちは、自分がどうしていいかわからないのよ。それに、他の人たちだって彼らをどう扱っていいかわからずにいる。わからないから無理にでも彼らを『世話』

しようなんて考えたりする。――でも見方を変えれば、世話をされることで彼らだって困惑してるの。これは今のこの文明が彼らに無理やり押しつけたことなのよ」。ふり返った玲芳が笑いながら言った。「ちょっと喋りすぎたかしら?」

「いいえ。あなたの意見は正しい。もしも今の文明がなければ、もしも私たちが原始時代に生きていれば、きっとあの子たちと私たちの間には、なんの違いもなかったはずだから」。小蓉は一瞬、言葉をつまらせた。「あなたが言いたいことはわかる。私も最近よく子どもについて考えるから。いったい子どもを産むべきかどうしようかって。親にとって、子どもっていったいどんな意味があるのかしら」

「あら? ってことはつまり、いま付き合ってるあなたの彼氏、なかなかいい感じなのね」

「あなたってそういうことにかけては反応が早いわ」と小蓉が言った。「ええ。とってもいい人よ」

「これはお祝いしなくっちゃ」。花壇では逆さまに吊るされたツタがひらひら揺れていた。空気の中には草いきれと果実の匂いが交じり合い、光と影が時間とともに移動していくその様子はまるで夢の中を歩いているようだった。「ねえ、彼はどんな人?」と玲芳が言った。

「エンジニア」。小蓉が答えた。「もともと日本にある民営の電力会社で働いていたんだけど、最近第四原発からスカウトされてこっちに戻ってきたの」

「ねえ。あそこの原発って、実際どうなの?」玲芳は手元の作業を止めて言った。「危ないって言ってる人はたくさんいるけど、ホントに大丈夫? この前の国民投票のときだって情報がずいぶん入り乱れていて、結局なにが本当だったのかわからないままだったじゃない――」

小蓉は首をふった。「彼は大丈夫って言ってるけど。建設までにいろいろあったじゃない。ほら、あなたも知ってるようにあそこは建設中止と再開を何度も繰り返してきたから。それに今度は国民投票でしょ? この件でどこもずいぶん揉めてたみたい。でも、今は台湾電力がアメリカの顧問会社を呼んで、第四原発の総合安全点検をしてるんだって。なにか問題が見つかれば、その都度修理をするみたい。彼の話によれば、今はひとつずつ原発を点検・修理している段階なんだって。それに、点検は国民投票を行なう前からやってることだって」

「そう？　ならいいけど……」玲芳は考え込むように言った。「じゃ、彼はどんな性格？」

「子どもみたいな人よ」。小蓉が笑って答えた。「仕事をしていないときはバカみたいに騒いでばかり。明るくて楽しい人。でもそれでいて誠実で、責任感がある」

玲芳がちらりと小蓉の顔に目をやった。「幸せで仕方ないって感じね。あなたの結婚式に参加するのもそう遠くはないみたい」

「だといいけど」と小蓉が言った。

小蓉の瞳を見つめながら、玲芳はつまらなさそうに口を開いた。「なによ。赤くなっちゃってさ」

空が徐々に暮れていき、プレハブ小屋のあかりがひとつまたひとつと灯っていった。それはこの広大な暗闇の中に潜む光（それは暗闇に穿《うが》たれた間隙であって、それが届かない場所でもあった）に呼応しているようで、夜空を舞う蛍のようにも見えた。そのせいか、植物たちの表情もいつもより艶《なまめ》かしく見えた。温室のガラス窓の向こう側には山腹に立ち込める霧が見え、月明かりの下では大渓漁港の遥か彼方に広がる大海原がぼんやりとした光を放っていた。埠頭でも騒がしげに街灯のあかりが灯《とも》り始め、行き交う車や人々の影がゆらゆらと揺らめいていた。地上の夜はどこまでもにぎやかだったが、真っ白な修道院の建物だけはただ静かに丘の上にたたずんでいた。

それは延々と続いていく勾配に建てられた休息地のようでもあり、またこの世界に付与された読点《コンマ》のようでもあった。

9

Above GroundZero

2014.10.18
pm 9:58

二〇一四年十月十八日。午後九時五十八分。台湾貢寮《ゴンリャオ》第四原発区地下制御室。北台湾原発事故まで、残り三六六日。

「皆、先週送ったメールは読んでくれたよな？」

壇上に立つ陳弘球《チェンホンチウ》主任が口を開いた。その眼下には八名のエンジニアたちが立ち並んでいた。「本日の作業は燃料プールの冷却水循環を補助するパイプの点検だ。V顧問会社の調査結果によれば、固定部分と連結部分にも問題が見つかったそうだ。そこで、今日は手順に従ってまずパイプの固定部分の検査を行ないたいと思う。報告書によれば、問題が見つかった箇所は全部で七箇所……」

「おい、群浩《チュンハオ》」。隣にいたダイコンが林群浩にそっと耳打ちをした。「二年前に起こった第二原発のアンカーボルト故障の件、あれについてどう思う？」

ダイコンの本名は蔡《ツァイ》と言ったが、つるつるに剃《そ》りあげたその巨大な頭は自他ともに認めるほど香港の俳優周星馳《チャウ・シンチー》とうりふたつだった。彼はアメリカのミシガン大学の工学部を卒業したエンジニアで、林群浩とは同期だった。同僚たちは彼をダイコンと呼ぶこともあれば、周星馳のニックネームである「星《シン》爺《イエ》」と呼ぶこともあったが、彼はいつもそれを笑い流していた。

「なんだ。パイプの固定って聞いて思い出したのか？」

「おうよ。お前、あの資料見たことあるか？ マジでありえないんだぜ。破損したアンカーボルトがどれも一定の方向を向いてたんだ！」

「知ってるよ。ボルトが全部十二時から一時、六時から七時の方向を向いていたってあれだろ？」

「なあ、なんだか悪い予感がしないか？」ダイコンが言った。「そんなことって、普通ありえるか？　アンカーボルトがちょうど一直線の形になってたんだぜ。考えてみろよ。それって原子炉が特定の方向に傾いてるってことなんだよ。つまり、原子炉の中の核分裂反応が均等な状態じゃないかもしれないってことなんだぜ――」

「まさか」。林群浩が答えた。「たまたま不具合のあるボルトが見つかっただけだろ」

「だといいけどな」。ダイコンが言った。「核分裂反応が不均等になっている状態よりも、ボルトが不具合だった可能性の方が高い。どちらにせよだ。問題は原子炉を固定する鋲《びょう》であるはずのボルトすらきちんとしまっていなかったってことなんだ――」

「けど、最終的にはちゃんと修理できたんだろ？」林群浩が言った。「正式稼動すれば、きっと問題はないさ」

「どうだかな」とダイコンが言った。「第二原発に問題があるってことはお前だってわかってるだろ？　あそこは戒厳令が解除される前にも事故を起こしたことがあったが、あの頃だって事件はうやむやにされちまったじゃないか……」

「おい、主任がこっち見てるぞ」

「それに去年の夏に第一原発もトラブルを起こしただろ？　台風が来ただけだぜ。しかも単純なヒューマンエラーときたもんだ。古い原発がいつ事故を起こすかと思うと、ぞっとするよ――」

「そこのふたり。なにか質問があるのか？」陳弘球が声をあげた。

糠雨。東北角《ドンベイジャオ》に太陽はなく、あたりには海から上る霧が立ち込めていた。数人の男たちがコンクリートの上に薄く溜まった水を雨靴ではじきながら歩いていた。彼らはひとつまたひとつと複雑な配管線につながれたセメントタンクとどこまでも続く壁を通りすぎていった。鉄筋と砂石、それに金属板がそこら中に散らばっていた。派遣された作業員たちは皆ゴーグルをかけていて、溶接の際に飛び散る火花が互いの顔を照らし出していた。

もちろん、昨年第一原発で起こったトラブルのことを林群浩は覚えていた。当時台湾北部を襲った風雨は強烈で、公式の発表では変圧器と避雷針の故障ということになっていた。強風によって電線が破壊され、それが原因でトラブルが起こったとされていたが、実際は単なるヒューマンエラーに過ぎなかった。避雷針と電線が台風によって故障したことは事実だったが、運転を停止してそれを修理したのは人間だった。しかも、トラブルが起こった本当の理由は、作業員が運転停止作業中に起こしたミスだった。運転を一時停止させるためには大量の冷却水を原子炉に流し込む必要があるが、それによってかえって中性子量が激増してしまい、連鎖的に異常加熱を引き起こして機能がダウンしてしまったのだ。それは一歩間違えば大惨事になりかねない事件だった……。

(海辺の霧はますます濃さを増していた。巨大な建物に吸い込まれていく一群の人影を目にした林群浩は、何とも言い表しようのない違和感に襲われた。まるでそこは原子力発電所などではなく、運用に失敗したちぐはぐな夢のようだった。――少なくともそれは建設の最中にあるものなどではなく、破滅的ななにかによって浸食され、すっかり破壊されてしまった後に懸命に再建された未来の夢のようでもあった。しかも、その身体が夢の隙間へと落ち込んでいる間、彼は夢が持つ柔らかな骨格の上を一歩一歩踏みしめるように歩いているのだった……)

「確認しておくが、我々は現在政府の打ち出した政策を遂行しているわけだ」。陳弘球が部下たちを励ますように言った。「総統も危険性がある場合は運転しないと公言している。国民投票もすでに成立して、我々の仕事は国民に替わって最終検査を行なうことにある。検査の途中になにか問題があれば遠慮なく言ってくれ。我々はこの原発を完璧に仕上げる必要がある」。陳弘球が強調して言った。「なんでも忌憚なく言ってくれ。ただし、情報が外に漏れて、あることないこと書かれないように、ここで起こったことは決して口外しないように。――さ、到着したぞ」

一行は足を止めた。

「ここにあるパイプとボルト、全部錆びてるぜ」。最初に声を上げたのはダイコンだった。「どうりで外国人たちに、ここはいつも問題だらけだなんて言われるわけだ」

「表面だけ処理しておきますか?」誰かが言った。

「ダメだ」。林群浩が答えた。「このパイプの中を通ってるのは燃料プールの冷却水なんだ。使用済みの燃料棒がもしも冷却できなくなれば大変なことになる。もしもパイプが破損したらどうするつもりだ?　しかも、もしかしたらパイプの中まで錆びてるかもしれないいんだ。理論上は全部引っこ抜いて始めからやり直さなくちゃダメだ」

「どうやらそのようだな」。陳弘球が腰を屈めて言った。

「いったいなにを使ったらこんなふうに錆びちまうんだ?」ダイコンが続けた。「こんなに簡単に錆びちまうなんてことがあるか?　これを担当した請負業者は絶対問題ありだぜ。そいつらをここに呼んで、最初からやり直させればいい」

「どこの担当だ?」一行のひとりが声をあげた。

「よし。それは戻ってから調べよう」。陳弘球が口を開いた。「ダイコンと康力軒《カンリーシェン》、お前たちふたりはこのパイプを担当してくれ。業者を探して、彼らにいちからやり直させるように伝えるんだ。修理が終われば、報告書を俺にあげるように。よし、次はどれだ?」


一行は再び歩を進めた。ダイコンが近寄ってきてそっと耳打ちした。「今回は請負業者がどこなのかさえ見つかりそうにないぜ。とにかく、ここは請負業者が多すぎるんだ」

「わかってるさ」。林群浩も口をとがらせた。「こっちで問題が起きたかと思えば、次はあっちで問題だ。いったいどれだけの業者に施工を頼んでるのかわからない。この前だって苦労して見つけた請負業者が、結局もうとっくに倒産してたなんてことがあったろ？　他にも確か、ようやく見つけた業者が実は孫請業者だったなんてこともあったよな」

「問題は請負業者が多いことじゃないんだ」。ダイコンが言った。「昔は本社と顧問会社がちゃんと責任を持って施工を監督していたんだ。ところが今じゃどうだ？　請負業者が自分で自分の仕事を監督してるんだぜ」

「まったくふざけた話だ」。林群浩がうなずきながら言った。「どこの世界に自分で施工した仕事を自分で監視する会社があるんだ。選手が審判を兼ねてゲームしてるみたいなもんじゃないか！　第一、第二、第三原発のときはそうじゃなかったはずだろ……」

「おいおい、この原発は何年建て続けていると思ってるんだ？」ダイコンが口を開いた。「国会での予算が凍結したかと思えば、次の瞬間にはまた再建設だ。第一原発は一九七八年に建設されて、第三原発だって一九八四年には建てられてたんだ。しかも、顧問会社が一括で請け負ってくれていた。こんなふうに、いくつも請負業者が分かれてるなんてことはなかったんだ。第四原発は二十年以上建設を続けているのに、まだ建設が続いているんだぜ。顧問会社も今日契約したかと思えば、明日には解約といった態度を繰り返してる。会社に雇われた請負業者だって押したり引いたりの繰り返しで、どれも下請けの下請けの下請けばかりさ。昔、第一原発から第三原発までの施工を請け負った責任者は、皆もう退職しちまってるんだ。なあ、おい。俺たちが今やってる仕事は何だと思う？　ここでやつらの尻拭いをさせられてるんだよ」

「つまり、俺たちの仕事は真面目に尻を拭くことってわけだ。尻の穴まで丁寧にな」。林群浩が言った。

「相変わらずさむいやつだ。全然笑えないぜ」。ダイコンが手を振りながら続けた。「けど、確かにお前の言う通りだ。しっかり尻の奥まで拭かなくちゃならない。じゃないと、とてもじゃないが俺は台北には住めないね。ここから台北市内まで、たった三五キロしか離れてないんだ」

「なんだ。お前もずいぶん肝っ玉が小さいな」

「おいおい。こりゃ、冗談なんかじゃないんだぜ。福島の避難区域は半径三〇キロメートル、第一原発も第二原発もこの範囲内に台北があるってこと、お前はわかってて――」

「しっ！　ちょっと黙ってくれ」。林群浩が言った。「何か聞こえないか？」

その言葉にダイコンは大人しく口を閉じた。

「なんてこった。カエルだ」。彼はカエルの鳴き声を耳にした。「原発建屋内にカエルが紛れ込んでいやがる――」

10

Under GroundZero

2017.5.18
pm 4:00

二〇一七年五月十八日。午後四時。台湾台南《タイナン》。北台湾原発事故処理委員会付属医療センター。総統府北台湾原発事故から五七七日後。二〇一七年の総統選挙まで、残り一三五日。

「久しぶりね」。李莉晴《リーリーチン》が笑いながら言った。「最近調子はどう？」

林群浩《リンチュンハオ》は軽く首をふった。

「気分はまだ落ち込んでる？」

「普通です」。彼はわずかに口端を動かして答えた。

「毎日薬を飲んでますから……」

「よく眠れる？」

「まあまあです」

「前と比べてどうかしら？」李莉晴が重ねてたずねた。「よくなった？　悪くなった？　それともなにも変わらない？」

「これといって特に変化は――」

「じゃ、薬の量を調整する必要はないようね」。李莉晴は少し間を置いてから、「どうかしら？　これまでどおりの処方でいい？」と言った。

「はい」

「なにか他に感じることはある？」李莉晴が続けて言った。「ポジティブなものでもネガティブなものでも、どちらでも構わないけど」

「別に」

「つまり、落ち着いてるってことね？」キーボードをたたいた李莉晴が手元のマウスをさっと動かした。

「よくなっていくはずよ」

「だといいのですが」。林群浩がため息をついた。

「そうね。じゃ、今日はこのドリーム・イメージを見てみましょうか。今回もあなたが言っていた『駐車場の夢』についての画像はまだ見つかってはいないみたいだけど……」。李莉晴はパソコンの画面をくるりと反転させて言った。「ＯＫ。これが今回抽出された画像よ」

それは一面に広がる雪原だった。冬の荒れ果て凍りついた大地に数十人の黒ずんだ人影が歩いていた。人影は夜空に散らばった星々のようにその広大な雪原に映っていた。

手前に道路のようなものがあるようだったが、はっきりとは映ってはいなかった。空は明るかったが、深い霧が立ち込めていて吹雪が舞っていた。

「この夢、覚えてます」。林群浩が言った。「今回はプロセスまでなんとなく覚えています」

「この吹雪に人影を見て、なにか連想するものはある?」

「これは雪じゃない。確か夢の中では違っていたはずです。僕が覚えているのは、夢そのもので……」林群浩は言いかけた言葉をのみこんだ。「この夢と実際の生活の間にどんな関係があるのか、正直わからないのですが——」

「なるほど」。李莉晴がうなずいて言った。「いいのよ。なら、この夢について話しましょうか。思いついたことをなんでも話してちょうだい」

「自分がとある都市《まち》を離れたことまでは覚えているんですが、その都市についてはまったくなんの印象もないんです」。そして、続けて、「自分がいったいどうしてそこを歩いているのかもわからない。ずいぶん長く歩いたような気もする。僕は自分が彼らと行動をともにしていることを知っているけど、夢の中ではそれは歩いているというよりもゆっくり飛行しているという感じに近かった。まるで画面をスライドするみたいに。僕はこの人たちのそばを通り過ぎていった。彼らは真っ黒な服に身を包んでいて、僕に背を向けて歩いていたからその表情を見ることはできなかった。視界は限られていて、夢の中のすべて、人や雪、樹に砂みたいな氷晶、それら一切が灰色に浮かんだ微粒子のなかに覆われてしまっていた。まるで、世界中が微粒子の中に沈んでしまったみたいに。視界が及ぶすべてがどこまでも同じ光景で、僕はその灰色の霧には毒があることを知っていた。僕は息を止めようとするけど、結局は――」

「それから？」

「途中まで歩いていくと……」、それまで軽く両目を閉じていた林群浩は、しばらくして目を開いた。「ようやく気づいたんだ。自分は彼らと一緒に葬儀に参加しようとしているんだって。しばらくすると、彼らのうち何人かが倒れ始めた。夢の世界は無音で、僕は彼らがひとりまたひとりと雪原に倒れていくのを目にしていた。一行の中にはそれにひどくショックを受けて駆け出す者たちもいた。ちょうど倒れてしまった人のそばを通りかかったときに、僕は思わず足を止めたんだ。その人は確かに僕が知っている人で、しかも僕の友人だった（顔を確認したわけじゃないが、それは確か女性だった）。長く垂れた髪が真っ黒な毛糸のコートの肩口にかかっていた。灰色の雪がひらひらと身体の上に降り積もっていて、僕は彼女を抱き起こしてその肩を強く揺すってみたけど、聞こえてきたのは脆く砕け散る骨の音だけだった。僕は驚いて思わず手を離してその顔を見た（あるいは、僕はそれが誰なのか知っていたのかもしれない）。でも、僕が彼女の顔を見ようとしたちょうどその瞬間、髪の毛がはらはらと地面に抜け落ちて、場面はまるで退化するように、あっという間に黒から灰色へと変わっていった……」

「この夢を見て、あなたはなにを思った？」

林群浩は戸惑うように答えた。「……恐怖」

「それはどんなタイプの恐怖？」

「とにかく、恐ろしいって感じです」

李莉晴はカルテに恐怖という文字を書き込んだ。

「怖い」。林群浩は地面を見つめながら続けた。「あれが誰だったのかわからない。全身が折りたたみ式のつっかえ棒みたいに簡単に折りたたまれて、砕けてしまったことも信じられない。そんな彼女を棄てておくべきなのか、あるいは残って寄り添ってやるべきなのか。それすらも僕にはわからなかった」。林群浩が言った。

「寒い……」頭を上げた彼の瞳は涙で濡れていた。「寒い。震えが止まらない。いったいどうすればいいのかわからない」

「その先は？」

「覚えてません」

「そう」。李莉晴はしばらく黙り込んでから言った。「つまり、私たちが今回見ているこの画像はあなたがその友だちと出会う前の可能性が大きいってことね？　誰かが倒れてしまう前に抽出された映像でいいわけね」

林群浩がうなずいた。

「なるほど。あなたはさっき友だちが倒れる様子を見たと言った。そして、その女性は黒いコートを羽織っていて、あなたはその長い髪も目にした」。李莉晴が言った。「灰色の雪に骨が砕ける音。これらを合わせてみて、あなたはなにを連想する？」

「――特に」

「いいのよ。リラックスして答えて」と李莉晴は彼を励ますように言った。「もう少しだけ考えてみて？　思いついたことをなんでも口にしていいの」

「……放射能」。窓の外に目をやった林群浩が答えた。「放射能。放射能を連想しました」

「それだけです」

「放射能。それから？」

「どの箇所を見て、放射能について連想したのか答えてもらえる？」李莉晴が続けて質問した。

「黒いコート？　髪の毛が抜け落ちるシーン？　灰色の雪？　あなたに背を向けて歩いている、顔の見えない人たち？」

「雪」。彼はそう言って、しばらく言葉を詰まらせた。「さっきも言ったように、あれは雪なんかじゃない。あれがなんなのか、僕は知ってるんです」

「ええ、わかってる」。李莉晴はなにかを考え込むように言った。「他には？」

「……おかしいな。なぜか自分の髪の毛を連想しました」

「どういうことかしら？」

「なぜかわかりませんが、あのひび割れた雪原にある灰色の髪の毛が、自分のものだったような気がするんです」

「どうして？」

「それは、わかりません」。林群浩は頭を垂れて答えた。「あるいはそれはただ夢の中での感覚であって、『僕のした連想』ではないのかも。僕が感じていたのは恐怖と痛みなんです」

「そうね、……今はましになった？」

「おそらく」。彼は頭を上げて答えた。

「目が覚めてから、数分間はそうした感覚が残っていたけど、その後はなんともないです」

「なるほど……」。李莉晴が立ち上がって言った。

「なにか飲む？」

林群浩がうなずいた。李莉晴が診察室の入り口の扉を開いてアシスタントを呼んだ。

「それじゃ」、李莉晴が彼をじっとと見つめながら言った。「今日はここまでにしましょうか。今回はこの一枚しか映像を出せなかったけど、細かな点までたくさん覚えていたから疲れたでしょ？」

林群浩は黙ってうなずき、コップの水をひと口飲んだ。青白い照明の下では、彼の瞳は漆黒の空洞のようだった。

「これ、持って帰って」。李莉晴は小さな牛皮の紙袋を取り出して言った。「前と同じで、ドリーム・イメージをプリントアウトしたものよ。それから、他の関連資料も入れておいた。時間があるときに見かえしてちょうだい。でも、今回は感情的な反応がいつもより大きかったから、もしも気分が悪くなるようなら見なくてもかまわない」。李莉晴は言葉を区切ってから、「こうした治療方法がとっても疲れることはわかってるつもり。なんと言っても感情的な問題なんだから。でも、しっかりと成果は現れてきているでしょ？」

林群浩は黙って紙袋を受け取った。その表情は明らかに疲れ切っていた。「さっき、他の関連資料も入っているって言いました？」

「ええ」と李莉晴が微笑みながら答えた。細く長く伸びたその瞳は美しい三日月のようだった。「まとめて紙袋のなかに入れておいた。なにかの参考になるはずだから、忘れないで確認してね」

11

Above GroundZero

2014.10.19
pm 3:12

二〇一四年十月十九日。午後三時十二分。台湾宜《イー》蘭《ラン》。頭城鎮《トウチエン》大渓漁港《ダーシィユーガン》。

北台湾原発事故発生まで、三六五日。

「小蓉《シャオロン》。君は天才だ」。林群浩《リンチュンハオ》はコーヒーカップを置くと、立ち上がって腰を伸ばした。「よくこんな素晴らしい場所を見つけてきたね――」

その民宿は山の中腹にあって、小さな大渓漁港を一望することができた。海水は優しく港を愛撫して、停泊中の船はその大きさにかかわらず、波の指先が奏でる旋律にその身を任せて揺れていた。埠頭の道にには海鮮レストランと干物を売る店が立ち並んでいた。海に張りついた膜か油かのせいで、埠頭全体がきらきらと輝いていた。冷たい秋風が心にしみた。高所から地上を見下ろすと、薄い霧がうっすらと市内を覆っているのがわかった。疎らな観光客たちが薄い絹のような空気の中に見え隠れしていた。

潮騒の匂いが視覚にまで滲み出していた。小蓉にとってそれは現実の持つ色彩であって、また記憶の中の色彩でもあった。

「あなたって人はどんな些細なことでも喜べるのね」。小蓉が笑みを浮かべた。短いパンツをはいた小蓉が椅子の上で真っ白な両足を交差させていた。日は差していなかったが、民宿のバルコニーはきれいな空色をしていた。きらびやかな光がカーテンを揺らすその様子は、唇から今まさに美しい誓いの言葉が放たれようとするようでもあった。

「僕は単純な人間だからね」。林群浩はハミングをしながら言った。「休暇ってやつは最高だ。なんたって仕事をしなくていいんだからね。それに、君とこうしていられることも」

「幸せな人」。小蓉が答えた。「言ったでしょ？　私がこの場所を選んだんじゃない。この場所が私を選んだんだって」。小蓉はひと呼吸おいて話を続けた。「ここは小さい頃に遠足で来たことがあるのよ。私たちは皆貧乏だったから、学校の行事なんかに参加したことはなかった。施設にいる子どもたちの参加できるイベントといったら、せいぜいここに来ることくらいなのよ。いわば、ここは子どもたちの世界にとっての縁《ふち》にあたるのよ……」

「僕も課外活動ってやつは覚えてるよ」。林群浩が言った。「世間知らずのわんぱく小僧を山ほど積んだ観光バスに乗って、聞いたこともないような田舎にある同じく聞いたことのないような遊園地に行ったっけ。——そう言えば、一度屏東《ピンドン》にある潮州《チャオジョウ》に行ったことがあった。そこで一日遊んだんだ。確か、潮州遊園地だったかな。お化け屋敷に回転木馬、もぐらたたきにゴーカート、それに遊覧船。きっと今じゃ廃墟になってるはずだよ。ポテトチップにかっぱえびせん、それにインスタントラーメン、バスの中はそんなジャンクフードの匂いで溢れてたっけ——」

「自分が幸福だったたって思わない？」小蓉が言った。「私たちはここにしか来られなかった。歩いてここまで来たのよ、観光バスなんてなかったし、それに障害のあるクラスメートたちの世話もしなくちゃならなかったから……」

「それを言うなら、君の方こそ些細なことで喜べる人間だって思わないか？」林群浩が言った。「僕はただ運がいいだけさ」

「ずいぶん練習してきたのよ」。小蓉が言った。「些細なことでも喜べるように、小さな頃からずっと練習をしてきたのよ」

小蓉の背後に回りこんだ林群浩がその肩をそっと抱きしめた。「どうしたんだい？　ずいぶん不機嫌みたいだけど」

「そんなことない」。小蓉は笑って彼の手を握った。

一切は霧の中に沈んでいた。霧の向こうに見える小さな港は遠い群青色をした海に寄り添っていた。

小蓉は施設で育った日々を思い返していた。自分が両親から棄てられたことへの恨みをなんとかして抑え、シスターや教師たちから少しずつ心身に障害のあるクラスメートたちを思いやる気持ちを学んでいった。そうするなかで、彼らにもそれぞれ長所や短所があって、性格があるのだと気づいた。小蓉はそこで彼らと共生する術《すべ》を学んだ――それはなによりも忍耐、あるいは妥協することで、それぞれの人間の個性と習慣に合わせて、適切な距離をはかることでもあった。小蓉はそこで己の能力の限界を知り、自分がどんなときに身を引いて、彼らをシスターや教師たちに任せればいいのかを学んだ。そして、自分よりも他人のことを考える必要があることを学び、玲芳《リンファン》の楽観さを学び、徐々にではあるが、あの自分を棄てた見知らぬ母親を思い出さなくなっていった……

(でも、それは本当に長い長い作業だった――)

それは現在と比べれば社会福祉も医療制度も不十分な時代のことだった。でも、あるいはだからこそ、自分はあれだけ多くのクラスメートたちとあそこで出会うことができたのかもしれない。

「昨日、施設に戻っていたんだろ?」林群浩が言った。

「ええ」

「玲芳には会えた? シスター・オールグレンは?」

「会ったわよ。それに他にも」。小蓉が言った。「シスター・丁《ディン》とも話した。彼女ね、いま医療室の主任になってるのよ」

「元気そうだった?」

「うん、皆元気だった」。小蓉は一瞬言葉を詰まらせて言った。「シスター・オールグレンも。でも、玲芳はどうやら恋愛する気も結婚する気もないみたい」

「へえ? シスターになるつもりなのかな?」

「いいえ。きっと精神的な意味でのシスターになりたいんだと思う」。小蓉が笑って言った。「もしも仏教徒なら『在家信者』って言えばいいのかしら？　あの子はそこまでカソリックを信じてるわけじゃないのよ。ただ、自分がなにかを信じたいと思うことを信じてるって言えばいいのかしら」

「君はそんなふうに思うんだ」

「ねえ、知ってる？」小蓉が言った。

「九歳で施設に送られたとき、私は毎晩泣きながら眠ってたのよ。一晩中泣きあかした。起きても泣いて、夢の中でも泣いて、泣いてることに気づいて、それで目が覚めたこともあった。布団の中でこっそり泣いて、いったい自分が今起きているのか眠っているのかさえもわからなくなってた。クラスメートたちはやることなすことてんでバラバラで、なかには当然いじめっ子や陰気な性格の子もいた。もしもあの頃、そばに玲芳がいなければ、私はどうやって生きていけばいいか本当にわからなかった。今思い返してみると、確かにあの頃はまだ子どもだったけど、あの子はそれでも自分の信じるものを持っていた。だからこそ、あの子は楽観的だったし、周囲の子どもたちよりも落ち着いていたんだと思う。——そのせいかしら、あの子がカソリックに染まらなかったのは。ねえ、木心《ムーシン》って知ってる？」

「誰だって？」

「木心。私の好きな芸術家よ」と小蓉が言った。

「彼がこんなことを書いてた。**私は『信仰』を信仰している**。きっと、玲芳もそうなんだと思う。あの子はカソリックを信じてるわけじゃなくて、ただ『信仰』を信仰しているだけなのよ。私自身はカソリックを信じてるけど、あの子が言いたいことはわかる気がする。玲芳ね、こんなこと言ってたのよ。障害のあるあの子どもたちが、もしも今のこの文明社会の中で生きていなければ、彼らの障害はきっと私たちのちょっとした欠点とたいして違いはないんだって。——だからきっと、人類の文明はあの子たちにとってはかえって災いなんだって」

「確かに一理ある。君もそう思うのかい？」

「私は玲芳の言ってることは正しいと思う。ねえ、『海を背負った男』って聞いたことある？」

「なんだい、それ？」

「王文興《ワンウェンシン》の小説よ。王文興は聞いたことある？」

「ああ、王文興ね。それはさすがに知ってるよ」

林群浩が笑いながら答えた。「大学の一般教養の授業で聞いたことがある。確か息子が親父にぶち切れて、それで一家が幸せになるって話だろ？」

「それは『家変』。私が言ってるのは『海を背負った男』。二十年もかけて書かれた長篇小説なのよ」

小蓉が言った。「ほら、立ってみて。後ろを向いて、部屋の方を見て。ね、今のあなたはまさに『海を背負った男』よ」

「そんなさむい話をするためにわざわざその小説を持ち出したのかい？」

「やだ、違うわよ」。小蓉が林群浩の背中を小突いて言った。

「いやな人。少しも人の話を真面目に聞かないいんだから。私は『海を背負った男』の内容を話したかったの」

「わかったよ」

「ある易者がね、借金の取り立てから逃れるために台北から海に面した南方澳《ナンファンアオ》の丘にある家へやって来る物語なのよ」

「確かに南方澳とここはよく似てるね。小さな漁港があって、それに海に面した丘もある」

「でしょ？」

「その易者は南方澳でどうやって生活してるんだい？」

「同じように街で占いをして生活してる」

「それはよく当たるのかな？」

「もちろん、しょっちゅう外れてる。だって、彼は自分の運命すらろくすっぽあてられないんだから」小蓉が言った。「王文興もカソリックだった。実はね、『海を背負った男』に出てくるのは、どれもみんな平々凡々な人たちばかりなのよ。実際、この世界に生きる人のほとんどはそうした人間だから。小さな悲しみに、小さな喜び、そして少しだけずるくて悪い人間たち。細かなことにばかりにこだわって、そしていつの間にか一生を終えてしまうような人たち」

「それで？」

「彼らがそうした小さなことにこだわるのは、この社会のシステムや文明が定めたルールがあるから。社内の派閥政治に職場での出世競争、肉親間の衝突、誰だってやられたら倍返しにして相手に返そうとする。それが今の文明ってやつでしょ？　それが文明社会で生きる私たち人間の運命《さだめ》なのよ。どれだけ立派な易者でも、結局はそれ以上のことを占うことはできない。だから私は玲芳の言ってることが正しいと思うのよ。ほら、あれ！」

遠い海の上で、厚い雲の隙間から差す光がまるで太陽から伸びた指先のように海面を優しく照らし出していた。それは波間に漂う光だったが、光は群青色の海面の一部しか照らしておらず、さながら偶然垣間見えた神さまの表情のようでもあった。

「きれい――」。小蓉の顔から笑みがこぼれた。

「でも、僕たちはやっぱり文明以前の時代に戻るわけにはいかないよ」。林群浩が言った。

「あなたたち科学を勉強した人たちは必ず同じことを言うのね」。小蓉が言った。「確かにそうなのかもしれない。でも……、私はこの巨大な文明から身を隠したくなるようなときがあるの。逃れられないとわかっていても、この社会から身を隠して、できるだけ他人と接触しなくてもいいような場所はないかって思うのよ」。小蓉は一瞬言葉を詰まらせると、淡々とした口調で続けた。「でも、私はあなたがいればそれだけでいい」

「うん」。林群浩が答えた。

ふわりと乾いた感覚が、瞳を閉じていた小蓉に光と風がまぶたの上に留まっていることを感じさせた。気がつけば、夜はすでに更けていた。冬の広野、街の外には寒々とした蘭陽《ランヤン》平原がどこまでも続いていた。遠くに伸びていく道路沿いの街灯が、地上に輝く星々のようにこの果てしない夜を照らし出していた。微かに光る夜行列車が小蓉の暗い意識の縁を駆け抜けていった。

それらすべては施設に入る前に起こった出来事だった。
母親に棄てられる前に起こった出来事だった。

12

Under GroundZero

2017.5.21
pm 5:00

二〇一七年五月二十一日。午後五時。台湾台南《タイナン》。北台湾原発事故から五八〇日後。二〇一七年の総統選挙まで、残り一三二日。

週末、空はすでに暗くなり始めていた。台湾南部の夕焼けは所狭しと立ち並ぶ建築物をゆらゆら揺れる灰色の暗影の中に貼りつけているように見えた。李莉晴《リーリーチン》は路上に車を停めると、そのまま歩き出した。まず、歩道に沿って数分ほど歩き（そこは小さな公園で、歩道の側に並ぶオレンジ色の街灯と鳳凰木《ホウオウボク》によってつくられた影は目まぐるしく変化していた）、それから小さな路地に入っていった。

街灯にはすでにあかりが灯っていた。路地の両側の建物の窓から漏れる光もその明るさはまちまちで、窓辺に植えられた植物もなんだかぼんやりと見えた。白い蛍光灯のあかりが、化粧した李莉晴の顔をうっすらと照らし出した。それはまるで仮面のように美しく、それでいて冷淡な表情だった。路地に満ちた花の香りも自然とその跡を追っていった。紺色の洋服に身を包み、黒いシャネルのバックを持った李莉晴は後ろ髪をアップして、金属製の装飾品がその胸元や手首、耳元できらきらと光輝いていた。

数分後、李莉晴はデパートの前にある小さな広場までやって来た。そこではちょうど不定期のマーケットが開かれていた。色とりどりのテントが雨後に顔を出したキノコのように、あちこちに広げられていた。周囲には食べ物を焼く香ばしい香りが漂い、その光景に印象派のような色彩を与えていた。週末、この都市《まち》は一時的にであれ、原発事故以来続くこの国の経済的苦境を忘れているようだった（名目失業率はすでに二一パーセントにまでのぼっていた）。

短い午睡《ひるね》に陥ったこの都市はさながら油絵の色彩で描かれた美しいペテンの中に沈んでいるようだった。

しかし、それでも人影は決して多くはなかった。店員たちは自分たちのテントの前にただじっと立っていて(彼らの多くは台湾北部の避難区域から逃れてきた人々で、政府が緊急に借金の限度額を引き上げて国内の内需刺激のために雇われた臨時職員たちだった)、退屈で仕方がないといった表情を浮かべていた。それぞれの商品棚には必ず「このエリアの食品はどれも苗栗《ミャオリー》以南で収穫したもので、絶対に放射能汚染されていません」といった言葉が書き添えられていた。

デパートの扉の前に立つルーシーも、また同じように退屈でたまらないといった表情を浮かべながら、手元の携帯をいじっていた。

李莉晴が近づいてくることに気づくと、ルーシーはうれしそうに手をふった。

ふたりは広場まで戻ると、ゆっくりとテントに並べられた商品を見てまわり(あるいは、こうした仕事や商品自体に不案内であったせいか、店員たちは客を前にして一様にぽかんとした表情を浮かべていた)、再びデパートの入り口まで戻ってきた。李莉晴は一階の化粧品売り場でいくつか化粧品を試してみた(その際、つけまつ毛をした売り子に乳液を塗ってもらった。灰色の液体が青い静脈の浮かぶ真っ白な肌の上で静かに溶けていった)。しかし、結局はなにも買わずにその場を立ち去った。それから、今度はルーシーに付き添って別の売り子のいるブースに行き、新発売のアイシャドーを試してみた(高椅子に腰掛けたルーシーは、さながらエナメルの人形のようで、売り子はその真っ白な顔にアイシャドーを描いていた——)

しかし、ルーシーも結局は同じようになにも買わずにその場を離れた。

エスカレーターに乗って二階へ向かったふたりは、今度は階段の方へ向かって歩いていった。

十分後、ハンチング帽をかぶったポニーテールの女がひとり、真っ白なTシャツにジーパンといった出で立ちでデパートの七階に現れた。

七階はデパートの敷地ではなく、映画館になっていた。女はポップコーンを片手に、人ごみにまぎれるように映画館の第九シアターへ入っていった。

館内ではすでに上映が始まり、館内のあかりは暗く落とされていた。上映されていたのは流行の人気作品ではなく、「スタンリー・キューブリック特集」だった。スクリーンに映し出されていたのは、一九九九年に上映された『アイズ・ワイド・シャット』で、他のキューブリック作品とあわせてデジタル修復されたものが再上映《リバイバル》されていた。館内には三分の二ほど空席があった。階段に灯る微かなあかりを頼りに、女は後ろから三列目にある右側の席に腰を下ろした。ひとつ席を隔てて座るベレー帽の男以外、周囲には誰もいなかった。

女はベレー帽を被った男のすぐ前を通り過ぎると(男に向かって軽く頭を下げた女は小声でなにかを口にした)、そのまま自分の席に腰を下ろした。

数分後、女はポップコーンを左側に座っているベレー帽の男に手渡したが、二人の間に会話らしきものはなかった。

女は黙ってスクリーンを眺めていた。映画の中ではちょうど主人公が夜の街を歩いていくシーンが流れていた(ちょうど同じ時刻に映画館で見るその寒々とした街並みはまるで廃墟のようだった。バックミュージックが流れることも、主人公の足音が響くことも、ましてや車が行き交う音もなく、一切が無音の状態だった。それは無数の細かな静寂が一本の細い針の上に凝縮しているようだった)。主人公は閉店した銀行にピザ屋、靴屋にスポーツ用品店、家具屋に装飾品店を通り抜けて(マネキンが薄暗いショーウインドーの中でおどけたポーズを取っていた)、バーの入り口までやって来ると(小さな古い看板が掲げられ、地下室の入り口にはネオンが輝いていた)、そこで偶然昔の馴染みと出会ったのだった。

「この前渡したあれ、見てくれた?」ハンチング帽の女が声を落として言った。

「ああ」。暗闇の中でベレー帽の男はポップコーンをひと掴みとって、それを地面に置いた。男はそっと立ち上がると、女がいる右側の席へ移動した。

「どう思う？」

「それよりもまず聞きたいことがある」。男はスクリーンを見つめたまま口を開いた。「紙の資料を渡したのは、僕のメールが監視されているから？」

「ええ」。女が言った。「それに、きっと盗聴もされてるはず」

「なるほど」。男が微かにうなずいた。

「で？　あれを見てどう思った？」

「なにか思い出した気がする」。男は言葉を詰まらせた。「少しだけだけど」

「どんなこと？」

「はっきりとしたことじゃないけど」。男は少しだけ頭を傾けて言った。スクリーンの光がその額を照らしていた。「どうも彼と会ったような気がするんだ。発見される前、立入禁止区域で」

「彼というのはつまり――」

「賀陳端方《ホーチェンドゥアンファン》」。林群浩《リンチュンハオ》が言った。

「立入禁止区域にいたときのこと、なにか思い出した？」

「はっきりしないんだ。もちろん、賀陳端方本人に会ったことも含めて。でも、あれはきっと立入禁止区域に間違いなかったはずだ」

「それがどういう状況だったか」、李莉晴が言った。「覚えてる？」

「原因とか場所とか、そういった詳しいことはなにも覚えていないんだ。立入禁止区域での記憶はほとんどぼんやりしているから。僕が覚えているのは不完全な記憶の断片だけ。でも、その場面はまるで彼と言い争っているようだった。そして、そこには僕の恋人もいた」

「つまり、あなたが見ている夢は、現実に体験した記憶の再現ってこと？」

「おそらくは。僕自身もはっきりしないんだ」

「あなた自身にもわからないってことね――」。スクリーンの冷たい光が帽子の下で輝く李莉晴の瞳のなかで明滅を繰り返していた。「それは細かい部分まで思い出すことができないから？」

「……わからない。ただ、僕の印象ではあの男は確かに賀陳端方だった。でも、彼がどんな顔をしていたのか、そこまでは覚えていないんだ」

「ということは……」李莉晴は考え込んだ。「あなたは彼の顔を見ていないってこと？」

「そんな気がする」

「じゃ、夢全体のストーリーのようなものは？」李莉晴が言った。

「覚えてない」

「ＯＫ。少し整理しましょうか」。李莉晴が言った。「画像の内容を確認するだけでいい。あなたの実際の記憶の中ではそれはどんな場所だった？」

「白い壁に白い光、それに白い部屋だった」。林群浩が言った。

「部屋は小さくて、飾りつけもシンプルだった。家具らしきものもなにも見あたらなかった気がする――」。彼はそこで一旦言葉を詰まらせて、「抽出されたドリーム・イメージの画像とそっくりの場所だった」

「じゃ、映っていた人間は？　あの画像はかなり主観的な視覚から映されていたけど。あなたとあなたの恋人、それから賀陳端方の三人」

「いや――」。スクリーンではトム・クルーズがまるで悪夢の中に浮き出たような不思議な豪邸へ足を踏み入れようとしていた。神秘的な儀式が進行する中で、人々の顔は奇妙なマスクで覆い隠されていた。それはさながら、人ならざる者たちによる会合のようだった。

「確か、他にも誰かいたような気がする。いや、いたはずだ」。林群浩は声を抑えて言った。「子どもがふたりいた」

「子ども？」李莉晴が驚いて言った。「画像には子どもなんて――」

「わかってる。でも、僕の記憶の中では確か子どもがふたりいたはずなんだ」

「どのくらいの子ども？　男の子？　それとも女の子？」

「ひとりはせいぜい四、五歳の子どもで、もうひとりは青年くらいの年齢だった」。林群浩は子どもについて詳しく説明した。「赤ん坊じゃなかったことは確かだ。男だったか女だったかまではわからない。でも、確かに僕は彼らと一緒にその部屋にいたんだ」

「どんな顔をしていたか覚えてる？」

彼は頭《かぶり》をふった。「少なくとも、子どもたちに関する記憶は亡くなった恋人や賀陳端方よりもぼんやりしてるんだ。だって、恋人や賀陳端方についてはは誰だか判別できたけど、そのふたりの子どもについては、まったく心当たりがないんだ……」

「気にしないで。じゃ、それがどんな状況だったか覚えてる？」李莉晴が畳み掛けるように質問した。

「あなたはさっき、彼と言い争っているようだったと言った。『言い争い』って言葉を聞いて、なにを連想する？」

「ん……、この国が、めちゃくちゃになってしまった。原発事故で経済が崩壊しているのに、それでもまた選挙で言い争いを続けている――」

「つまり、あなたが最初に思い浮かんだのは政争？」

「ああ」

「白い壁は？　それに白い部屋」

「……東北角《ドンベイジャオ》。そうだ。東北角だ。確か東北角の観光地にある民宿には、この手の壁が流行っていた気がする。台湾の海辺にある民宿なら、どこもこうした地中海風にアレンジした部屋を持ってるはずだ。混じりけのない砂に水、海と光のイメージ。でも、僕が思い出したのは東北角にある民宿だった」

「OK。もしかしたら、それはあなたの仕事と関係があるのかもしれない」。李莉晴は言葉を一拍置いてから質問を続けた。「それじゃ――子どもは？」

「それは……」、林群浩は言葉に詰まってしまった。「よくわからない。あるいは施設と関係があるのかもしれない」

「施設？　施設って？」

「小蓉《シャオロン》、僕の恋人が小さな頃に暮らしていた養護児童施設。きっと子どもたちはこの施設と関係があるんだと思う。あるいは白い壁や光、部屋のイメージっていうのも、施設となにか関係があるのかもしれない。小蓉は小さい頃からあそこでずっと育ってきたから――」

「その場所に行ったことは？」李莉晴が言った。

「原発事故が起こる前に」

林群浩はうなずいた。「小蓉がまだ生きていた頃に連れて行ってくれたことがあった。すごく変わった場所で、宜蘭《イーラン》の頭城《トウチェン》、大渓漁港《ダーシィユーガン》の近くにあるんだ。シスターたちが運営しているカソリックの児童養護施設で、普通の子どもたち以外にも、心や身体に障害のある子どもたちも受け入れていた。普段、普通の子どもたちは近くの小学校や中学校に通学していたけど、障害のある子どもたちは施設で特別な教育を受けていた。シスターたちはそうした子どもたちのために、外部から特別に講師を呼んでいた。僕にとって特殊な体験だったから、とりわけ深く印象に残ったんだ。小蓉と付き合うまでは、まさかあの子がこんな場所で大きくなったとは思いもしなかったから――」

「そんなことがあったのね……」。李莉晴が微かにうなずいた。

「ふたりの子どもは僕に施設のことを連想させた。けど、おかしくはないだろ？　施設にはたくさんの子どもたちがいたんだから」

「ええ」。李莉晴が答えた。「あなたはそれが原発の立入禁止区域となにか関係があると思う？」

「というと？」

「その施設は確か宜蘭にあるって言ったわよね？」李莉晴が言った。「宜蘭のどのあたり？　正確な場所はわかる？　それって原発の立入禁止区域じゃないかしら？」

「ああ、確かにそうだ」。林群浩はなにやら軽い眩暈《めまい》を覚えた。冷や汗がその背すじを冷たく濡らした。無数のシグナルのような光と影が彼の意識の中を舞っていた。

「もしも彼らが立入禁止区域にいたとすれば」、李莉晴が言った。「理論上はそこを離れなくちゃならなかったはずよね？　どうしたの？　なにか思い出した？」

瞳を閉じた林群浩はその手を膝の上にのせていた。暗闇の中で幻想的に変化する光が彼の横顔に映し出されていた。「ちょっと待って——」

「ねえ、大丈夫？」

林群浩はそれには答えなかった。しばらくして、呼吸を整えた彼は静かに両目を開いた。「いや」、彼は首をふった。「なんだか混乱して、気分が悪いんだ。……どうしてかな」

「きっと、それこそがあなたの記憶の中にある傷跡となにか関係があるからよ」。李莉晴が言った。「心配しないで。まだ気分が悪い？　どこか気持ち悪いところはある？」

「いえ、大丈夫です……」。林群浩はふり返ると、李莉晴の瞳の奥底に輝く光を見つめながら答えた。

「大丈夫。ありがとう」

三十分後、第九シアターを出た李莉晴はエレベーターに乗って階下へと向かい、ひとりデパートをあとにした（風景は音もなく遠ざかり、光り輝くショーウインドーは背後で幻のように消えていった）。街を通り抜けて公園側にある駐車場まで辿り着くとドアを開けて車に乗り込み、そのまま車を発進させた。

夜はすっかり更けていた。公園のベンチの上では若い男がひとり携帯電話をコートのポケットに滑り込ませた。男は顔を上げて、李莉晴の車が台南の夜の闇へと消えていくのを黙って見送っていた。ネオンが灯る時刻、この都市の息遣いはひどく寂しいものだった。地面の落ち葉を巻き上げる風は、なにかが破れるような脆い音を立てていた。男の顔は木々と建物の影に隠れ、まるで黒いマスクをつけているようだった。

再び携帯電話をコートのポケットから取り出した男が通話ボタンを押した。「もしもし？」

13

Above GroundZero

2014.12.9
pm 3:12

二〇一四年十二月九日。午後三時十二分。副所長事務室。台湾貢寮《ゴンリャオ》第四原発事務エリア三階。

北台湾原発事故まで、あと三一四日。

「ああ、わかったわかった。そうだ、明日でいいだろ？　じゃあな」。黄立舜《ファンリーシュン》副所長は電話を置くと、デスクの前を苛立たしげに歩く陳弘球《チェンホンチウ》に向き合った。

「悪いな、弘球。ずいぶん待たせちまった。そんなところに立ってないで、早くこっちに来て座れよ！」

「いえ、このままで結構です」。陳弘球が言った。

「お気を遣わずとも大丈夫です。副所長、こうして立っているのも運動になりますから」

「副所長だなんて、堅苦しい言い方はよしてくれって言っただろ？　元クラスメート同士なんだ」。黄立舜は笑顔を浮かべて言った。「で、さっきはどこまで話したかな？」

「燃料プール冷却設備の配管の故障までお話ししました」

「ああ、そうだった」。黄立舜は腰を下ろすと、携帯電話の画面に浮かび上がった何通かのメッセージに目をやると、それをさっと指先でスクロールした。

「どんな問題だ？　顧問会社の方で、なにか意見でもあったのか？」

「ありましたが、それも仕方ありません」。窓の外の日差しはすっかり隠れ、濃霧はかえって湧き溢れてくるようだった。無数の暗い影が、陳弘球の日に焼けた顔の上に映し出されていた。しかも、その影は光によって生じたものではなく、まるでこの空間の片隅に、もともと存在していたかのような影だった。

「我々はもともと総合検査を行なう予定でしたが、なんと言うか、いくつかの問題は副所長に必ず報告する義務があると思ったのです」

「弘球、遠慮はいらない。なんでも言ってくれ」

「副所長、つまりこういうことなんです」。陳弘球が口を開いた。「ここ数週間、我々は今回問題になった配管と、それに関連する部分の修理を行なってきました。この配管に関するだけで、V顧問会社が提示した改善プランはすでに二〇を超えました。もちろん、そのことが問題なのではありません。工事のクオリティが低いのは請負業者の責任ですから、我々はそれをただ監督すればいいだけの話です。しかし、検査を終えてわかったのですが、複数の請負業者に仕事を分担する当初の計画そのものが間違っていたのです。最も下層の工事に至っては請負業者が四つにまで分かれていて、しかもそのうち二つの業者はすでに倒産しており、我々はどうやっても責任者を探し出すことができませんでした。しかも、彼らが当初の設計に従って施工しているとはとても思えないのです。――いったい彼らがなにを基準にして施工したのか、まるでわかりません。現場の監督すらろくに機能していなかったことは最初からわかっていたことですが、まさかここまでひどいとは思いませんでした。倒産する業者はあらかた倒産しました。そこで相談なのですが、わが社としてはなにか法律的にこの問題を解決できる手段はないものでしょうか？　もちろん、これは私がどうこうできる問題ではありませんが、問題があればそれを解決するのが私の職務でもあります。しかし、責任者が見つからない現状を考えてみれば、新たな予算を組んでいちから工事をやり直すほかに手がないように――」

「弘球、まあ待て」。黄立舜副所長が陳弘球の話を遮って言った。「とりあえず、連絡がついた請負業者がどこだったか、そこから教えてくれないか」

「凌立《リンリー》、徳龍《ダァロン》、平得興《ピンダァシン》、それに益順《イーシュン》です。これらは一番下っ端の請負業者で、上についてはまだ調査していません。連絡がつかないのは、凌立と益順です」

「なるほど……」、黄立舜が立ち上がった。その指先は胡桃の木でつくられた黒いデスクをコツコツとたたいていた。「弘球、お前はまず連絡がつく会社を頼む。連絡がつかないのはどこだったかな？」

「凌立と益順です」

「彼らとは直接契約したのか？」

「確か光宏《グァンホン》が彼らの元締めで、その上がジェネシスです。我々が契約しているのはジェネシスの方です」

「ああ、そうだった。ジェネシスの方は問題ない。光宏はまだ潰れてないよな？　彼らの資料は――」

携帯電話の音が鳴り響き、黄立舜は再び電話をとった。「もしもし？　ああ、なんだお前か」。黄立舜はくるりと背を向けて、もう片方の手で口元を押さえた。「おい、今ちょっと立て込んでるんだ。そんな話はあとでも。――え、あの子がそう言ってるのか？」黄立舜の声が急に優しくなった。「ああ、ああ。もちろんかまわんさ」。彼は携帯の通話口を押さえながら、「弘球、すまないが後にしてくれないか？」と言って、携帯を持ったまま外へ飛び出していった。

陳弘球はため息をついた。目を閉じるとまるで光が赤黒い傷跡となって、放射能のように彼の血色の悪い眼球の上に留まっているように見えた。彼と黄立舜は大学の原子力工学科時代のクラスメートで、古い間柄であるだけに、黄立舜が現在妻と離婚の協定中であることも知っていた。そしてそれが上手くいっていないことや、彼が十二歳になる愛娘に滅法弱いこともすべて知っていた。この時期、彼は仕事と家庭、ふたつの難題に直面しなければならず、愛娘は妻の下で生活していたために子どもの監督権をめぐる訴訟に勝算はなさそうだった。もちろん、若い頃のふたりは情熱を持って原子力工学の分野に進んだのだった。彼は三十年前の狭苦しい大学食堂のすぐ外で、眠気を誘うある日の午後に、教授の講義をめぐって黄立舜と原子力に関して議論したことさえ覚えていた。

「まったく可笑《おか》しな話さ。ほんの少し前にアメリカは原爆を落として、あれだけ多くの人間を殺したんだぜ。それが今じゃ、それを使って新たなエネルギーを生み出してるんだ」

「ああ」。陳弘球が言った。「人間ってやつは奇妙な生き物だよ。まったく同じ原理を使って、一方じゃ文明を破壊して、もう一方じゃ文明を生み出すんだからな」

「俺はな、それを人間の力だとは思わないんだ」。黄立舜が言った。「$E=mc^2$。質量とエネルギーの等価性を表す定式さ。こんなに簡潔で美しい定式を神さま以外に誰がつくれるんだ？　人間にはそれを発明することはできないよ。ただそれを発見しただけなんだ。つまり、俺たちは神さまの力を借りているだけなんだ――」

「俺が思うにだな」、陳弘球は彼の言葉を笑いながら言った。「そんな臭い台詞をお前が口にするのにはふたつの可能性がある。ひとつは昨晩飲みすぎて二日酔いだってこと。もうひとつは、徹夜で課題をやって一睡もしてない。だろ？　いったいどっちだ？」

「課題は、まだやってない……」

竹垣には朝顔が巻きつき、淡い黄色をしたナンバンサイカチの花弁が地面に満ちていた。木々の隙間をすり抜けた日差しが無数の光点となって、まるで動物の毛皮のように美しいまだら模様を黄立舜の顔の上につくっていた。若く世間知らずのその笑顔は、延々と流れゆく時間の中で、煌びやかなまま停止していた。

その光景は、今に至るまで陳弘球の記憶にモノクロ写真のように留まっていた。

黄立舜は十五分後にようやくオフィスに戻ってきた。「いやいや、悪かった」。彼は黄立舜に頭を下げながら言った。「明日、娘が誕生日なんだ」。彼はずいぶん疲れているようで、両目の下には深いくまが浮かんでいた。「だが、会いに行くわけにもいかないから、せめて電話だけでもと思って」

陳弘球は手をふって言った。「かまいません。副所長もご苦労様です」

「あの子の母親のやり方にはまったくあきれるよ――」。黄立舜はなにか言おうとして、再び口を閉ざした。「まあいい。どこまで話したかな?」

「まず、まだ倒産していない請負業者と連絡を取るようにとおっしゃいました」

「ああ、そうだった。まずそこから手をつけてくれ」。黄立舜が言った。「他のところはどうするか検討してみるよ――」

「それで間に合いますか? 上はまるで第四原発で飯でも炊くように一刻も早く燃料棒を装塡するようにせっついてきてるんです。なのに、改善項目は数百にも上っていて、修理の工程表だけが延々と書き込まれていく状態なんです。かといって、見てみぬふりしてしまえば必ず事故が起きます。畜生、これは放射能なんだ。一歩間違えば死人が出るってことを、上の人間はどうしてわからないんだ」。陳弘球は思わず激昂して言った。「どうして最初に業者に一括して仕事を頼まなかったんだ。どうして施工監督者を立てなかったんだ。どうして請負業者をバラバラに――」

「弘球。弘球よ」。黄立舜が気だるげに手を挙げた。「そんなことといちいち口に出さなくても、俺たちはみんな知ってることだ」

陳弘球は黙り込んだ。自分でもこうした文句を口にすべきでないということはわかっていた。彼にはこの幼馴染の心の内を痛いほど理解することができた。思えばこの数十年、黄立舜の出世は彼よりも早かった。――あるいは、目の前にいるこの男はすでに自分が知っているあの黄立舜ではないのかもしれない。

請負業者の仕事ぶりはどれもひどいものだったが、そうしたことにもすっかり見慣れてしまっていた。請負業者は第四原発を自分たちに莫大な富を与える、金の卵を産む鶏のように考えていた(陳弘球はふと数日前に見た夢を思い出した。切れかけの蛍光灯がチカチカと点滅するコンビニで、故障したATMからとめどなく紙幣が吐き出され、床一面に千元札が散らばっていた。人々はそれを必死になって奪い合っていたが、彼だけはその場から慌てて逃げ出した。――怖くて仕方なかった。彼はその紙幣すべてに放射能がべったりと付着していることを知っていた）。きっと、彼らは第四原発が本当に運転されるとは思わなかったのだ。台湾電力の備蓄電力量は高く、第四原発が稼動しなくても十分やっていけることを知っていたからだ。どのみち、稼動しない原発なのだ。適当な仕事をして金だけもらえば、あとはとんずらすればいい。

まったくひどい話だった。この仕事を請け負った業者たちは、ここが第四原発遊園地になるとでも思っていたのだろうか（あるいは原寸大の原発模型でもつくっていたつもりなのだろうか。毎日午後三時になれば、ウランちゃんが観客のために乗馬ダンスでも踊ってくれるとでも？）

クソ野郎ども。

黄立舜の携帯が再び鳴り出した。「弘球、とりあえず、そういうことで頼む」。彼は携帯を片手に言った。「連絡が取れる業者にまず連絡を取って、そこから順番に処理していってくれ。他のやつは、またあとで方法を考える。なにか問題があればいつでも連絡してくれ」。黄立舜が携帯の画面をスクロールして言った。「悪い。もしもし？」

陳弘球は軽く頭を下げると、その場を離れた。なにやら室外の冷たい空気が彼の背すじを抜けて、原発のオフィスビル全体に侵入してきたようだった。扉を開けたさきにあったのは廊下などではなく、どこまでも広がる海霧が生んだ巨大で深い夢のようだった。

14

Under GroundZero

2017.5.28
pm 9:36

「視聴者の皆さん、こんばんは。今週の『ザ・ナイトショー』、司会はわたくし葉美麗《イエメイリー》です」。女性司会者は言葉を続けた。「今回わたくしどもがお招きしたゲストは、ああ、早く皆さんにお伝えしたい。彼に出演を依頼して正式に出演が決まった際には、わたくしどもスタッフからも驚きの声が上がりました。しかも、うれしいのはですね、今日はご本人だけではなく、ご夫人ともうひとり、あらまあ可愛らしい。おふたりのお子さんまでお招きすることに成功いたしました。皆さん、これは大変に得難い機会ですよ。それでは、熱烈な拍手でお迎えいたしましょう。与党国民党の総統候補者──賀陳端方《ホーチェンドァンファン》さんです！」

「葉さん、そして視聴者の皆さん、こんばんは」

カメラのレンズが賀陳端方へと向けられる。真っ白なジャケットを身にまとった彼は、きれいに整えられたシルバーの髪をぴったりと撫でつけ、メガネの奥にある深く沈みこんだ瞳は、真っ黒な空洞のようだった。「葉さん、今日の私の役回りは脇役でよろしいんでしょうかね」。彼はにっこりと微笑みながら口を開いた。「きっと、皆さんは私のことは見飽きているんじゃないかと思います。視聴者の皆さんは、私よりもむしろ妻や娘に興味がおありだと思いますが──」

「さすが賀陳さん、わかっていらっしゃる」。司会者が言った。「ご自身の立ち位置をよくわかっていらっしゃいます。おっしゃる通り、わたくし個人は、どちらかと言えば、ご夫人の方に興味があります。あなたご本人よりも、ある意味でもっと興味深い。皆さんもご承知のように、賀陳さんは現在、全台湾国民にとっての英雄です。しかし、こうした英雄の背後には、必ず偉大な女性の存在があるのが世の常です。なので、今日はわたくし、視聴者の皆さんになり代わって賀陳夫人にいろいろおうかがいしたいと思います。ええと、失礼ですが、お子さんは今、おいくつですか？」

「どうも」。賀陳夫人は子どもを抱いたまま、優しい笑みを浮かべた。「葉さん、視聴者の皆さん、こんばんは。私は公の側の人間ではないので、こういったテレビ番組で何を言っていいのか正直わかりません。もちろん、テレビ番組に出演したことなどもありません。さきほども、もし葉さんの方から何か答えられないようなことを質問されたらどうしようかとハラハラしておりました。この子、茗茗《ミンミン》と言うんですが、三歳四ヵ月になります」

「賀陳夫人、ご心配にはおよびません。簡単な質問はこれでおしまいですから」。司会者が言った。「わたくしどもの番組は、礼儀をつくしてから武力に訴えることがモットーですからね。番組は佳境に入れば入るほどスキャンダラスになっていきますよ。これもまた視聴者が期待するところです。番組を盛り上げるためにもまずこのVTRから始めてみましょうか。それでは、VTRどうぞ――」

「賀陳端方。西暦一九六〇年、台湾桃園《タオユエン》生まれ。台湾大学電機学科卒業、アメリカテンプル大学物理学博士、帰国後は国立清華大学で教鞭をとる」。男性ナレーションの声にあわせて、賀陳端方の古い写真が映し出された。「一九八七年、国民党から招聘されて政府機関で働き始める。経済省標検査局長、エネルギー局長、国土交通省次長、台湾水力会社副会長、台湾電力副会長及び核エネルギー安全署長などの職務を歴任。核エネルギー安全署長の任期期間において、原子力安全問題に関する行政機関の最高責任者として、賀陳端方は第四原発の安全問題をめぐり、台湾電力と政府高官との間で意見をぶつけ合ってきた。原発の安全問題に妥協はないと主張するほど気性が剛直な彼は、一度は辞表を出して自らの出処進退を明らかにしようとしたこともあったが、辛頼受《シンライショウ》長官から強く留意されたこともあって、再び核エネルギー安全署長へと就任したのであった。三十年にわたる公務員生活において、賀陳端方は常に細部にこだわり続けることで『最良の行政官』の名を勝ち取ってきた。公務に忙殺されて婚期を逃してきたが、二〇一〇年に孫維伶《スンウェイリン》と恋に落ち、現在の家庭を築いたのだった」。ふたりの結婚写真が映し出され、続いて賀陳端方がエンジニアの帽子をかぶって工事現場を視察している姿が映った。

「二〇一五年に北台湾原発事故が発生、賀陳端方は政府の命令で、また核エネルギー安全署長という立場から、核災害対策チームを結成した。多くの人々が台北を離れた後、賀陳端方は各界の原子力安全や地質・防災の専門家、中華民国国軍など専門を越えた人々と協力して決死隊を組織、生命の危険を顧みることなく、被災地区へと舞い戻って調査を敢行した。そのときの調査結果をもとに、現在にいたる立入禁止区域と疎開計画は実施されたのであった。

こうして被災地域の情報は確保され、政府はそれをコントロールすることに成功、国民の生命と安全は守られることとなった。今年四月、賀陳端方は総統選挙の初選に勝利、現在与党を代表する政治家である彼は総統選挙への参加を表明している……」

「さあ、視聴者の皆さんにとってはきっとご存じのことばかりだったと思います」。カメラのレンズが再び司会者へと向けられた。「前置きはこのくらいにして、わたくし、賀陳夫人に直接お訊ねしたいと思っています。賀陳氏が専門家による決死隊を結成して自ら原発事故の中心地に調査に向かわれようとしたときに、ご夫人はいったいどのようなお気持ちだったのでしょうか？」

「ええ……」、賀陳夫人が口を開いた。「実を言うと、そのことについてはあまり思い出したくはないんです。驚きもしましたし、正直言って最悪の気分でした。自分のことを顧みないだけならまだしも、彼は私たちのことも考えてはくれなかったのですから」。賀陳夫人が優雅に微笑んだ。膝の上に座っていた茗茗が母親の胸をたたき、夫人は優しくその手を握り返した。「そのとき思ったのは、まあこの人ったら、私と茗茗のことなんてまったく気にも留めていないのかしら、ということでした」

「賀陳さん」、司会者は賀陳端方へと向き直った。「あなたは当時、どのようにして家庭を捨てる決意をなされたのですか？」

「いやはや、まいったな」。賀陳端方は軽く身を逸《そ》らしながら答えた。「そんなつもりはさらさらなかったし、仮にあったとしても、妻の前でそれを認めることなどできませんよ。この機会に妻にも少しだけ言い訳しておきましょう。これはまったくの誤解なのですよ」。賀陳端方はユーモアを交えながら答えた。「維伶、それからテレビの前の視聴者の皆様、どうぞ釈明させていただけませんか。つまりこういうことなのです。当時の私は核エネルギー安全署の署長になってからまだ日が浅かったのですが、不幸にも事故が起こってしまった。私はすぐさま自分の権限で動かせることのできる資源のすべてを臨機応変に動員する必要があったのです。幸運にも私は馬英九総統から権限を授けられて、迅速に領域を越えた専門家たちによる原発事故対策チームを組織することができました。しかし、調査に出ることを決めたときは正直そこまで考えていませんでした。……実際、私は多くを考える立場にはなかったのです。なぜなら、事故現場へ調査に出ることは私の職務であったからです。いま思い返してみれば、原発事故は実際あまりにも突然の出来事でした。事故の第一段階において、原発の第一線で働いていた作業員たちの多くは二週間以内に死亡してしまいました。それもあって、私は核エネルギー安全署の署長という立場にありながら、いえ、私だけでなく、私を含めて台湾電力や国会議長などの政府機関要員、総統でさえも手に入れることのできる情報には限りがありました。現地の住民たちの間に続々と放射能による症状が出たことを知って、我々はようやくこれが原発内部の事故ではないことに気づいたのです。メディアはすでに台北が大混乱に陥り、社会秩序は乱れ、銀行は取り付け騒ぎを起こし、民衆の大規模な避難が始まったと報道していました。こうした極端に情報が限られた状態では、政府としても正しい対策を打ち出すことは非常に困難でした。そこで私は調査チームを結成して、事故現場の中心に乗り込む覚悟を決めたのです。つまり、第四原発のある北海岸、東北角《ドンベイジャオ》一帯における調査を敢行したのです。そうすることによってしか、我々は放射能漏れがどの程度のレベルであるのか確認することができず、逆に言えばそのレベルさえわかれば、それに基づいた対策なども立てられると考えたからです。いわば、これは消極的行動の一種だったのです……」

「賀陳さんの心遣いと勇気には心から敬服いたします」。司会者が再び賀陳夫人に向き直った。「こうした説明を聞かれて、ご夫人としては納得できるでしょうか？」

「私にどうしろと？」賀陳夫人は如何ともしがたいといった表情で答えた。「出会ってこのかた、彼は本当に仕事一筋の人なんです。でも嫁いだ弱みもありますし、今さら後悔しても始まりませんよ。違いますか？」

「ご夫人の心情、お察しいたします」。司会者が声をあげて笑った。「それでは全国の視聴者のために、あと少しだけご主人をお借りしてもよろしいでしょうか」

「いえいえ、私にそんな権限はありません」。夫人は軽く眉間にしわを寄せた。お下げを結った茗茗は母親の膝の上で大きく目を見開き、楽しそうに親指を吸っていた。「きっと、私の考えは他の多くの女性と同じだなんだと思います。家族が睦まじくあって、子どもたちが無事に大きくなってくれること、それだけで十分なんです。私はずいぶん歳をとってから彼と出会ったものですから、よけいにそういった気持ちが強くて……。ああ、彼というのはこの人のことですよ」。夫人が笑った。「もちろん、このおじさんの方が歳をくってから私と出会ったんですが。少し大げさに言わせてもらえば、この間に培った感情と婚姻といったものは決して簡単なものではなかったということです。私は彼のことを失いたくない。彼を尊敬していますが、しかし英雄になってほしいとは思いません」。夫人の顔つきがふっと厳粛なものへと変わった。「本当のことを言うと、彼が調査チームを組織して立入禁止区域である事故現場に行ってから、以前のように彼のことを理解するのが難しくなっていました。実際、彼がどうしてそんな決定を下したのか、私にはわかりかねたからです。彼も私になんの相談もしてくれませんでした。危険すぎる。それに、放射能の影響が遠くまで及ぶことは誰だって知っていました。もしも彼が今日大量の放射線を浴びて被曝したら、その症状がいったいいつ現れるのか誰にもわからないのです。これは本当に危険なことです」。夫人はここまで話すと、再び笑みを浮かべた。「あるいは今日、あなたたちが彼にインタビューすることで、私のこうした疑問を少しでも解くことができるかもしれません。この人、このおじさんがいったい何を考えているのか、理解できるかもしれません」

「賀陳さん、先ほど奥さまから鋭い疑問が出されましたが？」司会者が手ぶりを交えながら言った。「この件に関してはいかがお考えですか？」

「いやはや、本当にそこまで深く考えていなかったのですよ」。賀陳端方が答えた。「このことに関しては、本当に妻や家庭に対して申し訳ない気持ちでいっぱいです。茗茗に対してもです。すでに何度も謝っているのですが、この場を借りてもう一度妻と娘に心から謝罪したいと思います」。半分冗談のように、彼は座ったままの姿勢で妻に頭を下げた。

「すまなかった。本当に申し訳ない。つまりこういうことなんだ。事故があってから四日後、総統と調査チームの問題について話し合った。あのとき、総統は私のアドバイスを受けて、ちょうど台南への遷都を決定した時期だったんだ。遷都の後、まず優先すべき仕事はもちろん疎開作業だった。問題は疎開の範囲があまりにも広すぎたことだった。皆さんもご承知だとは思いますが、当初我々は半径二五キロ圏内の緊急避難地域を設定していました。しかも、海の向こう側では人民解放軍が福建省に軍を集めて、台湾本島への侵攻を計画していました。米国も調停に乗り出す様子を見せ、中国による侵攻を阻止しようとしていました。これらのことは私の職務範囲からは外れていましたが、しかし情勢は極めて危険な状態にあったのです。私は決断を迫られていました。しかも迅速に、与えられた命題から正しい結論を出さねばなりませんでした。まず最初に私が参考にしたのは、人類が経験した二度の原発事故におけるデータでした。そこで半径二五キロ圏内といった距離を選び、最初の疎開範囲としたのです。しかし、それからどうすればいいのか？　次の疎開の範囲をどこまで広げればいいのか？　結局のところ、私は原子炉の損傷状態を詳しく調べなければ何にもならないと思うようになり、直接原子炉への調査を行ない、放射性物質の拡散を防止しなければならないと考えたのでした。原子炉へ注水することによって建屋内部の温度を下げるのもいいし、炉心溶融《メルトダウン》の状況を見極めるのでもいい。他の何らかの方法を使って放射能を外に漏れさせないようにするのでもいい。とにかく、長期的な観点から言って、誰かが実際に事故現場の中心に足を運んで状況を観察して決定を下さなければならなかった。台湾電力は完全に機能不全に陥っていたために、政府が代わって決定を下す必要がありました。責任のすべてを台湾電力へなすりつけるわけにはいかなかったのですよ……」

「あの、ひとつよろしいでしょうか」。司会者が口を挿んだ。「賀陳さん、おそらく視聴者の皆さんが非常に興味を持っている点はですね、賀陳さんを含めて第四原発のある立入禁止区域に分け入っていった一五名の決死隊の方々。この一五名の専門家の方々は皆さん非常に寡黙で、立入禁止区域から帰還した後はほとんどメディアのインタビューもお受けになりませんでした。しかし、視聴者の皆さんが一番興味を持っているのはまさにこの立入禁止区域における仕事がどのようなものであったのかということです。申し訳ありませんが、この時期における部分を少しだけ話していただけないでしょうか？」

「なるほど、わかりました」。賀陳端方はメガネを指先で押し上げながら答えた。わずかに曲がった鼻頭と真っ直ぐに伸びた鼻柱が撮影棚の照明のあかりに照らし出されていた。

「まず最初に、これは全国の皆様方にぜひ了解していただきたい点ですが、立入禁止区域における任務はどれも解決の糸口が見つからぬほどひどく混乱していました。例えば、我々は気象関係の専門家の計画に従って放射能の拡散状況を測量しました。そうした中で、我々は避難することを拒む人々への調査も行ないました。もちろん、そうした人々はほんの一部に過ぎませんでしたが……。この点に関しては、我々は軍と共同で調査を敢行いたしました。また、これ以外にも全国の国民が最も心配していた台北の汚染水に関する状況、つまり翡翠《フェイツイ》ダムの放射能汚染の状況に関して、調査チーム自らが測量して確認いたしました。翡翠ダムはすでに深刻な放射能汚染を受けており、そうした事実が我々に北台北原発事故における立入禁止区域を設定させた重要な要因のひとつでもありました。こうした災害を事前に察知できなかったことを我々は非常に、非常に、遺憾に感じております。他にも多くの任務がありましたが、それを今、一つ一つ述べていくことは少々何と言うか……」

「今回の原発事故は、台湾がこうむった痛みの記憶なのです」。賀陳端方は突然、まるで話題を避けるかのように話の矛先を変えてしまった。「しかし、それはすでに起こってしまったことで、この事実を変えることはできません。少なくとも、宜蘭《イーラン》、基隆《キールン》、台北、新北《シンペイ》など、北台湾の立入禁止区域を設定したことによって、我々は国民の生命及び安全を一定程度護ることができたと考えております。しかも私個人が思うに、現在重要であるのは責任の追及に時間を費やすことではなく、一刻も早く原発事故が国家に与えた損害を食い止め、台湾の社会秩序を以前のように回復させることだと考えております」

（プツン）

林群浩はテレビを消した。真っ暗な部屋の中で彼は瞳を閉じた。窓の外から差し込む街灯の微かな光が瞼《まぶた》の下で淡い影をつくって揺れていた。賀陳端方の顔が弱々しい蠟燭《ろうそく》の灯のように彼の記憶の中で揺れ動いていた。

そうだ。皆死んでしまった。小蓉《シャオロン》も死んだ。陳主任も死んだ。ダイコンや康力軒《カンリーシェン》たちも皆死んでしまった。なぜ自分ひとりだけが生き残ったのか？　しかも、彼らがどうやって死んだのかすら自分にはわからなかった。なにも思い出すことができなかった。

あの夢は本当に起こったことなのだろうか？　どうして自分は賀陳端方と言い争っていたのか？　どうして賀陳端方と面会することができたのか？　もしもあのときに小蓉があの場にいたとすれば、それは小蓉の死亡時期が原発事故直後ではなかったということになる。

記憶の断片はまるで空に舞い散る粉雪のように次々と湧き上がってきた。林群浩が最後に覚えている小蓉に関する記憶は、依然として原発事故の前日のまま止まっていた。それは第四原発近くにある澳《アオ》底《ディ》村の臨時宿舎であって、そこへと至る道路だった。港と麻黄、廃棄された鉄くず倉庫、真っ白な壁にまだらに浮かび上がった錆跡、時間の歩みが物質の上に残した濃淡の違った足跡……。街灯といさり火がつくり出す遥かなる星々は、潮騒の匂いに守られながらまるで這い上がるようにうねうねとその身を伸ばしていた。黄昏時、暗い影の傷跡を帯びた光が小蓉の静かな顔立ちを、美しい眉毛と目と唇の弧線を浮かび上がらせていた……

あるいはそれはありふれた夜ではなかったのかもしれない。あるいはそれは——小蓉が彼を訪ねてきたのではなかったのかもしれない。小蓉はなぜ原発のある宿舎に彼を訪ねてきたのか？　本当にただ単純に彼に会いに来ただけだったのだろうか？

しかし、その後は？　彼はなにも覚えていなかった。

あるいは小蓉の死は原発事故とは直接関係なかったのかもしれない。

あるいはそれさえも、賀陳端方と何か関係があるのかもしれない。それともそれはリアルな記憶などではなく、機械によって無作為につくり出されたただの夢、偽物の記憶にすぎないのだろうか？

無数の混乱した思いだけが頭の中でランダムに積み重なっていった。それはまさに虚偽と光に満ちた世界だった。

西暦二〇一七年五月二十八日、夜九時三十六分。台湾台南。北台湾原発事故から五八七日後。二〇一七年の総統選挙まで、残り一二五日。

まるで放射線が舞い落ちるように、梅雨時の黒い雨が暗く淀んだ空の下にパラパラと降っていた。

15

Above GroundZero

2014.12.9
pm 12:55

二〇一四年十二月九日。午後十二時五十五分。台湾台北。北台湾原発事故まで、あと三一四日。

今日の雲はなんだかいつもより低い場所に浮かんでいる気がすると小蓉《シャオロン》は思った。台北一〇一の高層ビルも半分ほどしか見えず、腰から上の部分はすっかり雲に覆われてしまっていた。灰色の霧の切れ端が地表に貼りついていたが、北部の風物詩となっている冬の長雨はいまだ降り出しそうな様子がなかった。

小蓉は台北盆地の東端にある古い住宅街へ向かっていた。巨大なビルの中庭を突き抜けて建物と建物の間にできた隙間を通り抜けると、今度は暗い色合いをした老朽化した建物の背後をすり抜けて、コンクリートでつくられた小さな橋を渡り（橋はまだらになっていて、真っ黒な水草が生い茂った古い用水路に架けられてあった）、絵葉書のように平べったい、低く小さな住宅街へ足を踏み入れていった。

路地は狭かった。トタンと木造でつくられた小さな家々の中には、建てられてからすでに四、五十年もの歳月が流れているものもあった。小蓉はその中の一軒に足を向けると、鉄格子の入った窓をたたいた。

「どなた？」

「私、小蓉」

「小蓉？　悪いけど自分で入ってきてもらえんかな？」

扉を押し開けた小蓉は台湾語で話しかけた。

「ごめん《パイセー》、おばあちゃん。遅くなって――」

「大丈夫《ボヤウギン》」と周《ジョウ》ばあさんが口を開いた。「すまんなあ」

古いラジオからは雑音が流れていた。午後、仕切りの向こう側では小さな声がひそひそ聞こえていた。籐椅子に腰かけた周ばあさんの足元にはラジオが立てられてあった。小さな部屋の中には奇妙な匂いが入り混じっていた。古い服や本、ほこりにダンボール、油煙に膏薬、湿布、油と人間のすえた匂い、それに窪地特有の湿気も加わっていた。日差しは緩やかで、部屋にあるものすべてが細やかな暗影の中に浮かび上がっていた。

「今日はカレーでもいい?」持ってきた弁当箱を開きながら小蓉が言った。

「なんでもかまわんよ。小蓉、ありがとう《ドーシャー》」

籐椅子に腰掛けた周ばあさんは起き上がることなく話を続けた。まったく起き上がることができないわけではなかったが、それでも身体を起こすのにはずいぶん骨が折れた。濁ったその右目は明らかに光を失っていて、顔中を皺《しわ》が覆っていた。

小蓉は弁当箱を周ばあさんの目の前に置いてやった。周ばあさんは危なっかしげに食器を手に取ると、それを少しずつ口へ運んでいった。

冷たい風が部屋の中を吹きぬけたかと思うと、天井ではパラパラと雨が降る音が響いていた。雨はこの小さな住宅街全体に均しく降り注ぎ、まるで凍てついた、いつまでも醒めることのない夢の上に降っているようだった。

「小蓉。あんた自分が食べるぶんは?」

周ばあさんが口を開いた。

「大丈夫。私はもう食べたから」。小蓉は地面に溜まったほこりをはたくと、籐椅子に寄り添うように腰を下ろした。「ばあちゃんは気にしないで自分のぶん食べて。ところで、昨日の晩はよく眠れた?」

「ああ。うるさくて仕方なかったよ」。周ばあさんが言った。「昨日、ずいぶん雨が降っただろ。ザーザーザーザー、まるで喧嘩してるみたいで、朝になってようやく止んだのよ。でも、まあ私みたいな老人はもともと寝付きが悪いから――」

「ばあちゃん、実はね」、小蓉は鞄の中から一枚の書類を取り出した。「障害者証明の資料なんだけど、手続きは私が全部やっておいた。ほら、これ。再支給されたから」。小蓉は立ち上がって言った。「ここに置いとくよ?」小蓉は簞笥《たんす》の上に書類をのせて言った。

「助かるよ」

「ばあちゃん、ゆっくり食べて。私は他のことやってるから」

「ああ」

小蓉は鞄を開けると、手紙を一枚取り出した。

それは小さなメッセージカードで、カードには宜《イー》蘭《ラン》の郵便番号が書かれてあった。

小蓉ねえさんへ

小蓉ねえさん。しばらくお便りしていませんでした。中学に進学してから宿題も以前に比べてずいぶんとふえ、そのぶん毎日の負担も重くなりました。クラスメートたちも勉強に力を入れはじめて、他の人よりも少しでもいい点を取ろうと必死になっていますが、わたしはあまりこうしたことが好きではありません。シスター・オールグレンやシスター・柯《コー》は、勉強は自分ができる範囲のことをやればいい、人にとっていちばん大切なことは相手を思いやる心だと言っていました。だけど、他の人たちはそうは考えていないみたいです。

小蓉ねえさん。じつは最近、友だちがふたりできました。ひとりは瓜子《グアツ》、もうひとりはキャリー。キャリーは片親だけどとっても元気で、いつも周りを笑わせるとっても面白い子です。わたしは学校ではいつもふたりが貸し本屋から借りてきたマンガを読んでいますが、あの子たちは自分たちが読み終わってからじゃないとわたしに貸してくれないから、わたしはいつもあわてて読まなければいけません。間に合わないときは、授業中にこっそりと読むこともあります(本当にたまにです)。でも、そんなふうにマンガを読むのも面白いと思うときがあります。それから、小学校のときに仲のよかった何人かのクラスメートたちとたまにメールをしますが、みんな新しい環境になってから、自分のことや宿題にいそがしいみたいで、手紙を書くにしてもあまり共通の話題がみつかりません。なんだか、すこしさみしいような気がします。もしもチャンスがあれば、瓜子とキャリーを連れて、昔のクラスメートたちといっしょに遊びに出かけたいです。

小蓉ねえさん。じつは最近、四年生のときにお母さんを探しにいったときのことを思い出しました。お母さんには新しい家族ができていて、わたしにも新しい弟と妹ができました。わたしはお母さんのために喜んであげるべきでした。でも、お母さんはわたしがお母さんのところに顔を出すのをとてもいやそうでした。早く帰ってほしそうなお母さんの顔を見たわたしはとても傷つきました。小蓉ねえさんは、わたしに悲しまないように言いました。強く生きるように言いました。たしか、小蓉ねえさんはあのときわたしにこう言いました。この世界に生きる人はだれでもこうした困難にむき合わなければならないときがくる。でも、誰もが強く生きることはできない。強く生きることのできない人は、もしかしたら別の人を傷つけてしまうことがあるかもしれない。小蓉ねえさんはそんなことを言ってました。きっと私のお母さんは強い人ではなかったのかもしれません。強く生きることはとてもむずかしいことなんだと思います。

小蓉ねえさん。きっとねえさんの言っていたことは正しいんだと思います。もしも他のひとが強く生きられないなら、わたしたちは無理にでも自分をはげまして、他の人よりも強く生きる必要があるんだと思います。ここ数年、ずっとそんなふうに考えてきました。すこしでも強く、悲しまないようにしてきました。お母さんに対するうらみも、できるだけおさえてきました。そのおかげで、ずいぶんと気もちも楽になりました。

小蓉ねえさん。毎月の援助のこと、ほんとうに感謝しています。シスター・柯はいつも私たちに感謝する心をわすれないようにと言いますが、小蓉ねえさんと出会えたことは、わたしにとってとっても幸せなことでした。なんだかほんとうのおねえさんと出会った気分です。小蓉ねえさんが幸せでありますように。私もシスター・柯もシスター・オールグレンも、みんな小蓉ねえさんのことがだいすきです。小蓉ねえさんがまた会いにきてくれるのを楽しみにしています。^^

融怡

「小蓉」。周ばあさんが言った。「悪いけど、テレビつけてくれる？」

その言葉に小蓉ははっと我に返った。「ああ、テレビ」。小蓉は手紙を折りたたむと、そこらじゅうに転がるペットボトルや水差し、粉ミルクの缶をまたいで、その中からリモコンを見つけ出してスイッチを入れた。

人の声が流れ、光がブラウン管の上で跳ね回った。まず音声が流れ、画像はその後から追いついてきた。

「……目下、総統府と国会がこの件に関してどのような反応を示すのか明らかではありません。我々が入手した独自の情報源によると、国会は今夜七時に臨時の記者会見を開くとのことです。その際にさらに詳しい情報をお伝えしたいと思います」。女性キャスターはまったく表情を変えることなく言葉を続けた。「さきほど入ったニュースをもう一度繰り返します。最新情報です。核エネルギー安全署長の賀陳端方《ホーチェンドゥアンファン》は今朝突然、自身のフェイスブックと核エネルギー安全署のホームページにおいて、その職を辞任することを電撃発表いたしました。この声明において、賀陳署長は以下の短いメッセージを残しております。自らの職務において、『チームワークを維持することが難しくなった』、『いったいなんのために闘っているのかわからなくなった』、以上の理由から、賀陳端方氏が核エネルギー安全署の署長の役職を辞任する意向を示しました。近頃、メディアによって明らかにされた台湾電力の第四原発に関する安全検査をめぐる報告書において、賀陳端方氏はその方針に強い疑念を抱いてきたとされており、また政府高官が第四原発の商業運転を急いでいた方針とも衝突していたとのことです。両者の対立は日増しに強まっており、おそらくそれが今回の電撃辞任につながったものと予想されます。賀陳端方氏は現在携帯電話の電源を切っているようで、目下この件に関してなんらかの見解を発表するつもりはないようです。ただ、他の情報源によると、国会は今夜七時に臨時記者会見を開くようで、おそらく今回の辞任に関してなんらかのコメントを発表するものと思われます。視聴者の皆様方、どうぞチャンネルはそのままに……」

16

Under GroundZero

2017.6.12
pm 5:11

「そう、気をつけて。そこに置いて」。母親が言った。「そうよ——そこそこ。そこがいいわ」

　子どもの頭にはガーゼが巻かれていて、その小さな手で真っ赤な積み木を注意深く積み上げていた。子どもの足元には様々な色合いをした柔らかなゴム製のマットが敷かれていて、人の背丈の半分ほどもあるお城が築かれていた。

「えらいわ！　お城ができたわよ」。母親が手をたたいた。

「できたね——」。子どももそれに合わせて手をたたいた。

——しかし、子どもの方はどうにも落ち着かない様子だった。周囲を見回した彼は、眉をひそめて母親の胸の中に飛び込んだ。

　二〇一七年六月十二日。夕方五時十一分。台湾台《タイ》南《ナン》。奇美《チーメイ》病院安寧病棟。北台湾原発事故から六〇二日後。二〇一七年の総統選挙まで、残り一一〇日。

　林群浩《リンチュンハオ》は青いプラスチック製の椅子に腰を下ろしていた。廊下を挟んだ向かい側には遊戯エリアが設けられていて、子どもたちが母親と積み木遊びをしていた。彼はそれを幸福な光景だとは思わなかった。

　彼のすぐそば、その左右には廊下に沿うように所狭しとベッドが並べられてあった。廊下に並べきれないベッドは遊戯エリアの端にまで広がっており、それはなにやら都市の高層ビルの間に僅かに残された空白地帯にも似ていた。

　西に傾きかけた太陽の日差しがカーテンの隙間を縫って部屋へと差し込み、天井に飾りつけられたリボンと風船がゆらゆらと揺れていた。

「ねえ、お母さん。僕、死ぬんでしょ？」母親の胸の中で子どもがつぶやいた。「また身体が痛くなってきた」

「バカね。あなたの病気はよくなるのよ」

「お隣のおばあちゃんも死んじゃったんでしょ？」子どもが言った。「ここにいる人たちはみんな死んじゃうんでしょ？」

「そんなことない」。母親は優しく子どもの首すじを撫でた。「誰が死ぬなんて言ったの？　私の可愛いぼうやが死ぬはずなんてないじゃない」

「じゃ、どうしてこんなに痛いの？　ずっと痛いんだよ」

「痛いのは病気のせい」。母親が言った。「お母さん、言ったでしょ？　病気になればみんな痛いんだって。お母さんだって病気になれば痛いのよ。みんな同じ。でも、病気が治ればよくなる。だから、病気が治るまで我慢しなくちゃ。気分が悪くなったらお母さんに言って。抱っこしてあげるから。ね？」

林群浩は廊下の奥の方に目をやった。すると、ちょうど李莉晴《リーリーチン》の友人のルーシーがやって来た。ルーシーは明るい黄色の洋服に身を包み、ツインテールに結んだ髪の毛を花輪のように結んで頭にのせていた。

「その格好、なんだか歌のお姉さんみたいだよ」林群浩が笑って言った。

「あら、ありがとう。あなたっていい人ね。実はもうお姉さんなんて言われるような歳じゃないのよ」。ルーシーは林群浩の隣に腰を下ろして言った。ルーシーの登場はすぐに子どもたちの注意を引いた。「アメ玉を子どもたちに配るおばちゃんって呼ばれるくらいがちょうどいい歳なのよ」。ルーシーは鞄から小さな帆布の袋を取り出した。「ほら！」

「へえ！」帆布の袋を受け取った林群浩はその中身を見て驚いた。「本当にアメ玉を持ち歩いてるのかい？　驚いたな」

「もちろん、これは李先生に言われて持ち歩くようにしてるのよ」。ルーシーが声を落として言った。

「ということは、僕もこれを持って帰った方がいいのかな？」林群浩も同じように声を落として答えた。

「まさか。でも、せっかく来たんだから皆におすそ分けしなくちゃね」。アメ玉をひとつ取り出したルーシーは、遊戯エリアにしゃがみ込んで子どもたちに声をかけた。「ここにアメ玉がほしい子はいるかしら？」彼女はその場にいた母親たちに向かって軽く会釈してみせた。

「アメ玉を配ってる姿はなんだか本当におばちゃんみたいだよ」。林群浩は笑って言った。「僕も君と一緒に風船かなにか配ればよかったかな」

遊戯エリアの外にいた二、三人の子どもたちもすぐさま駆け寄ってきた。子どもたちはみな髪の毛が抜け落ちていて、林群浩は彼らの腕の傷口がひどく爛《ただ》れていること、そして腕の内側にはいくつもの注射針の痕が残っていることに気づいた。

子どもたちは好奇心と不安の混じった大きな目でルーシーから受け取ったアメ玉を見つめていた。

「余ったぶんはあなたが持って帰ってちょうだい」ルーシーは林群浩に手をふって言った。「まだやることがあるんでしょ？」

「ああ」。林群浩はうなずいた。彼は帆布の袋を鞄に入れて立ち上がった。「お先に。わざわざすまない」

「どういたしまして」。ルーシーは忙しげにアメ玉を配り続けていた。身体の弱そうな少女をひとり抱きしめたルーシーは、もう一度林群浩に向かって手をふった。「またね！」そして、再び少女に向き合ったルーシーは、「ねえ、アメは好き？　ほら、これあげる」と言った。

少女は大人しそうに首を横にふった。

「あら、遠慮しないでいいのよ。どうぞ」。ルーシーは少女の後ろに立っていたおばあさんに微笑《ほほえ》んで見せた。

「琪琪《チーチー》、ほら。お姉さんがアメをくれるんだって」。おばあさんが言った。「ほしければひとつもらいなさい。お姉さんに言ってからもらうのよ」

「琪琪、ほら。ほしくない？」ルーシーが言った。

少女はそこでようやくうなずいた。

「琪琪はいい子ね。いい子だから、特別に好きなアメをふたつとってもいいわよ」。ルーシーは少女を胸の中に抱き寄せて言った。

「あっ!」突然叫び声を上げた少女はルーシーの腕の中から逃れておばあさんの背中に隠れてしまった。

「この子、強く抱きしめると痛がるんですよ」。おばあさんは言い訳するように少女の手をひきながら言った。「琪琪、ほら。おばあちゃんが代わりにとってあげるから」

「ごめんなさい」。ルーシーはすっかり恐縮してしまった。

「いいんですよ」。おばあさんは首をふると、孫娘の躊躇《ためら》いがちな瞳を見て言った。「このふたつでいい? ほら、いま食べてもいいのよ——」

すると、少女の顔にパッと笑顔が返り咲いた。ゆっくりとアメ玉を包んだ袋を開けた少女は、中にあるアメ玉をうれしそうに舐めはじめた。

「正直なところ、私もこの子とたいして変わらないんですよ」。白髪のおばあさんは優しげな表情で孫娘を見つめながら言う。傾いた日差しは少女の満足げな顔を照らし出していたが、その表情は幼く青白かった。

ルーシーは一瞬どう反応すべきか迷ってしまった。

「台北から避難するときは、この子とずっと一緒だったんです」とおばあさんが言った。「でも、この子の両親は別のルートから避難したので一緒じゃなかったんです。しかも、両親は比較的遅く避難したものですから、きっと翡翠《フェイツイ》ダムの水をひとさまより多く口にしてしまったんだと思います……もともと、死ぬようなことはないと思っていたんでしょう。もちろん、私たちが一番気にかけていたのは琪琪のことです。なんと言ってもこの子はまだ小さいから、一番影響を受けやすいと思ったんです。案の定、琪琪は病気になりました。私のような老い先短い老人のことなんてどうでもいいかもしれませんが、それでも近頃妙に気分が悪いのです。ただ怖いのは、この子の面倒を最後まで見てやることができないことだけなんです……」

「おばあちゃん」、口をすぼめた少女が指を舐めながら言った。「もうひとつ食べてもいい？」

「ああ、もちろんいいよ」。おばあさんの瞳の中で少女の笑顔が反射していた。その声は小さく震えていた。「食べたければ、お姉ちゃんにまだあるか聞いてみなさい……」

17

Above GroundZero

2014.12.28
pm 9:42

右手に見えていた海が見えなくなってしばらくすると、彼らは村の中へ入って行き、広場の前にある車道で車を停めた。

二〇一四年十二月二十八日。深夜九時四十二分。台湾北海岸《ベイハイアン》。北台湾原発事故発生まで、あと二九五日。

澳底村《アオディイ》のセブンイレブンは暗闇の中で寂しげにその身を輝かせていた。広場の向かい側では、小さな廟と商店が同じように寂しげに向かい合って立っていた。廟に吊り下げられた真っ赤な燈籠はまるで獣の瞳のように深い夜を凝視していた。

砂ぼこりが舞い上がる中、車から下りた林群浩《リンチュンハオ》はドアに寄りかかるように煙草に火をつけた。

煙草のさきがふっと点滅する。小さなその光は燃え上がる炎よりも暗く、真っ赤な光を放つ常夜灯が並べられた廟の中へと吸い込まれていった。その廟は村の平屋建ての建物に寄りかかるように建てられてあった。そのせいで廟の背後、遠く薄い霧の中に包み込まれた黒山はどこまでも続いていくように見えた。

山々がその身に纏った暗闇はなにやら生命の謎を暗喩しているようだった。広場の向かい側、林群浩は小蓉《シャオロン》がセブンイレブンのビニール袋を提げて、生命《いのち》の匂いのしない蛍光灯のあかりの下から出てくるのを眺めていた。

「なにか食べる?」小蓉が言った。「晩ご飯、まだ食べてないんでしょ?」

林群浩はぷかぷかと煙草の煙を吐き出しながら言った。「腹へってないんだ。君が食べればいい」

小蓉がうなずいた。ちょうど寒波が到来していて、気温は九度近くまで下がっていた。冷たい空気が沿海地帯の寒々とした空間を突き抜けていった。冷たい風が吹きぬける中で、ふたりは廟の前にある石段に腰を下ろした。

「まだ総合検査について考えてるの？」

「ああ……」。林群浩はぼんやりとした口調で答えた。「もうすぐ終わるよ」

「よかったじゃない。ずいぶんと長かったわね」。小蓉が言った。「今の会社に入ってからずっとこの仕事にかかりっきりだったじゃない。ようやくこれで落ちつけるってわけね」

「問題はまさにそこなんだ」。林群浩はくわえていた煙草の火を石段に押しつけながら言った。血飛沫《ちしぶき》のように光る常夜灯のあかりの下に浮かび上がった彼の表情は、無表情な上にひどく平面的だった。「そもそも総合点検なんて終わりっこないんだよ。しかも、おそらく永遠に終わることがない――」

「難しい仕事だって聞いてたけど……」。小蓉が口を開いた。「でもそこまでひどいの？　なんだか想像できない……」

「この話はよそう。考えただけで頭が痛くなる」。林群浩が立ち上がって言った。「ちょっと、海辺を歩かないか？」

「寒いわよ」。小蓉が言った。「ま、いいけど。ちょっと待って。先にこれ食べちゃうから――」

海辺へ続く細い道は巨大な湿地帯に隠れていた。そこはススキが鬱蒼と生い茂る道路沿いの街灯のあかりが届くぎりぎりの場所で、ちょうど雲から伸びてきた手が月明かりをそっと覆い隠してしまっていた。時間が経つにつれて、暗い影はさらに暗い場所を求めて移動していった。

「さっきの老人、気づいた？」林群浩が言った。吹き荒ぶ風が鼓膜を震わせ、ふたりは海が近いことを肌で感じることができた。小石と砂の混じった地面を歩くふたりの足どりは海から吹きつける強風の中でかき消されていった。

「老人って？」

「さっき、君がコンビニのご飯を食べていたときに廟から老人がひとり出てきたのに気づかなかった？」林群浩が言った。「それとも、あれはあの廟の神さまかなにかだったのかな？」

「そのおじいちゃんがどうかした？」

「ほんとに気づかなかった？　あの老人、左手がなかったんだ」

「ほんと？」

「左手が腕のところまでしかなかったよ。肘《ひじ》から下がなかったんだ。この目でしっかり確認した」。林群浩が微笑んで言った。「おそらく、君は食べるのに必死で見てなかったんだろうけど」

「かわいそうに」

「あの老人はきっと、どうしてまた廟の前なんかでカップルがピクニックしてるのか、見にきたんだろうね」

「かもね。それで？」

「いや……」。林群浩が言った。「急に主任のことを思い出したんだ。君にも言ったことがあったかな？　主任、過労で病院に運ばれて点滴を打ったんだ」

「それって、陳主任？」小蓉が言った。「陳弘球《チェンホンチウ》主任？　初めて聞いたわよ」

「先週のことさ。現場で急に倒れたんだ。しかも、倒れたときに頭をドンと打って、本当に焦ったよ。中風《ちゅうぶう》かなにかかと思ったから。でも、病院に運んでみたら医者は過労だって。点滴を打ってしばらく静養させて、経過を見た方がいいって言ったんだ。もちろん、主任は納得しなかった。だから僕らはなんとか主任を説得して、少なくとも点滴を打って、頭がくらくらしないようなら家に戻ればいいって言ったんだ。それでようやく納得したよ」

「主任の家はどこにあるの？」

「この近く、澳底村にあるんだ。入院することが決まってから、主任の家の鍵を借りて、着替えやらなにやら私物を取りに帰ってあげたんだ。玄関を開けてびっくりしたよ。机に椅子、ベッドにクローゼット以外はなにもないんだ。テレビやポットさえ置いてなかった」

「どうしてあなたが着替えを取りに行ったりしたのよ。家族は?」

「どうもいないみたいなんだ」。林群浩が言った。「若いときに結婚したらしいけど、離婚してる。子どももいないみたい」

「たったひとりで澳底村に住んでるってこと?」

「仕事のためさ」。林群浩はため息をついて言った。「主任は毎朝僕たちよりも早く出社して、誰よりも遅く帰宅するんだ。あれだけベテランのエンジニアなんだ。給料だってきっと低くはないはずさ。あそこまで必死になって仕事する理由なんてないはずだ。きっと自分のすべてを第四原発に奉げてるんだよ。でも、近頃はひどく挫折してるみたいだった……」

ススキが風に身をよじらせ、小さな村の街灯のあかりはぼんやりと輝く星のようだった。波が暗闇にぶつかる音がふたりに真っ黒な海が自分たちの目の前に広がっていることを気づかせてくれた。真夜中の海はどこまでも広がることはなく、遥か彼方に見える水平線はすでに巨大で濃密な暗闇にのみこまれてしまっていた。岸辺に打ちつけられる暗闇に舞う真っ白な波飛沫《しぶき》や、湾岸に灯る街灯のあかりや漁り火をのぞいて、彼らが向かい合っているのは現実の海というよりも、いまこの瞬間に凝結した広漠無辺の空虚のようであった。

「挫折って?」

「僕の悩みとさして変わらないさ」。狭い砂浜の上、ふたりは太古の生物の脊椎《せきつい》のような形をした巨大な流木の上に腰を下ろした。

「総合検査は終了した。V顧問会社も撤退を決めた。けど、まったく問題は解決してないんだ――」

「どうしてそんなことになっちゃったの? 危険じゃない」

「僕にもわからない。きっと第四原発はそういった星の下に生まれてきたのかもしれない」。林群浩は苦笑いを浮かべて言った。その横顔は暗闇の中に溶けていった。「昔も言ったように、第四原発が抱える問題は第一、第二、第三原発が抱えるそれよりも大きいんだ。とにかく、請負業者がいくつにも分かれている上に、それが階層化されていて、しかも施工当時にそれらを監督する機関もなかった。まるで暴走する機械の怪獣、あるいはでたらめに成長したガン細胞みたいなもんさ。大きくなるにしたがって、今みたいに巨大なガン細胞になってしまったんだ。とりあえず、そのことは置いておくとして、ここに赴任するまで問題がここまで大きいなんて思ってもみなかったんだ。自分はただこの総合検査のチームに加わるだけで、原発建設で経験豊富なV顧問会社だってバックについて指導してくれるはずだった。僕たちはただ改善点を確実にひとつずつあげていって、問題がある箇所を修理していけば、原発は安全に運転に漕ぎつけると思っていたんだ」

「どうして当初請負業者を分散させるようなことをしたのかしら？　しかもそれを監督する人がいなかったなんておかしいじゃない？」

「第四原発の施工期間は長すぎたんだ」。林群浩が言った。「食い違いの連続さ。昔は海外の原発建設のノウハウを持ったV顧問会社のような企業が技術スタッフを派遣してくれていたんだ。規定の設計図と規定の試運転の工程表に沿って、現場で施工と点検を行なってきた。それらはすでに海外で運転を開始している原発で、確実に建設が可能なものだったんだ。僕たちの会社からも後学のために施工現場の監督に向かった人間もいる。だけど、一九八五年に第二、第三原発が運転を始めてから、電力が供給過剰の状態になってしまって、当時の総統だった蒋経《ジャンジン》国《グオ》と国会議長だった兪国華《ユーグオファ》が第四原発の建設停止と予算の凍結を決定したんだ」

「それから十年以上が経った一九九九年、原子力エネルギー委員会は原子炉の建設許可を出したんだ。そこで再び工事が再開されたわけだけど、その頃にはすでに第二、第三原発の建設に携わっていた人たちは皆いなくなっていた。退職したか、あるいは転職したか。先輩から聞いた話だと、韓国の方まで出向いて現地で原発の建設に関わった人間もいるらしい。僕たちの会社でも実際に原発建設に関わった経験のある人はほとんどいない。誰も経験がないから、設計図だけをつくってそれを請負業者に丸投げして、彼らに任せるしかなかったんだ。だから施工監督も立てなかったし、請負業者自身に監督までやらせたんだ。でもそれは会社が監督業務を放棄してしまったことを意味している。そして二〇〇〇年、君も知っているように当時野党だった民進党が政権を取った直後、再び第四原発の停止が宣言されたかと思えば、国民党の反対で再び建設再開に舵を取り直したんだ。こんなふうにころころと態度を変えているうちに、施工経験を持つベテランたちはみんな現場から去ってしまった。しかも、最終的に見つけてきた顧問会社は最悪ときたもんだ！」

「主任によれば、当初原発の入札を勝ち取った石《シー》威《ウェイ》社はそもそも原発を建設できるような技術を持ってなくて、僕たちの会社だって原発をどうやって建設すればいいのかわからずに、設計の段階ですでにめちゃくちゃだったらしい。もちろん、石威社の方でもそれを監督する力なんてなかった。結局この顧問会社とはすぐに手を切って、僕たちは自分たちで広げた風呂敷をもう一度包み直すことにしたんだ。それからは、あちこちを駆け回って請負業者を探していったんだ――」

「その会社は低価格というだけで入札を勝ち取ったってわけ？　そんなことってありえる？」小蓉が言った。「なんだかちょっと信じられない……」

「それは政府の決めた購買に関する法律と関係あるらしいんだ。でも、詳しいことは僕にもよくわからない。わかっているのは、彼らがいつも入札を競り落としてきたって事実だけさ。しかも、入札価格が低すぎて、そもそも元手が取れるはずがないんだ。聞けば入札が終わってから、石威社では低価格入札を指導していた人間は全員会社をクビになったそうだ。信じられるかい？」

「なんだかウソみたい」と小蓉が言った。「じゃ、いまはどうなってるの？　どうして総合検査を中途半端なところで止めようとしてるの？」

「総統が言っていた通りさ。国民投票が通ってしまったんだ。最後までやりきらないわけにはいかないだろ?」林群浩が言った。「まったく、あのチンチクリンの総統ときたら。国民投票が行なわれる前に、メディアもこの問題についてしょっちゅう報道してたのを覚えてる? 何年か前に原発建屋の複数の箇所で何度も水漏れがあったんだ。あれこそまさに『実質的損失』ってやつで、器械の類が水浸しでおじゃんになってしまったんだ。あるときは二号機で二メートルの高さまで水漏れが続いたことがあった。台風が原因だと言ったかと思えば、次の瞬間には水道管の問題だなんて言ったりしてた。明らかにそれは当初の設計に問題があったか、さもなけりゃ施工自体に問題があったことの証拠なんだ。こうした検査を行なう専門家から言わせてもらえば、あらゆる点において問題があるはずなんだ。例えば、日本製とアメリカ製の自動調節器がうまくかみ合っていないとか――」

「まさかそこまでひどいの?」

「こんなものまだまだ序の口さ! 本当にひどいのは水漏れがあったのにそれを修繕することなく放っておいて、また水漏れすることさ!」林群浩が言った。「以前、マスコミがスクープした使用済みのペットボトルをモルタル塗りの壁にはめ込んでいるあの写真、見たことあるだろ?」

「ええ、そういえば」小蓉が言った。「あれはいったいなんだったの?」

「教えてあげるよ。理由を聞けば本当にあきれるから。以前は工事現場の近くにはまだ臨時のトイレが設置されていなかったんだ。現場の作業員たちは直接ペットボトルの中におしっこしてたんだ。あの原発の壁に埋まったペットボトルはそのときのトイレってわけさ!」林群浩の口ぶりは熱を増していった。「これぞまさに、第四原発の品質《クオリティ》ってやつさ!」

「ちょっと、ちょっと待って」。小蓉が林群浩の言葉をさえぎって言った。「あなたはまだどうして総合検査を止めてしまったのかについて答えてない。

昔はどうであれ、今問題がある箇所をひとつずつ修繕していけばそれでいいんじゃない？　どうしてそれができないの？」

林群浩は一瞬言葉を詰まらせた。「それについては僕にもよくわからないんだ。もちろん、僕はしっかりやり抜くべきだと思ってる。でも、どうも上の人間たちはそうは思っていないみたいなんだ」

「上の人間？　それって会社の人間ってこと？　それとも……」

「わからない」。林群浩は立ち上がると再び煙草を一本取り出した。しかし、凶暴に吹きつける海風はあらゆる光と火を吹き消してしまった。煙草に火がつかないことがわかった林群浩は苦々しそうに取り出した煙草を箱の中へと押し戻した。

「僕みたいな下っ端にはそこまでわからないよ。もしもそれが政治的な原因であったとすればなおさらさ。あの賀陳端方《ホーチェンドゥアンファン》だって辞職願いを出してたほどなんだ。もちろん、最終的には残ったみたいだけど。国民投票をする前に政府は例の林宗堯《リンゾンヤオ》を招聘して総合検査をするって言ってただろ？　まだ覚えてるかい？」

「ええ、あれもよくわからなかった」。小蓉が口を開いた。「彼は第四原発は救いようがないって言ってたんじゃない？　以前フェイスブックでそう書いていたのを見たことがある。あなたは大丈夫だって、自分たちは彼よりも上手くやるから平気だって言ってたのも覚えてる……」

「僕たちは彼らとは違うチームなんだ」。林群浩が言った。「ぶっちゃけて言えば、国民は林宗堯のことを信用してる。だから彼にチームをつくってもらって、原発の検査を依頼したんだ。あの頃はまだ国民投票の前で、林宗堯も僕たちの会社の側に立って判断してくれると思ったんだ。国民投票に向けた地ならしのようなものさ。彼が結成したチームも悪くなかった。アメリカのＧＥ《ゼネラル・エレクトリック》から一二名もの顧問団を引き連れてやって来たんだ。他にも、第一、第二、第三原発からも四五名ものベテランエンジニアをチームに加えていた。でも、しばらく検査してみて彼が出した結論はというと、第四原発には合計で一二六個のシステムがあって、そのうち七六個のシステムについては検査が終了した。ただ残り五六個のシステムに関しては『**確認不能、要棄却**』だったんだ」

「どういう意味？」

「簡単なことさ。実は僕たちのチームも同じような問題にぶち当たったんだ」。林群浩は説明を続けた。「僕たちのチームは林宗堯よりも長くこの件に関わってる。例えばある部分については、当時施工監督がいなかったために工事の品質は極端に悪い。だけど問題なのは、パイプの一部や溶接部分の一部がすでに壁の中や原子炉の下、それに建屋の最深部に埋め込まれてしまっていることなんだ。検査するには最初から建て直さないといけないってわけさ。でも、その責任を追及しようとすればいったいどこにその矛先を向ければいいのかわからないんだ」

「こういうことはよくあるの？」

「君はどう思う？」林群浩が言葉を続けた。「僕たちの会社、それにV顧問会社が以前消火システムについて検査をしたことがあったんだ。消火システムを検査しただけだよ。不備のあった箇所を列挙して報告書を作成した結果、いったいどれだけの量になったと思う？　六五ページだよ！　消火システムの検査だけで六五ページにもなったんだ！　他にもいったいどれだけの不備があるかわかったもんじゃない」

「つまり、林宗堯の言いたかったことは……」

「そう。彼が言いたかったのは、こうした不備は他にも随所に見られる上に、それを検査することは不可能に近い。各システムを確認することはできないから、棄却するしか方法はないってことさ。しかも問題なのは、誰が責任を取るべきなのかまるでわからないってことなんだ。最初から工事をやり直すのは明らかに時間の無駄だし、なによりも無駄使いもはなはだしいよ。一言で言ってしまえば、まるで解決方法が見えない状態だってことさ……」

小蓉はすっかり黙り込んでしまった。

「最終的に経済大臣が出てきてこう言ったんだ。原発の安全性については林宗堯ひとりが決めることではないって」。林群浩はしばらく言葉を切ってから話を続けた。「僕にはやつらがいったいなにを考えているのか本当にわからない。……自分たちで呼んだ専門家の意見にまるで耳を貸さないなんて、いったいどういうつもりなんだ？」

「主任はこの件についてなんて言ってるの？」小蓉が言った。「総合検査が終わってしまうことについて……」

「聞くまでもないさ」。林群浩が言った。「だいたい検査を続けない理由については察しがつくからね」

「どういうこと？」

「これは僕個人の予想だよ。きっと問題が大きすぎて、V顧問会社も尻込みしてるんだ。彼らが今回台湾にやって来たのは、第四原発っていうこの古い負債をなんとかしたかったからなんだ。彼らにはそれを解決する力がある。でも、問題は僕たちの会社とV顧問会社との間には直接的な契約関係がないってことなんだ。第四原発は彼らが一括して請け負ったものじゃないんだ。言ってみれば、V顧問会社には最終的にこの問題に責任を負う必要はないんだよ。だって、**彼らは『総合検査』についても正式に契約を交わしているわけじゃないんだ**。なにか問題を見つけたときに、僕たちは彼らに検査をお願いすることしかできないんだ」

「じゃ、今回の総合検査もただ形式だけのものってこと？」

「ああ。さっき言ったように、彼らが列挙した改善項目は不自然なほどに多かった。でも、第四原発にある二つの原子炉はもうすでに完成していて、彼らが列挙した改善項目は検査することができない場所に埋め込まれているんだ。今さら原子炉をばらして最初からつくり直すことなんてできっこないよ。それこそ、天井知らずの見積価格が出てくることになるからね。国民投票が行なわれる前だってずいぶん予算の問題でたたかれたんだ。もしも最初からやり直したいから新しく予算を組んでくださいだなんて言ってみろよ。それこそ流血騒ぎになっちゃうよ。――でももしもこの問題に目をつぶれば、明らかに人命に関わる大問題になることは間違いないんだ」。林群浩はそこまで話すと、しばらく黙り込んだ。

「きっとＶ顧問会社はことの重大さに気づいて、これ以上ごまかすことができないと思ったんだろ」

「ちょっと待って。それじゃあなたたちの会社の人間は、どうして真面目にこの問題に向き合わないの？　総合検査に真剣に取り組めば解決できる問題だってあるんじゃない？　見て見ぬふりをして、あなたたちにいったいどんないいことがあるっていうの？」

「そこがまた問題なんだ」。林群浩が言った。「社内ではこんな噂があるんだ。なんでも、原発建設を始めた頃にいいかげんに請負業者を雇ってきたせいで、そのプロセスでたくさんのスキャンダルがあったらしい。上の人間はそもそも総合検査をやることすら嫌がってるそうなんだ。もしもＶ顧問会社が契約を交わして本腰で検査に乗り出せば、きっと不正事件が山ほど出てくることになるからね」

「ひどい……」。小蓉はすっかり言葉を失ってしまったようだった。

「僕の考えはあながち間違っていないはずだ」。林群浩が言った。「考えてみろよ。仮に僕がいいかげんな工事をやったとする。そして今誰か第三者を呼んで来て、その過去の仕事を掘り出して検査させるとする。もしも君が僕なら、真面目にその検査に協力するかい？　責任を追及されるのが落ちさ」

「彼らはそれでも検査をやり遂げたって言うつもりなの？　それでも原発の運転を開始するつもりなの？」

「僕にはなんとも言えない……」

「ねえ、群浩」。小蓉はしばらく黙り込んでから言葉を続けた。「……あなたはそれでもまだ原発を信じられる？」

林群浩はそれには答えず、両目を閉じた。暗闇の中、まるで人の気配のしないこの澳底村では台湾の田舎でよく見かける檳榔《びんろう》売りの女性たちの姿もほとんど見られなかった。彼は点滴を終えた陳主任が家路について（それは古いアパートの二階で、一階にある店舗はもうずいぶん長い間空室になっていた。錆びついた器具や魚網が散乱するその空間は臨時に貸し出された倉庫のようだった）、人ひとりがぎりぎり通れるほどの狭い階段を上って、鉄製の扉を開けると（ガチャガチャした鍵にガチャガチャした鍵穴）、蛍光灯のあかりをつけて（五、六回押してようやくあかりがつきはじめる）、あの寂しい空間にひとりっきりで向かい合っている姿を想像した。しかし、それは本当に彼の個人的な空間なのだろうか？　あるいはそれは彼の心に暗く灯る原発の姿であって、彼個人の第四原発なのかもしれない。そこで彼は、運転される自分の生命が放つポンプ音を聞いているのだ。疲れ切った心は跳躍を繰り返し、その臓器と皮袋は日一日と冷却されながら循環して、自らをすり減らし、やがて空虚な空洞へと変わっていく。挫折した感情はまるで放射能が放つ毒素のようで、生命代謝によって生まれた廃物のようでもあった。しかも、長い長い衰退期を経て広がっていたその感情は、すっかり彼の人生に取りついてしまったようにも見えた。

　彼には仕事しかできなかった。仕事しかなかったのだ。それ以外、彼にできることはなにもなかった。

　それなのに、今の彼は仕事に対する誇りまで失ってしまっていた。

「わからない……」。林群浩は身を屈めて浜辺に落ちている小石を拾うと、それを海に向かって投げ捨てた。音もなくそれをのみこむ海は周囲の暗闇すらのみこもうとしているようだった。「これまではわかっているつもりだったんだ。福島第一原発事故以降、皆は原発への懸念を深めていったけど、僕自身はあれは極端なケースだと思ってきた。いわゆる例外的なケースってやつさ。……でも今になって思うんだ。僕たちは自信過剰だったんじゃないかって。人類、あるいは**この文明は自信過剰だったんじゃな**

いのか。もしもある日、自分たちが自信過剰だったことを知ったとしても、それはとっくに進行中で、僕たちは乗りかかったその船を簡単に降りることはできないんじゃないか。もしもそうだとすれば、僕たちはいったいどうすればいいんだ？」

雲翳《うんえい》が現れてからの月はまるで吹き消されようとする常夜灯のようだった。海面では細い綿糸のような薄い霧が立ち込めていた。暗闇の中に浮かぶ海はさながら感覚的にその存在を誇示しているようだった。

「寒い。なんだかどんどん寒くなっていくみたい」立ち上がった小蓉がジャケットのファスナーをあげた。「それにどんどん潮が満ちていってるみたい。ねえ、帰りましょうよ。あとは家に戻ってから話せばいいじゃない――」

ふり返った林群浩は小蓉を抱き寄せた。朦朧とした月明かりの下で、彼は風になびく小蓉の長いその髪を撫でた。まるで、自分の指が冷たい空間に直接触れているような気がした。

「怖いよ」と彼は言った。「怖いんだ」

18

Under GroundZero

2017.6.12
pm 5:29

二〇一七年六月十二日。夕方五時二十九分。台湾台南。奇美《チーメイ》病院安寧病棟。北台湾原発事故から六〇二日後。二〇一七年の総統選挙まで、残り一一〇日。

子どもたちにアメ玉を配るルーシーと分かれた林《リン》群浩《チュンハオ》は鞄を背負って廊下を抜けると、折り重なるように並べられたベッドを避けて、エレベーターで別の病棟へ足を運んだ。

エレベーターを降りた彼は、うら寂しいナースステーションを横切って（ひとりのナースがパソコンのキーボードをたたいていたが、その疲れ切った顔が冷たい光の中に浮かんでいた）、直接廊下の突き当たりまで進むと、そこにある病室の扉を開いた。病人はちょうど眠っていた。眉間に刻まれた皺《しわ》は美しいその表情に憂いを刻んでいた。まるで夢の世界の中で、病人の意識が名前のない立入禁止区域の中へと閉じ込められているかのようだった。

林群浩はカーテンを引いて鞄を下ろすと、携帯用簡易ベッドの上に座った。

病室全体が水族館のような淡い青の光の中に沈んでいた。

ふたつほど咳をして、病人は目を覚ました。

「あ、群浩にいさん」。融怡《ロンイー》は弱々しげな口調で、「こんにちは」と言った。

「ああ……」林群浩はそれに手をあげて答えた。

「ボランティアの人たちは？」

「さあ」。目覚めたばかりの融怡の表情は明らかに疲れているようだった。

「悪い。起こしちゃったみたいだな」。林群浩が頭を下げて言った。「もう少し寝てるかい？　あとでもう一度見に来るよ」

「ううん、いい。もう十分眠ったから」。融怡はそう言って起き上がろうとした。「群浩にいさん、ちょっと手伝ってくれる？」

林群浩は立ち上がってベッドの端を持ち上げた。

「これでいいか？」

「うん」。融怡はふっとため息をついた。その唇は乾いていて血の気がなく、萎《しお》れた白い花弁のようだった。ちょうどそのとき、病室の外から誰かが言い争っているような声が聞こえてきた。その声を聞いた融怡は眉間に皺をよせた。

「なにかあったのかな？」林群浩が再び立ち上がって言った。「ちょっと様子を見てくる」

彼が病室を出てほんの数歩ほど歩くと、向かい側からマグカップが流弾のように飛んできて、彼の足元で砕け散った。驚いた彼は扉の後ろにさっと身を隠して、混乱状態に陥ったナースステーションをうかがった。そこには黒山の人だかりができていて、殴りかかろうとする者やそれを制止しようとする者たちが入り乱れ、互いの間を怒声が飛び交っていた。

「いったい何度足を運べばいいんだ。え？ うちの子の状態がよくないんだって何度言ったらわかるんだ！」がっしりとした体格の中年男性が首に青筋を立てて怒鳴っていた。「問題ないと言ったかと思えば、今度は病室に空きがないから入院できないだって？ ようやく入院できたかと思えば、今度は診察すらまともにしてくれないとはどういう了見だ！ お前たちは死人が出なけりゃわからないのか？ 病院まで来て、俺たちに神頼みでもしろってのか？」

「あなた！ ちょっとは冷静に話をなさい！」反論するナース長の声もまた中年男性に負けじと大きかった。「私たちはできる限りのことはやっています。いまはどこに行ってもベッドが足りない状態なんです。台湾中どこへ行っても状況は同じです！ 面倒を見なければいけない患者は多すぎるのに人手はまったく足りてない——」

「お前たちには良心ってもんがないのか！」男は再び拳骨を机にたたきつけた。「お前らがそんな態度を続けるなら、俺にだって考えがあるぞ！」

「みんな必死なんです。あなたには他人を思いやることができないんですか？」ナース長が言った。「少しは冷静になってください！　私たちの部署にもともと何人の人間がいたか知っていますか？　今彼ら自身もここに入院しているんです！　私たちもまた病人なんですよ」。ナース長はそこまで言って嗚咽《おえつ》した。「台北から来た同僚のうち、すでに三人が患者になっているんです。残りのひとりは先月亡くなりました。あなたはこれ以上私たちにどうしろって言うんです？　私たちの同僚がこれまで何人死んだか知っていますか？　私たちにできることは——」

林群浩はゆっくりと後ずさりした。扉を閉める前に、彼は廊下の突き当たりで男がひとり、何事もなかったかのようにプラスチック椅子の上で本を読んでいる姿を目にした。

「どうしたの？」融怡が言った。

林群浩は黙って首をふると、簡易ベッドの上に腰を下ろしてしばらく口をつぐんでいた。「近頃調子はどうだい？」林群浩が頭をあげて言った。

「にいさん、あのね——」融怡の目は真っ赤に染まっていた。自分の言葉にむせいでしまった融怡はそれ以上話を続けることができなかった。林群浩は黙ってその顔を眺めていたが、やがて視線を逸らした。

夕日が病室に差し込み、空は澄んでいた。ガラス窓を挟んで空を舞う鳥の黒い影が大海原のように広がる空を旋回していた。その光景に林群浩は思わずこの世界が美しいものだと感じた。それは想像も及ばぬほどの美しさで、ほんのわずか傾けただけで簡単に消えてなくなってしまうほどに、か弱い美しさでもあった。

「にいさん」。融怡は自分の呼吸を整えるように声を絞り出して言った。「もうだいじょうぶ。にいさんはきっとなにか聞きたいことがあってやってきたんでしょ？」

「苦労ばかりかけるね」。林群浩は優しく融怡の手を握りながら言った。しかし、硬く乾いたその手のひらはまるで魚の鱗のようだった。

融怡はさっと手をひいた。無数の鱗のかけらが、乾いた腕からぽろぽろと零《こぼ》れ落ちてきた。それは引き裂かれた繭《まゆ》のようで、融怡はそのまますっかり黙り込んでしまった。

「気にしないで」。融怡が声を落として言った。「もうずいぶん長い間悩んできたことだから。だから、もう慣れちゃった。最近はね、昔の楽しかった頃をよく思い出すのよ。その思い出だけで、私は十分幸せだから」。そこまで言い終わると、融怡は恥ずかしそうに頭を垂れた。

「正直に言えば、昔の自分が幸福だったかどうかわからない。だって、施設にいた人間が幸せだなんておかしいでしょ？　あそこにいる人たちは皆、心に傷を抱えて生きていたから。でも、少なくともあそこにいた頃のわたしの心は本当に落ち着いてた。だから幸せだって言えるのかもしれない」

「ああ……」

「だから気にしないで」。融怡は目に浮かんだ涙を拭いながら言った。「他になにを知りたい？」

「ああ、施設の他の人たちのことなんだけど、君はこの前それについて知らないって言ったね」

「うん」。融怡が言った。「この前も言ったかもしれないけど、半径二五キロ圏内の避難指示が出てから、施設にいた先生とシスターたちの間ではなんだか意見の違いがあったみたいで、当時の雰囲気はどこかおかしかった。でも、にいさんも知っているように、あそこにいる先生やシスターたちは絶対にそうしたことを子どもたちには悟られないようにしてたから」

「それは二五キロの避難命令が発令されてすぐ後のこと？」

「そうだった気がする」

「でも、先生もシスターもそれからどうするのかまったく君たちに話さなかった？」

「少なくとも、私が施設を離れるまでにシスターたちがどうするつもりだったのか、まったく知らなかった」

「でも、それなら——」。なにかが引っ掛かった。

「彼らが君を病院に送り出すには、なにか理由があったはずだろ？」

融怡の目元が再び赤く染まっていった。「先生やシスターたちは、私はもう大人だからって。玲芳《リンファン》ねえさんは私の里親とソーシャルワーカーを見つけてあげるとだけ言ってた。大人だからって。私は、玲芳ねえさんたちの言うことを信じるしかなかった……」

「じゃ、他の人たちは？　彼らは施設を解散させるみたいなことを言ってなかった？」

「知らない」。融怡が言った。「私があそこを離れるまでにそういう話は聞いてない。でも、施設が原発の二五キロ圏内にあることは私も知ってた。小蓉ねえさんの病状はよくなくて、玲芳ねえさんやシスター・オールグレン、それにシスター・柯《コー》たちは近くにあった公立学校の学生たちと行動をともにすべきかどうか議論してたみたいだけど、結局そのときにはまだ結論が出せなかったみたい」

「それから彼らは君をここに送り出して消息を絶った？」

「うん」。融怡の瞳から再び涙が流れた。「メールを送ってもなんの返事もない。玲芳ねえさんからも返事は返ってこない。ねえさんのフェイスブックのアカウントも全部削除されてた。シスター・オールグレンはもともとインターネットと無縁の人だったけど、他のシスターたちのアカウントも全部消えちゃってた。私はきっとあの人たちに棄てられたのよ」

林群浩はそれには答えることなく、黙ってなにかを考え込んでいるようだった。

「ホントに辛かった」。融怡が続けて言った。「でも、後から考えてみると彼らはそうやってわざと外部との連絡を遮断したんじゃないかしら」

「他には？　他にも君と同じように突然ここに送り出された子どもはいるのかな？」

「うん」。融怡の顔色がひどく沈みこんだ。「他にも三人。ひとりは私よりも一歳年上で、残りのふたりは私と同い年。もともと健康だったんだけど、同い年のふたりはすぐに病気になっちゃって、ひとりはもう亡くなった。私たちはなにも知らないまま、あの事件の数日後にここに送られてきたの……」

「つまり、施設は健康な子どもだけを選んでここに送ってきたってことか。肉体的、あるいは精神的に障害があった子どもたちは誰もここに送られてこなかった？」

「よくわからない。でもそうみたい」。融怡が言った。「もちろん、年かさの子どもたちも優先的に送られてきてたみたい。どうしてそうしたのか、わたしにも理解できる気がする」

「シスターたちは、きっと台湾に家族もいないはずだし……」。林群浩が考え込むように言った。「玲芳も施設の出身だから、外に家族と呼べるような人間はいないはずだ」

「皆のことが心配だけど、彼らがいったいどこに消えてしまったのか、誰も知らないのよ」

十五分後、林群浩は通用門から病院をあとにした。

大通りを横切ると、アーケードに沿ってしばらく歩き、それから静かで薄暗い路地裏へと入っていった。

日はすでに傾いていた。真っ赤な蛍光灯のあかりのような太陽が、地平線の彼方に身を沈めていた。高い壁はくねくねと延びた路地裏に沿うように建てられていて、街灯の下に浮かび上がるその様子はさながら物の怪の類のようで、枝葉から浮かび上がった陰影は高い壁から伸ばされた手のように見えた。

静かだった。どこから来たのかわからない木霊《こだま》たちが、林群浩の足音にしたがってついてきていた。突然眩暈《めまい》を覚えた彼の胸はムカつき、その視界は急速に縮まっていった。

その場にしゃがみ込んだ彼は、低い壁に手をかけて嘔吐を繰り返した。

二分後、林群浩はようやく立ち上がった。軽く咳をひとつして、口元をティッシュペーパーでそっと拭った。

と、次の瞬間、何者かが彼の肩をたたいた。

19

Above GroundZero

2015.3.7
pm 7:20

二〇一五年三月七日。夜七時二〇分。基隆和平島《キールンホーピン》。北台湾原発事故発生まで、残り二二六日。

　フロントガラスにたたきつけられた小雨はまるで砂粒をふり落とすような音を立てて、街灯のあかりは林群浩《リンチュンハオ》の顔の上で明滅を繰り返していた。彼はセメントでつくられた狭い橋をゆっくりと渡って、トタン屋根の家の前に車を停めた。

　そこは堤防の突き当たりに立ち並んだ海鮮料理屋で、トタン屋根の家々はどこも青白い蛍光灯をぶら下げていた。はるか遠くでは巻き上がる波がピューピューと喉を鳴らして、風にのった雨粒が林群浩の顔にぴしぴしとあたっていた。猛然と吹きつける風はかしましい人間たちを残らず吹き飛ばしてしまったかのようだった。

　店の中は思ったよりも空いていた。「和平島三五活海産　本街海鮮創始店」と書かれたガラスの扉を開けた林群浩は、同僚たちがいる場所をすぐに見つけることができた。宴《えん》もたけなわといった様子で、同僚たちは皆忙しげに乾杯を繰り返していた（それは死神によって何度も繰り返してもてあそばれる砂時計のようなもので、ゆっくりと流れていく砂の流れは当の本人たちが知らないだけで、破滅へといたるカウントダウンはすでにあのときから始まっていたのかもしれない――）。

「おい、付き合いの悪い童貞オタク野郎がようやくお出ましだぜ」。ダイコンが怒鳴るように言った。

「誰が童貞のオタクだって？」林群浩は笑いながら鞄を下ろすと、同僚たちの間に割って入った。

「俺のどこが童貞なんだ。ふざけんなよ」

「ああ、俺の間違いだ」。ダイコンはテキパキとした動作で彼に台湾ビールを一杯つぎながら言った。

「お前は童貞なんかじゃない。ほら、あれだ。プレイボーイなのに『ライクアバージン』ってやつだ」

「ダイコンのやつ、もう酔ってるのか？」林群浩は同僚たちにたずねた。「そんなに遅れてないだろ？　さっき始まったばかりじゃないのか？　ダイコンのやつがなに言ってるのか、まるで聞き取れないぜ」

「ああ、大遅刻だ。半日も遅れてきやがって――」

「てことはお前たち、本当に行ってきたのか？」林群浩は目を見開いて言った。「てっきり冗談で言ってるのかと思ったよ。で、どうだった？　面白かったか？」

同僚たちは声をあげて笑った。「燦林《ツァンリン》のやつ、もう少しでママさんにぶちのめされるところだったんだぜ」

その日、テーブルに座るエンジニアたちの中で既婚者と恋人のいる者、それからそういった場所が嫌いな者をのぞいた四人のオトコマエたちが、基隆の繁華街にある「鉄路街《テェルー》」に見聞を広めるために足を伸ばしたのだった。その名が示すように、鉄路街は鉄道のすぐそばに広がる歴史ある風俗街だった。通りには風俗店が林立していて、分厚いガラス扉の裏側ではカラオケ店やお触りパブといった古いタイプの風俗店がひしめいていた。しかし、林群浩は基隆出身の友人から近年性産業が多様化したことで、鉄路街がすっかり廃れてしまっていることを聞いていた（「ネットを使った援助交際や詐欺集団に、商売をみんな持っていかれちまったよ！」）現在の鉄路街に足を運んで味わえるのはもはや性的快感などではなく、ある種のノスタルジーだと言えた。

「おい、そんなこたぁ、後でいいじゃないか！」

ダイコンが再び怒鳴り声をあげた。

「この野郎は幸せすぎて、そんなことを少しもありがたがりはしないんだ。さあ、遅れてきた幸福なハンサムボーイに乾杯だ！」

ガラスのコップがカチャカチャと音を立て、続けざまに数の子にロブスター、アサリのバジル炒めが運ばれてきた。海鮮料理の多くは軽く煮ただけで特別な調味料などは加えてはいなかったが、どれも新鮮だったために十分にその味を堪能することができた。

「お、ロブスターが来たぞ！」同僚のひとりが笑いながら言った。「龍蝦《ロブスター》宴会だ。台湾電力龍門《ロンメン》原発〔第四原発の正式名称〕のエンジニアたちの奢《おご》りだ！　さあさあ、掛け値なしの本物だぞ。ニセモノなんて混じってないぜ！」

同僚たちは声をあげて笑った。「まったく、自腹でよかったよ――」「自分で自分に奢っても賄賂《わいろ》になるのかな？」「おい、誰か週刊誌にタレこんでくれよ！」「チクショウ、お前ってやつはそこまで有名になりたいのか――」

「おい、みんな静かにしろ。我らがボスのお出ましだぜ」。康力軒《カンリーシェン》が同僚たちを制止して言った。「さあさあ、俺たちのボスを立って迎えようじゃないか！」

男たちは次々に立ち上がったが、すでに酔っ払っている者たちの足取りはひどく心許なく、滑稽だった。

「悪い悪い。ずいぶん遅れちまったみたいだな」。陳弘球《チェンホンチウ》が言った。野暮ったい鞄を肩がけにかけた背中は汗で濡れ、彼は急いでその場で上着を脱いだ。ダイコンはさきほどと同じように、すぐさま彼のそばに駆け寄ってなみなみとビールを注いだ。「主任、まずは遅れてきた罰に一杯ぐいっとやっちゃってください。そのあとは俺たちも好きにやりますんで！」

三十分後、林群浩はレストランを抜け出した。軽く扉を閉めて、ポーチの軒下まで歩いて来た林群浩は、そこで陳弘球がひとり煙草を吸っている姿を目にした。名も知らぬ虫たちが蛍光灯を囲むようにぶんぶん羽を鳴らして飛び回り、その影が陳弘球の表情に微妙な陰影を浮かび上がらせていた。

主任が手招きしたのを見た彼は、そばに歩み寄ると煙草の火を借りた。

「なかなか美味かったな――」。主任が煙を吐き出しながら言った。「どれも新鮮だった。誰がここを選んだんだ？　ダイコンか？」

「ええ」。林群浩が言った。「あれだけ酔ってちゃ、自分で運転して帰るのは無理でしょうね。あとでタクシーを呼びます」

主任は黙ってうなずいた。その頬はアルコールのせいで赤く火照《ほて》っていた。冷たい雨はいまだ止む気配はなかった。無人の大通りを挟んで光を放つ無数の雨の糸が、堤防に立ち並んだ街頭の下に流れ落ちていた。飲みすぎたのかもしれない。林群浩は身体を流れる血がなにやらざわついているような気がして、こめかみを強く押さえた。

「新年の宴会か、それともプロジェクト終了の祝賀会か……」。主任が突然口を開いて言った。「なあ、群浩。今日の食事会は新年の宴会だったのか、それとも祝賀会だったのか、どっちなんだ？」

「はあ？」林群浩は一瞬主任の意図を摑むことができなかった。

「つまりだな……」。陳弘球も酔いが回っているようで、ろれつが十分にまわっていなかった。主任は小さく笑って、「俺が言いたいのは、今日の食事会が新年会だったのか、祝賀会だったのか、どっちなんだってことだ。それともどっちでもなくて、ただの飲み会だったのか？」

「僕にもわかりません」。林群浩もつられて笑った。「きっと、みんなにか口実を見つけてバカ騒ぎしたいだけなんですよ。だから……」

主任は手をふってその言葉をさえぎると、頭を上げて遠く潮騒の彼方に広がる暗闇を見つめたまま、しばらく黙り込んでしまった。「総合検査、終わっちまったなぁ……」。主任は指先に挟んだ煙草を軽くたたいた。煙草の灰は彼の革靴の上にゆらゆらと舞い落ちていった。「なんの功労もない祝賀会ってわけだ……」

林群浩はそれには答えなかった。彼はただ煙草の煙を吐き出すと、黙って亡霊のように暗闇に揺れる雨の帳《とばり》に向かって流れていく真っ白な煙を見つめていた。

「来月には燃料棒の装塡が始まるんだな……」。主任が自分と話しているのか、あるいは独り言を言っているのか、彼にはわからなかった。

「なあ、群浩。お前はどう思う？　心配か？」

林群浩は吸い終わった煙草を地面に投げ捨て、それを足で踏み消した。酔いは徐々に醒めてきて、背後で騒ぎ立てている同僚たちの声は闇夜の中に溶けていった。雨足はさきほどよりも大きくなっているようだった。「もちろん」。林群浩が答えた。「でも、主任。まだ再検査のチャンスだってあるはずでしょ？」

「まだ再検査のチャンスがあるだって？」主任は無意識に彼の言葉を反復していた。「本当にそう思うか？　俺たちにはまだ再検査のチャンスがあるって？」

「例えば、起動テストのときとか――」。林群浩はそこまで言って言葉をつまらせた。「万が一問題があったとしても、正式に稼動する前に見つかるはずですよ」

「だといいがな……」。陳弘球はひどくぼんやりとした口調で言った。「燃料棒はもうすでに装塡しちまったんだ。汚染される場所はすでに汚染がはじまっているはずだ。問題があるとわかったところで、いったいなにになる？」主任は遠くを見つめたまま言った。その視線が見つめているのはここではないどこか別の空間のようだった。

「なんになるってんだ？　総合検査だって、最後まで終わってないんだ。いったい、あれのどこが総合検査なんだ？　請負業者の一括契約もなにもあったもんじゃない……」

林群浩はなんと答えればいいかわからなかった。

「群浩――」

「はい？」ふり返った林群浩は陳弘球の頰を流れる涙を見て驚いた。「主任……」

「第四原発は時間をかけすぎたんだ」。主任は涙を拭いながら言った。「俺も長く働きすぎた。もう疲れちまったよ――」。彼はくるりと身を翻すと、煙草の吸殻を足で踏み消した。そして、入り口の傘立てに置いてあった傘を一本とって、ポーチと光の境を離れるように冷たい雨の中へと歩を進めていった。

林群浩は一瞬躊躇したが、心配になって近くにあった傘を摑んでそのあとを追った。

ふたりは半歩ほどの距離を隔てて、海辺のうすら寒い夜を歩いていた。

「おふくろがな、三週間前に亡くなったんだ」。主任は突然そう言って、しばらく沈黙した。「唯一の身内だったんだ……」

「三週間前？　三週間前って、でも……」。林群浩は一瞬言葉につまってしまった。三週間前だって？　もしも記憶に間違いがなければ、主任はその頃、毎日自分たちと残業していたはずだ。

「疲れた」。主任が言った。「疲れたよ。俺は第四原発でずっと働いてきたんだ。まさかこんな結末になるなんて思いもしなかった。こんな結果、とてもじゃないが納得できない……」

雨足はますます強くなっていった。堤防の境目、ふたりの足元では、ガラスが割れるような脆《もろ》い音を立てながら水しぶきが跳ね上がっていた。堤防の縁までやって来た彼らの眼前では、押し寄せる波がテトラポットにぶつかって水しぶきを上げ、雨音と吼えるような大海原のうねりが巻き上がっていた。

「納得できないんだ」。陳弘球は突然声を荒げた。

数珠つなぎにつなげられた蛍光灯に照らされた海鮮レストランはどこかピントが定まらず、なにやら巨大な闇の中に意味もなく浮かび上がる光の点のようだった。彼の顔はすっぽりと闇の中に包み込まれ、光と闇がせめぎ合う空間へと消えていった。

「納得できないんだ！　俺はこのために自分の半生を奉げてきた……なのに、俺の苦労は水の泡だ。俺の人生はなんの意味もなかったんだ。やつらのせいで、あの汚職にまみれた政治家どものせいで！　やつらの身勝手のせいで！」

すっかり驚いてしまった林群浩は二の句を継ぐことができなかった。彼は初めて主任が上層部のスキャンダルについて口にするのを聞いた。もちろん、同僚たちの間ではそうした噂は昔からあった（すでに暴露されている小さな不正事件以外にも、どうも巨大な不正案件が隠されているらしかった）。しかし、彼自身はこれまで噂の真偽については半信半疑だった。

彼は主任が口からでまかせを言うような人間ではないとよくわかっていた。

となると、例の噂は本当だったことになる。林群浩はかつてある先輩が彼に言った言葉を思い出した。あの腐れきった石威《シーウェイ》顧問会社が施工を主導していた期間、つまり二〇〇〇年の時点で石威はすでに破産を宣告されていたが、台湾電力にとってそれはまさに天恵とも言うべき事態だった。これを機会に実力不足の石威とは契約違反になることなく堂々と手を切って、新たに事業を仕切りなおすことができたからだ。しかし、どうしたことか台湾電力は相変わらず石威との協力関係を維持してきた。二〇〇七年になってようやく堪忍袋の緒が切れた台湾電力が両者の契約を解約したが、それからまた七年もの月日が流れることになったのだった……

（途中でなにがあったのか想像しただけで身の毛がよだつ……林群浩は思った）

強風吹きつける堤防を歩く陳弘球の足取りは覚束《おぼつか》なかった。それを見た林群浩は慌てて手を差し伸べた。「主任、飲みすぎです。雨足も強くなってきたみたいですし、一旦レストランに戻りましょう」

「納得できない。俺は、納得できないんだ……」主任が突然声を押し殺すように言った。「群浩、聞いてくれ――」

「なんですか？」林群浩は陳主任を支えながら、もと来た道を戻っていった。強風のせいで傘は裏返ってしまい、ふたりとも全身ずぶ濡れになってしまっていた。

「もしも俺になにかあったら――」主任が言った。「お前は俺に家族がいないことを知ってるな。もしも俺になにかあったら、もしも第四原発でなにか起こったら、間に合うようであれば、俺の家に来て携帯電話とパソコンを保護してくれないか――」

「主任、いったいなにを……」

「だから、もしもの話だ」。赤ら顔の主任が彼の肩をたたきながら言った。「万が一の話だ。俺は戻って家の鍵をお前に預けておくことにする。もしも俺になにかあったら、そのときは、できればまずお前にメールする。お前はメールに書かれている内容にしたがって行動すればいい。もしもなんの連絡もなければ、直接俺の家まで行ってほしい。わかったか？」

「主任――」

「俺の家だ。忘れないでくれ。住所はまだ覚えてるか？」ふらふらと揺れる足元と同様に、会話の内容もひどく覚束なかった。「いや、パソコンは持っていかなくてもいい。パソコンにはやつらがほしがる情報は入れておかないようにする。携帯だけでいい。携帯だけお前の方で確保してくれ。いいか？」

「住所も覚えてますよ。主任、縁起でもないこと言わないでください。なにかあったりしませんから……」

「そんなこた、ろうでもいい」、主任のろれつはすっかり回らなくなってしまっていた。「俺だってそんなこたあ、言いたくないんらよ。お前は俺になにかあったときにだな、俺の話、はなしを聞いて、黙って携帯をだな――」

「ええ。わかりました」。林群浩が言った。「主任、しっかりしてください」。彼は陳弘球の身体がますます重く沈んでいくのを感じていた。陳弘球はひとりでは立てないほどに酔いが回っていた。林群浩は背後につながれた小船が波に打ちつけられてギシギシと音を立てて軋んでいるのを耳にした。

「俺は――」。陳弘球は大きくひとつゲップをすると、頭をあげて前方をにらみつけた。光に照らし出された雨の帳を挟んで、レストランの中で騒ぎ立てる同僚たちの声がかすかに聞こえてきた。それはまるでもうひとつ別の世界で実在する物体が鮮烈な強い光の中にのみこまれ、溶けていったような感じがした。「大丈夫です。ほら、もうすぐレストランに着きますから」

20

Under GroundZero

口の中に押し込まれた布切れを外されると、徐々に意識が戻ってきた。

かまされていた布切れを外され、林群浩《リンチュンハオ》は何度か咳《せき》をしてから、大きくひとつ深呼吸をした（あごには涎《よだれ》がべったりとこびりついていた）。そして、すぐさま自分がどこかに監禁されているのだということに気づいた。

それがどこなのかわからなかった。なぜなら、彼の顔には目隠しがあてられていたからだ。

それどころか、数秒経ってから初めて、彼は自分が仰向けになっていることに気づいた。手足はしっかりと固定されていてまったく身動きがとれなかった。すると、誰かが彼の耳につめられたスポンジのようなものをすばやく抜き取った。

冷たい空気が耳から流れていくのを感じると、すぐそばで足音が響いた。

「ここはどこだ？」林群浩が口を開いた。ようやく頭がはっきりとしてきた林群浩は、さきほどまで自分が病院で融怡《ロンイー》に会っていたこと、李莉晴《リーリーチン》の友人であるルーシーから資料を手に入れたことを思い出した。きっと病院を出た直後に襲われたのだ。「ここはどこだ？」

返事はなかった。なにかが地面の上で擦れる音が聞こえた。そばにいた人間はどうやら椅子に腰を下ろしたようだった。「僕をどこに連れてきたんだ？お前たちはいったい誰だ？」林群浩は首をひねって言った。「どうして僕を拉致する必要がある？」

やはり返事はなかった。

「いったいなぜだ？」林群浩が叫んだ。「なぜだ？なんとか言ってみろよ！　どうしてこんなところに僕を連れてくる必要が――」

自分の声がこだましているのが聞こえた。どうやらここはずいぶんと広い空間のようだった。いま自分にできることは、せいぜい相手の口を滑らせることくらいだった。

「僕がなにをしたって言うんだ？　なにかお前たちの邪魔になることをしったって言うのか？」林群浩はできる限り大声で喚《わめ》き立てた。「なんとか言ってみろよ。もしかしたら話せばわかるかもしれないじゃないか。こんな方法をわざわざとらなくたっていいかもしれないんだ。違うか？」

返事はなかった。彼は冷静になって耳をそばだててみた。しかし、自らの声の木霊《こだま》以外には、相手の呼吸する音すら聞こえてはこなかった。

「どういうつもりだ？　僕をいったいどうしたいんだ？」

男は立ち上がって彼に歩み寄ると、分厚い布切れをその顔にかぶせた。

いったいなにが起こっているのか理解が追いつく前に、布切れの上に流れ込んでくる水の重みに湿度、それに音を感じた。

彼は慌てて首をひねって逃れようとしたが、男はしっかりと彼の頭部を固定して、顔を押さえつけた。

窒息感がすぐさま彼を襲った。口と鼻に水が注がれ、必死になってもがいてみたが、空気を吸うことはできなかった。その瞬間、彼の身体は無限の辛酸に満ちた冷たいがらんどうへと変わっていった。

自分の意識が遠のいていくのを感じた。

次の瞬間、男は彼の頭から手を離して、顔に掛けられていた布切れを緩めた。

ぜえぜえと喘ぐ彼の顔中から涙と鼻水が同時に流れ出していた。しかし、ほんの二、三秒の間を置いて、男の手は再び彼の顔に伸びていった。

彼は必死になって抵抗したが、四肢を縛る拘束はきつく、せいぜい首を伸ばしたりひねったりすることしかできなかった。男はもちろんそれで諦めることなく、しっかりと彼の顔の上に掛けられた布切れを両手で押さえつけた。それだけで、彼の抵抗はまったく意味をなさなくなってしまった。

意識が遠のいていく中、男の手が再び顔から離れていくのを感じた。

男が彼に重いビンタを二発喰らわせた。

次の瞬間、男はようやく口を開いた。「林群浩！」

彼は言葉にならない喘ぎ声でそれに答えた。

「林群浩！」男が繰り返した。それは明らかに人間の声ではなく、なんらかの機械を通じた粗雑な音だった。

「よく聞け。第一に、今後李莉晴《リーリーチン》と一切の連絡を取ってはいけない。会ってもいけない。メッセージを送ってもいけない。第三者を通すのもダメだ」

男は突然林群浩の顔に掛けられていた布切れを剝ぎ取った。全身汗だくになっていた林群浩は、咽《むせ》びが止まらず、喉の奥から酸っぱいものがとめどなく湧き上がってきた。

「繰り返す——」。機械の声は女性のものへと変化した。

「診察を受けるのもダメだ。李莉晴と連絡を取ってはいけない。李莉晴やその関係者との接触を禁ずる。我々にはお前のあらゆるツールをチェックする能力がある。わかったか？」

答える間を与えられることなく、林群浩の顔には再び布切れがかぶせられた。

「もしもなにかを思い出したとしても、それを外部に漏らすことは、——おい、ちょっと待て」。奇妙な声が続いた。「ちゃんと呼吸させろ。そうだ」

顔に掛けられた布切れが再び外された。

「よし。よく聞くんだ」。機械の声は再び男性のものへ戻っていた。「第二に、なにかを思い出しても絶対にそれを外部に漏らすな。もしもそれを外部に漏らせば、お前とお前の家族は間違いなく不測の事態に襲われることになる。繰り返す。なにかを思い出しても、決してそれを外部の人間に言ってはいけない。さもなければ、お前とお前の家族に生命の危機が迫ることになる。わかったか？」

男は話を続けた。「三つ目だ。当然、今日あったことも外部に漏らしてはいけない」。男の声が重みを増した。「言うまでもないことだが、もしもそれが我々にばれた場合、お前とお前の家族の命はないと思え。わかったか？」

　再び布切れが彼の顔に掛けられ、大きな手がそれをしっかりと押さえつけた。

　全身に戦慄が走った。ちかちかと点滅する意識の中で、彼は獣の咆哮《ほうこう》のような叫び声をあげた。しかし、彼はすぐさま自分が実際には咳《しわぶき》ひとつ立てていないのだと気づいた。化学薬品の匂いが彼の鼻腔へ侵入していき、まるで深い海の底に沈められたように、水圧のような重みが彼の顔や目、鼓膜をいっせいに砲撃した。身体と意志は千々に砕けて、純粋な感覚器官の集合体へと変わっていった。さながら無限《から》の光の中に放擲《ほうてき》されたようで、そこは光線と雪盲《せつもう》がはびこる空間のようだった――

　次の瞬間、彼は再び意識を失った。

21

Above GroundZero

2015.4.18
pm 8:20

「観覧車が生まれてから、どのくらい経ったか知ってるかい？」

二〇一五年四月十八日。夜八時二十分。台湾台北。内湖美麗華《ネイフーメイリーファ》デパート。北台湾原発事故発生まで、あと一八四日。

「どのくらい？」小蓉《シャオロン》が言った。

「実はせいぜい一二〇年ほどなんだ」。林群浩《リンチュンハオ》が答えた。「一世紀と、ほんの少しだけ」

「つまり、映画の歴史よりもちょっとだけ長いわけね」

「ああ。しかも、世界で最初の観覧車は一八九三年のシカゴ万博のために特別に設計されたものだったんだ。当初観覧車を建設した動機は、パリのエッフェル塔に対抗するためだったんだけど……」、林群浩が続けて言った。「僕が読んだ本によると、シカゴで万博が開催されて、世界初の観覧車が誕生したちょうどそのとき、同じくシカゴではアメリカ大陸史上最初の連続殺人犯が誕生したらしいんだ……」

観覧車はゆっくりと上昇を続けていた。ふたりは観覧車の中で向かい合って座っていた。デパートのあかりは彼らの足元へゆっくりと沈んでゆき、店内に流れていた音楽や騒がしい声も徐々に薄れていった（デパートの屋上はアルコールやスイーツを提供する屋外バーになっていて、小さな舞台の上では歌い手までいた。人々は思い思いに休息して、暗闇の中では回転木馬と数台のUFOキャッチャーだけが光を放ち、花束を胸に抱いた新婚夫婦が結婚写真を撮影していた）。視線を遥か彼方へとのばせば、広い暗闇を挟んできらきらと輝く街灯のあかりが、山の中腹に沿って旋回するように輝いていた。その光景は、夜空からぶら下げられた星々のようでもあった。

「ねえ。観覧車と連続殺人犯の間にどんな関係があるの？」

「理論上、このふたつの現象の間に関連性はない」

「理論上はないなら、実際はどうだったのかしら？」小蓉が笑って言った。「ねえ、あなたどんな本を読んだわけ？　なんだってまた観覧車と殺人犯を一緒くたにしちゃったのよ」

「わからないかな。そこが面白いんじゃないか」。林群浩が言った。「本のタイトルは『悪魔と博覧会』。一見すれば、作者はシカゴで建設された観覧車とH・H・ホームズと呼ばれた例の殺人犯の間にどんな関係があるのか書いていないんだ」

「つまり、読者は自分でその答えを探さなくちゃいけないわけね」。小蓉はしばらく黙り込んだ後、再び言葉を続けた。「私が思うに、万博みたいな大げさなほど華やかな催し物っていうのは、きっとその時代や場所における自己顕示欲となにか関係があるんじゃないかしら？　数年前の上海万博でもそうだったじゃない？　あるいは、作者は豪華絢爛な文明への幻想が、かえって人間社会にある深い闇の部分を引き出してしまったことを暗示しているんじゃないかしら……」

「君は頭が切れすぎるよ」。林群浩が笑って言った。「僕もそう思っていたんだ。きっと、作者もそれを伝えたかったんだと思う。ほら、あそこを見て！」

観覧車はすでに最高点に達しようとしていた。台北中の街灯の輝きと雑踏がふたりの足元に広がっていた。くねくねと曲がりくねるそのあかりは、光り輝く絨毯《じゅうたん》のようだった。観覧車のガラスが目と鼻の先にある街のあかりを映し出していた。もともと暗く沈んでいた遠くの河岸にも、誰かが打ち上げた花火が輝いていた。

色とりどりの花火が夜空に花開き、暗闇の中に妖精のような表情を浮かべていた。

「きれい」。小蓉が言った。

「こういうことに関して、君はどこまでも悲観的なんだね」。林群浩はじっと小蓉の顔を見つめながら言った。その表情は夢の中のように美しく、足元に広がる歌い手の歌声や回転木馬の放つ光と比べてもなんの遜色もなかった。

「悲観的って？」小蓉がふり返って言った。「観覧車と殺人犯のこと？　そうかもね。でも、それは別段おかしなことじゃないでしょ？」小蓉は一拍間を置いてから言葉を続けた。「人類はとっても利口で、創造力に溢れてる。でもね、同じだけ悪意に満ちてる。……それはあなたの会社の人間を見ればわかるでしょ？」

「でも、僕はそんな悪い人間じゃないだろ？」林群浩は小蓉の隣に腰掛けて言った。

「ええ」。小蓉は微笑を浮かべると、彼の手を握って言った。「そうね。あなたは悪い人間じゃない。私がこれまで会ったなかで一番いい人よ」

「君も僕がこれまで会ったなかで一番いい人だ」。林群浩が言った。「だから……」、彼はまるでマジシャンのように背後から指輪をひとつ取り出すと、それを小蓉の手の上に置いてみせた。「小蓉。僕と結婚してくれないか？」彼は誠実に言葉を選んで言った。「僕の妻になってくれないか？」

あまりのことに驚いてしまった小蓉は、一瞬どう反応していいのかわからなかった。自分の手の上に置かれた指輪をじっと見つめる小蓉は、そこに花火の色彩が映りこんできらきらと輝いていることに気づいた。それはまるで、クリスマスツリーにかけられた電球のようだった。「あなたって人は」。小蓉は思わず笑いがこみ上げてきた。「ねえ、さっきの台詞はこのためにわざわざ準備してきたの？」思わず咽《むせ》びこんでしまった小蓉の瞳に涙が輝いた。「観覧車と殺人犯？　変なプロポーズ――」

「うん」、林群浩が口を開いた。「どうだった？　サプライズだっただろ？」

「バカね」。小蓉は涙を流しながら笑った。「よりによって殺人犯だなんて」

「僕と結婚してくれないか？　一生僕が面倒見る

から。ねえ、頼むよ」。林群浩は小蓉の手をとって言った。「ねえ。ほら、早くOKだって言ってくれよ。お願いだからさ。さもないと、君を殺してしまうよ。実は僕は殺人犯なんだ」

「ホント、子どもみたい。……ええ」、小蓉が彼の手をそっとたたきながら言った。「OKよ」

十五分後、ふたりは地上へ戻ってきた。ショッピングモールの中庭にある椅子の上に腰掛けたふたりは、そこでアイスクリームを食べていた。

「ねえ、群浩」

「うん？」

「私って昔から人見知りだったじゃない？」小蓉はブラックベリーのアイスクリームが溶けるまでかき混ぜていた。

「私はね……本当にたくさんの時間をかけて、あの辛かった思い出から立ち直ることができた」

「うん」

「ちょっと」、小蓉は林群浩の肩をたたいて言った。「食べるのに夢中で、私の話なんてどうでもいいわけ？」

「そうじゃないけど」。林群浩がアイスクリームの冷たさにしどろもどろになって答えた。「あんまりにも美味しかったから」

「ちゃんと私の話を聞いてて」。小蓉が言った。

「ああ」。大食い大会に参加した選手のように、林群浩は再びひとすくいしたアイスクリームを口の中に運び込んだ。

「きっとあなたに感謝するべきなのよね」。小蓉が言った。「あなたは私にとっても大切なものを与えてくれた。一生分の幸せよ。確かにあなたの仕事は大変で心配だけど……」

「どういたしまして」。林群浩の舌は相変わらずアイスクリームの冷たさで痺《しび》れているようだった。

「いやな人。ちゃんと話を聞いてくれてる？」

「ねえ。このアイスクリーム、あと三つほど買って帰らないか？」最後のひとかきを食べ終えた林群浩は突然しっかりとした口調でしゃべり始めた。

「ほら、いまは早口言葉だって空で言えるよ」「和《ホー》尚《シャン》端《ドゥアン》湯《タン》上《シャン》塔《ター》、塔《ター》滑《ファ》湯《タン》灑《サー》湯《タン》燙《タン》塔《ター》、官《グァン》方《ファン》網《ワン》站《ジャン》光《グァン》芒《マン》石《ワン》丈《ジャン》……ほら、君も言ってみて！」

「官《グァン》方《ファン》網《ワン》站《ジャン》光《グァン》芒《マン》……」

家路につく人々がふたりの間を通り過ぎていった。夜風が二人の頬を撫でた。空には雲ひとつなかったが、それでも夜風には春雨の清新さが含まれていた。

空の彼方に掛かった三日月は、まるで夜空が照れ笑いしているようだった。

22

Under GroundZero

2017.7.7
pm 5:17

二〇一七年七月七日。午後五時十七分。台湾台南《タイナン》。総統府北台湾原発事故処理委員会付属医療センター。

北台湾原発事故から六二七日後。二〇一七年の総統選挙まで、残り八五日。

「今回のお薬も前回と同じ分だけ出しておくわね」。李莉晴《リーリーチン》が言った。「自分で調整しても大丈夫だから。病状を見て飲む量を決めてくださいね」

「どうも」。制服を着た顔面蒼白のその患者は、ひどく疲れきっているようだった。

「もっとうれしそうにしないさいよ。しばらくすれば、ちゃんと休めるようになるから」。李莉晴が言った。

「ありがとうございます。失礼します」

李莉晴は去っていく女子学生に軽く手をふると、ひと口水を飲んだ。手元のマウスをさっと動かすと、スクリーンにスケジュール表が現れ、それを確認した李莉晴はバックの中から携帯電話を取り出してメッセージを確認した。

しばらく携帯電話のスクリーンを半信半疑のまなざしで見つめていた李莉晴は、携帯電話をバックの中に戻して診療室をあとにした。

「ねえ、蘋芳《ピンファン》」、受付まで足を運んだ李莉晴が言った。

「なんでしょうか?」

「ちょっとスケジュールのことで話があるんだけど」。李莉晴が言った。「例の林群浩《リンチュンハオ》、もうずいぶん長いこと診察に来てないんじゃない?」

「少々お待ちください」。アシスタントの蘋芳は手元のマウスを動かして、パソコンの画面にスケジュール表を出して言った。「ええと、前回の来診は六月八日となってますね」

「来診の予約は？」

「六月二十二日になってます。ただ、来診には来てないみたいですね」

「なにか理由は聞いてないかしら？」

「そうですね……」蘋芳はスクリーンを見つめながら答えた。「記録を見る限り、特になにも記載されてないです」

「つまり、彼は一ヵ月間来診に来ていないってことね？」

「そういうことになります」。蘋芳が答えた。

「なるほど」。李莉晴が言った。「じゃ、私のスケジュール表の記載は間違いじゃなかったたってことね」

「彼と連絡を取りますか？」蘋芳が言った。

「いえ」。李莉晴が答えた。「ただ確認したかっただけだから。もしセンター長からなにか聞かれたら、患者が来診に来ていないこと、それにこっちでも状況を把握していないことを伝えてちょうだい。それから、彼と連絡を取るかどうかは検討中だって。センター長の方でなにか意見があるようなら、直接私に連絡するように伝えて——」

「わかりました」

「OK。じゃ、私はお先に失礼するわね」。白衣を脱いだ李莉晴が鞄を背負って笑みを浮かべた。

「お疲れさま」

「今日はめずらしく患者が少なかったですね」。蘋芳が言った。「先生。そのネックレス、とってもきれいですね。いま初めて気づきましたよ」

「ありがと。私も気に入ってるの」。李莉晴が言った。「毎日今日みたいに患者が少なければどんなにいいか」


十五分後。

太陽はすでに西に傾き、空の果てでは折り重なった雲が光の変奏を奏でていた。この時期は南台湾で最も暑い時期であったが、今日だけは例外だった。

公園に向かった李莉晴は、木蔭にある長椅子に座って、持っていた本を開いた。本のタイトルは『アメ玉おばちゃんを探して』〔二〇一三年に出版された伊格言著の短篇小説集〕だった。雨露のように流れ落ちる光の輪が李莉晴の身に降り注いでいた。台南の鳳凰木《ホウオウボク》は六月の最も苛烈な時期をすでに乗り越え、禿《は》げ上がった多くの枝葉もぴんとその背すじを伸ばしていた。逆光がつくり出した暗闇の中で、抽象画のようなその構図は比類なき美しさを誇っていた。

一陣の涼風が吹きぬけると、昆虫の羽根のように薄い鳳凰木の落ち葉が音もなく舞い落ちていった。しかし、李莉晴の関心は本の中にはなかった。周囲を注意深く見渡す李莉晴は、特に向かい側にあるアパートに何度も目をやった。

鳳凰木の枝葉の間から、古い宿舎のようなそのアパートを窺うことができた。

アパートの壁は古く、ガラスの窓はオレンジ色をした夕焼けを反射していた。小さな庭を挟んで、低い壁がそのアパートを取り囲んでいた。壁の上ではブーゲンビリアの艶やかな白い花がまるで雪崩を起こしているように咲いていたが、それはまた老人の皮膚のようにも見えた。サビですっかりまだら模様になってしまった淡い青色をした鉄の門は、アパートに備えつけられた唯一の出口のようだった。

六、七分経ってから、白髪交じりの老人が門から出てきた。スポーツウェアを着た老人は公園へ足を向けた。身体が不自由というほどでもなかったが、それでも歩き方はどこかぎこちなかった。李莉晴は老人が両手をふりながら、歩道に沿って歩く様子を眺めていた。赤信号で一度立ち止まった老人は、大通りを横切って公園へ向かってきた。老人は李莉晴をちらりと見ると、そのまま曲がりくねったレンガ歩道へ向かっていった。

本を鞄の中へ仕舞い込んだ李莉晴は黙って老人のあとを追った。歩道は淡いクスノキの中を曲がりくねるように続いていた。季節は巡りゆき、群雲は荒々しい夕焼けの中に溶け込んでいた。周囲には霧のような暗闇が立ち込めていて、まるで舞台上に突如現れた神秘的で答えのない舞台装置のようだった。

老人にはすぐに追いついた。

「おじさん」。李莉晴が低い声で言った。老人が足を止めた。

「どうか止まらないで歩き続けてください。歩いて話をしたほうがいいと思います」。李莉晴が続けて言った。「ゆっくりでかまいません。いいですか？」

老人はその言葉にうなずいた。李莉晴は老人を支えるように歩いた。

「おばさんの調子はどうですか？」李莉晴が言った。

「ああ……」。老人が答えた。「悪くない。なぜなら悪いところなんてなにもないんだからね。だが、いいところもない。正直に言えば、時間の問題だろうね。今回の化学療法がひと段落すれば、医者と相談して一旦家に帰ろうかと思ってるんだ。なにか問題があれば、またそのとき考えればいい」

「確かにそうかもしれません。自分の家の方がなにかと安心できますし、なによりも気が楽ですから。おばさんの病気も少しはよくなるはずですよ」。李莉晴はしばらく黙り込んでから言った。「林群浩、息子さんはなんと言ってましたか？」

「君たちが心配だ」。老人がため息をついて言った。「君にこうして会うかどうかもずいぶんと悩んだんだ。君たちがなにをしようとしているのか私にはわからないが、それが危険なことくらいはわかる。だろ？　でも、あの子から君を探すように頼まれたんだ。だからこうしてやって来た」

「ご心配をおかけして申し訳ありませんでした——」

「君と連絡を取るなと警告されたらしい」。老人が言った。

「私と？」

「それに、もしもなにかを思い出しても絶対にそれを口外してはいけないとも警告されたらしい」。老人は足を止めて言った。

「あの子が言ったのはただそれだけだ。李先生、いったなにが起こっているんです？　あの子が記憶を失っている間にいったいなにが起こったんですか？」

「わかりません」。李莉晴が答えた。「ただ、それが特定の人間にとって非常に重要なことであることは間違いないようです――」

「あの子は行方不明だったんです」。老人は李莉晴の言葉を断ち切るように言った。「今回の原発事故で……、私の息子はなんとか命拾いしたんです。ここ最近、私の家族の間で起こった変化はすべて原発事故が招いたものです。それが特定の人間にとって重要なのだということはわかります。あなたにとって、あるいは群浩にとって、重要なことなのでしょう。しかし、私はただ自分の家族が平穏無事にいてくれればそれでいいのです。……あの子の母親はもう長くはないのです」。老人は目を赤く腫らして言った。「私の病気もいつまたぶり返すかわかりません。たとえどうであれ、私は二度と息子を失いたくはないのです――」

「お気持ち、わかります」。李莉晴は一拍間を置いて答えた。「しかし、彼が失踪していた期間の記憶を私たちが取り戻すことで、それが一種の保険になるかもしれません。それとも……一番ベストなのは、私たちがそれを知りながら決して口外しないことなのかも――」

「本当にそうかな？」

「もちろん、私だってどうすれば一番いいのかなんてわかりませんよ」。李莉晴が言った。「だから……ああ、心配しないでください。息子さんに私と連絡を取るように強制したりはしませんから。おじさん、あなたが心配するのは当然のことです」。李莉晴は老人を見つめて言った。「安心してください。私はあなたたちの意見を尊重しますから」

23

Above GroundZero

2015.5.16
pm 10:52

二〇一五年五月十六日。深夜十時五十二分。台湾宜蘭《イーラン》。北台湾原発事故まで、あと一五六日。

空には満天の星空が浮かんでいた。雨が降った後の空気にはどこか薄荷《はっか》に似た清々しさがある。遠く坂の下に広がる街灯のあかりは、空中に舞い上がるほこりに相まってきらきらと輝き、まるで子どもたちの瞳のようだった。

三人は施設の中庭にある長椅子に腰掛けていた。風が優しく彼らの頰を撫で、湿った夜露がまるで口づけするようにその皮膚に触れていた。玲芳《リンファン》はときおり自分の肩を揉み、とんとんと背中をたたいた。

「ずいぶんとお疲れのようね」。小蓉《シャオロン》が笑って言った。

「正直そうでもないかな」。玲芳が言った。「もしもここに残っていなかったら、きっともっと大変だったと思うから」

「大変って？」

「例えば、あなたが今やっている仕事。私には到底できないことよ」。玲芳が答えて言った。「毎日あんなにたくさんの人たちとコミュニケーションをとらなきゃいけないなんて……」

「玲芳。君は対人恐怖症かなにかあるのかい？」林群浩《リンチュンハオ》が二人の会話に口を挟んだ。

小蓉があきれたように彼を一瞥して言った。「あなたこそ対人恐怖症なんじゃない？　一日中器械とばかりお喋りしてるオタクなんだから。玲芳がしているのは、とっても愛に溢れた仕事なのよ」

「いいのよ。確かに私にはある種の対人恐怖症があるから」。玲芳が言った。「でも、私が怖いのは大人であって、子どもじゃないのよ。子どものことを小さな悪魔だなんて言う人もいるけど、私にとってこの小さな悪魔たちは大人よりも付き合いやすいから」玲芳が立ち上がって続けた。「ねえ、裏山まで行ってみない？　いいものを見せてあげる――」

「いいものって？」小蓉が言った。「対人恐怖症がまだ完治していない私も興味があるものかしら」

「行けばわかるわ」。玲芳が言った。「あなたたちへのプレゼント」。玲芳はしばらく黙って、にこりと笑った。「あなたたち、本当に結婚するのよね」

月下の木漏れ日が揺らめいていた。三人は菜園と中庭を通り抜けて、施設の建物をぐるりと回って、後門の前でしばらく足を止めた。彼らは窓からこっそり熟睡している子どもたちの寝顔を覗き見た。月明かりはまるで水のように降り注ぎ、暗闇の中でぼんやりと光る子どもたちの小さな顔は純粋で、キューピットのような笑顔だった。

「起きてるときは手を焼くけど、眠ってしまえば可愛いものよね」。玲芳がくすりと笑った。「さ、行きましょう」


三人はまたひとつ空き地を抜けると、荒れ果てた田舎道にやって来た。くねくねと曲がった狭い道は肩を並べて歩くのにちょうどいい広さだった。玲芳が持っていた懐中電灯のスイッチを入れると、暗闇の中にうごめく無数の形をもたない生命たちが三人の周りに集まっていた。虫の鳴き声に互いを呼び合うフクロウの声がこだましているのが聞こえた。

「ねえ、玲芳」。小蓉が言った。「あなた、本当に結婚しないの？　この前はその理由を言ってくれなかったじゃない」

「そうね。今のところそのつもりはないかな」。懐中電灯の光は周囲の深く巨大な暗闇を移動して、暗闇が持つ境界と形状を変化させ続けていた。それは、夢の跡を追っているようにも見えた。「親戚一同に招待状を送らなくちゃいけないと思っただけで疲れちゃう。それに、私にはそもそも恋人ができるかどうかさえわからないんだから」

「どうして？」

「どうしてって……」。玲芳が答えた。「人間ほど対処に困るものはないじゃない。きっと私たちは生まれ落ちたその瞬間から、二枚舌の遺伝子を受け継いでしまっているのよ。そしてこの文明社会の中で教育され、大きくなっていく。人は必然的にこうした既成事実が積み重なった世界に向き合うことを**余儀なくされてる**。私たちは人間が創り上げた文明の長所を学びとることができる。文明の弊害やその残忍さも同じように学んできた。私たちはそうやって成長してきたのよ。大げさな言い方をすれば、私たちはみんな**『文明に飼いならされた怪物』**なのかもしれない」

「確かにそうだけど――」、小蓉が反論した。「あなただって知ってるはずよ。その怪物の中にも善良な怪物がいるってことを。でしょ？　例えば私、それにあなた――」

「それから、林群浩さん？」玲芳が言った。

「彼の場合はどうかしら？」

「あなたの言っていることは正しい。だからこそ、私は施設に残ることにしたのよ」。玲芳が続けた。

「でも、施設の中の世界は絶対的に純粋？　もちろんそんなことはない。限られた資金の中で施設の子どもたちに限られたサービスをしなくちゃいけない。そんな労働環境で人がいつまでも純粋でいられるはずはないのよ。そんなことはありえない。彼らには彼らの世界があって、そこには健康的な社交性もあれば、そうじゃないものもある。強い者がいれば弱い者もいる。……最悪の場合はいじめだって起こる……それでも、私はあることに気づいたのよ」。玲芳が続けて言った。「ねえ、まだ覚えてるかしら？この前、あなたは障害のある子どもたちは健常者の子どもたちと比べて面倒を見るのが大変なんじゃないかって」

「ええ。あのとき、あなたは必ずしもそうじゃないって言った」

「私たちが小さかった頃にも、そういうクラスメートたちは身近にいたでしょ？　実際、本当にどちらが大変かどうかはわからないのよ。あの子たちの面倒が大変だと思うのは、精神的な障害がある一定の限度を超えると、彼らはこの社会の中で自分の手で自分が落ち着ける場所や他人に頼らなくてもいい場所を見つけ出すことが難しくなるから。こうした環境の中で、彼らが自力で更正することなんて土台無理な話なのよ。でもね、今の文明がこうした形になったのは、多くの偶然が折り重なってできた結果に過ぎないの……」

「偶然が折り重なってできた結果？」

「つまり、私は今のこの文明社会ってやつを認めたくないのよ」。光と夢が地面の上を追うように移動していた。やがてそれは木の葉の上に移り行き、草むらへと移動していった。懐中電灯に照らされた木の葉は露に濡れて光っていた。「歴史上、ほんのちょっとしたボタンの掛け違えがあれば、私たちの社会はきっとこんなふうにはなっていなかったはずよ。ヨーロッパで一番人気のスポーツはサッカーじゃなかったかもしれないし、台湾はハイテク産業の部品工場の中心地じゃなくなっていたかもしれない。もしも若かりし日のヒットラーが芸術で成功を収めていれば、ユダヤ人のホロコーストは起こらなかったかもしれない。もしも原爆を開発していたのがアメリカじゃなかったら、もしも数学者アラン・チューリングがドイツ軍のUボートの暗号を見破っていなければ、第二次世界大戦の結果は書き換えられていたかもしれない。だからこそ、私たちが生きている『現状』っていうのは偶然の賜物でしかないのよ。それなのに私たちは精神的な障害のある子どもたちに対して、こう生きなくちゃいけないなんて期待をしている。それもまた、遺伝子の偶然の組み合わせでしかないにもかかわらず。でも、私たちは懸命に彼らを教育して、手助けしようとする。彼らがこのなんの根拠もない文明社会に溶け込めるように期待している。論理的に考えればそれはまったくおかしな話なのよ」

「それは確かにそうかもしれないけどさ――」、林群浩が口を挟んだ。「でも、それって仕方のないことじゃないかな？　いわゆる必要悪ってやつだよ」

「あなたが言いたいことはよくわかる」。玲芳が言った。「確かにこれは必要悪ってやつなのよ。だって、私たちはそれ以外にあの子たちを助けられる方法を知らないんだから。でも、『人類』はこうした事実にいささか鈍感な気がする。いったいどれだけの数の人間が、自分たちの今ある快適な生活や社会的地位といったものが偶然の組み合わせによって生まれたものに過ぎないことを理解しているかしら？　たまたまその土地に生まれ、たまたま身につけた知識や教養を振りかざして、たまたま生まれた国の経済状況の中で生きて、その社会規範に従ってる……彼らは自分たちと施設の中で生きる障害のある子どもたちとの間には、ほんのわずかばかりの運命の掛け違えがあっただけに過ぎないんだって、本当に理解しているのかしら？　私たちと彼らの間にはほんのわずかな違いしかないのよ。それはトランプのジョーカーの裏と表のようなものじゃない？」

春の夜はひどく湿っぽく、生命の蠢《うごめ》きに満ちていた。林群浩はこれまでそうしたことを考えたことがなかった。風がさわさわと野草を撫でる、寂しくか細い音が響いていた。

「きっと」、玲芳が話を続けた。「ほとんどの人たちがそれについて考えたこともないのよ。思うんだけど、この世界でこんなにもたくさんの人が傷ついて、他人に対して残忍だったり冷淡だったりするのは、皆がこの件について真面目に考えたことがないからなんじゃないかしら。人類はいまの文明にすっかり飼いならされてしまっているのよ……」

「でも、子どもたちはそうじゃないでしょ？」小蓉が言った。

「子どもたちはまだ純粋よ」。玲芳が答えた。「でも、彼らが大人たちと同じにはならないとは誰にも言えない。大人たちの持つ美徳も悪習も優しさも残酷さも、彼らはすべて学び取っていく。でも、精神的に障害のある子どもたちはかなり高い確率で一種の未開状態をキープできる。つまり、彼らが一番『文明に飼いならされた怪物』から遠い状態にあるのかも……」

「未熟な怪物ってわけだ」

「そうね」。玲芳が笑みを浮かべて言った。「怪物に変わりはないけど、それでも未熟な怪物よ」

「玲芳、君は本当に対人恐怖症の気《け》があるみたいだ」。林群浩と小蓉が声を合わせて笑った。

「だから、さっきからそうだって言ってるじゃない」。玲芳もつられて笑った。「私はここにいるのが一番いいのよ。結婚だってうまくいくかどうかわからない。それにもし結婚すれば、双方にとってきっと災難に違いないわよ」。玲芳が懐中電灯の向きを変えた。「もうすぐ着く頃かな。ほら――」

水の流れる音が次第に大きくなってきた。山壁の背後には浅く清らかな渓流が絹のように光輝いていた。水流の両側に広がる木々と花々が暗闇に沈み、そこには無数のホタルが明滅を繰り返していた。小さく輝く光は静止したかと思うと、次の瞬間には空へ飛び立っていった。それはさながら生命のダイヤモンドのようだった。

「きれい」。小蓉が小さく叫んだ。「いまがホタルの季節だってこと、すっかり忘れちゃってた――」

「本当にきれいだ」。林群浩は小蓉の手を握って言った。その手の感触は柔らかく、しなやかだった。目の前を通り過ぎるホタルたちは緑の光線を残していった。

「ゆっくり見ていくといいわ」。玲芳が懐中電灯の明かりを消して言った。「私は毎年見ているから、もう見慣れちゃった」

奥山には闇が満ち、静寂が静寂を呼んでいた。夜はますますその色を濃くしていったが、彼らは地上の星々の放つ光の中に囲まれていた。ホタルの光は彼らの頭やその耳元を掠めていった。低くそのそばに身を寄せたかと思えば、次の瞬間にはまた離れていく。まるでささやきかけるように、妖精たちの指先が彼らの裾を名残惜しそうに引っ張っているようだった。

「だから……」、玲芳が突然声を落として言った。「ふたりの人間、ううん。二匹の怪物たちにとって、愛とはとても稀少なものなのよ」

24

Under GroundZero

2017.7.8
pm 7:37

二〇一七年七月八日。午後七時三十七分。台湾台《タイ》南《ナン》。北台湾原発事故から六二八日後。二〇一七年の総統選挙まで、残り八四日。

　カラオケボックスの入り口は二階に突き出たベランダにあって、螺旋階段とつながっていた。店は靴屋と「一鍋二匙《イーグオリャンチー》」という名前の鍋料理屋の間にあって、フロントも二階に設置されていた。

　フロントを通り過ぎる際、李莉晴《リーリーチン》は足を止めて携帯電話の画面をスクロールした。明るい蛍光灯に照らし出されたホールでは、白いシャツに黒いチョッキを身につけた蝶ネクタイの店員たちが紙人形のように動いていた。シャンデリアの俗っぽい光が鏡張りの床に反射して、無数の虚像をつくり出していた。

　李莉晴はほんの一瞬足を止めただけで、壁一面に映し出されたテレビの前を通り過ぎ（画面には歌手の巨大な顔に声、それに夢のような色彩が映し出されていた）、廊下を突き抜けて直接二一四号室に入っていった。

　扉を開けると、ルーシーがちょうど足を組み換えて座りなおしていた。李莉晴の到着を待つことなく歌い始めていたルーシーは笑いながら手をふったが、マイクを手から離すことはなく、また歌を途中で止める様子もなかった。流れていた曲は蕭敬騰《ジャム・シャオ》の『王妃《プリンセス》』で、ごつごつとしたそのリズムとビートは煙とほこりの舞い上がる空間にぴったりだった。ルーシーは相変わらずヘビメタ風の衣装を身にまとい、太いブレスレットに大きなピアスをつけて、ロングブーツを履いたその長い足を交差させて座っていた。目映《まばゆ》いばかりに華やかなその様子は、王妃《プリンセス》というよりもむしろ女王《クイーン》に近かった。

李莉晴はルーシーの隣に座った。そして、心ここにあらずといった感じで机の上にあった歌本をパラパラとめくると、ルーシーの肩をたたいてボックスに設置された電話に向かってなにやら二言三言話した。

一分後、店員が扉を開けて入ってきた。「なにかご用でしょうか?」

「部屋を変えたいんだけど——」。李莉晴が言った。

「はい?」店員は腰を屈めて聞きなおした。短髪に焼けた肌、それに低く沈んだ声をしたその店員はレズビアンのようだったが、その顔はすこぶる美しかった。

ルーシーの歌声が響き渡るボックスで、李莉晴は店員の耳元まで近寄って同じ言葉を繰り返した。

「聞こえる? 悪いんだけど、部屋を二回予約しちゃったみたいなのよ。この部屋はいま歌ってるあの子が予約してたらしいんだけど、うっかり別の部屋も予約しちゃったのよ。二部屋分予約しちゃったみたい」

「はあ? では——」

「でね、今から私が予約してたもうひとつの部屋の方に移動したいんだけどいいかしら?」李莉晴が言った。「この部屋はもう使わない。私が予約してた部屋に移動するから。私の名前はジーン。同じく七時半に予約してるはずよ」

「えー……」店員は一瞬混乱した表情を見せた。

「わかりました。ジーン様で七時半のご予約ですね。了解いたしました」

五分後、新しい部屋の準備が整うと、李莉晴とルーシーは一緒に二二三号室に入っていった。スクリーンには繰り返して大衆向けミュージックビデオが流れていた。ヒロイン役の女性が男性にビンタをくらわせた後、愛しむようにしっかりと相手を抱きしめていた。男性は額から血を流して、頬骨には青あざが浮かび、ちょうどケンカから戻ってきたばかりといった出で立ちだった(これっていったいヤクザかそれともキャバ嬢を主人公にしたミュージックビデオなのかしら?)

「歌っていいわよ」。李莉晴が言った。「私はなにか食べるものを注文するから」

「じゃ、お願いね」。ルーシーは再びマイクを取って歌い始めた。

六分後、部屋の扉が音もなく開けられた。部屋に入ってきたのは林群浩《リンチュンハオ》だった。

「こっちよ」。李莉晴が彼に向かって手招きした。野球のキャップを被った林群浩はTシャツにジーパンという格好だった。彼はルーシーの前を横切ると、そのまま李莉晴の隣に座った。

「それじゃ、本題に入りましょうか」。李莉晴は彼のためにミルクティーを入れてやると、ウエットティッシュでその手を拭った。

「君もずいぶんと演技派だね」。林群浩は堪えきれずに笑った。「父さんにまであんなこと言うなんて——」

「お互いさまよ」。李莉晴が言葉を返した。「あなただって、お父さんに安心してもらいたかったんでしょ?」

「ああ」。林群浩が両手をあげて言った。「冗談だ。本題に入ろう」

「ねえ、私は病院でどうしてあなたが診察に来ないのかまで演技してみせたのよ。まったく、私もどこまで人がいいんだか」。李莉晴が言った。「まあいいわ。あなたはまだルーシーがあの日あなたに渡した資料を見てないわけね」

「見ていない。病院を出た後、すぐに拉致されたから」

「ずいぶん冷静なのね」。李莉晴は彼の目を見て言った。「彼らはあなたを拉致してから解放した?」

「ああ」

「つまり、彼らの目的はあなたへの警告ってわけね」

「そうなるだろうね」。林群浩が声を落として言った。「もしも僕の命を取るつもりでいたなら、僕はもうきっとここにはいないはずだ。やつらはスピーカーのようなものを使って、自分たちの声を僕にわからないようにさせていた。君と連絡を取ってはいけない、なにかを思い出してもそれを口外してはいけない。それから、誰かが僕の顔に濡れた布切れをかぶせて呼吸できなくさせた。本当に怖かった。そのまま窒息して死んでしまうんだって思ったよ」

「まさかそこまで……」。李莉晴が眉をしかめて言った。「恐ろしいことだけど、これだけ複雑な準備をできることを考えれば、彼らには強力なバックがいるはずよ」

「だろうね」。林群浩はいまだ恐怖がおさまらないといった様子で答えた。「しかも、僕のような小物を相手に、少なくともふたりの人間がやって来た――」

「通報は?」

「もちろんしたさ」

「警察は?」

「僕の話を聞いて、メモを取って、それから被害届の証拠の書付を渡してくれた」。林群浩が言った。「でも、彼らは僕の身柄は収容案件に属しているから、緊急命令に基づいて処理されるはずだって。事件の資料は政府の関係部門に送られて、そこで処理されることになるらしい」

「ひどい――」

「同感だね」。林群浩がため息をついた。「これからは、なにかあっても警察に駆けこむことはできない」

「これからがないことを祈るばかりね。それから? 警察からはなんの連絡もなかった?」

「君も予想がつくんじゃないかな。警察からは一通の公文書が送られてきた。近くにあった監視カメラを取り寄せて調べてみたが、なにも怪しいものは映っていなかった」。林群浩はうつむいて言った。

「想定の範囲内さ……」

「お得意のブラックボックスってわけね」。李莉晴がやるせないように笑った。「どこまで事実を黒く塗りつぶせば気が済むのかしら」

「ねえ、あなたたちはなにを歌いたい?」曲の間奏に入ったルーシーが突然身を乗り出して言った。

「私が曲を入れておいてあげる。あなたたちもちょっとは歌わないと、かえって怪しいでしょ？」ルーシーがウィンクして言った。

「あなたって子は――」。李莉晴が苦笑して言った。「私たちはいま生きるか死ぬかの瀬戸際にいるのよ。それなのにあなたはどこまでお気楽なのよ。――あ、私は『広島の恋《ヒロシマ・モナムール》』がいいかな」

「了解」。身を翻したルーシーはすぐさまタッチパネルで曲を選択した。

「悪いけど、僕は今、君とデュエットをしてる気分じゃないんだ」。林群浩は思わず声を出して笑った。

「あら、誰があなたとデュエットするなんて言った？　私はルーシーと一緒に歌うのよ」。李莉晴はしばらく黙り込んでから口を開いた。「あなたはどうしたい？　もうこの件には関わりたくない？」

「僕は……」、林群浩は躊躇《ためら》うように口を開いた。「わからない。でも、問題は今でも僕はこうやって君と連絡を取り合っていることだ。しかも、不思議なのは僕が覚えていることは本当に数えるほどしかないんだ。それなのに、やつらは僕にここまでのことをした。ちょっと大げさすぎやしないか？」

「そうでもないかも。事態はあなたが考えているよりも深刻かもしれないじゃない」。李莉晴は林群浩の両目を射抜くように見つめた。「実はね、最近ドリーム・イメージの使用許可が停止されたのよ」

「停止された？」

「ええ。使用許可が停止された。前にも言ったけど、このドリーム・イメージの技術は未完成の部分も多いけど、それでも最新の科学技術なのよ」。李莉晴が言った。「だから、当初私にこの技術の使用許可が下りたことも、現在それが停止されてしまったことも、どちらも原発事故処理委員会クラスの判断がないとできないことなの。それでもあなたは今回の事態が深刻じゃないと思う？」

林群浩には返す言葉がなかった。

「それから、他にもまだあるの」。李莉晴が続けて言った。「私が思うに、問題はやっぱりあなたが見ることのできなかったあの写真の中にあるんじゃないかって……」

「あの日、君がルーシーに持ってこさせたって言うあれ？」

「そうよ。あなたはまだあの写真を見ていないんでしょ？」

「ああ。やつらに拉致された際に写真も全部持っていかれたよ」

「幸いにも実は余分に一枚コピーしておいたの」。李莉晴はシャツのポケットから一枚の写真を取り出して言った。

「だけどさきに言っておく。彼らは私たちの通信をすべて監視している上に、私がパソコンで操作したすべてを知っている可能性があるの。ほら、この部分を見て」

林群浩は写真を近づけて見た。深呼吸してみたが、写真を持つ手はわずかに震えていた。「この男が誰か知ってる」

「誰？」

「賀陳端方《ホーチェンドゥアンファン》」

写真に映っていたのはホテルのような場所で、豪華な雰囲気の客室だった。ベッドに椅子や机、化粧台、それにスタンドライトにワインのような真っ赤な絨毯《じゅうたん》の他には、巨大なスクリーンのような窓が翼を広げるようにして目の前に広がっていた。視界は広く、雪の降り積もった山々はさながら一匹の獣が横たわっているように見えた。しかし、室内はひどく薄暗く（唯一の光線は窓の外に広がる雪が反射したものだった）、男がひとり窓の前に背を向けて立っていた。

「この夢、覚えてる？」

「思い出した」。林群浩の顔からは冷や汗が流れていた。彼は無意識のうちに手を擦り合わせていた。

「いま思い出した。もともとは覚えていなかったんだけど。本当はあの資料を家に持って帰ってゆっくり見ようと思ってたんだ。だけど、病院を出てからすぐに拉致されたから……」

「わかってる」。李莉晴が口を開いた。「この夢についてあなたはどこまで覚えてる?」

「この男が賀陳端方だってことは覚えてる」。林群浩の声はひどくかすれていた。「だけど、彼は終始こちらをふり返ろうとしなかった。だからその顔は直接見てはいないんだ。けど、この男が賀陳端方だってことは知ってる」

「なるほど……」

「彼は自分がこの部屋、いや、この建物の建築士だって言ってた」。林群浩は躊躇《ためら》うように言葉を続けた。「どうだったかな。……この部屋に来る前にいったいどんなストーリーがあったのか、はっきりとは覚えていないんだ。あるいは最初からこの部屋の中にいたのかもしれない。確か、僕は焦ってた。あそこは固定された空間なんかじゃなく、常に形が変化していく空間だった。僕の周囲では壁や柱、それに階段や窓が生まれてはまた消えていった。窓枠のない窓もあれば外に向かって開けない窓もあって、他にも窓を開けばまた窓が現れたり、物理法則をまるで無視したような光景が広がっている窓もあった。逆さまにぶら下がった砂漠や鏡のような湖畔に広がる小石の荒野、氷河の隙間の雨林、垂直の海底、逆巻く山々、氷に縛られた森……。階段はおそらく直接天井裏に通じていて、始まりもなければ終わりもない。方向も見当違いで、逆さまに取り付けられた手すりは触ることすら難しかった。あるいは、それはどこか存在しない場所に通じているのかもしれない。壁は透けて見えることもあれば、見えないこともあった。あるときは床や天井のコピーのようだったりして、ルービックキューブのような傾斜の中で、まるで重力の方向が四方に分散してしまったみたいだった……」

「さっき、あなたは自分が焦っていたって言ったわよね」。冷たい光が李莉晴の美しい顔を照らし出した。その耳元や手首、首元にかけられたアクセサリーが室内の光を嚙み砕いて反射していくつもの光を生み出していた。

「それは空間が変化していることとなにか関係が

あるのかしら？」

「ああ。少なくとも夢の中ではそうだった。そこはなんだかひどく落ち着かない場所で、とにかく怖かったことだけは覚えてる……」

「じゃ、同じように続けて連想してみましょうか」。李莉晴が言った。「『焦燥感』、あるいは変化を続ける空間と聞いて、あなたはなにを連想する？」

「焦燥感……思い浮かぶのは、焦燥感そのものだけかな」。林群浩は考え込んだ。「たぶん、そこに解釈の余地のようなものはないと思う。僕自身、そこになにかあるようには思えないから。それに空間については なにも……あ、怪物」

「怪物？　いったいなんのこと？」

「延々と増殖と消滅を繰り返す空間はなんだか一匹の怪物みたいだった……いや、ちょっと待ってくれ」。林群浩が続けた。「そうだ。思い出したぞ。確か玲芳《リンファン》が原発事故の前に言っていた……」

「玲芳？」李莉晴が首をかしげた。「フィアンセの友だちだった女性？」

「ああ」。林群浩が続けた。「二人は親友だったんだ。幼い頃からずっと施設で育ってきた。小蓉がまだ生きていたときにふたりで一緒に玲芳をたずねたことがあったんだ。玲芳は自分が結婚には向いていないこと、それから大部分のマトモな大人たちっていうのは『理由なき人類の文明』によって飼いならされた怪物なんだって……」

「よくわからない」。李莉晴が眉をひそめて言った。「なんだかずいぶんと複雑な話みたい」

「簡単に言えば、玲芳が言いたかったのは現在の文明っていうのは歴史上の偶然が積み重なってできたものに過ぎないってことなんだ」。林群浩が続けて言った。「こうしてできあがった文明は美しい反面、邪悪な部分も隠し持っている。愛情と憎悪、利他と利己、同情と冷淡、第一次世界大戦に第二次世界大戦、原爆にホロコースト、民族浄化。でも、それらはすべて偶然が積み重なってできあがった集合体に過ぎないんだ。しかも、大人たちは誰もが小さな頃からこうした必然性のない文明に飼いならされて生きてる。――だから、僕たちはかき集めて創り上げられた怪物なんだって……」

「ずいぶんユニークな考え方ね」。李莉晴は考え込みながらつぶやいた。「それとあなたの夢の間になにか関係があると思う？　その奇妙な変化を続ける部屋と？」

林群浩はしばらく黙り込んでから答えた。「わからない……」

「大丈夫。じゃ、次の場面は？」

「次の場面で賀陳端方が登場した」

「なんの警告もなしに？」李莉晴が言った。「前置きやストーリーらしきものもなかった？」

「よくわからないけど、たぶんなかったように思う」。林群浩が答えて言った。「確か、直接現れたはずだ。ほとんどあの写真の場面と同じだった。彼は部屋の中をゆっくりと歩いていた。けど、なぜかはわからないけど、最後まで彼の顔を正面から見ることはなかった。彼が賀陳端方であることはわかっているんだ。それに、彼は自分があの奇妙な部屋の設計士であることも認めたんだ……」

「彼となにか話した？」

「覚えてない」。林群浩は頭をふった。

「あなたは彼が設計士だと知った。そのとき、あなたはなにを思った？」

「それまで感じていた焦燥感がほんの少しだけ落ち着いた気がする。あるいは、ようやくあの奇妙な部屋の出所を突き止めることができたからなのかもしれない。だけど、すぐにその後にまたもやもやした気持ちになったんだ――」

「どうして？」

「だって、たとえその空間を設計したのが彼だとわかっても、だからといってどうしようもなかったから」。林群浩が答えて言った。「僕は相変わらずその部屋の内部で囚われの身となっていて、しかもなぜ囚われているのかもわからないままだった……」

「なるほど」。李莉晴がうなずいて言った。「一度内容を整理しましょうか。部屋の中はとても奇妙で、しかも建物は常に移動して変化していた。じゃ、賀陳端方が姿を現してからも部屋に変化はあった？」

「どうだったかな……」。林群浩はしばらくの間思案して口を開いた。「はっきりと覚えてない。でも、僕の印象では話している彼は常に僕に背を向けていた。窓の外を見ているようでもあったけど、実際には彼は窓の外やあるいは外の何かを見ていたんじゃなかったのかもしれない。あるいはそれはただの壁だったのかもしれないし、境界線を失った空間だったのかもしれない。ただそれが窓だろうが壁だろうが、そこには幻想的な光と影が満ちていた気がする。砂漠に雪原、さっき僕が言ったみたいに、そこでは変異と増殖が続いていて、異なる色合いがその空間に流れ込んできていた……」

「なんだかまるで映画みたいね」

「ああ。そんな感じだった。投影機を使って、移動を繰り返す壁に無数の夢の虚像を投射しているみたいだった」

「なるほど。それから？」

「僕は彼にここから出してほしいと言った」。林群浩が続けた。「ひどく焦っていた上に、なんだか気分が悪くなっていたから」

「どんなふうに気分が悪かったか覚えてる？」

「いや。ただ気分が悪かった」

「わかった。続けて」

「おかしなことに、突然部屋にふたりの男が現れたんだ。その男たちが僕の要求を拒んだ」

「あなたは賀陳端方に向かって、ここから出たいと要求した」。李莉晴が彼の言葉を整理するように繰り返した。「だけど、あなたの要求を拒絶したのは賀陳端方本人ではなく、別のふたりの男たちだった？」

「ああ。なんだか奇妙なやつらだった」。林群浩が続けて言った。「要求だったか、それとも拒絶だったか、彼らと対話していたのかそれとも他の方法でコミュニケーションをとっていたのか、はっきりと覚えていないんだ。なんだかすべてが僕の心の中にだけ存在する考えやイメージのような気がする。このふたりは唐突に現れたんだ。まるで僕を監視するために現れた看守の類さ。はっきりと覚えていることがあるんだけど、彼らはふたりとも同じような行動をしていたんだ。同じように自分の耳を指差して、僕に向かって首をふっていた。自分たちは耳が不自由で、僕の話を聞くことはできないって……」

「ふたりとも？」

「ああ」

「なら」、李莉晴が質問を続けた。「聞こえない状態、聾唖《ろうあ》と聞いてなにを連想する？」

「うん――」、林群浩が答えた。「聾唖学校の類かな。あ、それから昔のドリーム・イメージで見た吹雪が舞っているあの雪原を行く人たち……」

「続けて」

「僕がなんのことを言っているかわかりますか？以前、議論したあの写真……」

「わかってる」。李莉晴が林群浩の話を遮って答えた。「はっきり覚えてるから、話を続けて」

「そうだ。あの夢。彼らを思い出した。それに倒れて死んでいった僕の友人たち……」。林群浩は自問自答するように言った。「彼らはみんな耳が聞こえなかったのかも。そうでしょ？」

「あるいはそうかもしれない。ただ、私たちには確認のしようがない。でも、あなたは彼らを思い出した」。李莉晴がしばらく言葉を切ってから答えた。「この連想にはきっと別の意味があるはずよ。――あなたは彼らが皆、耳が聞こえないようだって思ったわけね？　この夢はあなたになにを暗示しているんだと思う？」

「わからない。でも、こうした連想をしたことは間違いない」

「それじゃ……聾唖学校は？」

「それについては僕にもよくわからない」。林群浩は言葉を濁らせた。「学校……なにも思い浮かばない」。彼は頭をふって言った。

「ふたりの男たちの顔についてなにか覚えてることは？」

「ふたりとも真っ黒な服を着ていて、とにかく背が高かった」。林群浩が答えた。「あるいはそれはボディーガード一般への偏見なのかもしれないけど。彼らは僕に自分たちの顔を見せてはくれなかったから」

「そう」。李莉晴はしばらく黙り込んだ。

「彼らの顔を見ることが叶わなかったことについて、なにか思い当たる節はある？　部屋の中にいた三人の男たちについて、あなたは誰の顔もはっきりと見ていない。それに、霧のような灰が舞い散る雪原を行く夢、あそこに現れた人たち、あなたの友人も含めて同じようにその顔を見ることは叶わなかった……」

「先生の言っていることは確かに的を射ています」。林群浩は自分の手がじっとりと湿っていることに気づいた。「いったいどうして僕は彼らの顔を見ていないんだ？」

「それでもあなたはその中の何人かはそれが誰であるか判別することができた」。李莉晴が続けて言った。「例えば、賀陳端方。それに毒霧のような雪原で倒れていったあなたの友人。――なにか思い出せない？」

「それは――」

「大丈夫。リラックスして」。李莉晴が笑みを浮かべた。「ここは少しうるさいわね。でも、大丈夫。ちょっと目を閉じてみましょうか？　ルーシー、ルーシー！」

ルーシーは立ち上がってテレビのスイッチを押して音楽を消した。突然静寂に包まれた空間には周囲に響く音響が流れ込んでくるようだった。

広々とした他のボックスでは音響がこだましていて、それはボックスたちの鳴き声か、あるいはすすり泣きをしているようだった。

「ゆっくりと深呼吸して」。李莉晴が言った。「そうよ。ほら続けて。うん、――気分はどうかしら？」

「小蓉」。瞳を開けた林群浩がつぶやいた。「小蓉が生きていた頃のことが頭に浮かんだ……でも、特に重要なことってわけでもないかな？　ベッドの上に座って、ふたりでお喋りしてた」。その声はかすれていて、その描写もひどく荒削りなものだった。

「ふたりで陽明山《ヤンミンシャン》にある小蓉の家にいたんだ。空は明るくて、彼女はちょうど窓の外を見ていて、僕に背を向けていた。逆光のせいで、僕は彼女の顔を見ることができなかった――」

「続けて」

「それだけです。ただ、その場面を覚えているだけです」

「その場面の中で一番印象に残っているのはなにかしら?」

「光。ちょうど逆光になっていて顔が見えなかったから」

「なにを話していて、どうしてそこにいたか覚えてる?」

「恋人たちがよくするようなありきたりのデートですよ。僕が小蓉のもとを訪ねていって、朝目覚めるとベッドの上でお喋りしていた……」

「なにを話したか覚えてる?」李莉晴が言った。

「なにを話していたかな」。瞳を閉じた林群浩はしばらくしてから再びその目を開けた。暗闇の中に浮かぶ瑞々しい彼の瞳が明滅を繰り返していた。無数の柔らかな記憶の欠片《かけら》が彼の喉をきつく締め上げていた。「窓の外には雲がひとつ浮かんでいた。空の光は真っ白な霧のように美しく流れていた。僕は第四原発に赴任したばかりで、小蓉は冗談で放射能を持ち込まないでよって言って……それで、僕は……」林群浩はそれ以上続けることができなかった。

「いいわ」。李莉晴はしばらくの間沈黙した。「つまり、記憶の中のあのシーンで、あなたたちは原発の問題を話してたってことね?」

「ええ……」。林群浩は頭を垂れて答えた。「たぶんそうだ」

「なるほど。わかった」。李莉晴はしばらく考え込んでから口を開いた。「まず、あなたが原発事故と関係のある夢を見たことは至極当然なことよ。――だって、それはあなたが記憶を、自分の過去を失ってしまったことや友人たちの死、それに伴う苦痛と直接的に関係する出来事だから。だから、それ自体はなにも特別なことなんかじゃないはず。でも、私が奇妙に感じるのは……」、李莉晴は林群浩の瞳を見つめながら続けた。「たとえあなたがそれから起こったことをなにも覚えていないにしろ、実際にあなたは賀陳端方の夢を今でも見ている。あなたと賀陳端方との間になにか深い関係があるとは思えない。もちろん、彼は今与党の総統候補で、私たちは毎日のように彼のニュースをメディアで目にしているから、それが私たちの夢に影響したのかもしれない。『昼間考えてたことが夢にまで出てくる』ってやつよ。夢は必ず雑多な現実から影響を受けるものだけど、あなたと賀陳端方の場合はあまりにもできすぎているような気がする。あなたが以前言っていたことは正しいのかもしれない。あなたは立入禁止区域で賀陳端方を見たかもしれないと言っていたけど、それはおそらく間違いなく本物の記憶なのよ。あなたはそこで間違いなく彼と接触した。しかも、ただ接触しただけではなく、なにか言い争いのような状態にまでなった。そして、それがあなたに相当深刻な感情的な障害をもたらしてしまった……。きっとこの問題のキーワードはあなたの恋人にあるんじゃないかしら?」李莉晴が強調して言った。「私が言いたいのは、小蓉とあなたが言っていた施設。これから先はドリーム・イメージを使うことはできないけど、私たちはこれまで何度もこの問題を議論してきた。考えてみて。あのとき、あなたが映画館で言ったあれ、あなたはあの夢を現実の記憶の再現じゃないかって言ったわよね」

「先生が言いたいことはわかります——」。林群浩は李莉晴の問いに簡単に答えた。

「私が言いたいのは」、李莉晴が話を続けて言った。「その夢の中には小蓉もいて、あなたたちがいる場所はあなたに原発事故で立入禁止になってしまった施設を連想させた。しかも、私たちが今目にしているこの**山奥にあるホテルの夢**、あなたはここで不安定な空間的束縛を感じている。それに、この空間をつくり出しているのもまた賀陳端方だった。そのうえ、この情景からあなたが連想したのはまたしても小蓉との思い出——、逆光が生み出したシルエット、恋人との間で交わされた冗談、庭に浮かぶひとすじの雲、あなたは第四原発で働き始めたばかりで、ふたりは放射能汚染について話していた。……ちなみに、以前養子にしようと考えていると言ってた子とは連絡がついた？」

「ええ。融怡《ロンイー》とは僕が拉致された日の朝に会いました」

「ルーシーに資料を渡してもらった日ね」。李莉晴の言葉はアクセルを踏んだように再び加速した。「あなたは融怡から施設についての情報を聞き出そうとしたけど、結局はっきりとしたことはなにもわからなかった。施設は数人の児童を施設の外に出した後、消息を絶った。しかも、外部の人間とは意図的に連絡手段を遮断している。立入禁止区域が設定されたことで今では施設に戻ることはできないし、その状況を確認することもできない。あなたも原発事故後の施設について調べてみたんじゃない？」

「もちろん」。林群浩が言った。「だけどなにも見つからなかった。ネットで公開されている資料はどれも原発事故が起こる前に掲載されたものばかりで、事故の後はなにも更新されていなかった。けど、融怡の言葉を信じれば、事故が起こってから他にも施設から出された子どもたちが何人かいるはずだから、もしかすると彼らと連絡をとればなにかがわかるかもしれない――」

「あるいはね。でも、正直に言えば、この方法ではなにもわからないままじゃないかしら？」李莉晴が言った。「おそらく、施設から外に出された子どもたちも知っていることは融怡とそれほど変わらないと思うけど」

「それはそうかもしれないけど……」

「じゃ、これはどうかしら？」李莉晴は彼の目を見ながら続けた。「あなたがはっきりと覚えている、小蓉を最後に見た記憶はいつ？」

「事故の一日前だったかな」

「それは確か？」

「確かって？」林群浩が疑わしげに言い返した。

「確かですよ。原発事故の前日に小蓉は僕の宿舎に遊びに来たんだ。あの日はデートで――」

「わかった。じゃ、質問の仕方を変えてみる。あなたが最後に覚えてる、小蓉の**ぼんやりした記憶**はいつ？」

「ぼんやりした記憶？」

「たとえば、断片的だったり、あるいははっきりしない感じの記憶……」

「それは」、林群浩が言った。「ある種の皮膚感覚と言えばいいのかな？　小蓉の手の感触と温もり。彼女は病気で亡くなってしまったけど、どうして病気になったのか、その詳しいディテールまでは覚えてないんだ……」

「理論的に考えれば、小蓉は施設で病気になったことになるはずよね？」李莉晴が言った。「それで間違いないかしら？」

「たぶん」

「つまり、小蓉には別のプロセスがあったはずなのよ」。李莉晴が言った。「施設に行くまでのプロセスよ。しかもそれは原発事故が起こる前後、原発事故から限りなく近い時期」、李莉晴がたずねた。「あなたたちふたりは普段、小蓉の家か台北市内でデートをしていた。それで間違いない？」

「ええ、でもそれは――」

「待って。私が言いたいのは――」、李莉晴が彼の言葉を断ち切って話を続けた。「当然、資料については私も調べてみた。第四原発は確かに宜蘭《イーラン》からも大渓漁港《ダーシィユーガン》からも施設からも近い。私が不思議に思うのは、あなたが記憶を失った肝心なキーポイントにあるのよ。それこそが、この事件の最も非合理的な部分。原発の立入禁止区域が設定されてから、そこに住んでいた人たちは全員疎開した。生きている人間はできる限り迅速にその場を離れて、別の土地で新しい生活を始めた。それはどんな組織や機関も同じはずよ。だけど、施設の人間たちだけは直接消息を絶った。あなたは施設に関連する人物に関する記憶を覚えている部分と覚えていない部分にかかわらず、もう一度考え直してみる必要があるんじゃないかしら。それに――」、李莉晴は一度言葉を置いてから続けた。「原発事故が起こってから、直接施設の状況を目にすることができた人間がひとりだけいる。それが誰だかわかる？」

「直接施設の状況を目にできた人間？」

「賀陳端方よ」。耳をつんざくような音が室内に響き渡った。幻影の炎が李莉晴の真っ黒な瞳の中で燃え上がっていた。それはどこにも帰る場所を持たない、でたらめな夢のようだった。「彼だけなの。彼だけが、合法的に原発の立入禁止区域に足を踏み入れることができたのよ」。李莉晴は林群浩の瞳をにらみつけるように言った。「彼しかいないの」

25

Abobe GroundZero

2015.10.19
am 2:24

「群浩。ねえ、群浩！」

林群浩《リンチュンハオ》は目を覚ました。誰かが自分を揺り起こしていた。

小蓉《シャオロン》。そばにいたのは小蓉だった。小蓉はベッドの上で身を起こしていた。真っ暗な部屋の中で、微かに差し込む光だけがその黒髪に真珠のような光沢を与えていた。

「またうなされてたわよ」。小蓉は優しく彼の額に浮かび上がった汗を拭った。「ねえ、大丈夫？」小蓉は微笑みながら言った。「あなた、さっき私を打《ぶ》ったのよ。今回の悪夢はどんなストーリーだったのかしら？」

「まったく、僕が悪夢を見るのがそんなにうれしいかな」。林群浩はようやく驚きを取り戻して言った。「本当に怖かったんだ——」

「そうじゃないわよ」。小蓉が込み上げてくる笑いをこらえるように言った。「だって、あなたの夢っていつもすごく独創的じゃない？　ね、忘れないうちにどんな夢だったか聞かせてよ」

「ちょっとくらいは同情してくれてもいいんじゃないか」

「はいはい」。小蓉が林群浩の両手を取って言った。「冗談よ。ストレスが大きいのよね。かわいそうに。明日の仕事のことが心配なんでしょ？」

林群浩は黙り込んだ。彼は自分の筋肉が硬直するのを感じた。硬い石のように変わってしまった身体が地底深くへ埋められてしまったような感じだった。窓の外では亡霊たちが駆け足しているような雨が降り続き、その足音は激しく騒々しい雨音となって鳴り響いていた。デジタル時計の冷たい光が目についた。カーテンからは薄明かりが差し込み、その光景はいまだ口にしたことのない形を成さない夢のようだった（いったい自分は目覚めているのか、それともまだ夢の中にいるのだろうか?）。目にする物体とぼんやりとした窓の外の光景は薄暗く、部屋のあかりさえもはっきりと目にすることは叶わなかった。ふと、母親が以前彼に言った暗闇のことを思い出した。幼い頃に見た海辺に広がる荒々しく沈黙に沈んだ暗い夜。それは巨大な湿気のようで、広漠としてひどく足取りの重いものだった。まるで光の領域が完全に闇に侵食されただけではなく、闇の領域が徐々に拡大していくようですらあった。

（さながら生きている暗闇の獣があらゆる光を吸い込んだ結果、無へと近づいていくようで、直接視覚の限界を零度の水面下へと引き伸ばしていくその様子は、なにも存在しない想像の領域へ足を踏み入れていくようだった）

「あのことを心配してるんでしょ?」小蓉は彼の傍らに身を横たえると、両手で彼を抱きしめた。暖かく、柔らかなその身体が、まるで草が生い茂るように彼の身体に絡みついた。「明日、原発が**正式稼動**するのよね……」

「君を打ったって本当?」

「ええ」

「悪かったよ。でも、僕は眠れるだけまだましな方なのかもしれない。他の同僚たちは今どう思ってるんだろう」。暗闇の中、ふたつの裸体が冷たい光の中に浮かび上がった。それは霧深い海に浮かぶ島のようでもあった。「事故の夢を見たんだ。でも、それは正式に原発が稼動してから起こった事故じゃなくて、以前試験運転した後に起こった出来事だった。**起動テスト**の際、僕たちは原子炉を中出力から高出力まで引き上げて運転を開始した。事故はそのときに起こったんだ——」

「夢ならいいんじゃない?」小蓉は彼を慰めるように言った。「もう終わったことでしょ? 起動テストは終わったことなんだから。人生にはいくつも難関があるけど、なんとかなるものよ。結果的にテストにも成功したんだから」

「夢の中で僕は子どもだったんだ」。林群浩が続けて言った。「僕たちは原子炉を高出力まで引き上げてから、制御棒を一本抜き出したんだ。するとなぜか突然制御不能の状態になった。温度はまったく下がらず、冷却水を確かに流し込んでいるはずなのに、炉心の温度はいっこうに下がらないんだ。そして、数分もしないうちに炉心はメルトダウンを始めた。僕は中央制御室にいて、急いでこの事態を上の人間に報告しようとしたけど、そのときに初めて自分がただの子どもなんだってことに気づくんだ――」

「つまりあなたはコナンってわけ？　それとも工藤新一？」小蓉はアニメの声優を真似て言った。「犯人はこの中にいる！」

「笑えないよ」。林群浩は声を落として言った。「まるで笑えない。もしも僕がコナンなら、君は毛利蘭なんだぜ。工藤新一と毛利蘭の関係はこの世界で最も残酷な愛情物語なんだ。君はどうやって子どもになった恋人を愛するんだ？　ふたりの間にある障害は階級でも出身でも個性でもない。戻ることも越えることもできない時間なんだよ」

「笑えないなんて言って、あなたの方が必死になって話してるじゃない――」。小蓉が笑って言った。

「コナンの話はいいとして」、林群浩が身を翻して言った。「夢の中で僕はほんの五、六歳の子どもで、コントロール装置にも触れることができないんだ。僕は火にかけられた鍋に放り込まれたアリンコみたいに焦っていて、でも周りの人間たちはただじっと僕を見つめているだけなんだ。僕はどうやらそこの最高責任者みたいで、そこで起こる想定外の出来事の一切に責任を負わなくちゃいけなかった」

「それからどうなったの？」

「周りの人間も機器の類もみんな僕より高いんだ。まるでコントロール室全体がサッカー場にでもなったみたいにだだっ広く感じたよ」。林群浩はしばらくなにかを考えるように黙り込んだ。「でもそれは僕が子どもだったと感じただけで、あるいは子どもですらなかったのかもしれない。それとも、あれは動物や昆虫の視点だったのかも。例えば、イナゴやヤモリみたいな――」

「つまり、事故が起こってからあなたの同僚たちは壁にへばりついているヤモリを探して、どうすればいいか訊ねていたってわけ？」

「だから笑えないって」

「すごい雨。明日はきっと休みになるんじゃないかしら」

「ありえないね」。林群浩が言った。「原発稼動のスケジュールは絶対に変えられないんだ」

「でも、台風が近づいてるのよ。ほんとに休めない？」

「台風が来ようと仕事はいつも通りさ。稼動のスケジュールは変えられない」

「そう」。小蓉は再び枕に頭を沈めた。「で、ヤモリさんは事故をどう処理したの？」

「もちろん、どうしていいかわからなかったさ」。林群浩が答えた。「しばらくすると、煙がもくもくと中央制御室に入ってきたんだ。どこから入ってきたのか、黒い煙に白い煙、それに灰色の煙もあった。熱いのか冷たいのかさえわからなかったけど、中央制御室全体が煙に巻かれて、伸ばした自分の指先も見えないほどだった。制御室から逃げ出した僕は、外の原発建屋も煙に包囲されていることに気づいたんだ。僕は必死に煙を掻《か》き分けようとするけど、やがてそれが煙なんかじゃなくて、灰色をした蛾《が》の大群だったことに気づくんだ」

「蛾？」

「オエっ、て感じさ。蛾の大群を掻き分けようとすると、やつらは僕の顔に向かって体当たりしてくるんだ」。林群浩が言った。「僕の手足に身体、顔、髪の毛に口、耳、すべてに蛾がくっついているんだ。怖かったよ。たぶん、僕は襲ってくる蛾の表情まで詳しく想像していたんだ――」

「つまり、私を打ったのは襲ってくる灰色の蛾の大群を払いのけようとしたから？」小蓉が言った。

「たぶん。それからすぐに目が覚めたから」。林群浩が言った。「身体中から蛾の鱗粉と匂いがして、マジで気持ち悪かったよ。やつらは小さいから、僕にたたき潰されたのも何匹かいたよ。そいつらは変な体液を出して、なかには僕の口の中に飛び込んでくるやつまでいて……」

「やだ。やめてよ」。小蓉が声を落として言った。

「どうしてまたそんな夢を見たのかしら？」

「だから驚いて目が覚めたんじゃないか」。林群浩はじっと天井を見つめながら言った。暗闇の中で見る天井はどこか距離感がつかめず、遠くなったり近くなったりした。「気づけば、周りにいた同僚たちの姿もいつの間にか消えていて、僕は怖くて孤独だった。いったいどうすればいいのか、本当に途方にくれていたんだ――」

「大丈夫」。小蓉が彼の顔を撫でながら言った。

「ただの夢でよかったじゃない。全部吐き出したら、少しは楽になった？」

林群浩は相変わらず黙り込んだままだった。

「ほら、深呼吸して。しーんーこーきゅーうー」

肩を軽くたたいた小蓉がギュッと彼を抱きしめた。

「すべて上手くいくはずよ。あなたは明日仕事に行って、私は玲芳《リンファン》たちに結婚式の招待状を渡しに行く。だからね、もう寝ましょうよ」

「ちょっと顔を洗ってくる」。林群浩はベッドから起き上がると、そのまま浴室へと入っていった。

二〇一五年十月十九日。深夜二時二十四分。北台湾原発事故発生まで、残り七時間。蛇口をひねった林群浩は流れ出る水道水で両手を洗ったが、なぜかそれが冷たく感じた。どこから入り込んだのかわからない冷たく青い霧が、湿っぽいこの部屋に漂っていた。

寄る辺ない深い暗闇の中で、彼はガラス窓が風に揺れる音を聞いた。

26

Under GroundZero

2017.7.8
pm 10:12

二〇一七年七月八日。午後十時十二分。台湾台南《タイナン》。

北台湾原発事故から六二八日目。二〇一七年の総統選挙まで、残り八四日。

林群浩《リンチュンハオ》は鏡の中の自分をじっと見つめていた。

鏡の中の顔は酒を飲んだように赤く染まっていて、瞳は弛緩していた。表情は疲労と怒りに戸惑っているように見えた。そこはカラオケボックスの個室に設置されたトイレだった。数十秒前、彼は便器の中に胃の中のものを直接ぶちまけた。胸がムカムカして、胃は痙攣《けいれん》していた。喉は焼けるように熱く、なにも出ないとわかりつつも何度も嘔吐を繰り返した。しかし、唾液とときおり湧き上がってくる胃酸以外にはなにも吐き出すことはできなかった。

彼は口をすすいで、口元をきれいに拭った。肩を落として壁に身を寄せた彼は、扉の向こう側から聞こえてくる激しい歌声にじっと耳を澄ませていた。瞳を閉じた彼は亡霊のように形を成さない無数の断片的な思考の欠片《かけら》が頭の中で飛び交っているのを感じ取ることができた。まるで節足動物たちがふるわせる触覚のようなそれは彼自身の錯乱した頭部の神経回路から複製されたもので、混乱して絡み合った針のように細いながらも人を傷つけるに十分であった。

彼は再び恐怖が湧き上がってくるのを、そして胃が不規則に痙攣して嘔吐が襲ってくるのを待っていた。

あるいは、待っていたのは記憶であったのかもしれない。

いったいあれは本当なのだろうか？　まさか。けれど、間違いないはずだ。林群浩はもう一度だけその細部について確認してみることにした。小蓉《シャオロン》が彼のもとにやって来たのは、施設に向かうついでに寄ったのに違いなかった。ふたりはすでに結婚の時期を決めていて、小蓉は休みをとって彼に会いに来ると言って聞かなかった。その翌日、小蓉は直接施設まで行って、シスター・オールグレンやシスター・柯《コー》、それに玲芳《リンファン》に結婚招待状を渡そうと考えていたのだ。「ずいぶん長い間、施設に顔を出してないから。私にとってあそこに暮らす人たちはとっても大切な存在だから、直接手渡ししたいのよ」。小蓉は確かにそう言っていた。

つまり、理論上は翌日に原発事故があったわけで、小蓉はその日は施設にいたことになる。原発事故当日、小蓉は施設にいたはずなのだ。しかも、原発事故が起こってからいったいどうしたことか、林群浩自身も施設にいたのだ（いったい自分はどうやって原発から安全に避難することができたのか？　どうして自分は無事に命を落とすことなく生きているのか？　なにかがおかしかった。しかし、彼はその間の記憶を完全に失っていた）。しかも、自分はそこで賀陳端方《ホーチェンドゥアンファン》と会ったかもしれないのだ。

賀陳端方はなぜ施設に現れたのか。どうにも推測のしようがなかった。時間的に考えてみれば、もしもなにか大っぴらにできないような機密でもない限り、彼が施設を訪れたのは、二〇一五年十月十九日から十一月六日の間としか考えられなかった。仮にそうだとすれば、前者の日付は第四原発が稼動した最初の日（それはまた原発事故が起こった最初の日であり、林群浩の記憶喪失が始まった最初の日でもあった）で、後者の日付は賀陳端方が被災地域への調査を敢行する決死隊の調査が終了した日となるはずだ。十一月六日は調査が終了して、その翌日の十一月七日には、総統が賀陳端方と共同で被災地域における強制的な立入禁止区域設定を発表したのだった。この瞬間から、北台湾の被災地域は陸の孤島となって、出ることはできても入ることは適《かな》わぬ場所になってしまったのだった。

そうだ。何人《なんぴと》も足を踏み入れることはできなくなったのだ。台湾の五分の一にあたる国土が遺棄され、廃墟と化してしまったのだ。そこは極度の放射能に汚染された場所で、人も獣も生きることの適わぬ場所であった。しかも、この立入禁止区域の設定もまた、賀陳端方と直接関係のある出来事だった。

目下、彼は与党の総統候補だった。つまり、林群浩が以前監視や脅迫を受けてこなかったのは、賀陳端方がまだ総統候補となっていなかったせいなのだろうか（彼らからしてみれば、監視対象である自分は軟禁状態に置かれている上に、記憶を失っているため、どうにでも処理できると思っていたのかもしれない）。

いったい自分を監視しているのはどんな組織なのか？　彼らは賀陳端方と直接関係があるのだろうか？　失われた記憶の中にいったいどのような秘密が隠されているのか？

ダメだ。林群浩は思った。絶対に思い出すんだ。たとえそれを口にしなくても、自分はそれを絶対に思い出す必要がある（今後はドリーム・イメージを使うこともできないのだ。使用権限を取り消されてしまった。李莉晴は確かにそう言っていた）。思い出すんだ。あの奇妙に変化を続けるホテル（それは賀陳端方の作品なのか？）を。宙吊りにされた重力の法則を無視したような階段や窓を。ゆっくりとした足取りで、自らの表情を夢の深部へと押し隠す賀陳端方。それは光を放っていない月の暗い部分のようだった。それに、自分を拒絶するふたりの聾唖者《ろうあ》たちの存在──

彼らは自分の耳、続いて口を指差すと、黙って頭をふった。ふたりがなにを言いたいのか、彼には理解することができた。

（ダメだ。聞こえない。話すこともできない。それに、君はここから離れることもできない──）

（窓枠の中にぼんやりとした光が映っていた。林群浩は赤ワインのような色の絨毯《じゅうたん》に腰を下ろした。雑然とした足跡がそこら中に残っていて、それは意識から放逐された、あるいは点滅を繰り返す古いフィルム画像が映し出す犯罪現場のようだった……）

いや、待て待て。林群浩は洗面台を押さえてつぶやいた。周囲の空気が一瞬にして冷たく、薄くなったような気がした。無数の昆虫の羽のように薄く延びた刀の切っ先に背すじをすっと撫でられたような感じだった。

トイレの扉を開けると、彼は大声で叫んだ。「先生！　李先生——」

画面に映し出されたカラオケの伴奏音は依然として流れ続け、部屋には音響が鳴り響いていた。天井に吊るされたシャンデリアのようなミラーボールは亡霊のようにゆらゆらと回転しながら微かな光を放っていた。

しかし、二二三号室には誰もいなかった。

誰も、いなかった。

27

Abobe GroundZero

2015.10.19
am 9:27

「中央気象局によると、小型の台風が十八日夜十時頃に宜蘭《イーラン》へ上陸、しばらく当地に留まった後、北北西に進路を取って、十九日の深夜二時頃には基隆《キールン》市上空を通って海へと抜けるそうです。予報によれば、今回の台風は台湾本土には三時間ほど留まることになりそうで、勢いを失いつつある熱帯低気圧であるとのことです。目下東北角《ドンベイジャオ》一帯に大雨注意報が出されている以外は台湾各地に強風大雨注意報は出されておらず、現在まで災害情報も入ってきておりません……」

「本放送では引き続き台風情報をお伝えいたしますので、どうぞチャンネルはそのままで。では、新しく入ってきたニュースをお伝えいたします……」

林群浩《リンチュンハオ》はラジオのボリュームを絞ると、車を福隆《フーロン》駅前に停めた。

「雨もあんまり降ってないし、送ってくれなくてもよかったのに」。車の扉を開けた小蓉《シャオロン》が傘をさしながら言った。「朝ごはんを買ってから行くね」。小蓉は林群浩に向かって手をふった。「心配しないで。きっとなにもかもうまくいくはずだから——」

「ああ。気をつけて」。フロントガラスではワイパーが苦しげに水をはじく音を響かせていた。それは滑らかなタッチで描かれた色彩の陰鬱な水彩画のようだった。林群浩は退屈な東北角に降りしきる小糠雨の中へ、染み込むように消えていく小蓉の後ろ姿をじっと見つめていた。

その姿が見えなくなると、すぐさま車を第四原発へ向けて発進させた。

二〇一五年十月十九日。月曜日。午前九時二十七分。林群浩の運転する車は第四原発の入口にある警備室前で停められた。

「ええと、林さんですね」。警備員は彼の身分証に目をやると、それを彼に突き返して言った。「今日は休んでいいそうですよ」

「休んでいい？」

「稼動の日程が延期されたそうです」。警備員が言った。「上から特別に伝えるように言われていたんです。稼動の日程が延期されたので、現場のエンジニアの数は十分足りているそうです。リストを渡されたんですが、あなたの名前はそこに入っているので今日はもう帰ってもいいそうです」

「いったいどういうことですか？」林群浩にはなにがなんだかわからなかった。「そんなはずはありませんよ。冗談言ってるんですか？　稼動の日程が延期するなんてありえません。またどうしてそんなことになったんです？」

「私に聞かれましても」、警備員が肩を揺らして言った。「きっと台風のせいでしょ？　上の人間も細心の注意を払うことにしたに違いありませんよ。それに、今日は他の企業や学校だって台風のせいで休みになってるぐらいなんですから」

「ありえない。いったいなにが起こったんです？　それに、どうして誰もこのことを僕に伝えなかったのかな。ちょっと待っててくれますか」。林群浩は疑わしげに携帯を取り出した。すると、三件の未読メッセージが残されていることに気づいた。彼はハンドルをぐるりと回して車を路肩に寄せると、メッセージの内容を確認した。

二件のメッセージは陳主任から送られたものだった。一件目のメッセージには、上層部の指示によって原発稼動が延期された旨が記されていた。風雨の規模はそれほど大きくないが、新北市《シンペイ》が台風による公共機関の休暇を宣言したことで稼動の日程が延期されたこと、それによって人手が余っているために林群浩は休暇扱いとして自宅で引き続き待機して命令を待つことなどが書かれてあった。しかし、二件目のメッセージにはただ一言、次のようなことが書かれていた。「**お前たちは家で待機していろ。俺は**

原発に行って、関係資料の事務処理をやるつもりだ。きっとうまくいく。心配するな」

三件目のメッセージはダイコンから送られてきたものだった。

お前、今日仕事に行くか？　休暇ってホントかよ。なんかおかしいぜ！

ということは、ダイコンの名前もリストに載っていたのだろうか？

確かにおかしかった。さして規模の大きくない台風で、しかも徐々に熱帯低気圧に変わってきているくらいだ。風雨だってたいしたことない。実際、深夜に短時間降った豪雨をのぞいて、台風らしいところはひとつもなかった。雨は確かに降っていたが風は弱かった。さらに言えば、「試験運転」から正式稼動に至る段階は、原発にとって非常に重要なプロセスのはずだった（そうでなくても、第四原発は多くの紆余曲折を経てきたのだ）。しかし、すでに高出力での試験運転を経験した原子炉は、技術的な側面から言えばほとんど正式稼動しているのと変わらなかった。それが今になって小さな台風のせいで稼動が延期になるとは考えにくかった。

なにかがおかしかった。

雨粒が車体をぱちぱちとたたいていた。林群浩はもう一度ダイコンのメッセージに目をやると（ああ、確かにおかしい。お前も休暇扱いなのか？）、しばらくの間黙り込んだ。しばらく経って、ようやく車のエンジンを入れた林群浩はそのまま車をＵターンさせた。

とにかく、命令に従って家に戻るしかなかった。あるいは、テレビからなにか別の情報を得られるかもしれない。

二〇一五年十月十九日。午前十時二十六分。家に戻った林群浩は傘を投げ出すと、濡れたシャツを脱ぎ捨てて、さきほどコンビニで買ってきたインスタントラーメンやらお菓子、ビールなどを机の上に放り投げて、部屋着のTシャツとズボンに着替えた。

コンビニの袋から台湾ビールを一本取り出してその栓をあけると、彼はテレビのリモコンを取り上げて、テレビのチャンネルをニュースに合わせた。

「視聴者の皆さま、現在私は基隆の和平島に来ております」。カッパを羽織った女性記者が言った。「ご承知の通り、今回の台風は規模が小さく、台風の目は本日深夜にここから海に抜け、熱帯低気圧へと変わっていくとされています。目下台湾全土はすでに暴風圏を抜けましたが、それでも視聴者の皆さま、どうかご覧ください。海の近くではまだ風は強く、しかし雨足は弱まりつつあるようです。私の後ろでは釣りを楽しんでいる人たちの姿も見受けられます。彼らは勇敢にも堤防の上にのぼって釣りを楽しんで——」

林群浩はビールをひと口あおると、チャンネルを替えた。「最新のニュースをお伝えいたします。台湾電力によれば、本日午後から予定されていた第四原発の正式稼動は、台風の影響から安全性を確保するために……」。林群浩はビールを手元の机に置いた。机の上にはビール缶の形をした水の跡がくっきりと浮かび上がった。窓の外はどんよりとした空模様で、海から吹きつける風はまるで見えない手で空虚な空を揺さぶっているかのようだった。「ここで臨時の記者会見の模様をお伝えしたいと思います。郎平《ランピン》さん？」

「はい、こちら郎平です。私は現在台湾電力の記者会見の会場に来ています。ついさきほど、台湾電力の社長と第四原発の所長から今回の件について説明があったところです。これから第四原発の副所長である黄立舜《ファンリーシュン》氏にインタビューしてみたいと思います。黄副所長、誠に恐れ入りますが、もう一度第四原発の運転を延期した理由についてお伺いしてもよろしいでしょうか？」

「もちろんです。皆さま、どうもこんにちは」。黄立舜の視線がカメラのレンズと記者の間で逡巡した。「稼動を延期した理由はいたってシンプルです。台風がやって来たことで、原発内部で働く同僚たちの安全を考慮した上での決断です。さらに言えば、前回試験運転をした際に指示系統の方にも多少問題があったので、正式稼動の際には安全性を確保するために、現場に配置するエンジニアの人数を増やすことにしたのです。こうしたことを全体的に考慮した結果、我々は今回の運転延期を決定したわけです。といっても、二、三日運転を先延ばしにしただけで、おそらく明後日か明々後日には、元の計画に従って稼動を進めることになるでしょう」

「黄副所長」。記者が質問を続けた。「それは純粋に台湾電力の決定といえるのでしょうか？　それとも、なにか政治的な配慮が働いた結果なのでしょうか？」

「この決定は台湾電力によるもので、あくまで専門的知識に基づいたものです。政治的な配慮があったわけではありません」。黄立舜は微笑を浮かべながら答えた。

「稼動延期の決定には核エネルギー安全署が関与しているのでしょうか？」

「我々はすでに核エネルギー安全署から延期の許可を取っております」

「賀陳端方《ホーチェンドゥアンファン》署長は前もってこの内情を知っていたのではないですか？」

「我々は規定のルールに従って報告を行なっております」。黄立舜が答えて言った。「我が社の制度は完璧です。台湾電力の原発は正式稼動であろうと定期検査であろうと、あるいは設備の交換作業、試験運転、再稼動、なにをするにしろ、一定の作業手順を踏んで行なうことになっています。我々はルールに従って問題を処理していくだけです。その際に核エネルギー安全署に報告することがあればするし、許可が必要であればそれを申請する。我々の仕事にいっさいの抜かりはありません」

「つまり、賀陳端方署長は今回の稼動延期について事前に知っていたということでよろしいのでしょうか？」

黄立舜は二秒ほど遅れてそれに答えた。「ええ、おそらくそうだと思います」

「黄副所長」、もうひとりの女性記者が声をあげた。「さきほどおっしゃられたことですが、台風上陸にしろ指示系統の問題にしろ、どちらも事前にわかっていたことのように思われるのですが、どうしてそれが今になって突然運転延期になってしまったのでしょうか？」

「台風を予測するのは難しいものです」。黄立舜は穏やかな態度で、決して慌てることなく説明を続けた。テレビの前に座る林群浩は突然、黄立舜が馬英《マーイン》九《ジウ》総統が話しているように見えてきた（ただ、彼は馬総統のようにいちいち語尾に『ご指摘どうもありがとうございます』とは付け加えなかった）。「しかし、今回の台風は我々の人員や指示系統にも多少の影響が生まれてしまったのです。さらに言えば、内部の作業工程にも少々時間がかかることがわかったのです。実際のところ、我々は土曜日の時点ですでに稼動の延期を決定していたのですよ……」

デタラメだ。林群浩は思った。それは穏やかで、上品な口調で吐かれたデタラメだった。原発稼動に必要な人員について自分は誰よりもはっきりと把握している。現在すでに高出力運転の段階に入っている（しかも、それは一瞬で処理できるはずだった）。原発稼動と高出力運転に必要な人員の配置に大きな変化などあろうはずがなかった。もしもそのような変化があったとすれば、それはエンジニアたちではなく、おそらく広報部門で起こった問題だった。原発の稼動は確かに大事であったが、プロジェクト全体からしてみればおそらく儀式的な意味合いの方が強かった。言葉を換えれば、安全性に関して長らく疑問が持たれてきた第四原発を稼動させるにあたって（そのために国民投票まで行なったのだ）、台湾全国民の注目が集まることは避けられなかった。しかし、それはあくまで広報部門にとっての問題であって、技術的な問題などではなかった。さもなければ、おそらく——

林群浩は身震いをした。さもなければ、高出力運転そのものに、なんらかの問題が発生したのか……

数秒間、ぼんやりとテレビを見ていた林群浩はすぐに我を取り戻した。このままだとまずい。疑わしいなら少しでも情報を集めた方がいい。林群浩は立ち上がると、携帯を手にダイコンへ電話をかけた。

通話中。

主任は？

誰も電話に出ない。

林群浩は冷蔵庫を開けて（二〇一五年十月十九日午前十時三十五分）、なにか食べるものを探した。冷蔵庫を引っ掻き回してタッパーをふたつ取り出したが、すぐにそれをまた元の場所にしまった。次にビニール袋を開いてみたかと思えば、またそれを元の位置に戻した。そして、冷蔵庫を閉めてから（二〇一五年十月十九日午前十時三十六分）、窓に身を寄せた。雨足に変化はなく、土砂降りとも小雨ともいえなかった厚い雲が彼の心の上に重く圧し掛かり、生臭い濃霧がちょうどこの辺鄙《へんぴ》な海辺の村の上空に居座っていた。人類の文明の力が及ばない場所で、自然がまさにその猛威を振るおうとしていた。

林群浩は部屋の中をぐるぐる歩き回ると、再び携帯を手に取った。彼は再度ダイコンに連絡を取った（午前十時三十七分五十秒）。が、誰も出ない。今度は康力軒《カンリーシェン》にかけてみた（十時三十八分四十秒）。が、やはり誰も出ない。もう一度、陳主任の番号を押してみる（十時四十分十秒）。誰も出ない。しばらく経って、主任に四回目の電話をかけてみた（十時四十一分十秒）。ちょうどブブブといった呼び出し音が鳴っているときに、彼はダイコンから一通のメールを受け取った（十時四十一分二十五秒）――

空白。

それは空白のメッセージだった。そこにはなにも書かれていなかったが、確かにそれはダイコンから送られてきたメールだった。

林群浩はすぐさまダイコンに電話をかけた。彼はテレビの中からあふれ出る喧騒を耳にしながら（それらはゆっくりと彼の背後へと流れていき、すぐさま取るに足りない数多のディテールへ、数年後に突然現れる強迫症のような記憶へと変わっていった。煙のように捉えどころがないそれらは、彼の脊椎と脳深くに潜り、熾烈に燃え上がる永遠に消えることがない神秘的なメッセージのようだった）、もう片方の耳で携帯から漏れ出る呼び出し音にじっと耳を澄ませていた。

電話には誰も出なかった。

林群浩は電話を切った。風雨は止んでいた。太陽が雲間から徐々にその姿をのぞかせようとしていた。窓辺に立った林群浩はすっかり途方に暮れた。ほんの一夜で、地面には風雨にたたき折られた枝が散らばっていた。風の勢いは弱まり、海から吹きつけるねっとりとした匂いもまた薄まっていた。空気の中にはまるで新芽か、あるいは刈り取ったばかりの枝葉の心地よい香りが漂っていた。遠くに見える雨霧ではわずかばかりの日の光が雲間から漏れ出して、弱々しい光と影を変化させていた。

窓を閉めた林群浩はあたりを見回した。あかりはつけなかった。カーテンのせいか、それとも別の遮蔽物のせいか、小さな部屋はずいぶん薄暗く、薄ら寒い部屋には黄昏時のような暗さが覆いかぶさっていた。真っ赤なソファの上には彼と小蓉の服が脱ぎ散らかされていた（クリーム色をした冬用の毛糸のオーバーに薄手の外套にシャツ、レースのタンクトップ、ショーツにホットパンツ——ふたりは昨晩ソファの上で肌を重ね合わせた。先週も、先々週もそうだった。小蓉は彼の肩口に嚙み痕《あと》をつけていたが、その美しく安らかな痛みはいつまでも彼の皮膚に残って消えなかった）。机に置かれた緑色のデスクライトに本、目覚まし時計にベッドによった皺《しわ》、それから花瓶。そこには確かにふたりが強く抱きしめ合った痕跡があった。壁に掛けられた額縁の女性は幸福で華やかな永遠の輝きの中に包まれていた。それは金箔を使った色合いが特徴的なグスタフ・クリムトの《接吻》。小蓉がドイツから特別に持ち帰って、彼にプレゼントしてくれたものだった。

この部屋に関する林群浩の最後の記憶はそこで終わっていた。

28

Under GroundZero

2017.7.9
am 4:35

二〇一七年七月九日。早朝四時三十五分。台湾台《タイ》南《ナン》。

北台湾原発事故から六二九日。二〇一七年の総統選挙まで、残り八三日。

両目を開いた林群浩《リンチュンハオ》は、自分がひどく冷静であることに驚きを覚えた。まるで強制的に発光された境界のない光の中に、意識だけが繋がれているようだった。暗闇の中で最初に瞳に飛び込んできたのは、デジタル時計の冷たい緑色の光だった。

(疲れすぎて、いつの間にか眠ってしまっていたのか)

そうだ。李莉晴《リーリーチン》とルーシーのふたりが失踪したのだ。すでにあれから六時間近くが経過していた。カラオケボックスから出る際に彼はとりわけ注意してあたりを見渡してみたが、ふたりが身につけていた物品なども跡形もなく消えていた(どうも相手は大胆な上に細心の注意を払っているようで、そこいらの連続殺人犯などとはわけが違っていた)。彼はすぐさまカラオケボックスをあとにすると、大通りに足を向けた。週末、台南の夜はいつもよりも賑わっていて、彼は何事もなかったかのように人ごみの中にその身を隠した(一軒の靴屋と二軒のブランド品店、そして香ばしい匂いが漂う高級パン屋と小さな家電量販店を通り過ぎていった。まるで街全体が巨大な光に満ちた空っぽの陳列棚のようだった)。溢れ出す光と光が無秩序に彼の瞳に突き刺さった。ふと、彼は自分の置かれている立場や解くことのできない謎、それにどうしようもなく混乱した思考や困惑や憂鬱といった感情を一時的にであれ忘れることができたような気がした。自分がなんの悩みや憂いもなく、ただぶらぶらとこの街を行き交うだけの他人となんら変わらないような気がしてきた。

いや、同じはずがないじゃないか。自分は彼らとは違うのだ。問題はすべてが後手後手に回り、心がすっかり千々に乱れてしまっていることだった。いったい自分はこの件をどのように処理するのが最も妥当なのだろうか？

李莉晴に直接電話をしてみるべきか？ あるいは、ルーシーにかけてみるべきか？ こちらの方がまだリスクが低いかもしれない。

（いや、どちらも危険なことにかわりはないはずだ。すべてのメールは監視されているのだ――）

最も妥当な推論としては、彼らもまた自分と同じように拉致されてしまったのだ。林群浩は思った。しかも、ふたりを拉致した目的もおそらく自分を拉致したときのそれとまったく同じなのだ。多くの人々が行き交うカラオケボックスで公然とふたりの成人女性を拉致するなど、容易なことではないはずだ。あるいはかなりの確率で、ふたりはまだ店内（もしくは同じビルの中）にいて、一時的に別の部屋（トイレや階段の踊り場、倉庫、あるいはどの建物にもある盲腸のように役に立たない場所）に監禁されているだけなのかもしれない。

しかし、たとえこうした推論があたっているとしても、やはり次の一手をどうするべきかについて判断の下しようがなかった。ほぼ軟禁状態に置かれ、しかもすべてのメッセージが監視されている彼にとって、あらゆる行動を取ることが困難だった。まるで手の打ちようがなかった。積極的になにか行動を起こすことができない彼は、そのまま宿舎に戻ってから明け方まで眠れぬ夜を過ごしたが、極度の疲労からかやがて意識を失い、再び目を覚ましたときにはこのような時間になってしまっていたのだった。

李莉晴とルーシーが失踪する直前、彼はひとりトイレの中にいた。李莉晴から受けた示唆によって、彼は自分のドリーム・イメージが持つ意味を知って恐怖に打ち震えていたのだ。その瞬間、なにかがわかったような気がした。あのふたりの聾唖《ろうあ》のボディガードは、実のところ他人などではなく、彼自身だったのだ。

それはなにかの組織でも、また賀陳端方《ホーチェンドゥアンファン》と関わりのある陰謀めいたものでもなく、彼自身の潜在意識が聾啞を演じさせていたのだ。耳を指差し、口を指差していたのは、他ならぬ彼自身であった。問題は自らを強迫することでいったいなにを隠そうとしていたのかだった。それは小蓉《シャオロン》のその後となにか関係があるような気がした――

小蓉は死んでなどいない。小蓉が死んでしまったといった「感覚」はどこかリアルでなかった。きっと、どこか人知れぬ場所に身を隠しているに違いない。そのことは融怡《ロンイー》が残したメッセージからも明らかだった。おそらく、外界の人間と意図的に連絡を絶っているのだ。林群浩にはもともと小蓉が死んでしまったといったはっきりした記憶がなかったが、今では小蓉が生きているといった感覚が徐々に強くなっていた。

そう考えるだけで鼓動は早まり、冷や汗は止めどなく額を流れて落ちていった。

（僕はいったいなにから逃げようとしているのか？）

彼は自分に問いかけた。いったい――

（そうだ。自分にはまだできることが残されているはずだ。少しでも多く思い出すんだ。ドリーム・イメージを通じた治療は当局に中止を余儀なくされたが、それでも僕自身が自分の過去を思い出すことまで禁止されたわけではないんだ……）

（きっと、それだけが僕が今できる唯一の行動のはずだ――）

ベッドから飛び起きた彼は薄手のジャケットを羽織ると、リビングの明かりをつけて本棚に備えつけられた引き出しの奥から残された数枚のドリーム・イメージの写真を取り出した（写真はパソコンの中とは別に、カメラの保証書や説明書といった書類の中に隠していた）。彼は取り出した写真をあかりの下でじっくりと観察した。

雪原に立ち込める濃霧。そこで散り散りになって歩く喪服を着たような黒い人影。次々と倒れていく彼らの骨は脆《もろ》く、まるで陶器が割れるような音を立てた。白い建物、窓の外の木蔭が揺れ、子どもたちが楽しげに遊ぶ声がさざ波のように周囲にこだましていた。駆け巡り、揺らめく光と影の足どり。賀陳端方の横顔、黄昏の暗闇の中に溶けていくその瞳と輪郭。小蓉の悲しみに満ちた表情。まるで積み木を組み換えるように変幻自在に形を変えるホテルの一室。視線は窓の外へ向かい、緩慢な足どりがその背に響く。まるでマジシャンのように、その不思議な空間と実体のない賀陳端方が演出されていた……

なぜか林群浩は再びあの夢のことを思い出した。ドリーム・イメージの技術では一度も捉えることのできなかった「駐車場の夢」だ。誰もいない地下駐車場に一枚一枚、まるで複製されたような防火扉が続いていた。そして、予想もつかなかった魔物のような海。すべての光を吸い込んでしまうような暗闇の中で、広漠無限の海が彼の薄弱なその身体を打ちつけていた。彼は自分の骨や内臓が故障した機械のようにギシギシと軋《きし》む音を耳にした。李莉晴の治療や検閲から逃れるように、その夢は自らの生命を持っているようだった。現在に至るまで、その夢は彼の潜在意識の中だけに根づき、繁殖と増殖を繰り返していた（いったいこの夢を何度見たのか、彼自身もすでにはっきりとわからなくなっていた……）。しかも、この夢は一度としてドリーム・イメージに補足されたことはなかった。

いや、待てよ。そうじゃない。あれは夢なんかじゃないはずだ。あれはそう、まるで……本当にあった出来事だったんじゃないか？

爆音を上げる鼓動が林群浩の胸を激しくたたき、暗闇から伸びた鋭い爪が彼の体軀《たいく》をがっしりとつかんでいた。林群浩は眩暈《めまい》を覚え、ぐったりとその場に倒れこんだ。

あれは夢なんかじゃなかったんだ。夢に見せかけた本物の記憶だったんだ。それがいったいいつだったかはわからないが、実際にあの青白い光の灯った地下駐車場に足を踏み入れたことがあったのだ。実際に自分はあの不思議な海水のような大量の水にのみこまれるような経験をしていたのだ……

携帯電話が鳴った――

それはルーシーからのメッセージだった。時間は早朝四時四十四分。

瞳を開けた林群浩は携帯をつかむと、指先でメールボックスを開いた。「危なかったけど、無事よ」

危なかったけど、無事よ。

彼はほっと一息吐いたが、すぐさま別の疑念が頭をよぎった。危なかった？　なにが無事だったんだ？

これは本当にルーシーが送ったメッセージなのだろうか？

返事を返すべきか？

いや、危険すぎる。冷静に考える必要があった。林群浩は携帯を握った自分の手がじっとりと湿っているのを感じた。脊椎《せきつい》に沿って、汗が背中をゆっくりと流れ落ちていくのがわかった彼は、自分の汗が水滴となって床に滴り落ちる音すらも聞こえたような気がした（それは幻覚であったのか、それとも本当に起こった出来事だったのか）。彼は再び瞳を閉じた。

再び携帯が鳴った。

メッセージが一件。

部屋に満ちた冷たい風がカーテンを揺らしていた。林群浩の顔は青く冷たい画面の上に釘づけになった。深くひと息つくと、彼はしっかりと両目を開けて震える指先で画面に触れた。

29

Under GroundZero

2017.7.13
pm 8:13

二〇一七年七月十三日。夜八時十三分。台湾苗《ミャオ》栗《リー》。

北台湾原発事故から六三三日。二〇一七年の総統選挙まで、残り七九日。

南部へ向かう台湾電鉄の車両はゆっくりと減速していた。林群浩《リンチュンハオ》は車窓に映る自分の顔をじっと見つめていた。車窓に映った顔はやがて真っ黒な山脈と田園へと移り変わり、やがてその景色もゆっくりと遠のいていった。窓の外に広がる街灯は疎《まば》らで、ちかちかと明滅を繰り返していた。それは古いフィルムに浮かんだまだら模様の染みのようであった。車両はまるで眠りについたように静かで、録音された車内放送さえも精彩を欠いているようで、寝言をつぶやいているように聞こえた。「次の停車駅は銅鑼《トンルオ》、銅鑼駅。銅鑼駅でお降りのお客様は、どうぞご準備ください……」

放送が終わると、電車はブレーキをかけた（車輪と車体がふらふらとした足どりで軽いため息をつきながら停まった）。林群浩は立ち上がって窓の外に目をやった。プラットホームに立つ人影は疎らで、やつれた面持ちをした女生徒がふたり、鉄製の椅子に座っていた。遠くにはネオンサインの看板（桃色の文字で「上華大旅社《ホテル》」と書かれていた）が一枚、寂しげに光っていた。

女がひとり車両に乗り込んできた。グレーのクラッシャーハットを被ったその女は、あたりをきょろきょろと見回すと、急いで林群浩の側に腰掛けた。

「大丈夫でしたか？」林群浩が声を押し殺して言った。「きっと怖い思いをしたでしょう？」

「当たり前よ」。李莉晴《リーリーチン》が言った。「幸いにも、やつらの目論見は失敗したけど……」

「ええ」。林群浩が答えた。「あのときはどうしていいかわからなくて、すぐにあの場を離れるしかなかったんだ。本当に申し訳ないと思ってます。僕にはどうしようもできなかったから……」

「わかってる」

「でも、やつらはどうやってあなたたちを部屋から誘い出したんです？」

「店員がやって来て、お会計をお願いしますって言ってきたのよ。私は店員にカードを預けたんだけど、一分もしないうちにカードに問題があったからカウンターで確認してほしいって言われて。そのときはなにも考えずに、ただルーシーと一緒に部屋を出ちゃったの。でも後から考えると、ルーシーが一緒でよかったのかも。カウンターまで行くと今度はメインコンピューターが階上にあるから、ご面倒ですが上の階までお越しくださいって言われたってわけ……」

「だから階段の踊り場にいたのか」

「ええ。前に言ったように、階段の踊り場まで連れて行かれて、なんだかちょっと様子がおかしいなって。ある程度こうした事態を予測していたおかげで、やつらに捕まるどころか二発ほど蹴りを入れてやった。もちろん、もう一度部屋に戻る勇気なんてないから、ルーシーの手を引いてそのままカラオケボックスから飛び出して、タクシーでそのまま逃げ出したってわけ」

「怪我は？」

李莉晴は真っ赤に腫れあがった両手を差し出して言った。「この程度で済んだ」

「ずいぶん勇敢なんですね……」。林群浩は窓の外に目をやった。暗闇の中、街灯の弱々しいあかりが荒野に伸びる曲がりくねった道を照らしていた。電車は平地ではなく、丘陵地帯が続く山間部を走っていた。地上に満ちた夜霧が、目に見える場所からははるか彼方へと広がっていっていた。「でも、危険だった。危険すぎますよ……」。林群浩は眉間に皺《しわ》を寄せて言った。

「それなら、あきらめる？」

林群浩は一瞬黙り込んでから、「いや」と答えて軽く拳を握り締めた。「真相を知りたい。いったいなにがどうなっているのか。これまでは正直そこまで知りたいとは思わなかったけど、今はそうじゃない。でも、僕たちは今深刻な問題を抱えている。もしもやつらが同じように暴力的な手段で訴えてきた場合、僕たちにいったいなにができるのか」。彼は頭を下げて言葉を続けた。「正直言って苦しい。いったい自分が誰と闘っているのかさえわからない」

李莉晴はその言葉に一瞬黙り込んでしまった。

「今はそんなこと考えても仕方ないじゃない」。李莉晴が言った。「だから今できることを話し合わない？」

「ああ」。林群浩がうなずいた。「なにか新しい情報は？」

「実は、あの日はまだ言っていなかったことがあるの」。李莉晴が続けて言った。「あなたが繰り返し見るあの『駐車場の夢』と関係すること……」

「駐車場の夢？」

「私たちは最後までその夢を捉えることができなかった。だから、今日まであの夢については大まかな議論しかすることができなかったはずよね？　少なくとも、他の夢みたいに詳細な分析をすることはできなかった。でも、それはドリーム・イメージに映らなかったんだから仕方ないことだった。けど先週ふと思ったのよ。まず前任の担当医にこの件について尋ねてみるべきなんじゃないかって……」

「前任の担当医って、紀心雅《ジーシンヤー》先生？」林群浩が言った。「で？　結果はどうだったんですか？」

「紀先生と会ってきた」。薄暗い車両には薄い霧がかかっているようだった。「まず、あなたになんの連絡もしなかったことを謝るわ。紀先生が診察していた頃はまだドリーム・イメージの技術が確立していなかったから、どちらかと言えば紀先生の診断方法は一般的なＰＴＳＤ患者や鬱病患者に対する治療方法に近かったはずよね？」

「ええ」。林群浩がうなずいて言った。「でも、僕は紀先生にも『駐車場の夢』について話したことがあったはずです」

「ええ、知ってる」。李莉晴が言った。「治療方法や夢自体について、私には別の見解があるのよ。でも、それはまず置いておく。実はね、あるおかしな点に気づいたの……」

「おかしな点？」

「紀先生はあなたが収容所に入ってついた最初の担当医じゃないのよ」

「最初の担当医じゃない？」林群浩はひどく驚いた。「いや、そんなはずはない。紀先生は僕の最初の担当医だったはずです」

「落ち着いて聞いて。私は紀先生とあなたの病状について照合したことがあったのよ」。李莉晴が続けて言った。「総統府北台湾原発事故処理委員会付属医療センターにあるあなたの初診記録、つまり紀先生が書いた初診のカルテには、二〇一五年十二月末と記録されている。でもポイントはね、花蓮《ファリェン》のメノナイト病院は二〇一五年十一月中旬の時点で、すでにあなたの案件を原発処理委員会に報告しているのよ。つまり、正式な記録では、あなたが私たちの病院に運び込まれてきてから少なくとも一ヵ月近くの間、あなたは主治医がいない状態が続いていたことになる」

「ああ……でも、その間に起こったことについてはなにも覚えていないんだ」

「問題はそこよ」。李莉晴が続けて言った。「あるいは当時のあなたは病状が思わしくなく、昏睡状態が続いていたのかもしれない。それならあなたがその期間の記憶がないことも仕方ないかもしれない。でも問題はね、たとえ積極的な治療を受けられない状態であったにしろ、通常病院のシステム上、必ず主治医がつくことになっているの。特にあなたは世間的に重要な収容患者だったわけだからなおさらよ。私がおかしいと思うのはまさにそこ。きっと、そこにはなにか他人には知られたくない思惑があったはず。だから、パソコンに詳しい友人にこっそり頼んで、あなたの保険証のＩＣカードを調べてもらった。ごめんなさい。この件もあなたの同意を得ずに勝手に進めたことなの――」

「いいよ」。林群浩が言った。「君はハッカーにその件を頼んだわけだ。で？」

「確かにハッカーと呼べなくもないかな」。李莉晴は申し訳なさ気に答えた。「高校のクラスメートの友だちに、その方面に詳しい人間がいたのよ。政府のシステムをこれ以上信じられなかったから。規定の手続きを踏めば、私の方でも五、六回前までの診断記録を閲覧できたはずだけど、それじゃダメ。誰かに頼んで、もっと前の記録を調べる必要があったのよ――」

「で、どうだったんです？」

「結果はね――」、李莉晴はじっと林群浩の瞳を見つめて言った。「彼が言うには、あなたの資料は何者かに削除修正された可能性が高いって」

「クソ」。林群浩は小さくつぶやいた。「やつらは他になにをしたんだ？　どうして、僕にここまでする必要があるんだ？」

李莉晴は彼の手をそっと抑えつけた。前席の通路側に座っていた女性がふり返ってふたりの様子をうかがっていた（女性はちょうどメガネを外して化粧をしていたようで、青白く疲れきったその顔に中途半端に施された化粧は林群浩をひどく驚かせた）。女性の隣に座る小さな女の子も、窓側にある座席から顔を覗かせてふたりの様子を見つめていた。

「こらこら！」李莉晴がおどけた顔をしてみせると、女の子は恥ずかし気に笑いながら、顔をおおって座席の中に身を潜めた。ふたりが座る右後ろの座席から携帯電話が鳴る音が聞こえた。

「まずこのことを覚えておいて、時間があるときに考えてみてちょうだい」。李莉晴が言った。「今は別のこと、例の『駐車場の夢』について話しましょうか――」

「ああ……」

「これまでの情報を簡単にまとめてみましょう」。李莉晴が言った。昨晩、私たちは『山中のホテル』

について話し合った。——あなたはホテルに軟禁されていてそこで賀陳端方を見たけど、あなたはその顔を見ることができず、しかもふたりの監視役の人間は聾唖《ろうあ》だった。一方、『雪原に舞う霧の夢』では行進を続ける人たちの中にあなたの友だちがいて、しかもその友だちもまた聾唖だった。しかも、彼らは最終的に毒にやられて命を落とす。じゃ、今度はそこからさらに進んで、『駐車場の夢』をそれらの夢と合わせて考えてみましょうか。『駐車場の夢』の中で一枚一枚と続く防火扉を開けていくと、あなたは真っ黒な深い海の中に落ちていって、そこから抜け出すことができなくなる。ねえ、夢の中であなた自身もまた聾唖になってしまったような感覚はなかった？」

「そう言われてみれば」と林群浩は口ごもるように答えた。「そんな気がしたような気もする……」

「あなたはこの夢を繰り返して何度も見た。言葉を換えれば、それだけ重要な内容だってことなのよ。ただ、私たちはそれを捕まえることができなかった。夢の中であなたは聾唖になっただけじゃなく、その視覚さえも奪われていた可能性がある。ねえ、拉致されたときのことを思い出してみて。彼らはあなたになにをした？　彼らはいったいどうやって——」

「君が言いたいことはわかったよ」。林群浩は身の毛がよだつような気がした。まるで窓の外から吹きつけてきた冷たい風がそっと彼の首筋を撫でたような感じだった。その瞬間、走行中の電車がなぜか突然激しく上下に揺れ、真っ青な蛍光灯がチカチカと点滅した。「つまり君が言いたいのは、おそらく僕が拉致されたのは前回が初めてじゃないってことだろ……」

「ええ、考えてもみて。もしも目や耳や口がきけないような**全面的な喪失状態**が何度も繰り返して現れるってことは、それがそれだけ重要なことだからなのよ。しかも、そこにはふたつの証拠がある。第一に、何日か前に例のカラオケボックスでの事件があったあの日、メールの中であなたは『駐車場の夢』は実際にあった出来事なんじゃないかって言った。第二にあなたが拉致された際に彼らがあなたを拷問した方法は、一時的な**感覚器官の剝奪状態**だったと言えなくもない……」

「感覚器官の剝奪状態？」

「ええ。感覚器官の剝奪状態」。李莉晴が声を抑えて言った。「容疑者を自白させるための方法のひとつで、心理学研究におけるネガティブな側面よ。第二次世界大戦後、あるいは冷戦体制下における東西の対立構造が生み出した過激な対抗意識の結果とも言えるかしら。西側陣営と共産主義陣営の双方の情報機関が全面的に受刑者の感覚器官を奪えばどうなるかといった心理学的研究を行なっていたのよ。マスクをかぶせて耳を塞ぎ、人間を体温とほぼ変わらない温度の水の中に漬けて、わずかに生命を維持できるだけの呼吸をさせて、同時に受刑者の視覚や聴覚、触覚、さらには重力感覚まで奪っていく。その目的とするところは、人間の心を完全に破壊する方法を開発するためだった……」

林群浩はすっかり言葉を失ってしまった。

「ある意味で、この実験は成功を収めた」。李莉晴が続けて言った。「実験データによれば、時間をかければ受刑者たちは一様に幻覚症状を覚え、重症の場合は精神的な錯乱状態に陥ることがわかった。受刑者たちはおかしな身体をした人間を目にしたり、存在しない物音を耳にするようになっていった。多くの受刑者たちの心は徹底的に破壊され、基本的な生活能力さえも失われていった――少なくとも、感覚器官を奪われていた時期、彼らの心は壊されていた。そしてそのうちの何人かは、こうした拷問を受けた後、自分の感覚器官が奪われていたといった事実を完全に忘れてしまっていたのよ……」

両目を開けると、蛍光灯の光がひどく目にしみた。まるで車両全体がぼんやりとした光の中に沈んでしまったような感じだった。林群浩はふと自分の指先が手のひらの内深くめり込んでいることに気づいた。

「ねえ、あなたはなにを覚えてる？」李莉晴は少し間を置いてから口を開いた。「拉致されたとき、私が言っているのはこの間拉致されたときに彼らはどんなふうに歩いていていたのか。どんな目かくしを使用したのか。どんなタオルであなたの口や鼻を塞いだのか。もちろん、それを脅しや苦痛を与える行為として解釈することができる。実際そうだったと思う。でも、一方ではそれを『感覚器官の剝奪状態』と非常に似た状態だったと解釈することもできる……」

「ああ」。林群浩の声はかすれていた。「言いたいことはよくわかった」

「どうかしら？　なにか思い出した？」

「はっきりしたことはまだなにも」。林群浩は眉間に皺を寄せて言った。「でも、ますます『駐車場の夢』が本当にあったことのように思えてきた。少なくとも、ある部分に関しては本当にあったことだと思う。なんだかあのひとっ子ひとりいない駐車場にも見覚えがあるような気がしてきた。それに、あの深い海の中で水圧に押しつぶされるあの感覚。でもこの二つの出来事の間にどんな関連性があるのかわからない。それに、それ以外のこともいまだに思い出せずにいる……」

「大丈夫。こういうことは無理強いできないことはよくわかっているから。リラックスした方がうまくいくものなのよ」。李莉晴は彼の手を軽くたたくと、帽子の縁を軽く抑えた。「休んでて。ちょっとトイレに行ってくるから」。立ち上がった李莉晴はそのまま後方の車両へ消えていった。

再び両目を閉じた林群浩は座席に深く身を沈めた。強烈な光線がまぶたの下に淡い赤とえび茶色の光の痕になって浮かび上がった。彼は自分の胸の中で心臓が音を立てて飛び跳ねる音を聞いた。

これもまたあの消されてしまった医療記録となにか関係があるのだろうか？　もしも紀心雅医師が、自分が病院に収容されてから診断を受けた最初の医者でないとすれば、もしも本当に誰かに隠匿された別の医療記録があるとすれば——、もしも自分の記憶喪失が原発事故による影響だけではなく、何者かによる記憶の介入の痕跡があるとすれば……

いや。他にも可能性は無限にあるはずだ。少なくとも、目下の自分は正真正銘の記憶喪失者なのだ。そんな自分が何を忘れているかどうやって証明できるというのか。しかし、もしも自分の記憶がそこまで重要なものであるとすれば、彼らが自分を監視し、脅迫し、拉致して、あまつさえ偽造された医療記録まででっち上げようとするのもうなずける気がした。

しかも、それは自分に対して行なわれただけではないのだ。あるいは小蓉《シャオロン》の失踪もまた、自分と関わりがある出来事なのだろうか？　林群浩は思った。自分の記憶を監視してコントロールするために、彼らは李莉晴の拉致まで試みた。彼らはすでに自分の周囲の人間にまでその手を伸ばしてきているのだ

——

おかしい。両目を開けた林群浩は車両後方にあるトイレの「使用中」の点滅ランプがすでに消えていることに気づいた。彼はすぐさま立ち上がって座席から離れると、無言のまま車両後方へ向かって歩いていった。座席の間を通り抜けてウォータークーラーのそばを通り過ぎ、上下に揺れる車両の故障中の自動ドアを押し開けて、トイレの前までやって来た彼は一気にドアを引き開けた。

誰もいない。

林群浩はふり返って、もといた場所に目をやった。自動ドアが目の前でゆっくりと閉まった。彼は壁に寄りかかるように通路を戻っていった。頭が割れるように痛み、呼吸するのも難しかった。車窓の外では車両内の暗い光が反射して、電車のすぐ側を照らし出していた。レールの上には今にも消えいりそうな光がわずかに反射しているだけだった。しかし、そうした光と闇の境界線もやがて巨大な暗闇の中にのみこまれていった。

だめだ。ここは人が多すぎる。林群浩は再びトイレに入ると、蛇口をひねって顔を洗った。蒸し暑い夏の夜だというのに水道の水は冷たく、鋭利な刃物のように彼の皮膚を切りつけた。手にこびりついた血のあとをじっと見つめた。強く噛みしめすぎたせいで、いつの間にか唇から出血してしまっていたの

だった。

感覚器官の剝奪状態？ 林群浩は再び夢の中で自分の耳と口を指指していた聾啞の監視役を思い出した。山中のホテルでの夢。そうだ、思い出したぞ。あの駐車場は確かに現実のものだった。もしも本当に感覚器官の剝奪状態にあったとすれば、その場所はきっと「駐車場の夢」に出てくる、延々と続くあの駐車場と関係があるはずだった。しかも、あの監視役のイメージも確かにそこに現れたことがあったような気がした。

（ふたつの夢がひとつにつながった……）

（でも、李莉晴はどこへ連れて行かれたんだ？）

ダメだ。しっかりするんだ。背すじをピンと伸ばしてトイレの扉を開けた林群浩は、再びもといた車両へ戻っていった（ハンチング帽を被った色の黒い老人がじっと彼を見つめていた）。彼は足を速めて、李莉晴と一緒に座っていた席へと戻った。

李莉晴はやはりそこにはいなかった。少女と化粧中の女性は相変わらず元の席に座っていた。彼は一瞬立ち止まろうとしたが、そのまま歩き続けることにした。自動ドアを押して次の車両へと移り（李莉晴はここにもいなかった）、次のトイレを見つけて扉を開いた。

誰もいない。そこにはやはり誰もいなかった。

車両と車両の間の狭い通路、林群浩は壁にもたれかかるようにしてうずくまると、両手で顔を覆った。いったいどれほど経ったのか、ポケットの中の携帯が突然震えた。携帯を取り出した彼は驚きを隠せなかった。

それは李莉晴からのメッセージだった。

またしてもメッセージだ。まるで、昨日の状況と瓜二つじゃないか。

コピーされたような失踪に、コピーされたようなメッセージ。

身震いした林群浩が指先でメッセージボックスを開いた。

空白。

空白のメッセージ。そこには一文字も書かれていなかった。

待て待て、待てよ。空白のメッセージだって？

冷たい風が真正面から吹きつけてきたかと思うと、列車が突然警笛を鳴らした。鋭い警笛の音は列車の外側に広がる広漠な暗闇の中にどこまでもこだましていったが、疾走中の列車の車底からは奇妙な音が響いていた。それはまるでレールか車輪の材質が突然変わってしまったような、あるいはこの疾走中の機械式の巨大な怪物が突然異次元に放り込まれたような感覚であった。

それまで警笛が鳴り響いていた広々とした空間は突然姿を消して、レールと車輪が擦れる音が豪雨のようなリズムで激しく彼のこめかみをたたいていた。無数の小さな刃が彼の脳細胞の中で暴れまわっていた。その瞬間、意識は停滞して、彼の脳裏では静かな核爆発が起こった。全身が震えた。金属を凝縮したような感覚が指先に毛髪、皮膚、そして胸と背すじを駆け抜けていった。そのとき、彼は列車がトンネルへ入っていったのだとわかった。列車は暗闇のさらに深い暗闇へと落ちていった。

空白のメッセージ。

彼はすべてを、すべてを思い出した。

30

Abobe GroundZero

2015.10.19
pm 5:51

二〇一五年十月十九日。夕方五時五十一分。台湾東北角《ドンベイジャオ》海岸。

「得力《デイリー》薬局」はもともと澳底《アオディ》村に二軒ある伝統的な漢方薬局だったが、もうひとつの「雷雷《レイレイ》薬局」が半年前大型チェーンのドラッグストア（それはセブンイレブンがこの村に進出してきてから誕生した二店目のチェーン店だった）に変わってしまってからは、村で唯一の漢方薬局になってしまっていた。同じような唯一、あるいは唯二の店舗が、村の国道沿いには立ち並んでいた。四半世紀は経っているであろう背の低いブリキの屋根に木でつくられた看板、チョコレート色に曇ったガラス窓（真っ赤なまだらな文字で「得力薬局」と書かれている）が、五坪ほどの狭い空間に詰まっていた。カウンターの後ろ側、扉を引いたその先には、店主である顔益雄《イエンイーション》夫婦の暮らす小さな居間と台所があった。そこは店舗であると同時に、彼ら夫婦が暮らす家だった。五年前までは家族四人で生活していたが、息子が大学を卒業して娘が嫁いでしまうと、残された夫婦はふたりでこの家に残ることになったのだった。

夫婦はちょうど居間で晩ご飯を食べていた。蛍光灯のあかりががらんとした店を照らし出していた。

店の扉が開き、風鈴が音を立てた。

「出ましょうか?」顔夫人が箸を置いて言った。

「ああ、頼む」。ご飯をひと口かき込んだ顔益雄は台湾語で答え、その視線は相変わらずテレビの画面に釘づけだった。テレビは株式市場のチャンネルに合わせられていて、画面の下にはまるで競馬場の競争馬が走るように赤や緑の文字が上がり下がりを繰り返していた。経済を論じる騒々しく粘着性のある声が小さな部屋に満ちていた。

二分後、部屋に戻ってきた顔夫人が再び居間に腰を下ろした。「おかしいわね。なんで今日に限ってこんなに頭痛を訴える客が多いのかしら」

顔益雄が手にしていた茶碗を置いた。「なんだ？　また頭痛の薬を買いに来たのか？」

「ええ。しかも頭痛じゃなくて、吐いちゃう人も多いみたい」。顔夫人はそう言って眉をしかめた。「そんなこと言ってたら、なんだか私まで頭が痛くなってきたような気がする」

「そりゃいいや。それなら今日は店を開いて大正解だったな。台風が来るから、店を開けようかどうしようかって言ってたじゃないか」。顔益雄は笑って言った。「おい、大丈夫か？」「だめ。なんだかどんどん痛くなってきた」。顔夫人は茶碗を置いて言った。「食べられない」

「こりゃ、いったいなにが起こってるんだ？」顔益雄が口を開いた。「昼にお前が出かけてたときも、ずいぶんたくさんの客が頭痛の薬を買いに来てたんだぞ。いったいどれだけの人間が頭痛の薬買いに来たことになるんだ――」

「知らないわよ。ああ、もうダメ」。顔夫人はこめかみを押さえながら立ち上がった。「気分悪いからちょっと上で寝させてもらうわよ。店はあなたが見といてくれる」

「おお、まかせとけ」。顔益雄は妻が狭い階段をまるで金属板になにかを放り投げるようにして歩いていく後ろ姿を眺めていた。彼はプラスチックのテーブルに置かれた台湾コーラとピーナッツ、そしてグルテンミートをガラス缶からお碗の中へ移しかえた。


二時間後。

暗闇の中で目を覚ました顔夫人は手足を動かしてみた。風は止んでいた。オレンジ色をした街灯の光がトタン壁に取りつけられた小窓から小さな部屋の中に差し込んでいた。次の瞬間、激痛を伴う脈拍が後頭部を襲った。胃のあたりがひきつけを起こしているような感じがして、胸がムカムカした。立ち上がろうとしてみたが、ほんの少し身体を動かしただけですぐに眩暈《めまい》がして、すっかり立ち上がる気力を失ってしまった。

直接布団の上に嘔吐すると、酸っぱい臭いが部屋の中に立ちこめた。なんとかして上体を起こしてみると、階下から騒がしげな声が聞こえてきた。壁に寄りかかるように立ち上がった顔夫人は一歩一歩足を引きずるように前へ進み、半ば這うようにして狭い階段を降りていった。居間のテレビはつけっぱなしで、扉を開けると狭い店内に少なくとも十数人の客が押し合うように詰めかけていた。

顔夫人は力なくちゃぶ台のそばにへたりこんだ。全身がだるく、あらゆる動きが拷問のように感じられた（インフルエンザにでも罹《かか》ったのかしら）。そう思って再び顔を上げてみた（いったいなにを騒いでるの？）

そのとき、顔益雄が扉を開けて居間へ入ってきた。「おお、やっと起きたか？」顔中汗だくになった顔益雄が言った。「お前、パナドールを扱ってる、陳さんとこの電話番号なんだがな、——おい、大丈夫か。真っ青じゃないか……」

「お店、どうしたの？」顔夫人が両手で額を押さえながら言った。「ずいぶんたくさんいるみたいね。うるさくて仕方ないわ」

「俺にもよくわからんが、今日の客はみんな頭痛と吐き気を訴えてる」

「私もさっき吐いた」

「なんてこった《ヤオシユウ》」。顔益雄が台湾語でつぶやいた。「こりゃ、今までになかった新種のインフルエンザウィルスじゃないか？　村中の人間が病気になったみたいだ。元気な人間はほとんどいないぞ。皆ここに集まってきてる。お前、熱はもう計ったのか？」顔益雄は耳にあてるタイプの体温計を取り出した。

「頭が死ぬほど痛い。二時間寝たけど、どんどん痛くなる」。顔夫人は体温計で熱を測りながら言った。「ただの風邪よ。あなたは早く仕事に戻って——」

顔益雄は再び店へ戻っていった。低い天井にぶら下がった青白い蛍光灯の下、人影がゆらゆらと揺れていた。顔夫人は夫が注いでくれたお湯を一口啜《すす》ると、テレビのチャンネルをひねった。画面では株式市場を解説する専門家が、口沫《こうまつ》を飛ばしながら本日の株価市場について説明していた（今日の台湾の株式市場は一二一ポイントの下げ幅だった）。顔夫人はしばらくその様子を眺めてから（お昼の再放送？）、別のチャンネルに替えた。

　次に映ったのはニュース番組だった。顔夫人は同じく何気なしに消費者が抗議するニュースをふたつばかり目にした（新北《シンペイ》市の小学校の給食にこんがり揚げられたゴキブリが出てきたとか、賞味期限の過ぎた統一企業〔台湾の大手食品製造・流通のグループ企業〕のエッグロールにカビが生えてそこから虫が出てきたとか、そんな内容のニュースだった。そしてふと、アイスクリームがいつまで経っても溶けないとか、カビに集まってきた虫に羽が生えてそれが孵化《ふか》して別のモンスターになったとか、そんなニュースの方がまだ報道する価値があるような気がした）。次に流れたのは台風に関する最新情報だった（雨はすでに止んでいて、台風も通り過ぎていたためにさしたる災害情報も流れていなかった）。鼻をすすった顔夫人は鼻水が垂れたような気がして、慌ててちゃぶ台にあったティッシュで鼻をかんだ。

　血。ティッシュには鼻水ではなく、血がこびりついていた。しかも、痛みらしい痛みはなにもなかった。顔夫人は数秒の間茫然としてから（頭の中では「お疲れですか？」といった栄養ドリンク剤の広告の台詞が浮かんだ）、急いでティッシュで鼻を塞いだ。

　次の瞬間、顔夫人は全神経をテレビに集中させることになった。

「……続いて、第四原発の稼動についてのニュースをお伝えいたします」。男性キャスターはカメラの方向を変えると、真っ黒な瞳を静かに画面の外側にいる視聴者へと向けた。顔夫人はなぜかこの瞬間、この男性キャスターの影がとりわけ非現実的で、まるでプラスチックでできた人形のような気がした。
「今朝、李文毅《リーウェンイー》台湾電力社長は記者会見を開いて、本日予定していた第四原発の正式稼動の日程を延期することを発表いたしました。現在の予定では、明日か明後日には再び稼動作業に入るとのことです。台湾電力の発表によれば、今回原発の正式稼動が延期された原因はあくまで台風によって稼動に必要な人員が確保できなかったことにあって、原発内部の安全性に問題はなく、政治的な関与などもなかったとのことです……」

再び胃がひきつけを起こしているような気がした。額には冷や汗がふき出してきて、近くにあったお碗の中に再び胃の中のものをぶちまけた（今回は唾液以外にはなにも吐くものが残されていなかった）。

おかしい。顔夫人は思った。第四原発が稼動中止だって？　まさか原発でなにかあったんじゃないかしら？

この小さな澳底村で、どうしてこうも同時に大量の感染性胃腸炎の患者が現れたりするものか。

次の瞬間、全身に寒気が襲ってきたかと思うと、再び鼻血が流れ出した。強烈な頭痛を覚えた顔夫人は、頭の中で巨大な白い物体が急速に広がっていくのを感じた。なにか叫ぼうと口を開いたが（夫は扉を挟んだ店の中にいた）、まるで声にならなかった。それはなにか冷たく湿ったものが喉の奥に詰められているような感じだった。

顔夫人が意識を失う寸前に目にしたのは、薬局の天井にぶら下がった、ちかちか光る蛍光灯だった。その光はひどく純粋で、それだけにまぶしかった。どこまでも広がっていく蛍光灯の光は、さながら一瞬にしてすべてを奪っていく白い砂嵐のようだった。

31

Abobe GroundZero

2015.10.19
pm 5:22

車が大渓漁港《ダーシィユーガン》の湾内に入ると、林群浩《リンチュンハオ》は小蓉《シャオロン》がひとり埠頭に腰掛けている姿を目にした。

二〇一五年十月十九日。夕方五時二十二分。台湾宜蘭《イーラン》。夕日はまさに太平洋に沈もうとしているところだった。大海原に輝く夕陽はきらびやかで、どこまでも続く雲はその身を真っ赤に燃やしていた。台風が一過した後の大渓漁港の湾内には、大小さまざまな船が風を避けるために集まっていた。観光用の釣り船の中にはすでに安全点検を始めている者もいた（煙草をくわえた船乗りたちは皆肌脱《はだぬ》ぎになって、船上を忙しげに行き来していた。彼らは談笑してはなにやら大声で叫びあい、荒縄を引き、トランクや冷蔵庫などの荷物をマストの近くにぶら下げて、運べるかどうかテストをしているようだった。夜の帳《とばり》が下りようとするそのときに、釣り船は海面を強烈に照らし出していた――広漠とした夜の海に彼らは贋物の太陽を掲げ、無数の蛾がその炎の中で命を落としていった）。国道沿いでは海鮮レストランが夜の開店準備を始めており、車が通り過ぎる度に漁港の子どもたちがそれを追いかけては笑い転げていた。夕焼けは彼らの真っ赤な頬をさらに赤く照らし出していた。

「大丈夫だった？」小蓉が林群浩を抱きしめて言った。「死ぬほど心配したんだから」

「会えてよかった」。林群浩は優しく小蓉の背を撫でながら言った。「おかしな話さ。大丈夫であるべきなんだ。だって、路上にあったガイガーカウンターはどれも正常値を指していたんだから。でも、どうしてまたダイコンは僕に空白のメッセージなんて送ったんだろう。それに陳主任や他の同僚たちとも一切連絡がつかないんだ……」

「返事を返すひまがないとか？」小蓉は彼の肩に顔を埋めたまま答えた。

「携帯は通じるんだ。でも、誰も電話を取ってくれない――」

「原発内は電波状態が悪いんじゃないかしら？　だからあなたの電話に気づかないんじゃない？」小蓉が言った。「それに、ダイコンさんもただメールを間違って送っちゃっただけかもしれないじゃない」

「いつもなら原発内の電波状態は悪くないはずなんだ」。林群浩が言った。「でも台風だから。想定外のこともあるから確かになんとも言えないな……」

ふたりは手をつないで湾内を歩いた。潮騒の音が彼らのあとを追ってやってきていた。一艘また一艘と並んだ船は、まるでレゴでできた積み木のようだった。「ここに来るまでに何度か電話してみたんだ。でも誰も電話に出なかった。まったく連絡がつかないんだ。それなのに、電話自体は通じてる」

「暗くなってからもう一度連絡してみたら？」

「そうするしかないか」。林群浩はつぶやくように言った。「でもきっと大丈夫なはずさ。――少なくとも、ガイガーカウンターは嘘をつかないから。しかも、原発の運転が始まってからもうずいぶん時間が経ってる。そうだ。結婚式の招待状は全部無事に配り終わった？」

「ええ。晩ご飯も一緒にどうかって誘われたのよ」小蓉が言った。「施設に戻って、シスターや玲芳《リンファン》たちと一緒に晩ご飯を食べない？　ねえ、いいでしょ？」

「ああ、もちろん」と林群浩が答えた。

「ずいぶん涼しくなった。冬も近いようね」。玲芳が言った。

四時間後、彼らは施設にある長椅子に腰掛けていた。水のように冷たい夜空の下で、星々が彼らの頭上で輝いていた。あるいは台風が空気を洗い流してくれたおかげなのかもしれない。夜空を見上げれば美しい銀河が広がり、足元には雨に濡れた青草が清々しい香りを放っていた。

「台風が来たばかりだからね。それにまだ十月だよ」。林群浩はちらりと玲芳を見て言った。「玲芳、今日はごちそうさま。おかげさまで今年最初の鍋を食べることができたよ」

「私も鍋は好きよ。でも、まさかあなたも鍋奉行だとは思わなかったけど」と玲芳が笑って言った。

「ちょうど今日が鍋の日でラッキーだったわね」

「ふたりともほんとに食いしん坊なんだから」と小蓉が口をはさんだ。

「あなたは小食すぎ」と玲芳が言った。「こんなに細いのに、まだダイエットでもしようっての？」

「そういうわけじゃないけど」と小蓉が答えた。

「なんだか食欲がなくて。お昼もあんまり食べられなかったのよ」

「どこか調子でも悪いのかい？」林群浩が言った。

「ううん」と小蓉が答えた。「どうしてかしら。別に調子が悪いってわけじゃないんだけど、なんだか食欲がないのよ。そうだ。融怡《ロンイー》のことなんだけど、やっぱりあんまりお喋りしなかったでしょ？」

「ええ」と玲芳が言った。「あの子は繊細で、少し感傷的なところがあるから。あの年頃の子どもはあまりお喋りしなくてもおかしくないわよ」。そして、ちらりと小蓉を横目で見つめて、「あなたの小さな頃と同じようにね」と続けた。

「私のことなんてどうだっていいじゃない」と小蓉が言った。「思い出しただけで恥ずかしくなる」

「つまり、君の人見知りはまだ治っていないってわけだ」。笑いながら横槍を入れた林群浩を小蓉がじろりと睨んだ。

「あら、そこにいるのは誰？」玲芳が突然立ち上がって言った。「涵鈞《ハンジュン》じゃない？　なにかあったの？」

「本当に仕方ない子なのよ」。子どもの後ろに立っていたシスター・丁《ディン》が口を開いた。「突然、玲芳先生に会いたいって言って聞かなくて。幸い時間があったからここまで連れて来たけど」

その子どもは明らかに軽度の知的障害があるようだった。年齢は八、九歳ほどで、眉目秀麗な男の子だった。涵鈞と呼ばれたその少年は青草の上をひどく重い足どりで歩いていた。

「涵鈞、どうしたのかしら?」玲芳が男の子の前に屈みこんで言った。男の子はじっと地面を見つめたまま、返事をしなかった。

「宿舎に戻ろっか? お休みの時間がもうすぐ来ちゃうわよ。ほら、丁先生が一緒について行ってくれるって」

「せんせい――」、男の子が口を開いた。「ねるのこわい。こわいゆめをいっぱいみるんだ」

「悪い夢を見たのね」。玲芳が微笑んで言った。「いつ見たの? 夢は本当のことじゃないのよ。目が覚めればみんな消えてなくなっちゃうじゃない。そうでしょ?」

「こわいこわいよ」

「大丈夫」。玲芳は男の子を抱きしめて言った。「誰でも夢を見るのよ。目が覚めれば夢がウソだったってわかるでしょ? いったいどんな夢を見たのかしら?」

「とってもこわいばしょ」。男の子が言った。「だれもいないんだ」

「怖かったね。でも、ほら。あなたは今ここにいるでしょ? こっちが本当の世界」。玲芳が慰めるように言った。「先生も他のクラスメートたちも皆ここにいるでしょ? ほら、もう大丈夫よね」

「でも、あそこには……」男の子は玲芳の胸の中から飛び出して大きな声を上げた。「だれもいないんだ。だれも!」男の子が突然大声でわめき始めた。「いるのはぼくひとりだけで、ほかにはかいぶつしかいないんだ。こわいよ。あそこにはもどりたくない」

「大丈夫。ただの夢だから。ね、他の楽しい夢を見ればいいんじゃない? さ、早く部屋に戻ってお休みなさい」。玲芳が続けて言った。「ほら、先生が一緒についていってあげるから」

「ほら、戻りましょうね」。シスター・丁が男の子の手を引いて言った。彼らの背後にはサファイアブルーをした夜の帳《とばり》が揺れ、星々が輝いていた。ちょうどそのとき、暗闇の向こう側からもうひとつの人影が現れた。

「シスター・柯《コー》？」玲芳と小蓉が同時に立ち上がった。「どうかしたんですか？」

「ついさっきニュースで……」、シスター・柯は息を切らしながら言葉を続けた。「第四原発で事故があったって！」

五分後、シスター・オールグレンのオフィスにある長椅子に腰掛けた面々は、一言も発することなく黙々とテレビの画面に見入っていた。テレビではちょうど記者会見の様子が報道されていて（すべてのチャンネルが同じ内容を生中継していた）、台湾電力の社員がマスコミの質問に答えていた。国会議長と核エネルギー安全署の署長、それから台湾電力の社員が重々しい表情を浮かべて、一列に座っていた。

「……非常に信じ難いことなのですが」。テレビ局の記者が口を開いた。「今朝方、あなたがたは第四原発の稼動を延期すると発表したかと思えば、今度は事故が起こったと発表された。この両者の間にはなにか関係性があるのでしょうか？」

「再度強調いたしますが、今回の事故はあくまで偶発的なものなのです」。第四原発副所長の黄立《ファンリー》舜《シュン》が手元のマイクを引き寄せた（マイクの甲高い機械音に、人々は眉をしかめた）。黄立舜は咳払いして続けた。「申し訳ない。ええ、その、今回のことは本当に偶発的な事故なのです。原発の延期とはなんら関係はありません。ここで、マスコミと国民の皆さま方にご説明いたします。本日午後、原発建屋内で事故が発生いたしました。しかし、事故の範囲と影響については完全に把握しております。事故の範囲は一号機付近に限定されておりますが、わが社のエンジニア七名が事故発生の際に被曝いたしました。被曝が確認された七名のエンジニアのリストはさきほど皆さんにお渡しいたしたとおりです。七名は現在病院で治療を受けているところで……」

「偶然にしてはあまりにできすぎている感じが否めませんが」。記者が続けて質問した。「賀陳《ホーチエン》署長におたずねします。あなたは原発内で事故が発生したことをどの段階で知りましたか？」

「だいたい午後三時頃です」

「台湾電力が意図的に報告を遅らせたとは思いませんか？」

「原発内で事故が起こったのは正午十二時頃であったと確認しております」。賀陳端方《ホーチエンドゥアンファン》が言った。

「この時間帯から判断するに、意図的に報告を遅らせていたとは思いません」

「台湾電力の言葉を信じるんですか？　放射能の汚染水の問題についても――」

「それもまた信じる信じないという水掛け論になってしまいます」。賀陳端方は記者の言葉を一方的に断ち切って続けた。「我々核エネルギー安全署の仕事は、事故の報告を受け取った後、第一に調査を行ない、事故の原因とその範囲を確認することにあります」

「つまり、あくまで『ヒューマンエラー』はなかったといった台湾電力の立場に賛同なさるのですね？」

「私の理解の範囲内では、確かにヒューマンエラーなるものはありませんでした」。賀陳端方が答えて言った。「この点に関して、林所長の方からより専門的なご説明があると思います」。そう言って胸の前で腕組みをした賀陳端方は、そのまま深く椅子に身を沈めてしまった。

賀陳端方の隣に座っていた林所長が替わりに立ち上がった。「マスコミの皆さま、我々がさきほど配ったニュース原稿をご参考ください。第四原発はいまだ正式に稼動はしておりませんが、すでに高出力での運転状態にあります。このことは今回の事故と原子炉の間に直接的に関連性がないことを示しています。簡単に言えば、原子炉一号機の上部に通じる燃料プールのパイプが弛《ゆる》んで外れてしまい、それが原因で冷却水が外部へ漏れ出してしまうといった事態を招いてしまったのです。この冷却水は微量の放射性物質を含んでおりますが、我々が早期に発見したおかげで事態はそれほど深刻なものではなく、その汚染範囲もわずか数十メートル程にとどまりました。目下汚染水の除去作業も完了いたしております。我々は今回の事故をほぼ完璧な形で処理し、誠意を持って国民の皆さま方にその結果をご報告いたし……」

「林所長！　どうも我々が聞いた話とはずいぶん違いますよ！」もうひとりの記者が林所長の言葉を断ち切って声を上げた。「我々は知っているんですよ！　最初にこの情報をリークしたのは被曝者のご家族であって、あなたがた台湾電力じゃない！」

現場は騒然とした。記者たちは口々に騒ぎ立て、ある雑誌記者はその場に立ち上がると、「ウソはやめろ！」と叫んだ。次に立ち上がった女性記者の声はガラスのように鋭かった。「被曝者のリストだって我々が自分で探し出してきたんです！　あなたたちはそれさえも公開しようとしなかったじゃないですか！」

「皆さま、どうか落ち着いてください」。林所長が言った。「事故の原因はすでに確認済みで、対応も完了いたしました。負傷者は現在治療を受けており、今はただ彼らが一刻も早く回復することを祈るばかりです――」

「失礼ですが、あなたがたは汚染水をどのような手順で除去したのでしょうか？」メディアルームの外にいた男が突然大声をあげた。「放射能に汚染された水が漏れたんですよ。それをどうやって除去したというんです？」

大きな頭に鉢巻を巻いたその男は、「我是人　我反核」と書かれた真っ黒なTシャツを着ていた。ふたりの警備員がすぐさまやって来て男を場外に引きずり出そうとしたが、がっしりとした体格のその男を警備員たちも扱いかねていた。「汚染された水をどこに持っていこうっていうんだ？　今度はどこに棄てようっていうんだ！」男は叫んだ。「台湾電力は事故を隠蔽しようとしている。すべてウソっぱちだ！　どうして汚染が原発内部だけに限定されているなんてわかるんだ？」

「ねえ、あれって戴立忍《レオン・ダイ》〔台湾の著名な俳優、映画監督。社会運動に熱心に取り組むことで有名〕よね」、玲芳がつぶやいた。

そのとき、テレビ画面の右下に字幕のニュース情報が流れた。「本日午後、高出力で稼働中の第四原発建屋内で汚染水が外部に漏れる事故が発生、現場にいたエンジニア七名が軽症。負傷者は以下の通り。陳毅青《チェンイーチン》、李亦宣《リーイーシェン》、謝希傑《シェシージェ》、康力軒《カンリーシェン》、蔡盈均《ツァイインジュン》、甘徳易《ガンダァイー》、李燦林《リーツァンリン》。以上七名は目下台湾大学付属病院に搬送され、治療を受けている状態。江国会議長によれば、事故は限定的な上にすでにコントロールされ、政府は全力で事後処理にあたると発表……」

「康力軒さん、それにダイコンさん！」小蓉が林群浩の肩をつかんで言った。「ねえ、群浩！　あれ――」

「わかってる」。林群浩は小蓉には見向きもせずに、ただ食い入るようにテレビ画面を凝視していた。「皆僕の仲間たちだ。……ダイコン。お前は僕と同じ休暇扱いじゃなかったのか？」林群浩が独り言のように言った。「どうりで誰も電話に出ないはずだ……」

「陳主任の名前がないわ」

「わかってる」と林群浩が言った。「主任の名前がない。あきらかにおかしい。主任は真っ先に原発に入っていったはずなんだ……」

「それは確かなんですか？」画面の中では記者の鋭い声が響いていた。「賀陳署長。今回の事故は本当に原発建屋内だけの事故なんですか？　事故は本当に今日の午後に発生したんですか？　あなたは台湾電力が最初から稼動の延期にかこつけて今回の事故を隠蔽しようとしていたとは思わないんですか？　そこを監視するのがあなたの仕事なんですよ――」

「事故が原発内部のものかどうかはデータが証明しています」と、賀陳端方は依然として淡々とした口調で答えた。彼がマイクを手前に引き寄せると、再び甲高い機械音が現場に鳴り響いた。賀陳端方は眉間に皺《しわ》を寄せながら続けた。「つまりこういうことですよ。マスコミ及び国民の皆さま方にご説明いたします。第四原発の周囲に設置されているガイガーカウンターの数値は、すべて正常値を記録しています。このことが、事故があくまで原発建屋内に限定されていることを証明しているのです。我々は現在このデータを整理しているところですが、整理が済み次第、皆さま方にもお渡ししたいと思っております――」

このとき、林群浩の携帯が鳴った。

主任からのメールだった。

林群浩はすぐさまそのメッセージを開いた。

空白。

またしても空白のメッセージだった。今朝、ダイコンから受け取ったメールと同じだ。まるで失語症にでも陥ってしまったかのように、画面にはなにも打ち込まれていなかった。

32

Abobe GroundZero

2015.10.20
am 6:11

二〇一五年十月二十日。早朝六時十一分。澳底村《アオディ》。台湾北海岸《ベイハイアン》。北台湾原発事故発生初日。

澳底村はいまだ黎明の薄あかりに眠り、周囲は鉛筆でスケッチしたかのような柔らかなタッチに包まれていた。街灯のあかりは消え、あらゆる物体が明滅を繰り返す薄あかりの中に浮かんでいた。陳弘球《チェンホンチウ》の自宅の前（それは古いアパートの二階にある古い店舗の隣にあって、狭い階段を上っていくと途中で小さな鉄製の入口があった）に立つ小蓉《シャオロン》は、林群浩《リンチュンハオ》に鍵の束を手渡した（村はまだ甘い眠りの中にあって、がちゃがちゃと音を立てる金属音は夢の中に現れた機械獣の鼻息のようだった）。鍵を受け取った彼はひとつひとつそれを試していった。

「どう？　見つかった？」

「ちょっと待って……あれ、この鍵はさっきも試したぞ。ここは暗すぎるな」と林群浩があたりを見回して言った。「あかりがどこかにあるはずだ。ちょっと探してきてくれないか？」

「わかった」。暗闇の中、小蓉は壁に向かって手を伸ばした。「あ！」

「どうした？」

「なんでもない。……なんか変なものを触っちゃったみたい」。小蓉は自分の手を見つめながら言った。階下から漏れるあかりだけがこの階段唯一の光源だった。歩を進める毎に暗闇はその深さを増してゆき、それは新たな負担に耐えられない容量オーバーの夢か、すでにロックされてしまった容量の足りない時代遅れのコンピューターのようだった。

林群浩は再び束の中から鍵を一本取り出して鍵穴に差し込んだ。次の瞬間、鍵穴の無数の細やかな歯車がかみ合う感触が手に伝わってきた。

「あかりはもういい。これで間違いないみたいだ」

ガチャ。

鉄製の外門を潜り抜けて、今度は内門を開いた（鍵はかかっていなかった）。ふたりはこうして澳底村にある陳弘球の自宅へ再度足を踏み入れたのだった。

思っていたとおり、部屋の中は前回林群浩が来たときと同じ状態だった。シンプルで粗雑な椅子と机が並べられ、窓からは黎明の薄あかりが差し込んでいた。その光景は現像の過程にある、時間が停止した古い写真のようだった。

ふたりはすぐさま部屋の中を漁《あさ》り始めた。主任のノートパソコンはテーブルの上に置かれてあって、隣には水に濡れた小型のガイガーカウンターがあった（どうも故障しているようだった）。小蓉は細心の注意を払って電源やパソコンの電線を手繰って、ノートパソコンを鞄に入れようとした——

「それはやめておいた方がいい」と林群浩が手をふって言った。「パソコンよりも携帯を探してくれ」

「でも、ここまで来たんだから……」

「そうだな」。林群浩はしばらく考え込んで言った。「いや、やっぱりダメだ。あのとき主任は僕に携帯を確保するように言ったんだ。それに、パソコンが部屋にないとあまりに不自然だろ？」林群浩は一瞬言葉を切って続けた。「きっと、主任もそのことを心配してたんだと思う」

「確かに」。小蓉はパソコンを再び机の上に戻した。

ふたりは再び携帯を探したが、いくら探しても見つからなかった。

引き出しの中から本棚、収納箱の中まであらゆる場所をのぞいてみたが、携帯はどこにもなかった。

「おかしい……」林群浩がつぶやいた。

「主任があぁ言っていたからには、きっと重要なものに違いないんだ。もしも見つからないようなら、携帯はここには置いてないってことかもしれない」

「電話してみたら？」小蓉が言った。「直接携帯に電話してみるのよ」

「ああ」。林群浩は携帯を取り出した。「ダメだ。いや、それともやってみるべきか。やっぱりリスクが大きすぎる。僕たちの通信は監視されているはずなんだ」。林群浩はしばらく黙り込んでから口を開いた。「やっぱりあきらめよう。この方法は危険すぎる」

「でも、あの空白のメッセージは本当に監視されていることと関係があるの？」小蓉が言った。「ネットでの情報なんてそこまであてにできるのかしら？」

「とにかくリスクは避けるべきだ」と林群浩が答えた。「それに、これはただのネットでの噂話なんかじゃないんだ。昨日の夜たまたま『空白のメッセージ』を検索したことは確かだよ。ネットを信用しないのは構わないけど、でもこの件については以前機械工学を勉強している友だちから聞いたことがあったんだ。もしも空白のメッセージを受け取ったら注意しろって。おそらくそれはある種の監視ウィルスで、個人情報を抜き取って外部に流出させる可能性があるんだ。それに考えてもみろよ。僕に空白のメッセージを送ったのはなにも主任だけじゃないんだ。ダイコンのやつまで俺に同じメッセージを送ってきた。なによりも、ダイコンは僕と同じで本来休暇を言い渡されていたはずなんだよ。それなのに負傷者のリストに名前が挙がっていて、逆に主任の名前はそこから漏れている……」

「確かにおかしい。いったいなにが起こっているのかしら」

「ああ、おかしい。すべてがグレーだ。政府はなにかを隠そうとしている——」

「ええ、でも……」小蓉はしばらく口を閉ざしてから言った。「主任だって、あなたに渡そうと思ってたものを必ずしも家の中には置いているとは限らないんじゃないかしら？」

「いや、必ずあるはずだ」と林群浩は陳弘球の簡素な木造のベッドの上に腰を掛けて言った。「じゃなきゃ、どうして主任は僕にスペアキーなんて渡したんだ？　きっとこういう日が来ることがわかっていたからなんだ。あの日、主任が僕に伝えたことははっきりしてる。『携帯を持っていけ』だ。もしもここに携帯がないとすれば、きっと手遅れだったたってことさ」。林群浩は両手の中に顔を埋めて言った。徐々に明けていく空は枯れ葉のような色合いをしていた。小さな部屋の中には冷たく湿った空気が流れ、まるで死神が静かに呼吸しているかのようだった。

「もう一度だけ探してみよう」と林群浩が言った。

ふたりは最初からしらみつぶしに探していった。しかし、今度は思いがけず上手くいった。小蓉が本棚と本の隙間に隠されていた携帯電話を見つけたのだった（携帯電話は『文明とその不満』と『睡眠薬は怖くない』の後ろに隠されてあった）。小蓉は携帯電話を彼に手渡した。

「電源は?」小蓉が彼の側で言った。

「どうも電池切れみたいだ」とスクリーンをタッチしながら、林群浩は眉をひそめた。「いいさ。必要なものは手に入った。そろそろここから離れよう」。携帯電話をしまった林群浩が立ち上がって言った。

「行こう。時間が惜しい。僕たちにはまだやらなければならないことがたくさんあるんだ」

「やらなければならないことって?」

「できるだけたくさんのガイガーカウンターが必要だ」と林群浩が言った。

33

Abobe GroundZero

2015.10.20
pm 12:53

「もしもし？」電話を取った劉宝傑《リウバオジエ》は数秒の間沈黙した。「ああ、そうですか。はいはい、わかりました」。会議室を歩きまわる彼は巨大な窓ガラスの前で足を止めた。「ええ、かまいません。彼にはゆっくり休むように伝えてください。ええ、はいはい。早くよくなればいいですね」

二〇一五年十月二十日。正午十二時五十三分。台北内湖《ネイフー》。壹伝媒集団《ネクストデジタルリミテッド》本社の十二階会議室。北台湾原発事故発生初日。巨大な窓ガラスの外にはガラス張りのビルが夢から伸びる小枝のように乱立していて、それはちらほらと見え隠れする資本主義の透明な骨格のようでもあった。電話を切った劉宝傑は窓台の前に立ってしばらくぼんやりと外の様子を眺めていたが、アシスタントに名前を呼ばれてようやく我に返った。

「劉さん。劉さん！」

「ああ、麗梅《リーメイ》。ささ、座ってくれ」。劉宝傑が言った。「今日は燦洪《ツァンホン》を使うつもりだ。奕勤《イーチン》のやつが病欠でね。休みを取ったんだ」

「あら、そうなんですか？」麗梅が眉をひそめた。「どうしたんでしょうか？」

「さっき彼の恋人から電話があってね、昨夜からどうも眩暈《めまい》がひどいらしくて、今朝は立つこともままならないほどだったらしいんだ。とにかく、病院に行くことにしたみたいなんだが、いったいどうしたことだろうね」

「原因はわからないんですか？」

「病院に行くまではわからんだろ。俺たちは医者じゃないんだ」と劉宝傑が頭をふって言った。「ただの眩暈だろ？　きっとたいしたことないはずさ……」

会議室の扉が開き、若い男性がビジネスバックを持って慌しげに入ってきた。「すみません。遅れました――」

「いいよ。さあ、役者はそろった。会議を始めようか」。劉宝傑はちらりと燦洪に目をやった。「今日は奕勤が休みなんだ」

「はあ、そうですか。しかし、またどうして？」

「病気だそうだ」と劉宝傑はシンプルにその質問に答えた。「今日のトピックはもちろん第四原発でいく。もしもレギュラー陣をいじくらなければ、あと三人ゲストに空きがある」。彼は疾《はや》きこと風の如き己の行動力をいつも誇りにしていた。「なにかいい案がある者は？」彼はしばらく間を置いて、「オタク神〔台湾の著名評論家朱学恒《チュシュエヘン》のニックネーム〕はどうかな？」と言った。

「うーん」。最初に声を上げたのは麗梅だった。

「私たちの番組のレギュラー陣は皆、弁が立ちますからね。三名のゲストは専門家を呼んだ方がいいと思いますが」

「オタク神じゃ弁が立ちすぎるかい」と燦洪が笑って言った。

「そうじゃなくて……」麗梅が続けて意見を述べた。「私が言いたいのは、今日のテーマは視聴者からちょっと遠いって言うか、かなり専門的な話になりそうだってことです。ペラペラ喋りすぎると、かえって説得力をなくしてしまうと思うんです……」

「でも、レギュラー陣は皆そんな感じだけど？」燦洪が言った。「馬西屛《マーシービン》〔台湾の著名記者。弁舌家〕だって、よく喋るだろ？」

「レギュラー陣がそうだからこそ、バランスを保つ必要があるんです」。麗梅は眉をひそめると、露骨にいやそうな表情をしてみせた。

「確かに麗梅の言うとおりだ。朱学恒のゲストは見送ろう」。劉宝傑は迅速に決定を下した。「反原発運動家からもひとり呼ぶ必要があるだろ？」

「私の方から緑盟〔緑色公民行動聯盟。反原発を唱えてきた台湾の環境保護団体〕の関係者に連絡できます」と麗梅が言った。「彼らは弁も立ちますし、資料もこちらで準備する必要はありません。彼らはきっと自分たちで準備するはずですから」

「それならさ」と燦洪が手を挙げて言った。「提案なんだけど、知名度の高い反原発運動に関わっている作家や映画監督なんかを呼んだ方がいいんじゃない？　彼らがトーク番組に出ている姿はかなり新鮮だと思うけど？」

「例えば？」劉宝傑がたずねた。

「例えばですね、戴立忍《レオン・ダイ》や小野《シャオイエ》〔台湾の著名作家〕、柯一正《コーイージエン》〔台湾の著名映画監督、政治家〕に呉乙峰《ウーイーフォン》〔台湾の著名映画監督〕なんてどうですか？」と燦洪が言った。「候補はいくらでもいますよ。戴立忍なんかこの間、台湾電力の記者会見の場にまで乗り込んで抗議してたでしょ？」

「うーん」。劉宝傑は考え込むように言った。「確かに新鮮味はある。だが――」

「連絡を取ることはできますが、彼らが出演してくれるかどうかはわかりませんよ」と麗梅が言った。「彼らはもうずいぶんと長い間、真面目に反原発運動に取り組んでいますから。毎週金曜日の夜六時から自由広場に集まって演説をぶってるんです。彼らをゲストに呼べば、確かに専門的な話を聞けるかもしれない。けれど、彼らは自分たちの信念に忠実なのであって、必ずしも私たちの番組に出てくれるとは限りませんよ」

「それに、必ずしも弁が立つわけではないしね」

劉宝傑はしばらく考え込んだ。「悪くはないが、僕たちの番組のテンポに合ってる人選とは言い難い。彼らはどちらかと言えばもっとリラックスした、テンポの緩やかな番組に出たほうがいいかもしれない。やはりここは環境保護団体でいこう。その方が番組の方向性もはっきりする」

「了解です」。燦洪と麗梅がうなずいた。

「麗梅。この件は君に任せてもいいかな」と劉宝傑が言った。「次は与野党の代表者だけど、それぞれ一名ずつでいいかな？」

「合理的で妥当な組み合わせだと思います」。燦洪が言った。「ただ、僕としてはですね――」

ちょうどそのとき、劉宝傑の携帯電話が鳴った。

電話を取った彼は、ふたりのアシスタントに目で合図を送ってから、会議室の外へ向かって歩いていった。

　燦洪と麗梅のふたりは顔を見合わせた。扉を挟んで、ボスの声がかすかに漏れ聞こえてきた。「ここには電話するなって言っただろ。いま仕事中なんだ！　――え？　いやいや申し訳ありません。人違いでした。ええ……ええ、なるほど？　つまり……はい、はい。いや、こちらでは把握していません（十数秒の沈黙）そうですか……ということは、台北市内にまで影響が出ているということですか？いや、しかし……（十数秒の沈黙）なるほど、わかりました。ええ、ええ……それで？　今こちらに来られるんですか？　大丈夫なんでしょうか？　ええ……わかりました。助かります。はい、はい。それでは会議を続けております。ではまた後ほど」

　会議室に戻ってきた劉宝傑は疲れきった表情で携帯電話をテーブルの上に投げ捨てた。午後、窓の外から差し込む陽光はきらきらと輝き、淡い空の色が室内に染み入るように流れ込んできていた。穏やかで、麗らかな午後だった。しかし、眼下の都市はせわしげな雰囲気に包まれ、まるで三十年間地底に隠されてきた地下の世界（この世界とはちょうど正反対につくられた未知の鏡の世界）が、一八〇度回転して現世に現れようとしているようだった（静まり返った会議室の中、劉宝傑は地下に隠された別の世界がぎしぎしと歯車を軋み合わせながら地上に浮上してくる音を聞いたような気がした）。

　ティーサーバーのそばまで歩いて行った劉宝傑は紙コップに水を注ぎ、それを一気に飲み干した。さらに一杯注いでそれを飲み干すと、紙コップをぺたんこに潰してゴミ箱に投げ入れた。

「最悪だ」。両手をテーブルにのせた劉宝傑の両目は真っ赤に血走っていた。「おそらく、事故は原発建屋内だけにとどまっていない。病院や診療所でも異常な状況が発生しているらしい。貢寮《ゴンリャオ》の現場から入った情報によると、大量の患者のうち、軽症の者では頭痛を訴え、重症の者では嘔吐に胃腸からの出血、それに髪の毛が抜けるといった現象まで起こっているらしい。台北市内でも同様の情報があるが、台北は人口が多すぎるためにはっきりとした状況はわからないようだ。ニュースチームはすでに速報を打ったらしい。さっき、林之龍《リンチーロン》副社長に来てもらって、状況を説明してもらうことにした」

会議室は沈黙に包まれ、ブンブンと空調がまわる音だけが鳴り響いた。それは巨大な獣の臓器が脈打つような音でもあった。

「でも……」燦洪が戸惑いながら口を開いた。「核エネルギー安全署は今のところ各地のガイガーカウンターは正常値を示しているって言っていませんでしたか？」

劉宝傑は首をふって言った。「はっきりとしたことはわからない。ただ林副社長の話によれば、貢寮では確かに異常が確認されているらしい。しかも、どれも原発建屋外での出来事だ」

会議室は再び沈黙に包まれた。

「よし」。劉宝傑がゆっくりと口を開いた。「この件は今夜の番組をやり遂げてから話すことにしよう。さっきはどこまで話したかな？」

「与野党からそれぞれ代表者を一名出すというところまでです」。麗梅は無意識のうちに自分の手をつねっていた。

「ねえ、ちょっと寒すぎませんか？　冷房が壊れてるんじゃないでしょうか」。しかし、麗梅の言葉に取り合う者は誰もいなかった。「黄宏屏《ファンホンピン》と林国棟《リングオドン》を呼んでみてはどうでしょうか？」燦洪が麗梅の言葉を引き継いで言った。

「よし。じゃ、君はその二人をあたってみてくれ」

ちょうどそのとき、誰かが会議室のドアをノックする音が響いた。

「どうぞ！」劉宝傑が大声で叫んだ。

扉を開けて入ってきたのは、林之龍《リンチーロン》副社長だった。

「燦洪、麗梅。とりあえず、先方と連絡を取ってみてくれ」と劉宝傑が言った。「林副社長。わざわざお越しいただいて申しわけありません。ささ、どうぞこちらへ」

「宝傑君、そんなに気を遣わなくてもけっこう」。林副社長は背広の上に着たコートを脱ぎながら言った。「それよりテレビをつけてみろ。君たちどうしてテレビをつけてないんだ？　負傷者がまたひとり増えたんだぞ。どの局もこのことを報道している」

テレビのスイッチを入れると、劉宝傑はいくつかの番組にチャンネルを合わせてみた。ほとんどの番組で基隆《キールン》の病院か北海岸《ベイハイアン》にある台湾大学病院の金山《ジンシャン》付属病院の画像が映し出されていた。報道されている内容もほとんど同じで、昨夜の午後から北海岸、東北角《ドンベイジャオ》一帯の民衆が次々と病院に担ぎ込まれ、その多くが頭痛に吐き気、鼻血や胃腸からの出血といった症状を訴えており、その原因は不明だった。病院側も打つ手がなく、症状にあわせて投薬して病状を緩和する以外ないということだった。

「台北市内でも同様のことが起こっているらしい」林副社長がテレビの内容を補足して言った。「病院へ取材に向かった記者が医者から聞いたらしいんだが、こうした症状の患者は確かに目下急増していて、しかも同じように原因不明だそうだ。ただ、台北市内の状況は東北角や北海岸一帯に比べると、そこまではっきりしたものじゃないらしい……」

「林副社長。負傷者がひとり増えたとは、政府が公式に発表した負傷者リストに変更があったということですか？」

「ああ。陳弘球《チエンホンチウ》ってやつが負傷者リストに入った。なんでも台湾電力の古株で、エンジニア部門の主任らしい。これで政府が公式発表した負傷者は全部で八名になったってわけだ」

「そうですか。おそらくそのことは事故の範囲が原発外部まで広がっているのかどうかとは無関係だとは思いますが……」。劉宝傑はしばらくなにかを考え込んでから言葉を続けた。「しかし、放射能の汚染範囲を確認すること自体はそこまで難しくはないはずでしょう」。そこまで言うと、彼は一気に言葉を吐き出した。「私たちが自分で測れば済む話じゃないですか？　記者を現場に派遣して測らせればいい。台湾電力や核エネルギー安全署のデータなんか参考にしてないで、自分たちがガイガーカウンターを持って現場まで足を運んで計測すればいいじゃないですか？」

「その通りだ」と林副社長が答えた。「我々もすでに人を派遣している。今頃、現地の記者にデータが渡っているはずだ」

「そりゃいい」。誰かが会議室の扉をノックした。

「どうぞ」

「劉さん」、燦洪が扉を開けて入ってきた。「例の議員に連絡がつきません」

「連絡がつかない？　あのふたりはしょっちゅううちの番組にゲストで出てるじゃないか」

「ふたりの事務所のアシスタントには連絡がついたのですが」、燦洪が続けた。「彼らもふたりの行方がつかめない状態でして。しかも、どちらのアシスタントも今朝ふたりが国会に向かう姿を見ていないらしいんです」

「黄宏屛と林国棟、ふたりともか？」

「ええ、ふたりともです」

劉宝傑はちらりと林副社長に目をやった。その瞳は疑惑と恐怖に満ちていた。メガネを外した彼は両手で顔を擦った。「麗梅。以前うちの番組で核エネルギー安全署の窓口と連絡を取ったことがなかったかな？　確か君が連絡係だったはずだが」

「ええ、秘書の楊辰嘉《ヤンチェンジア》氏が番組に出てくれたことがありました」

「なら、核エネルギー安全署の方にまず連絡を取ってみてくれ。誰か番組に出てくれる人間がいるかどうか確認してほしい」

「わかりました」

劉宝傑は再びリモコンを手に取ると、苛立たしげにチャンネルをザッピングしていった。林副社長の携帯電話が鳴った。メールを開いた林副社長は画面をスクロールしていった。

「どうかしましたか？」と劉宝傑が言った。

林副社長は黙って携帯電話を彼に向かって押し付けた。「自分で見てみろ」

画面には北海岸に設置されたガイガーカウンター

の写真が映っていたが、その数値まではっきり映っていた。ガイガーカウンターの背景には「新北市立福連国民小学校」の正門があった。低く立ち並んだ十数棟の平屋建ての建物（海辺の小さな漁村）を挟んで、遠くには紺碧の大海原が横たわっていた。ゆっくりと立ち上がる水しぶきが時間と空間の狭間で固まっていた。

「次の写真だ」。林副社長が言った。

劉宝傑は画面をスクロールした。その瞬間、彼の顔は真っ青になった。そこには小型のガイガーカウンターが感知した数値が映されていた。

「政府の発表とあまりに違いすぎる……」携帯を持つ手が震えた。

「信じられるものはなにもない」と林之龍副社長が立ち上がって言った。スーツを羽織った彼は、ゆったりとした態度で携帯をスーツのポケットへとしまい込んだ。「お先に失礼するよ」。顔を上げたその目は真っ赤に充血していた。「俺はニュース畑で二十年やってきた。だが、……こんな事態が起こる日が来るなんて思ってもなかったよ」。林副社長はジッと地面を見つめたまましばらく口を閉ざしたかと思うと、次の瞬間に嗚咽の声をあげ始めた。「宝傑。君もできるだけ早くここを離れるんだ。ここに残ってもできることなんかなにもないぞ」。身を翻した彼はそのまま会議室の扉を開けて去っていった。

劉宝傑は両手のひらの中に顔を沈めた。そのわずか三十秒後、麗梅が携帯電話を持って会議室に飛び込んできた。「劉さん。あれ、劉さん？　どうかしましたか？」

「どうした？」彼は頭を上げて口を開いた。

「核エネルギー安全署ですが、やはりダメでした」と麗梅が言った。「時間が取れないそうです」

「わかった」。彼は再び両手の中に顔を沈めた。しばらく経ってから、彼はようやく両手を下ろした。そのとき、アシスタントたちは初めて彼の鬢《びん》が涙に濡れていることに気づいた。顔はぼってりと腫れ上がり、目の周りはずんぐりと黒ずんでいた。まるで一瞬のうちに十歳近く老け込んでしまったようで、ほとんど別人のように見えた。

ところが、当の劉宝傑本人はなぜか突然声を立てて笑い出したのだった。「まったく、なんと言えばいいのやら」。笑ったかと思えば、次の瞬間には再び声を上げて泣き出した。彼は泣きながら笑っていた。「できることなら、今晩も『宇宙人はホントに存在するのか』って特番をやりたいね」

34

Abobe GroundZero

2015.10.21
pm 4:54

「申し訳ございません。我々といたしましても今朝からずっと商品を送るように連絡してはいるのですが、どうも間に合わなくて。本当にこちらには在庫がない状態なのです」。オレンジ色のスーツに身を包んだ房真雯《ファンチェンウェン》が、カウンター越しに頭を下げていた。

二〇一五年十月二十一日。午後四時五十四分。台湾桃園《タオユエン》国際空港免税店エリア。北台湾原発事故から二日後。

「あんたたちのお店の在庫ってそんなに少ないわけ？」女性客が大声をあげた。目は浮腫《むく》んでいて、真っ白なその顔はぷくぷくと太っていた。「ここは国際空港じゃなかったかしら？　恥ずかしいと思いなさいよ。ねえ、商品棚を見てみなさいよ――」

「大変申し訳ございません……」房真雯は再び軽く頭を下げて言った。確かに商品棚には商品がひとつも並べられていなかった。今朝から空港は避難する人で溢れかえっていて、ビザの申請を必要としない国へのフライトはどこも満席になっていた。彼ら海外逃亡組は、台湾土産（パイナップルケーキやタロイモケーキ、ピーナッツケーキや砂糖の干菓子といったお菓子の類）まで一緒に掻《か》っ攫《さら》っていってしまったのだった。店長はすぐさま商品の補充を要求したが、電話には誰も出ないか、仮に出たとしても先方も同じように在庫切れの状態だった。

「いったいこの店はどういうつもりなのよ！」女性客は顔を引きつらせながら声を荒げたが、それ以上その場に留まることはなく、スーツケースを引きずりながら免税店を出ていった。

そこで房真雯はようやくひと息つくことができた。

店内はすっかり空っぽになってしまっていて、とても営業できる状態ではなかった。おそらく、こうしたあきらめの悪い客がやってくることもそうそうないはずだ。ぐっと唾を飲み下した房真雯は、同僚の蕙蕙《ホイホイ》が売店に戻ってきたことに気づいた。

「ねえ、税関の方でまた大喧嘩になってるわよ」蕙蕙が言った。

「マジ？　今日で何度目よ」

「今度はちょっと違うみたい。マスコミと乗客がケンカしてるみたいね」

「マスコミ？」房真雯が言った。「マスコミがどうして乗客とケンカするのよ。あ、わかった。乗客の中にアイドルでも見つけたんでしょ？　ねえ、誰が乗ってたのよ？」

「私が知るわけないじゃない」と蕙蕙が肩をすぼめて答えた。「でも、アイドルに間違いないみたい。興味ある？　ならちょっと見に行ってきなさいよ。ここは私が見ておいてあげるから。どうせお客さんなんて来ないわよ。いま心配なのは、晩ご飯になんにも食べるものがないんじゃないかってことくらい――」

「じゃ、お言葉に甘えて」。房真雯は自分の肩を揉みながら言った。「ちょっとサボってこようかしら。そうだ。ついでに飲み物を買って来るけど、なにか欲しいものはある？」

「けっこうよ」と蕙蕙が手をふって答えた。

房真雯はまずトイレに寄ってから観音ラテを買い、好奇心に満ちたまなざしで税関へ足を向けた。かなり遠くからでも人々の騒ぎ立てる声が聞こえてきた。税関が混乱した状態にあるのはもはや見慣れた光景になっていたが、これほどもめているのはおそらく初めてだった。一群の記者たちがパリッとしたスーツを身につけた五人の男性を囲み、十数本のマイクが彼らの胸の前に突き出されていた。しかし、五人はまるで歩みを止める様子を見せず、ゆっくりとした足どりで歩み続けた。

「本当に逃げるつもりですか？」誰かが大声で叫

んだ。「大臣！　台湾電力は経済省の管轄なんですよ。第四原発が事故を起こしたというのに、すべてを放り出して海外へ逃げるんですか？」

なんだ。アイドルじゃなくて、政治家だったのか。「何度も言っているように、私はなにも仕事を投げ出して逃げるわけじゃないんだよ」。サングラスをかけた男が鼻頭に載ったサングラスを指で押し上げながら答えた。ダークグレーのアルマーニのスーツにポマードできっちりと調えられた髪、真っ白な顔の上には二本のほうれい線の痕がくっきりと浮かび上がっていた。「我々の視察旅行は半年前からスケジュールが組まれていたんだ。あまり穿《うが》った見方をしてほしくないね……」

「大臣！　本音で話していただけませんか？」「大臣、第四原発が事故を起こしたんです。国内に残って、陣頭指揮を執ろうとは思わないんですか？」「大臣！　事故の原因は原発の電源が落ちたことと関係があるのでしょうか？　現在我々はどのような措置を講じればよいのでしょうか？」「大臣、今回の視察旅行にご家族は同行されるのでしょうか？」「大臣、大臣！」

「申し訳ないが、私はもうずいぶんと君たちの質問に答えてきたつもりだよ」。経済大臣は露骨にいやな表情を浮かべて言った。「ちょっと道をあけてくれないか？」

「曹《ツァオ》議員！　どうしてこの時期に大臣と視察に出かけなければならないんですか？　予定を延ばすことは本当にできないんですか？」曹議員は大臣のそばに付き添い、同じようにサングラスをかけて、白いジャケットの下にはシンプルな縞模様のポロシャツを着ていた。彼の背丈は大臣よりもひと回り小さかった。「曹議員。北海岸《ベイハイアン》はあなたの選挙区じゃないんですか？」「議員、北海岸の多くの人々が放射能に汚染された可能性があるのをご存じないのですか？」「議員！　以前ラブホテルで密会していた季女史とはまだ連絡を取っているのでしょうか？」

「大臣がさきほどご説明したばかりだろ」。曹議員はじろりと記者をにらみつけた。「視察旅行は半年前からすでにスケジュールに組まれていたことなんだ。私は経済委員の幹部でもある。大臣に付き添って海外視察に出てなにがおかしいんだ？　選挙事務所は通常と同じように、北海岸地区の人々に対して積極的に奉仕している。いいから道をあけないか」曹議員が身を乗り出してカメラとマイクを押し退けようとすると、一斉にフラッシュがたかれた。数名のカメラマンが後退しながら写真を撮ろうとして、議員ともみ合いになった。

「朱立奇《チュリーチー》！　朱立奇議員！　あなたの選挙区の国民は置き去りですか？」「議員、止まって下さい！」「朱議員。あなたの秘書はあなたが出国することを知らなかったと言っています。いったいどういうことでしょうか？」

「大臣！　マスコミがすでに第四原発が水素爆発か、あるいは再臨界反応を起こしている画像を撮っていることをご存知ですか？」

「私の知る限りでは、今回の原発事故は完全にコントロールできているはずだよ」。経済大臣は突然足を止めてサングラスを外した。髪の毛が額にかかり、大臣は細い目でぎろりと質問した記者をにらみつけた。「汚染水が漏れた範囲は決して広くなく、事態はそれほど重くはない。すでに経済省の職員たちに台湾電力と共同で事後処理に当たるように指示を出した。汚染水の処理が終われば、第四原発は再び再稼動へ向かうことができるはずだ。ねえ、君。愚か者ほど風評に惑わされるものだよ……」

「寝言は寝てからおっしゃって下さい！」にらみつけられた記者も黙ってはいなかった。手に持っていたiPadを高く掲げた記者が叫んだ。「大臣！　この写真をご覧になられたことがありますか？」

房真雯はつま先立ちしてみたが、画面に映った写真を見ることはできなかった。

大臣はその写真にちらりと目をやると、突然口元に笑みを浮かべた。「まあ、なんと言うか……」大臣は記者を見つめながら続けた。「どの会社も忙しいんだよ。君たちの会社だってそうなんだろ？」大臣はゆったりとした身振りで再びサングラスをかけ

「Taiwan」のパスポートでないことに気づいた。
それは紺色の表紙のアメリカのパスポートだった。

なおした。「皆忙しいんだ。自分たちのことで手一杯なんだ。私もそうだ。君たちだってそうに違いない。根も葉もない風評を立てると君、刑事責任を問われるよ……」大臣はそこまで言って言葉をきった。一瞬、周囲がしんと静まり返った。「Mind your business。私はすぐに帰国する。君たちもどうか身体に気をつけたまえ……」

大臣が道を開けるように軽くジェスチャーで指示すると、記者たちは一斉に道をあけた。五人の政治家たちはそのまま税関を通り抜けていった。

「曹議員！　あなたは野党の議員のはずです。大臣とそこまで懇意であったとは知りませんでしたよ」。記者のひとりが大声で叫んだ。記者たちはまるで夢から醒めたように、口々になにかを叫んでいた。

税関を通り抜けた大臣一行が振り返って、記者たちに手を振ってみせた。その手にはしっかりとパスポートが握られていた。しかし、房真雯は彼らが握り締めているパスポートが緑色の表紙をした

35

Abobe GroundZero

2015.10.22
pm 9:44

二〇一五年十月二十二日。夜九時四十四分。台湾台北市。敦化南路《ドゥンファナンルー》。北台湾原発事故から三日後。

台北でもとりわけ華やかだったこの並木道も、今ではすっかり巨大な駐車場に変わり果ててしまっていた。あちこちで車が玉突き事故を起こし、自動車のライトとひっきりなしに鳴り続けるクラクションの音が焦燥と不安に満ちたこの都市《まち》を照らし出していた。このコンクリートジャングルで、三十五階建てのシティ金融会社の本部ビルとその一階に設けられたシティ銀行敦南支店にはいまだあかりが煌々と灯っていた。ただ支店のガラス張りのシャッターは固く閉じられ、中には人影ひとつなかった。それは異常な光景であった。普段ならたとえ深夜であろうとも、あの高くそびえ立った金属の骨格を持った巨大な建造物は、空の果てに広がる空虚な暗闇に向かってまっすぐに伸びているはずだった。しかし、現在この高層ビルの下では梅雨時のシロアリのようにせわしくなく動き回る群衆が、ますますその数を増やしながら四方八方へと逃げ惑っていた。

路傍には白く巨大なアンテナを設置した取材用のロケ車が止まっていた。

今年三十四歳になる呉儀倩《ウーイーチェン》にとって、そこはいつもの帰宅路だった。小柄で痩せ気味の彼女はちょうど仕事を終えて、鞄を肩にかけて会社の入口までやってきたところでこの悪夢のような光景に出会ったのだった。彼女は好奇心から足を止め、群衆が不安そうに議論している様子を眺めた。多くの人が携帯電話を取り出して電話をかけようとしては、電話もネットも通じないとわめいていた。ガラス張りのシャッターを揺り動かして、銀行に向かってペットボトルを投げつける者もいた。背の低い男がいったいどこから持ち出したのやら、棍棒でいきなり銀行のガラスを打ち壊し始めた。

警報器が鳴り響き、群衆が騒ぎだした。人ごみの切れ目では何だか怖くなって足を速めた。呉儀倩は記者が群衆のひとりをつかまえてインタビューしていた。インタビューに応えていたのは顔中髭《ひげ》だらけの恰幅《かっぷく》のいい中年男性で、男はTシャツにサンダルをつっかけていた。長いうぶ毛が生えたその腕からは刺青《いれずみ》がのぞき、明らかに興奮状態だった。「家に帰れ!?」男は大声をあげた。「どうやって家に帰れってんだ？　俺の金は全部この中にあるんだぜ！」

「あなたは死ぬのが怖くないんですか？」女性記者が言った。「みんな逃げるのに必死なんです。ここに残れば放射能に汚染されるかもしれませんよ」

「なら、お前《アーリーレ》はどうなんだ?」男が台湾語で声を荒げた。「こんなとこでインタビューなんかしやがって。お前こそ死ぬのが怖くないのか？　俺は平気だ。かかあもガキもいないひとり身だからな。政府も銀行も俺の預金の保証をしないってんなら、俺は死んでもここを動かないぞ」

すると、女性記者が大げさに身を反らしながら言った。「でも命は大切ですよ。放射能は非常に危険で……」

「だから何《クワンイキシイ》だ？　金がなけりゃ生き残ったところでどうにもならないだろ。台南まで避難しろだって？　台南に着いて一文なしなら、それからどうやって生活するんだ」

「失礼ですが、銀行がそんなに信用できませんか？」

「ねえちゃん。悪いがこれは俺の本業なんだ」男の口調は徐々に熱を帯びてきた。「銀行がどんだけ公にすることができない資産を保有しているか知ってるか？　そうした資産はな、普段は俺たちみたいな人間が処理するんだ。けど今は第四原発があのとおりすっかりおじゃんになってしまった。考えてみろよ。いったい台北にあるどれだけの不動産が銀行の抵当に入ってると思う？　こいつらが全部ぶっ飛んだんだぞ。もともと優良資産だったものが、どれも不良資産になったんだ！」身ぶり手ぶりを加えながら叫ぶその様子はいかにも闇金業者、あるいは借金取りといった感じだった。

「銀行の中身はみんな不良資産だ。それなのにどうやってやつらを信じられるんだ？　台湾の金融業は崩壊したんだ。おしまいだ《モマンアラ》。今夜は一睡だってしないからな。一晩だってここでやつらが出てくるのを待ってやる！」

九十七分後、呉儀倩は土城《トゥチェン》にある家へ辿り着いた（市内がすべて交通渋滞を起こして地下鉄のダイヤも混乱していたために、帰宅までには普段よりも五十分も余計に時間がかかった）。そこは五階建ての古いアパートが立ち並ぶ荒れ果てた住宅街で、半数以上はすでに空き家だった。呉儀倩は鉄製の門を開けて（階段はほこりだらけで、配線盤の上にある電線はまるでずたずたになった静脈のようにあちこちが綻《ほころ》んでいた）、二階に上がってチャイムを押した。

「ああ、早く入りなさい」と母親が門の向こう側から顔を覗かせて言った。「何かわかった？　あんた、携帯電話に何度かけても全然つながらないじゃないのよ」

「わかったって、なにが？」扉を押し開けながら彼女は言った。「株が六百元以上暴落したとか？」

「第四原発の放射能が漏れ出したそうなのよ。さっきね、総統が遷都するんだって言ってたわよ」

「へえ？　ようやく自分の非を認めたってわけね」彼女は靴とコートを脱ぐと、鞄をソファの上に放り投げた。「別に驚くことなんてないわよ」。テレビでは野党党首と総統が会見を終えて、共同で記者会見する様子が再放送されていた。台湾電力と核エネルギー安全署は夕方の時点ですでに第四原発で重大な異変が発生、放射能が外に漏れ出していることを確認していたとのことだった。野党党首は即時与野党協議を開くことを強く要求、協議が終了した午後九時三十分、総統は緊急命令を発して、半径二五キロ圏内を一時避難区に設定、住民の避難を勧告したらしい。そして翌日には緊急命令の権限に従い、台南《タイナン》へ遷都することを宣言、引き続き与野党協議に応じる構えを見せていた。野党党首はこの空前の国難に際して、野党としての監督責任を全うするために与党と緊密に連絡をとり続けていくことを強調したという。「この国難を前に、決めるべきは即座に決め、必要ならば与党の協力にも応じるものである」。野党党首兼次期総統候補である蘇貞昌《スージエンチャン》は、例の禿げあがった頭をピカピカと輝かせながら、一貫して穏やかな態度で話していた。

「現状を見るに、政治協議によって解決できる点については我々も与党に協力もするし、政府が計画する最もふさわしい解決方法を選んで、それに協力する所存で……」

「ねえ。放射能漏れって、そんなにひどいのかしら?」呉儀倩は母親に聞いた。「最初は原発内部の事故だって言ってたんじゃない?」

「それがなにもわからないのよ」と母親が答えた。

「はっきりしたことはなんにもわからない。テレビも混乱しちゃってて、いろんなことを言ってるから。ねえ、あたしたちも避難した方がいいんじゃない?」

「ふん」。呉儀倩が冷たい笑みを浮かべた。「お上はもっと混乱してるんじゃない。このままいけば、真相がわかるのはいつになることやらわかったものじゃないわね」

「あんたって子は、ちっとも焦らないのね」

「何を焦ることがあるのよ? 焦る必要なんかどこにもないじゃない」。呉儀倩はリモコンを手に取ると、テレビのスイッチを切った。「家に帰るまでどこもかしこも渋滞よ。他の交通機関だって機能してないし、いまはどこに行ってもむちゃくちゃよ。逃げようたってどうしようもないじゃない。この話はまた明日。ううん、明後日にしましょうよ」

「そんなことで本当にいいのかしら?」母親が眉間に皺《しわ》を寄せて言った。

「考えすぎよ、母さん」。彼女は母親に向かって笑顔をつくってみせた。「忘れた? 私たちは特別なのよ。私がスーパーガールだって忘れたわけ？　ねえ、このことはまた明日話しましょう。お風呂先に入るわよ」

三十分後、部屋に戻った呉儀倩は扉に鍵をかけてカーテンを開けた。窓の外に光はなく、ひっそりとした静寂につつまれていた。狭い街並を隔てた向かい側には同じような古い五階建てのアパートが立ち並び、そこでは同じように空室が目立った。部屋のあかりがひとつまたひとつと消えていく様子は、まるで棺の中で死滅していく瞳のようだった。この地区はとうの昔からゴーストタウンだった。ただここから離れることのできない者たちだけが残っているに過ぎないのだ。今でもここに残っている住人たちは、あらゆることに無頓着だった。あるいはそれは、この地区が二五キロ圏内に入っていないせいなのかもしれない。

呉儀倩はしばらく考え込むと、引き出しの奥から一枚の切り抜き記事を取り出した。

黄色く黄ばんだその切り抜き記事は、透明なフォルダに挟んであった。彼女は切り抜き記事に映ったほっそりとした自分の後ろ姿を見つめた（もちろん、顔出しなどまっぴらごめんだった）。その写真を見ていると、ずいぶん昔に記者に話したことをふと思い出した。以前彼女が通っていた幼稚園の建築物から放射線が検出されたことがあった。窓の鉄柵部分を悪徳業者が原発から流出した廃材を使用して不法に製造していたのだ。産官の結託事業。当時原子力委員会は調査員を派遣して（放射能に汚染された鉄柵はすでに五年以上使用されていた）、彼女たちに毎年一回の健康診断にかかる医療費を送ってきた。その頃は知らなかったが、当時の同級生の実に五人に一人が白血病で亡くなっていたことを、大きくなってから初めて知った。彼女自身もまた小学生の頃から汗をかきにくく、気温が上がっても汗一滴流れず、やがて貧血を起こすことが多かった。彼女を診断した医者たちは一様にさじを投げた。彼女はふと、環境保護団体が反核運動の際に使用する「被曝人間」の絵を思い出した。最初にネットでその絵を見たとき、彼女はパソコンのスクリーン画面の前で思わず笑い出してしまった。これって間違いなく私のことよね。だって、私ほど放射能に縁のある人間もいないもの。高校生になって、彼女はいま住んでいるこの地区に引っ越してきたが、大学を卒業して数年後、今度はここの地区から放射能が検出されたのだった。同じ地区にある住宅七戸から、基準値以上の放射能が検出されたのだ。彼女の家はその中に含まれていなかったが、行き帰りの際には必ずそこを通っていた(でも、よく考えてみれば一等くじは外れちゃったけど、二等くじが当たったようなものよね)。当時の原子力委員会はまったく相手にさえしてくれなかった。彼らが測定したところによれば、放射線量は年間五ミリシーベルトの許容量を超えてはおらず、「十年もすれば徐々に半減していくはず」だった。そりゃそうよね。だって、私たちはここに十二年も住んでるんだから。ふと思った。じゃ、十二年前ここの放射能はいったい何シーベルトだったのかしら? 呉儀倩はなかば自暴自棄にこのコミュニティで暮らす老人たちを観察していた。毎年まるで順番待ちでもするかのように、老人たちは次々に癌で亡くなっていった。コミュニティからは次々と住人が去っていった。だが彼女の家は貧しく、父親もいなかった。どのみち、引っ越すことなどできやしないのだ。そのうえ、自分は死んでいく老人たちよりも、放射能に関する「キャリア」が深いのだ。私は小さい頃からずっと「**被曝者**」だった。二年前から、健康診断で自分の血液に異常があることを知っていた。血小板が異常に少なく、その原因も不明だった。彼女は恋愛することを恐れた。それに、自分が子どもを産める身体かどうかもわからなかった。どのみち、私は病気持ちだから。自分と恋を語ろうとする異性の多くは、そのことを知ると決まって離れていった。彼女は自分がいまのいままで生きているのが奇跡だと思った。被曝した人間には放射能に対する抗体でもあるのかしら? 第四原発で放射能漏れだって? 冗談よしてよ。あんなに遠い所にある原発から漏れた放射能なんて、いったい誰が怖がるっていうのよ。

部屋の扉を開けた。リビングは照明の薄あかりの中に沈んでいた。食器棚からカップラーメンをひとつ取り出した彼女は、キッチンへ行ってお湯を沸かした。

卵をひとつ割ってそこにチンゲン菜を加え、熱々のカップラーメンにのせてリビングまで持っていった。テレビをつけると、画面に映し出されるのはすべて原発事故関連のニュースだった。それもそうだ。台北市内の病院はどこも患者で溢れ、基隆《キールン》あたりの病院と大差ないようだった（地方の医療システムは明らかに機能不全状態に陥っていた。なにしろ、病院自体が二五キロの避難区域に含まれており、医者も看護婦も皆逃げ出していたからだ）。避難民の群れは台北から南へ向かっていたが、車で避難した人たちは渋滞に巻き込まれて身動きがとれなくなっていた。新幹線も鉄道もすべて停止状態で、比較的利口な者たちはバイクや自転車に乗って一路南を目指して移動していた。沿道の旅館はどこも満室で物資が不足しているために、治安も極端に悪化していた。台北、宜蘭《イーラン》、桃園《タオユエン》、苗栗《ミャオリー》などでは強盗事件が頻発していた。大型スーパーには鉄製のゲージが下ろされ、ガソリンスタンドとコンビニではどこも殴り合いの喧嘩が起きていた。

いったいどこに逃げろって言うのよ？　自分から強盗にあいさつにでも行けって言うのかしら？　そう思うとなんだかひどく笑えてきた。あら、このカップラーメンなかなかイケるじゃない。この世界にこれよりも美味しいものなんてあるのかしら？　夜はますます更けてゆき、放射能コミュニティは灰燼《かいじん》の荒野のように、静寂につつまれていた。呉儀倩は画面に映し出された、喧騒の只中にあるこの島をじっと見つめていた（まるでイヤホンみたいな島国。何もしてないのにすぐに勝手に絡まってしまうところなんてそっくり）。その瞬間、彼女は初めて自分の心の中で得体の知れない不思議な幸福感が広がっていくのを感じたのだった。

36

Abobe GroundZero

2015.10.25
am 0:05

「宏翔《ホンシャン》、宏翔！」誰かが彼の身体を揺さぶった。「宏翔！　おい、蘇《スー》先生！」

蘇宏翔は目を覚ました。目をしばたたかせながら起き上がろうとしてみたが、頭を持ち上げることはかなわず、そのまま枕の上に落ち込んだ。

「宏翔、お前の番だ」。許立瀾《シュリーラン》は彼に目をやると、続いて机の上に置かれた食べかけの弁当に目をやった。「なんだ。半分まで食って寝ちまったのか。まったく、俺たちはどこまで落ちぶれちまったんだか……」

「ああ……」。蘇宏翔はぼんやりと机の上に置かれた弁当を眺めていた。頭の中はぼんやりとしていた。眠りに落ちる前、彼は四十八時間の連続勤務についていた。

「まだ目が覚めてないのか？」許立瀾が彼の肩をぽんとたたいて言った。「ちょっと顔洗ってこいよ」

蘇宏翔はうなずくと、腕時計をつけてジャケットのポケットから携帯を取り出した。

二〇一五年十月二十五日（日曜日、それも光復記念日じゃないか）、電波は一本も立っていなかった。深夜〇時五分。台北市馬偕《マッケイ》病院急診科宿直室。北台湾原発事故から六日目。

「状況は？」蘇宏翔が口を開いた。

「アメリカ軍が空母ミニッツを派遣してくるってよ」

「台湾海峡を通るつもりなのか？」蘇宏翔が上着を羽織りながら言った。

「さあな。ＣＮＮがそう言ってた」と許立瀾が答えた。「アメリカ政府の公式発表だそうだ」

「なるほど」。蘇宏翔は胸を撫で下ろした。「それなら……、中国も下手に手出しはできないだろうな」

「どうだか」と許立瀾が言った。「確かに手出しはできないかも。少なくとも、福建省に集まっていた人民解放軍は行き場を失ったってわけだ。おそらく軍事演習にもならないだろ」

「原発事故は？　あれからなにか新しい進展はあったのか？」

「いや。確か、最初は放射能の汚染水が外部に漏れたって話だっただろ？」許立瀾が続けた。「ところが、今は核エネルギー安全署と台湾電力は事故の規模が予想よりも大きいから二五キロ圏内の人間は速やかに一時避難するように勧告しているんだ。いったいなにがどうなっているのか、いくら尋ねてみても知らぬ存ぜぬの一点張りで、まったく考えられないことばかりさ」

「事故からもう六日が経っているんだ。まだなにもわからないなんてことはありえないだろ」と蘇宏翊が反論した。「知らないんじゃなくて、言いたくないだけなんじゃないか。なにか情報をつかんでもそれを公にしたくないだけなんだろ。洪仲丘《ホンジョンチウ》事件〔二〇一三年七月、中華民国陸軍内部で起こった下士官の変死事件。陸軍は過剰な懲罰によって死亡した下士官洪仲丘の死亡原因を明らかにせず、世論の大きな批判を受けた〕のときと同じさ」

「おそらくな――」

「役立たずの総統は？」蘇宏翊が言った。「なにか言ったのか？　確か事故処理委員会をつくるとかなんとか言ってただろ」

「ああ、そうだ。思い出した。新しい情報があったんだ」と許立瀾が言った。「賀陳端方《ホーチェンドゥアンファン》だよ。例の核エネルギー安全署長をやっていたやつさ。総統は彼に全権を与えて決死隊を結成した後、被害状況を調べるために被災地域に立ち入ることに決めたらしい。確かちょうど今日出発する予定だったはずだぜ」

「おいおい、まさかあの疫病神の総統はその決死隊の隊員たちと握手したわけじゃないよな。やつと握手するとろくなことが起こらないんだ」

四分後、白衣をまとった許立瀾と蘇宏翊が急診室に足を踏み入れた。

扉を開ければ、そこは阿鼻叫喚《あびきょうかん》の地獄絵図が広がっていた。ベッドは数珠つなぎにつなげられていて、そこに入れなかった患者たちは皆地面に臨時の寝床をこしらえていた。患者の家族にいたっては、敷布団の上に腰を下ろしていた。いったい誰が患者で、誰が患者の家族なのかさえ見分けがつかなかった。また、病院の扉をたたいた際には患者の付き添いであった者が、半日も経てば同じ患者になってしまうこともあった。しかし、病院で発症した者はある意味で都合がよかったのかもしれない。

三日前からずっとこの調子だった。蘇宏翊と許立瀾のふたりは痛みで泣き叫ぶ患者たちを跨ぎ越えながらナースステーションまで来ると、カルテを受け取って患者の様子をひとりずつチェックしていった。

患者の多くは原因不明の激しい眩暈《めまい》や頭痛、嘔吐が中心で、下痢している者も少なからずいた。彼らが口をそろえて言うのは、気持ちが奮い立たず、全身が脱力感に襲われているといった症状だった。蘇宏翊はそれが放射能の影響であることはわかっていた（原発事故が起こってから、彼は病理学の教科書をパラパラとめくってみたが、放射能に関する記述は決して多くはなかった——それもそのはず、現在にいたるまで人類が経験してきた放射能の症状には限りがあって、被曝者の多くはその症状と病因の関係性を実証できていないのが現状なのだ。もちろん、それよりも多くの被曝者たちは病状に苦しむよりもさきにこの世を去っていった）。彼を困惑させたのは、事故が起こった第四原発から台北市内まではかなり距離があるはずであって、運び込まれてくる患者たちのほとんども二五キロ圏外からやってきていることだった。なにもかもが予想外に緊迫していた。おそらく、このような事態はこれまで前例がなかったに違いない。蘇宏翊は二〇一一年の福島第一原発事故を思い出した。これほどひどい急性の被曝症状は、原発から数キロ以内で起こりそうなものだった。事故現場から十数キロ離れているこの場所で、急性の被曝症状などそもそも起こるはずがないのだ。

いったいなにが起こっているんだ？　彼の直感が告げていた。きっと政府はなにかを隠している。まだ公にしていないことがあるはずだ……。

（さらに恐ろしいのは、二五キロの避難区域の設定がただのパフォーマンスに過ぎず、事故は福島第一原発よりもさらに深刻で、二五キロ圏内の避難などでは被害の抑え込みが利かなくなっているのかもしれないということだった……）

「宏翊……」。突然、病人のか弱い声が彼の名を呼んだ。

ふり返った蘇宏翊はすっかり驚いてしまった。

「驚いた。どうして君がここにいるんだ？　君も病気になったのか？」

「知り合いか？」許立瀾が言った。

「彼女だよ……」と蘇宏翊が答えて言った。「大丈夫か？　いつここに来たんだ？」

「たぶん……三時間くらい前」。目の周りはくまに覆われて真っ黒になり、乱れた髪の毛には鮫の形をしたヘアクリップが留められていた。

「どんな状態なんだ？」ふたりの医師がカルテをめくりながら言った。「あった。これだ」と許立瀾が指を止めた。「眩暈か」

「ええ」。女性がうなずいた。

「気分は？」蘇宏翊が女性のおでこに手を当てながら言った。「まだ眩暈はするかな？」

「さっき一回吐いたところ」。女性の唇は青白く、額からは汗が滲《にじ》み出していた。

「これでもよくなったのよ。さっきは眩暈がひどくて歩くこともできなかったから」

「他にもなにか症状はあるかな？」

「いいえ」

「誰も付き添ってくれなかったのか？　両親は君が病気だって知ってるのかい？　携帯は通じる？」

女性はただ頭をふった。「携帯も家電もダメ」

恋人の家族は桃園に住んでいるはずだった。それなら少しは安心かもしれない。

「なんてこった」。蘇宏翊はカルテに目を通しながら言った。「薬は飲んだ？」

「ええ」

「心配しなくていい。ゆっくり横になってて。君の面倒は俺がちゃんと見るから」。蘇宏翊は身を屈めて恋人の肩を抱きしめると、軽くその手をたたいた。「さきに他の患者を診ないといけないんだ。ちょっと待っててくれるかい？」

「ねえ、これって放射能の影響なんでしょ？」女性が言った。

蘇宏翊は眉をひそめて答えた。「わからない。でも、おそらくね。ここにいる人間はみんなそうだ」

「ねえ、私ってもう助からないんでしょ？」彼女がすすり泣き始めた。

「高線量被曝の場合、確かに助からないケースが多い。被曝の程度によるよ」。蘇宏翊は恋人の手を握りしめると（その手は冷たく湿っていた）、笑みを浮かべて言った。「でも、ほとんどの場合は回復するんだ。君もきっとよくなるはずさ」


七分後、蘇宏翊と許立瀾は廊下を通り抜けて、急診室の反対側までやってきた。

「おい、どう思う？」許立瀾が口を開いた。

「わからない」と蘇宏翊が言った。「事故に関して、なにか新しい情報はないのか？　台北はなにも第四原発の真横にあるってわけじゃないんだ。これほど多くの急性放射線障害患者が運ばれてくること自体おかしいんだ。いったいなにがどうなってるんだ？しかも、どうして俺たちふたりは平気なんだ？」

「影響のない人間はまったく影響がないんだ。おそらく体質的な問題じゃないかな」。許立瀾はそう言ってから、しばらく黙り込んだ。「だけど確かにおかしい。汐止《シーチー》や北海岸《ベイハイアン》からやって来た患者たちの数を差っ引いたとしても、台北や新荘《シンジュアン》、三重《サンチョン》一帯からやって来る患者の数が多すぎる。あるいは……そもそもこれは放射能とは関係がないものなのかもしれない。新種の伝染病とか、あるいはインフルエンザとか？　ただ、これほどひどいインフルエンザなんて聞いたことがない。いったいどういうことかまるでわからない。政府はまだなんの情報も出していないからな。あ、ちょっと待ってくれ」

許立瀾は足を止めると、廊下に設置されていたウォーターサーバーから紙コップを取って、それをごくごくと飲み干した。

その瞬間、蘇宏翊の頭に雷が落ちた。同時に背すじに冷たいものが走った。

「おい、待て!」彼は許立瀾の手元から紙コップを奪い取って叫んだ。紙コップから水が零《こぼ》れ出した。「飲むんじゃない!」蘇宏翊は奪い取った紙コップの水をすべてウォーターサーバーの排水穴へ投げ捨てた。

「なんだよ、いったいどうしたんだ?」

「水だ」。蘇宏翊が言った。「体内被曝だよ」

「なんだって?」

「チクショウ」。蘇宏翊は頭をふって、よろけるように後ろへ二歩下がった。「体内被曝さ。皆体内被曝を起こしてるんだ」。騒音が遠のいていくのがわかった。荒々しいまでの静寂が彼の鼓膜をすっかり封じ込めてしまっていた。全身が震え、胸が締めつけられて、うまく息をすることができなかった。彼はぼんやりと自分の恋人がやがて確実な死を迎えるであろうことを意識した。——数週間以内に恋人は眩暈を訴え続けながら下痢を繰り返し、皮膚は潰爛《かいらん》して、爪で引っかいただけで皮膚が剝がれ落ちていくはずだった。そして、体内の消化器官を覆う膜を吐き出し、己の焼け爛《ただ》れた肝臓と肺をむせび出し、最後には内臓の組織とその破片をすべてぶちまけるのだ。最終的にやせ衰えたその姿はおそらく人間のものではないはずだった。

「水だ。体内被曝だったんだ」。蘇宏翊はすでに自分の声が聞こえなくなっていた(俺は? 俺自身水を口にしたか?)

「第四原発は翡翠《フェイツイ》ダムの水源から近すぎるんだ……」

37

Abobe GroundZero

2015.10.23
am 0:14

「今できることは」シスター・オールグレンが口を開いた。「家族のいない子どもたちだけは、私たちで面倒を見なければいけません。それ以外の子どもたちは、すぐに家族に迎えに来てもらいましょう。もしも誰も迎えに来ない場合、その子たちも私たちが連れて行くことにします」

反対する者は誰もいなかった。「しかし、それについてはデッドラインを設ける必要があります――」シスター・柯《コー》が口を開いた。「迎えをいつまで待てばいいのでしょうか？」

「明日、あるいは明後日の夜までというのはどうでしょうか？」玲芳が言った。「つまり、二日間の猶予です。私たちも結論を先延ばしにはできません。すでに二五キロ圏内の暫定避難緊急命令が発令されています。早く避難できるならそれにこしたことはありません。もしも子どもの両親が迎えに来ない場合は、その子の健康のためにもまず我々でその子を連れてこの場を離れましょう。話はそれからでもいいはずです。でも、目下の問題は、私たちがいったいどこに避難するのかです」

「玲芳の言う通りです」。シスター・オールグレンがゆっくりとうなずいた。「それこそが問題です。いったい我々はどこに向かえばいいのでしょうか」。シスター・オールグレンがその青く澄んだ瞳を輝かせながら周囲を見回した。「皆さんはどう思いますか？」

二〇一五年十月二十三日。深夜〇時十四分。台湾宜蘭《イーラン》。北台湾原発事故から四日目。

「ねえ、電話してみた？」玲芳《リンファン》の部屋のベッドに身を横たえた小蓉《シャオロン》の顔は真っ青で、その声もひどくかすれていた。「やっぱり、お父さんとお母さんには連絡がつかない？」

「ああ」、林群浩《リンチュンハオ》は首を横にふった。「心配だ。一刻も早く台北を離れた方がいい。あるいはもうすでに台北を離れているのかもしれないけど」

「どのくらい連絡がつかないの？」

「まる三日」。林群浩が言った。「いつになったら電話がつながるんだ……きっと、ふたりとも僕のことを心配しているはずなんだ……」

「心配しているのは私も同じよ」。小蓉が悲しげな瞳で林群浩に目をやった。「それに、私自身だってどうなるかわからない」

あたりは静寂に包まれ、冷たい風がカーテンを揺らしていた。窓の外に立ち込めた霧はまるで獣の鼻息のようだった。

「僕のせいだ」。林群浩の瞳に涙が溢れていた。「よくわからない状況で澳底《アオディ》なんかに戻るべきじゃなかったんだ。バカなことさ。僕ひとりで戻ればよかったんだ……君を巻き込んでしまった……」

「ねえ、まだ気分が悪い？」

「わからない」。林群浩は頭を垂れて言った。「頭が破裂しそうな気がする。けど、頭痛まではいかないかな……」

小蓉が彼の手を握って言った。「大丈夫よ」

「私は台東《タイドン》という案に賛成です」。シスター・丁《ディン》が言った。「あちらにあるイエズス会に連絡を取ってみるのはどうでしょうか。きっと私たちが腰を落ち着ける場所を提供してくれるはずです」とシスター・丁は少し言葉を詰まらせて続けた。

「もちろん、快適な場所でないことは確かですが」

「おそらく、この問題が短期間に解決されることはないはずです」とシスター・柯が続けて言った。

「しかし、どのみち確認してみなければなりませんね」。シスター・オールグレンが言った。「シスター・呉《ウー》。あなたはあちらの神父さまと面識があったはずですよね。確か……」

「ルシーダ神父です」。シスター・呉が答えて言った。

「それじゃ、お願いできるかしら？　明日の朝連絡を取ってみてください」

「わかりました」とシスター・呉が答えた。「とりあえず連絡を取ってみます。こんな事態になってしまい、彼らもきっと混乱しているはずです。もしも連絡がつかない場合は、他のイエズス会に連絡してみます。そこで私たちの受け入れ先を決めてもらうことにするのはどうでしょうか……」

「そうね。子どもたちの健康状態はどうなっていますか？」シスター・オールグレンが言った。「シスター・丁？」

「まだはっきりしません」とシスター・丁が答えた。「六名の子どもたちが頭痛を訴えていますが、そのうちふたりの子どもはすでに嘔吐しています。嘔吐した子どもはおそらく高い確率で被曝してしまったものと考えます」

「どうやって彼らを病院まで連れて行ったらよいでしょうか？」

「それは難しいでしょう」とシスター・丁が眉間にしわを寄せて答えた。「付近の病院もすべて二五キロの避難範囲に入っているので難しいはずです。ここは第四原発から近すぎます。それに、最も心配なのはこれから状況がどのように変わってしまうのかということです……」

「つまり？」

「第四原発の放射能漏れがいったいどれほど深刻なのか、現段階ではまだわかりません。マスコミが空撮した映像を見る限り、原発の炉心はすでに溶融しています。専門的なことについては私にはわかりかねるので、林群浩さんに説明してほしいと思いますが」シスター・丁が言った。

「林さんはまだ小蓉のところかしら？」

「ええ、玲芳の部屋にいるはずです」

「それでは呼んできてもらえますか？」シスター・オールグレンが言った。

五分後、林群浩は施設にある教室に姿を現した。

「林さん」とシスター・オールグレンが言った。

「お休みのところ、大変申し訳ありません。小蓉の容態はどうですか？」

「特に変化は……」林群浩の目は真っ赤に血走っていた。

「我々は明日にでも小蓉を花蓮《ファリエン》の病院に送るつもりです」。その言葉に林群浩は黙ってうなずいた。

「群浩さん、お教えしていただきたいことがあるのですが」とシスター・オールグレンが言った。

「よろしいでしょうか？」

「ええ」

「我々が知りたいのは……」シスター・丁が言葉を継いで言った。「マスコミの報道から、放射能漏れがどの程度深刻なのか判断できるのでしょうか？」

「客観的に見て、判断が難しいところです」。林群浩が答えて言った。「まず、マスコミ自身も非常に混乱していること、さらに画面を見る限り、一号機は確かに周囲の施設が壊れ、水素爆発を起こしています。政府は事故の原因をはっきりと公表していませんが、もしも最初の発表を信じるなら、燃料プールの冷却水が外部に漏れたことが原因でしょう。そう考えれば確かに納得のいくことが多い。冷却水が外部に漏れただけでも十分に水素爆発を起こす可能性はあります。……最悪の場合はそれによって炉心溶融《メルトダウン》を起こしかねません。それは最悪の事態ですが、そこまで判断するのは非常に難しいです。なぜなら目下の状況では実際に現場に近づくことすら難しいからです。……僕に言えるのは、炉心溶融《メルトダウン》の可能性は決して低くはないということです。つまり、状況は決して楽観できません」

「では、マスコミが言っている『再臨界反応』とはどういう意味ですか？」

「それは……簡単に言えば、『再臨界反応』とは小型の原子力爆弾が破裂するようなものです」。林群浩の身体がぐらりと揺らめいた。「すみません。少し眩暈がしていて……僕が言いたいのは、たとえこのまま状況が悪化の一途を辿ったとしても、『再臨界反応』は必ず起こるわけではないということです。その原因は原発と原爆の燃料濃度は天と地ほどの差があるからです」。林群浩は口元を覆ってふたつほど咳をした。「失礼。しかし、たとえ事態がそこまで至らないにしても、炉心溶融《メルトダウン》が起きて周囲の燃料被覆《ひふく》管を破壊して放射能が外部に漏れているというだけで、事態は十分に深刻なのです……」

「つまり、現在の状態は決して楽観できないと？」シスター・オールグレンが言った。

「ええ」。林群浩の声はかすれていた。「福島第一原発事故のときと同じです。非常に厄介な事態で、しかも処置が難しい。おそらく、北台湾全体が破滅的な打撃を受けることになるでしょう……」

「大変よくわかりました」。シスター・オールグレンが言った。「群浩さん、ここに残って私たちの話し合いに参加してくださるかしら？」

「もちろん」

「では、シスター・丁。さきほど、これからの状況が心配だと言っていましたが？」

「ええ」。シスター・丁の声は低く沈んでいた。

「私が思うに、たとえ放射能漏れが深刻であったとしても、我々はなにも第四原発の隣に住んでいるわけではないのです。目下病状が現れているのは子どもたちですが、彼らは短期的な症状だと言えると思います。こうした短期症状が発生する可能性は確かに高いですが、私が恐れているのはむしろ今後の長期的な影響についてです。問題は……今後の長期的な影響であって、おそらくそれはすべての人に関係する話なのです」。シスター・丁は言葉を区切って言った。「子どもたちだけではなく、ここにいる我々を含めた全員です」

誰もその言葉に答える者はなく、部屋の中には重い低気圧が立ちこめたようだった。

「つまり――」、沈黙を打ち破ったのはやはりシスター・オールグレンだった。「シスター・丁は病院でできることは決して多くはないと？」

「もちろん、子どもたちの中に急性の悪化症状が見られれば病院に連れて行く必要があります。――仮に避難区域以外の病院が受け入れてくれればですが」シスター・丁が続けて言った。「しかし、たとえ誰も症状が悪化しないにしても、私たちができることは決して多くはありません。放射能の影響を受けた人間はすでに手遅れなんです。我々にできることは、一刻も早く二五キロ圏外の暫定避難区域に逃れることだけです」

「言いたいことはよくわかりました」。シスター・オールグレンが言った。「玲芳、あなたの意見はどうかしら？」

「私の考え方は少し違います」と玲芳が答えて言った。

「さらなる被曝を防ぐためにも、私たちは一刻も早く避難区域から離れるべきですが……」玲芳が続けた。「しかし、東部沿いに南下していく案には反対です。どこに逃げられるというのですか？　花蓮？　それとも台東《タイドン》？　私はそれが私たちの採り得る唯一の選択肢だとは思いません」

「どういうことですか？」

「別の可能性があるのではないかと思うのです。ここにいる子どもたちは異常な家庭環境で育った者もいれば、幼くして性的な虐待を受けた子もいる。それに、障害のある子どもたちも……」玲芳が言った。「なにか別の可能性があるんじゃないかと思うんです……」

「なにが言いたいのかしら？」シスター・丁が玲芳の言葉を断ち切って言った。「今はまず、どのように避難するべきか、この点について話し合わなければいけないときでしょう――」

「わかっています。でも、私の話をひとまず聞いていただけますか？　ここにいる子どもたちは普通の子どもとは違うのです」。玲芳が立ち上がって言った。「ご承知の通り、ここにいる皆さんと私の大きな違いは、私は神さまを信じていないという点です。私はずっと神さまを信じることができなかった。ここで働いても、それでも私は神さまを信じていないと口にしてきました。たとえおかしいと思われようとも、信じることはできませんでした。でも、神さまを信じていなければ献身の心を持ってはいけないのでしょうか？　このことひとつをとってみても、この社会が我々の信頼に足るべきものでないことは明らかです。少なくとも、人類はこの場所、この島で、現在に至るまで私たちが献身の心を持って生活を送るに足るだけの、あるいは障害のある子どもたちが**『帰る』**ことのできるような社会をつくり出してこなかった」。玲芳は周囲の人々を見渡した。しかし、林群浩の耳の奥ではその声は風に吹かれた落ち葉のようにかさかさと遠のいていくばかりだった。

「この子たちは——見えず、聞こえず、あるいは脳性麻痺、極度の対人恐怖症、他にもさまざまな社会から障害と呼ばれるものを背負って生きています。——しかし、ここにいる皆さんの言葉を借りれば、それらは神さまからの贈り物であって、おぼし召しでもあるわけです。そのおぼし召しによって、彼らはこの世界に生まれてきたわけです。しかし、神さまは私たちに彼らをこの社会に**『帰す』**ようには言ってはいないはずです……」

「どうか忘れないでいただきたいのです。現在の文明社会は、あの子たちにとって一種の災難であるということを。彼らはそもそもこの社会には適合していないのです。しかし、多くの慈善団体は彼らを**『教育』**することを目的としています。最終的には彼らを現実社会に戻して、この文明社会の中で自力更生させようとしています。それは決して容易なことではありませんが、あらゆる慈善団体はそれを目標にしています。しかし、それは本当に正しいことなのでしょうか？　本当に向き合うべき真理なのでしょうか？」

「私たちは考え方を変える必要があるのです。あの子たちが現代の文明社会に『不適合』、あるいは『不適切』であるのは、同じく神さまのおぼし召しであるように思うのです」。

うら寂しいオレンジ色の蛍光灯の下、薄い空気には山間のどこからか吹き込んできた冷たい空気が紛れ込んでいた。玲芳の痩せ細った後ろ姿は、寂しいながらもひどく毅然としていた。「神さまの本当のおぼし召しとは、彼らをあるべき場所へと連れて行ってやることだと思うのです。彼らは長く苦痛に満ちた学習を経て、現実社会へ戻されるべきではないのです。きっと、もっと別の方法が、彼らが帰るべき場所があるはずなのです……」

玲芳の声は徐々に小さくなっていき、どこから来たのかわからない轟音が林群浩の耳の奥でゴーゴーと鳴り響いていた。さながらある種の予知夢のように世界のすべてが林群浩の頭の中で渦巻いていた。

――ちかちかとした光が彼の視覚の端で輝いた。まるで人形たちを操る糸が一気に手繰《たぐ》り寄せられたように、目に映るものがひとつまたひとつと消えていった。地面に倒れ込んだ林群浩はそのまま知覚を失っていった。

38

Under GroundZero

2017.7.14
am 3:25

二〇一七年七月十四日。深夜三時二十五分。台湾台南《タイナン》。

北台湾原発事故から六三四日。二〇一七年の総統選挙まで、残り七八日。

そうだ。つまりあの瞬間まで小蓉《シャオロン》は生きていたのだ。林群浩《リンチュンハオ》は小蓉の青白い顔を思い浮かべた。

小蓉は病気だった。しかし、自分の記憶では少なくとも小蓉の死を確認していない。

(彼は寝室の暗闇の中に座り込むと、微かに流れる空気をそっと吸い込んだ。窓の外から差し込むあかりが、古くなったビデオテープのバグのような陰影を映し出していた。瞳を閉じた彼は暗闇の中でチクタクと音を鳴らす時計の針に耳を澄ませた……)

深夜一時頃になって、彼はようやく宿舎に戻ってきた。もちろん眠ることなどできず、目は冴えたままだった。長い夜を、彼は李莉晴《リーリーチン》からの返事を待って過ごした(もしかしたら返事が返ってくるかもしれないだろ? この前のカラオケボックスのときみたいに。思いがけず「大丈夫よ」って返事が返ってくるかもしれないじゃないか)。しかし、同時に彼はしばらくの間、李莉晴が自分と連絡を取れない状況にあることをわかっていた。

似たような出会いに似たような議論、それに似たような失踪劇。いったいなにが起こっているのか。あるいは、これもまた夢のひとつなのだろうか?

いや、そんなはずはない。林群浩は頭をふった。これまでとは明らかに違うじゃないか。李莉晴は本当に失踪したのだ。誘拐されてしまったのだ。前回の計画(カラオケボックスでの誘拐)が失敗してしまってから、彼らは計画的に今回の行動に出たに違いない。それはある種のカモフラージュだったのだ――彼らは短期間自分たちを泳がせてから手を下した。電車の車両で李莉晴を拉致したのだ……

今の自分に果たしてなにができるのだろうか？

林群浩は頭の中を整理した。まず、小蓉がすでに病死したと仮定してみよう。おそらく、その可能性は限りなく高いはずだ。問題はまさに李莉晴が言うように、施設の人間がすべて消えてしまうといったことはありえないということだった。原発事故からすでに二年の歳月が流れていた。自分は確か事故が起こってから二十日後に花蓮《ファリエン》のメノナイト病院で発見された。――もちろん、これは他人が彼にそう言った事実に過ぎなかったが。それから目が覚めてから実に一年以上もの間、自分は記憶障害と鬱症状、そして放射能の影響に苦しみ、政府の保護と監視の下で治療を受けてきたのだった（指定された病院に医師、予定された治療スケジュール、住む場所さえも指定され、メールや電話まですべて監視されてきた。要するに自由を奪われていたわけだが、その一切は原発事故によって制定された緊急命令が国民の基本的人権を部分的に制限できるといった口実の下で行なわれてきた）。しかし、被曝治療が進む一方で、その他の病状については一向に具体的な成果を上げてこなかった。自分は結局なにも思い出すことができなかった。――少なくとも、紀心雅《ジーシンヤー》医師の治療期間はそうだった。李莉晴に担当が変わるまで、そしてドリーム・イメージを使用するまではそうだった――

それから、自分がなにか過去のディテールを思い出そうとした瞬間（あるいはより正確に言えば、ふたりが**記憶に近いなにか**に近づきかけたときに）、李莉晴の医療権限が取り上げられてしまったのだ。

すべてが唐突だった。それらの決定は、李莉晴の言葉に従えば、おそらく総統府北台湾原発事故処理委員会のレベルまで遡ることのできるものだった。彼らはすべてを与え、すべてを奪っていった。自分はそこで不思議な暴力事件に巻き込まれ、苦労して捜し求める過去の記憶の一切を口に出すなと警告された（すべての問題が自分の記憶に端を発していることはわかっていた。李莉晴とルーシーは無実の罪で引っ張っていかれた不運な者たちなのだ……）。さらに恐ろしいのは、紀心雅医師の前に自分はもしかしたら別の「医療」を受けていたかもしれないということだった。――しかも、このことについて、自分はなにひとつ覚えていない。自分の記憶喪失は原発事故によるトラウマ以外にもなにか別の要因があるのではないか？　いったい自分は「かつて」なにを覚えていたのか？

　合理的に考えてみれば、脳裏深くに埋まったその記憶は消えた施設の人々と原発事故の真相と関わりのあるものに違いなかった。

――しかし、原発事故にいったいどんな真相があるというのか？

　いや、きっとあるはずだ。林群浩は思考の歩みを止めなかった。まず、自分に空白のメールを送った人たちは間違いなく政府の監視の対象であった。どうして彼らのメールを監視する必要があったのか？　それこそが「真相」が存在する証拠であって、「**真相が隠されなければならない**」証拠でもあるのだ。監視の対象となっていたのは全部で三名。一人目はダイコン（もともとは自分と同じように強制的に休暇を言い渡されていたはずだったが、なぜか原発に入って高線量の放射線を浴びて死亡している）、次に陳弘球《チエンホンチウ》主任（こちらはもともと原発に行くと宣言していながら最初に公表された負傷者リストにその名前は載っておらず、翌日に突然名前が書き加えられ、その後死亡したことになっている）、そして最後が李莉晴だ。李莉晴の空白のメールはついさきほどルーシーと失踪した際に送られてきた。一方、ダイコンと主任の空白のメールは原発事故当日に送られてきたものだった。

　原発事故当日。二〇一五年十月十九日。おそらくある組織が――それが台湾電力か核エネルギー安全署か、あるいはもっと高いレベルの組織なのかは判断がつかないが――今回の事態をかなり早い時期から準備、主導していたことになる。さもなければ、どうして原発事故が起こったその日のうちに、ここまで素早い行動をとることができたのであろうか？

（身を起こした彼は窓際まで歩いていった。月のない夜のはずなのに、都市の空にはぼんやりと神秘的に輝く月暈《つきかさ》が浮かんでいた。その光景はでたらめ過ぎて信じられなかったドリーム・イメージが映し出す画像のようだった）

ダメだ。林群浩は思った。これ以上、自由を奪われるのはごめんだった。もしも再び暴力事件に発展したらどうする？　警察だってまったく信頼できない。自分の身は自分で守るしかない。今では李莉晴とルーシーの安否さえもわからないのだ。あの「失われた過去を呼び起こす方法」を考える以外にも、彼は積極的な行動に出る必要があった……

もしも、もしも小蓉が死んでいないとすれば？

（どうして小蓉は自分と故意に連絡を絶ったのか？　ありえない。小蓉はきっと死んでいるはずだ。第四原発の事故現場にいた人たちや澳底村の村人たちと同じように……）

（しかしなにを根拠にそう考えるのか？　証拠は？　もしも玲芳が言っていたことが本気なら、どうして小蓉は彼らと行動を共にしなかったのか？　もしも玲芳の推論が極端な方向に向かっていっていたとしたら――、その可能性は大いにあった。それに――、自分の健康状態が回復しているのに、どうして小蓉だけは回復しなかったと言えるのか？　もしかしたら、小蓉も施設の人たちと一緒に消えてしまったのかもしれないじゃないか……）

ふと、陽明山《ヤンミンシャン》にあった小蓉の部屋を思い出した。庭先に浮かぶあの愛らしい雲を思い出した。犬の鳴き声に小蓉の髪の香り、白いその手の甲（青い静脈がまるで枝のようにその手の甲の上を泳いでいた）にむき出しの肩、細くしなやかな腰に足首に纏わりついたスカートの裾、美しい踝《くるぶし》に心地よい春の湿った空気、山桜は確か谷間の小路に沿って咲き誇っていた。観覧車の中で、彼らは雲煙のように旋回していく山間の光が妖精のように光り輝く様子を、この都市《まち》全体の灯火を見つめていた……

(このまま座して死を待つわけにはいかない。なにか行動を起さなければ……)

(小蓉のためにも、行方知れずとなって暴力の危険にさらされている李莉晴のためにも、そしてなによりも自分自身のために——)

彼は行動を起こす必要があった。

39

Under GroundZero

2017.7.27
am 1:00

二〇一七年七月二十七日。台湾宜蘭《イーラン》。深夜一時ちょうど。北台湾原発事故から六四七日。二〇一七年の総統選挙まで、残り六五日。

封鎖線は省道の上に簡単に並べられた数個のコンクリートだけだった。コンクリートは黒と黄色の模様が斑《まだら》に描かれ、このさき道路が一車線の片道走行であることが警告されていた。赤信号が二機、隘路《あいろ》の左右に寂しげに立っていた。真夜中、信号機の赤い光は灯台のように規則正しく点滅して、寂しい瞳のように見えた。

封鎖線を通り抜ける際、警備の人間は誰もいなかった。

明らかな職務怠慢だ。林群浩《リンチュンハオ》は思った。リュックの中には偽造した日本の記者証も入っていた。もしも軍か警察に止められたら、日本語を使ってシラを切ろうと思っていたのに……

しかし、時間の節約ができたと思えばいい。あるいは、自分は忍び込むのに最も適切な時間帯を選んだのかもしれない。

車両は見渡す限り人家が一軒もない深夜の省道を駆け抜けていった。ヘッドライトのあかりは前方に延々と広がる暗闇を見つめていた。林群浩の運転する車はゴーストタウンのような村々をひとつまたひとつと走り抜けていった。大通りには屋台車（檳榔《びんろう》にソーセージの屋台、台湾風煮込料理の屋台、から揚げの屋台に葱入り餅の屋台など、なんでもあった）、落ちかかった店の看板（立光《リーグアン》ペンキ屋、北方《ベイファン》釣具、阿宗《アゾン》カキ氷店、隆美《ロンメイ》カーテン、「永慶《ヨンチン》不動産『貸出』電話番号 0926528713」など）に、斜めに傾いた商品棚、風になぎ倒された鉄の門などが次々と目に入ってきた。田園はすでに姿を消して、雑草と灌木《かんぼく》と、いったいどこからやって来たのか巨大な石ころがあたり一面を占拠していた。陸橋は倒れ、藤が地面を侵食していた（そこら中から生い茂っている藤はまるで路面に浮き出した血管のようだった。タイヤに絡みついた藤は車を減速させ、林群浩は懐中電灯を手に、タイヤに巻きついたそれを外していった）。門の前には鎖で繋がれた犬猫の風化した死骸が転がっていた。村を通り過ぎる度に、彼は路面に散乱した彼らの骨を踏み潰していかなければならなかった（その多くはすでになんの生き物であったか判別することが難しく、タイヤにひき潰される際にカチャカチャと音を立てるだけだった）。時間の流れは立入禁止区域内で堰《せ》き止まっていて、それは肉眼では見ることのかなわない放射能が生物ではなく、時間そのものを毒しているかのようだった。

　車は大渓漁港《ダーシィユーガン》に入っていった。ほんの一年ほどの時間が流れただけで湾内の縁石はほとんど破損してしまい、打ちつける波に砕かれた周縁のようだった。港に繋がれた船と船がぶつかり、折り重なっていた（打ち棄てられた小船に遊覧船、中国式の小船《サンパン》に観光用の釣り船などが互いに肌を合わせるようにぶつかり合い、ばらばらに散らばっていた。何艘かの船が湾外に流れ出ていたが、遠く尖った暗礁に座礁したその様子は悪意に満ちた子どもたちに意図的に打ち棄てられた玩具のようであった）。廃墟となった建物がヘッドライトに照らされては輝き、そして消えていった（トタン屋根であれ、古いモルタル塗りの建物であれ、あるいは農舎や観光用の民宿であれ、建物に取り付けられた窓はすべて破損して穴が空いていた。それは、死んで力を失った巨大な獣の瞳のようでもあった）。林群浩はかつて彼に美しい記憶を与えてくれたこの港をゆっくりと横切って行った。しかし、すぐさまその落ちぶれた様子を見るに耐えられなくなってアクセルを踏んだ。

　三十分後、かつて休暇の際に小蓉と泊まった民宿の前を通りかかった。予想と違わず、清潔で可愛らしかった壁は泥沼と藤に完全に占拠され、壁は剝げ落ちてむき出しになっていた。窓の奥には光なき深淵が広がっていた。涙で視界が歪む中で（彼は自分が泣いていることにはまるで気づかず、ただ吹きつける風だけがその頰に光る冷たい存在を告げていた）、彼はふとあの不思議な夢を思い出した。無人の荒野に倒れ掛かった廃墟、林の中に続く小路、視界の中でゆらゆらと揺れ続ける別離……それはまるで今回のことを予知したような夢だった。荒れ果て、がらんどうとなった生命の痕跡のない暗闇はどこまでも続き、さらなる深淵に向かって広がっていた。なにやら空間そのものが消失して、時間の僻地へとのみこまれてしまったような気すらした……

車は山道を迂回した。おそらく、電波塔が停電破損しているか長らくメンテナンスをしていないせいで、携帯の電波はずいぶん前から入っていなかった。アスファルトやコンクリートでつくられた路面はすでに風化して、その隙間には植物や砂がびっしりと入り込み、固い地表を引き裂こうとしていた。路面に倒れる木々は少なくなかったが、幸運にも走行の障害になりそうなものはなかった。

車体が傷ついてしまうのも仕方なかった。

三十分後、施設に辿り着いた林群浩は車を門の前に止めた。

彼は懐中電灯のあかりをつけると、車のトランクを開けてカッターふたつとつるはし一本、それから予備の懐中電灯を取り出した。

門は固く閉じられていたが、鍵はすでに錆びついてしまっていた。林群浩はつるはしを担ぐと、力いっぱい振り下ろした。閉じられていた門はすぐに開いた。

彼は菜園を通り抜け（まるで郊外の荒野のように雑草に満ち、荒涼とした風景をさらなる荒涼がのみこんでいた）、木々の狭間に隠れた小路を過ぎ行き、教室を抜けて（そこは屋上の家屋で、依然として屹《きつ》立《りつ》する真っ白な十字架は微かな月あかりの下に生み出された光の幻影のようだった）、宿舎の門の前までやって来た。

宿舎の門にも鍵が掛けられていた。林群浩は門にかけられた鍵を引っ張ってみると、再びつるはしを取り出して鍵を打ち壊すと、門を開けて宿舎の中へと入っていった。

砂ぼこりが舞い上がり、ガラスの破片が地面に散らばっていた。窓枠のアルミ部分はすっかりねじ曲がってしまい、建物全体がある種の亡骸のようだった。滴り落ちる水の音が断続的にがらんどうの空間にさざ波のように響きわたっていた。彼は注意深く道を探った。懐中電灯の光が無人の空間をまるで物の怪《け》のように滑っていった。彼は階段に沿ってゆっくり二階へと上っていき、角を曲がって玲芳の部屋へ入っていった。

部屋の中は完全に片付けられてはいなかった（慌てて避難したせいだろうか？）。本棚は半分が崩れていたが、崩れていない残りの半分の部分に置かれた本はどれもきれいに並べられた状態のままで、発疹《ほっしん》のようなほこりが厚く積もっていた。ほこりがあることを除けばベッドのマットレスはほぼ無傷の状態で、机の上にはなんとパソコンまで置かれてあった。

林群浩はまずパソコンの電源とアダプターをチェックすると、玲芳の本棚をチェックした。三つあった引き出しと箪笥型の収納庫の中にあるものをひとつずつ確認していったが、結局なにも見つからなかった（仕方ないさ）。彼は部屋から離れると、同じように注意深く階段を降りていき、教室と菜園を横切って行った。

それは黄泉《よみ》へ向かう旅路のようだった。彼は車を停めた門の前まで帰ってくると、車の後部座席を開けて、蓄電器と工具を入れた袋を取り出して再び玲芳の部屋へと戻っていった。

パソコンの電源を蓄電器に繋ぎ、スイッチを押してみる。

ホストコンピューターはなんの反応も見せなかった。

工具を取り出した林群浩は、パソコンからハードディスクを取り外し始めた。

十分後、無事にパソコンからハードディスクを取り外すことに成功した彼は、取り外したハードディスクを袋に入れると、来たときと同じ道順で車へ戻り、後部座席に腰を下ろした。後部座席には彼自身のパソコンが一台置いてあった。彼は玲芳のパソコンから取り出したハードディスクを自分のパソコンに繋げると、電源を入れてみた。

ハードディスクは一瞬耳をつんざくような摩擦音を立てた後、読み取り状態へ入っていった。

読み取り成功。

ハードディスクに侵入した林群浩は、しらみ潰しに捜索を始めた。

四時間後、車の後部座席で眠っていた林群浩は目を覚ました。気がつけば、東北角《ドンベイジャオ》の黎明の薄あかりが彼の身体に降り注いでいた。はるか彼方では大海原の表面が空の果てと交わった光の変化に従って無限にその色彩を変化させていた。暁の星は明けそめた空に光り輝いていた。顔を擦って身を起こした彼は車窓から遠くない場所に蛍がとまっていることに気づいた。

車窓に顔を近づけてみた。間違いなくそれは蛍だった。しかし今は蛍の季節ではないはずだ。ふと、彼は昔読んだ資料を思い出した。それはチェルノブイリの原発事故以降にウクライナの学者が研究したもので、原発事故以降、当地の生態環境が激変した旨が書かれてあった。奇形を患った無数の昆虫や鳥類たちが立入禁止区域で生存しては死滅していった。彼らの羽は紙きれのように薄く、くちばしとその翼は不可逆的な奇形をしていた。彼らを大空に舞い上がらせるための翼は気流の中で簡単に砕け、蜜蜂とミミズはすっかりその姿を消してしまった（蜜蜂の絶滅はチェルノブイリ事故から始まっていたのだ！）。地表から抜け出してきた蝉は皆アンテナのように長い脚を頭の上に載せて生まれてきた。寒い冬の日、大雪が舞い上がる中で、月光はチェルノブイリの石棺に隣した死の都市《プリピャチ》を照らし出していた。暗く沈んだ遊園地の中、腐食して傾いた観覧車が風に揺られて軋み声を上げる。狼《おおかみ》と猪《いのしし》の群れが街頭を闊歩して、鷹は打ち棄てられた廃屋の屋根に取り付けられた風見鶏の上を旋回していた……

独りぼっちの蛍は依然として路傍の草むらで明滅を繰り返していた。彼は車から下りてそれを観察しようと思ったが、彼が車のドアに手をかけようとする前に蛍はゆっくりと飛び上がっていってしまった。数秒間、その蛍は蝶が舞うようにゆったりと空を逍遥して徐々に彼へと近づいてきた。蛍は車窓をするりとすり抜けて車の中へと飛び込んできたが、次の瞬間にはまるで幻のようにその姿を消してしまっていた。

40

Under GroundZero

2017.7.27
pm 4:22

二〇一七年七月二十七日。午後四時二十二分。新北市烏来《ウーライ》山間区。北台湾原発事故から六四七日目。二〇一七年の総統選挙まで、残り六五日。

連続してハンドルをきった林群浩は、やがて山道の行き止まりに行き当たった。

道はそこで尽きていた。上り坂の縁、道は針葉樹と広葉樹が入り混じる混交林の中に消えていた。

林群浩《リンチュンハオ》は車をバックさせると、方向を変えてもと来た道を戻っていった。

五分後、彼は右手に石を敷いた分かれ道があることに気づいた。

その道は車一台が通れるのがやっとの下り坂で、林群浩は注意深く車を右折させた。道に沿って森を抜けると車は谷間に出た。

そこは十数戸の家々が立ち並ぶ先住民たちの集落だった。渓流はちょうど谷間の真ん中から流れてきているようで、大小さまざまな灰色の小石が深い青色をした渓水の底に沈んでいた。このとき、夕焼けはすでに山の中に沈み始めて、エメラルドグリーンをした谷間の集落は稜線の下に広がる影の中に吸い込まれようとしていた。

車を停めた林群浩は（路面が狭く、これ以上運転できなかった）、車から下りて歩くことにした。

小屋の前に置かれた腰掛に腰を下ろした老婦人がじっと彼を見つめていた。集落には十数戸の家があったが（それらはすべて先住民の暮らす、石板と木板にトタンやコンクリートを適当に合わせてつくられた模型のように粗末で稚拙な建築物だった）、実際に住んでいる者はほとんどいないようだった。どの家の屋根にも破損して錆だらけになったアンテナが取り付けられていて、軒下には傾き壊れたソファや椅子が無造作に並べられていた（戸板はひび割れ、貼り付けられたメモ書きには稚拙な文字が残っていた。「帰ってくるので、家の中を荒らさないでください」「さきに避難します」）。路傍には廃棄された洗面台や冷凍、冷蔵庫といった金属類が転がっていた。一方、荒れ果てた菜園の中には白く濁った鏡にコンクリートでつくられた小さな湯船（そこには桃色に青色に黄色に白色に藍色といった色とりどりの小石が埋め込まれていた）などが打ち棄てられてあった。坂の辺りからはさらさらと水の流れる音が響き、湧き出る山水が村道を通って溝に流れ込み、谷間の渓谷に向かって流れ落ちていた。

林群浩はそばにあった家の扉を押し開けた。暗闇の中、最初に聞こえたのは猫の鳴き声だった。目が慣れてくると、二匹の猫がコンクリートの地面にうずくまっているのが見えた。人見知りなのか、二匹の猫は彼を見た途端、すぐさま家の外に飛び出していってしまった。部屋はほこりっぽかった。壁には何枚か写真が貼ってあったが、どれも色あせていた。蜘蛛は扇風機と籐椅子の間に巣をはって、セメントの地面の隙間からは雑草が顔をのぞかせていた。テレビはほこりの中に包まれていて、一見すると灰色の木箱のように見えた（彼はそのテレビが消される最後の一瞬、その木箱の中に永遠に閉じ込められることになった人間とその声について想像した）。キッチンには調理道具の類が依然としてステンレスタンクの中に積み上げられていて、まるで皮膚病を患ってすでに死滅した黴《かび》の跡のようだった。

扉を押し開けて部屋を出ると、家の裏側に広がる菜園に沿って進んだ。麻袋（穀物か肥料の類だろうか）を担いだ太った男が、汗を流しながら彼の横を通り過ぎていった。三人の子どもたち（黒い肌に大きな瞳を持つ典型的な先住民の子どもだった）が空き地で駆けっこをして遊んでいた。甲高い叫び声と足音が谷間の集落に響いていた。

子どもたちは林群浩を見ると足を止めて、めずらしそうに彼の顔を見つめた。

一方で、彼は見慣れた人影をそこに認めた。

足を止めた彼はふたりの女性が沼地の上で農作業に勤《いそ》しんでいる姿を見つけた。畦道に囲まれた菜園で、ひとりは水桶を担いで菜園に水を撒き、少し離れた場所にいたもうひとりは、地面に屈み込んでなにかを収穫しているようだった。

次の瞬間、両者の視線がぶつかった。

たとえどれだけやせ細ろうとも、たとえどれだけ黒く日焼けしようとも、林群浩は一目でそれがシスター・柯《コー》と玲芳《リンファン》であることがわかった。

41

Under GroundZero

2017.7.27
pm 4:37

「ええ。すべて私のアイディアだった」と玲芳《リンファン》が言った。「私が皆を説得したのよ」

「どうして？」

「知ってるんでしょ？」玲芳が泣き笑いのような表情を浮かべて言った。「さもなきゃ、どうしてここを見つけられたのよ。私の考えを聞いたことがないわけじゃないでしょ？　それに、あなたは私のパソコンを見たはずよね？」

二〇一七年七月二十七日。午後四時三十七分。新《シン》北《ペイ》市烏来《ウーライ》山間区。北台湾原発事故から六四七日目。二〇一七年の総統選挙まで、残り六五日。

周囲の光は徐々に弱まっていき、谷間からは幽霊のような霧がゆっくりと立ち上がってきていた。

「はっきり覚えていないんだ。どうも記憶があやふやで……」林群浩《リンチュンハオ》はそこまで言うと黙り込んだ。

「君たちは、子どもたちの一部を見棄てたんだろ？」

「そういう言い方は好きじゃない」と玲芳が言った。暗いその部屋は屋根が低く、小窓からは霧が染み込んできていた。差し込んでくる薄あかりに照らし出された玲芳の痩せ細ったその顔からは、彼はなんの表情も読み取ることはできなかった。「でも……あなたに私がやっていることを偽善的だと思われたくない。だからそう思ってもらってもかまわない」玲芳は少し間隔を置いてから話を続けた。

「たとえば融怡《ロンイー》。たとえば健康だった子どもたち——彼らにはまだまだチャンスがある。でも、彼らとここにいる子どもたちは違うのよ。彼らは十分に大きいから、病気や怪我さえしなければ、外の世界で生きていくことだってできる。あるいは、その方が彼らにとってベターな選択なのかもしれない。施設を離れて、私たちの庇護を離れて、もう一度真剣にこの文明社会が彼らに期待する諸々に向き合って生きていくことができるかもしれない。あなたも知っているように、それは首枷《くびかせ》や鳥籠と同じように、苦境から抜け出すチャンスでもあるから。でも、ここにいる多くの子どもたちは被曝しているか、あるいは先天的に障害があるかどうかにかかわらず、そうした普通の子どもたちが手にできるようなチャンスにめぐりあえる確率はほぼ皆無に近いのよ……」

「どうして君たちは意図的に外部との連絡を絶ったんだ？」林群浩が言った。「残酷だと思わないか？　被曝した子どもたちはどうするつもりなんだ？　彼らには治療を受ける権利がある！」

「ええ、もちろん。あなたが治療を受けたように、あの子たちにもその権利がある」。玲芳の口調はひどく落ち着いていた。「私たちもこれほど長い間、通信網がダウンするとは思っていなかったのよ――第四原発事故の影響はそれだけ深刻だった。第二原発も避難区域に指定されていたし、北台湾の電力事情は混乱の極みにあった。電力の中継基地さえ電力不足の状態で、誰も管理する者がいなかった。問題は台湾電力自身が判断力を失ってしまって、完全にそれらを処理できなかったってこと」。玲芳がちらりと林群浩に目をやった。「彼らも管理どころじゃなかったのよ。きっとあなたの方が詳しいはずよ。通信網は三週間ほどダウンしていた。そのことはあなたも知っているはずよね。その間、あなたはずっと昏睡状態にあった。小蓉《シャオロン》がずっとあなたの看病をしていたのよ。もともと病気になったのは小蓉の方が先だったけど、あの子はそれから回復して、入れ代わりにあなたが倒れてしまった。あなたが意識を失って二日目、小蓉はあなたと病状の重い子どもたちを花蓮《ファリエン》の病院まで連れて行ったのよ」

「君たちは皆ここに住んでいるのか？」

「ええ、皆ここに住んでいる」。玲芳が話を続けた。「あなたも知っているように、他の子どもたち――私たちがここに残した子どもたちは先天的に障害を持って生まれた子どもたちよ。彼らはもしかしたら被曝していないかもしれないけど、その影響は半永久的に残って、あの子たちがいつの日か発病するその日まで、高い確率で長期間潜伏する可能性がある」

「なにを言ってるかわからないよ」

「なにも難しいことを言いたいわけじゃないのよ」玲芳が微笑んで言った。その表情はひどく曖昧で、黄昏がもたらす影の跡に埋もれて光っていた。

「事故が起これば、この文明社会が抱えている欠陥や子どもたちが受けている災難が、もっとはっきりと明るみになるものだと思ってた。……無作為に選ばれた、何の理由もないこの苦しみの理由が。……私にはどうしてあの子たちにこうした苦しみを背負わせなくてはいけないのかわからないのよ。彼らは天使で、神さまが創った、神さまの意志そのものだって思ってる。もしもできるなら、あの子たちをあの不完全で醜悪な人間社会に戻したくなかった。……あの子たちにとって、それはとてつもなく困難なことなのよ」。玲芳の真っ黒な瞳と眉、そして髪の毛が徐々に降りてゆく夜の帳《とばり》にのみこまれていった。「歩き方に買い物の仕方、それにお腹いっぱいになるにはどうしたらいいかを学び、紙幣を差し出して食べ物と交換する方法を学ぶ。なにかを落としたらそれを拾わなければいけない。道を渡ってバスに乗れば他人の反応を覗《うかが》って他の乗客たちの真似をして、正しい場所で下車する。……彼らはなにも特別なわけじゃない。特別なのは私たちの方なのよ。私はあの子たちを元の社会へ戻したくない。それよりも私はここに残って、自分の手で野菜やサツマイモを植えて、それを集落の人たちと彼らがつくった生活用品と交換して生きていきたい。……そうやって、あの子たちをこの場所で、最もシンプルな方法で養っていきたいのよ」。玲芳はそこまで喋ると、一度言葉を切った。「それこそが、彼ら本来の『文明』なのよ。彼らにとっての正しい文明のあり方なのよ」

「バカげてる」。林群浩が言った。「不可能だ。誰もこの世界に背を向けて生きていくことなんてできやしないんだ……」

「あなたが言っているのは『あの』世界であって、この世界じゃない」と玲芳が答えた。「もちろん、完全に世界に背を向けて生きることなんかできやしない。それこそ不可能よ。でも、ある程度実践することはできる。ここの人たちももともとは外の世界と経済的につながっていたみたいだけど、原発事故が起こってからはそれもなくなってしまったみたい。なんと言っても、ここは避難区域の周縁地帯。彼らはここでキノコやサツマイモ、それに有機野菜なんかを植えて、輪作で害虫の発生なんかを防いでいる。でも、私のことなんかどうだっていいのよ」

「どういうこと？」

「大事なのは**彼ら**」と玲芳が言った。「私が連れてきたあの子たち。私が生きている限り、彼らにもまだチャンスがある。それがあの子たちにとって一番いいことなのよ」

「もしも子どもたちが病気になったらどうするつもりなんだ？」

「シスター・丁《ディン》がいる。シスター・丁はお医者さまだから。それに、山を下りたときにたくさん薬も買ってきた。外の世界にはまだ二、三人ほど、私たちに協力してくれる人たちがいるから……」

「もしも、シスター・丁が手に負えない病気なら？」林群浩が立ち上がって言った。「子どもたちが発病したらどうするつもりなんだ？　慢性被曝の影響のピークは被曝してからおよそ十五年後なんだ。そのとき、君たちはどうするつもりなんだ？」

「そのときは、そのときよ」。玲芳は彼に背を向けて、じっと窓の外を見つめた。空は徐々に暗さを増し、山々の彩りもゆっくりと降りてくる霧の中に薄れていっていた。「それもまた経験済み。この一年ほどで、私たちは三人の子どもたちを失った。みんな白血病よ。だから、実際に十五年も待つ必要なんてないのよ。私自身、それにシスター・丁だって、十五年もしないうちに皆死んでしまうはずだから。もしも子どもたちが被曝してるって言うんなら、それは私たち自身にも当てはまるわけじゃない。ねえ、私が神さまを信じないって言ったことがあるわよね？　それは今でも同じ。それでも私は『**信仰**』を**信じているのよ**」

「シスター・オールグレンは？　シスター・丁は？　彼らは君の考え方を支持しているのか？」

「シスター・オールグレンは……」玲芳が口を開いた。「すでに神さまに召されたわ……」

「いつ？」

玲芳が頭を上げて言った。「一年ほど前」

「子どもたちは？　今どこにいるんだ？」

「小蓉と一緒にいるわよ」。玲芳はじっと林群浩を見つめて言った。狭い暗闇の中で、その瞳は空っぽのように見えたかと思えば、明滅を繰り返す微かな光のようにも見えた。「小蓉とシスター・丁は今ちょうど出かけてるから、もう少し待って。すぐに帰ってくるはずよ」

42

Under GroundZero

ふたりは家の外に立っていた。日の光は依然として弱々しく、夕焼けが空の果てを真っ赤に染めていた。そこへ小蓉《シャオロン》とシスター・丁《ディン》が、八、九人の子どもたちを連れて帰ってきた。林群浩《リンチュンハオ》の姿を認めた小蓉はまるで彼が現れることをずっと前から予想していたかのように、ぴたりと彼の目の前で足を止めた（視界が涙で歪む前に、彼は小蓉の瞳がひどく平静を保っていることに気づいた）。しかし、実際には小蓉の瞳も涙で濡れていた。

「やあ」。林群浩が口を開いた。呼吸が乱れ、次の言葉が見つからなかった。

「うん」と小蓉が言った。

「ひさしぶり」

「ひさしぶり」

子どもたちはばらばらに散っていき、シスター・柯《コー》と玲芳《リンファン》に連れられてその場を離れていった。残されたのはどうやら最近ようやく歩くことを覚えたばかりの二、三歳の子どもただひとりだけで、小蓉の足を抱きしめるように立っていた。林群浩はひと目でその子どもが全盲だとわかった。両目を固く閉ざした子どもの瞳がある部分には、なにやら眼球のようなものがあるだけだった。その頭は落ち窪んで（あるいは知的障害もあるのかもしれない）、奇妙な角度に傾き、左手の肘《ひじ》の部分も同じように奇妙に折れ曲がっていた。果たして、この子をかつて施設で目にしたことがあったかどうか、林群浩ははっきり覚えていなかった。

小蓉は屈み込むと、子どもを胸の中に抱き上げた。いぃいぃいぃ、えぇえぇえぇと奇妙な言葉を発したその子どもは大人しく小蓉の胸の中に抱きしめられた。

「この子、知知《チーチー》って言うのよ」。小蓉がちらりと林群浩に目をやって言った。「私の子ども」

「君の子ども？」

「もちろん……」、小蓉が消え入りそうな声で続けた。「あなたの子どもでもある」。しばらくの沈黙の後、小蓉は搾り出すように言った。「……ごめんなさい」

43

Under GroundZero

2017.7.27
pm 8:39

「さっきのあなた、とっても怖かった」と小蓉《シャオロン》が小さな声で言った。

二〇一七年七月二十七日。夜八時三十九分。台湾新北市《シンペイ》烏来《ウーライ》山区。北台湾原発事故から六四七日後。二〇一七年の総統選挙まで、残り六五日。

「当然さ」。林群浩《リンチュンハオ》は淡々とした口調で応えた。

「ひどいのはいったいどっちだ？　君の恐怖は一瞬ですんだかもしれないけど、僕は君の残酷な仕打ちに二年も苦しんだんだ」

「ごめんなさい……」彼らは河口へ向かう道に沿って歩いた。あたりには夜霧が舞い、月の光は暗い雲に覆われていた。山々に取り囲まれた集落を包む暗闇の中で、月の薄あかりだけが唯一の光源だった。周囲に響く物音から動物や昆虫たちが近くにいることがわかった。音を立てることのできない植物たちは、ただ夜に溶け込むことでぼんやりとした輪郭を暗闇の中に描き出していた。それはアンリ・ルソーの絵のようだった。生命はいつだって朦朧として摑みどころがないものなのかもしれない。

「謝ればすむと思うのか？」林群浩の声は擦れていた。「謝ってすむと？　もしも君が自分の意志でこんなことをしでかしたんだとしたら、いったい何を今さら謝ることがあるんだ？　僕にはわからない。よしんば君が知知《チーチー》を産んだとしても、何も僕から逃げなくてもいいじゃないか……」

「さっきも言ったけど」、小蓉の声は今にも消え入りそうなほどだった。「あのとき、私はてっきりあなたがもう二度とよくならないと思っていたのよ。だけど、死ぬことはないって思った。なぜかきっとあなたは生き残るだろうってそんな気がした。でも、同時に昔のようには戻れないだろうって予感もあったのよ。ねえ、知ってる？　あのときのあなた、まるで四、五歳の子どもみたいになってたのよ……」

　林群浩はしばらく黙り込んだ。「それはいつ？　花蓮《ファリエン》の病院で？」

「いいえ。大渓漁港《ダーシィユーガン》にいた頃」と小蓉が言った。「あの頃、私たちはまだここに引っ越してきていなかった。引っ越すつもりではいたけど、そんな時間はなかったから」

「でも、君は花蓮の病院で僕を看病していたんじゃなかったのかい？」林群浩は疑うように言った。「君は僕と一緒に花蓮の病院にいたって。玲芳はさっきそう言ってた」

「あなたが意識を失っていた時間は、実はそんなに長くはないのよ」と小蓉が言った。「だいたい十日ほどだったかしら。そのあとあなたは目を覚ましたけど、なにも覚えてなくて。本当に子どもに戻ってしまったみたいだったのよ」

「なにも覚えてない」。林群浩は頭をふった。彼は地面を見つめながら、しばらくの間じっと口を結んでいた。「さっぱり思い出せない」

「仕方ないわよ」、小蓉が言葉を続けた。「自分が四、五歳だった頃のことをはっきりと覚えている子どもなんてそういないんじゃないかしら？　あのときのあなたは本当に子どもみたいだったのよ」

「だから、君は僕を連れて帰った？」

「ええ。あのとき、あなたがあんなふうになってしまってとっても辛かった。それにあなたはよくならないだろうって予感があったから。精神的な障害以外にも、被曝の疑いのある症状もあったのよ。しかも、花蓮には被曝について診断したり治療したりできるような病院がひとつもなかったから。私も初めて知ったのよ。台湾には被曝者を治療できるような病院なんてほとんどないってこと。治療ができるのはどれもメディカル・センターがあるような大きな病院だけ。東部には被曝者を治療できるような医療施設はどこにもなかった。ねえ、恐ろしいと思わない？　あなたを診察したお医者さんはあなたがまったく健康だと言ったかと思えば、次の瞬間には放射線の影響で脳がやられたんじゃないかって言うのよ。もちろん、後者の可能性が高いのはわかってた。お医者さんはもしも放射能の影響で脳がやられたなら、生存する可能性はほとんどないって。しかも、通信手段が遮断されて三週間近く経っていて、あなたの家族ともまったく連絡が取れなかった……」

「だから君はまず僕を連れて帰ることにした？」

「ええ、病院側もまるで対処のしようがないって感じだったから」と小蓉が言った。「彼らはあなたの病状が精神的なものなのか放射能による影響なのかさえ判断することができなかったのよ」

「それから僕の病状はまた悪化した？」

「ええ」。小蓉は続けた。「でもそれはあなたが見つかってまだ間もない頃のこと。さっきも言ったように、原発事故が起こってから三週間が過ぎた頃、あなたはまた意識不明の状態になってしまった。ここではとてもあなたの面倒を見ることができなかった。だから私はあなたを花蓮にあるメノナイト病院に預けるしかなかった」

「そのときに君は自分の連絡先かなにかを残さなかったのかい？」

「あなたの身分証明書を残して、あなたが誰なのかわかるようにしておいた。きっと彼らがあなたを治療できる場所につれていってくれると思ったから……」

月あかりの下、二人は竹林が生い茂る小道へとさしかかった。山を駆ける夜風が竹林の間を吹き抜け、笹の葉をサラサラと揺らしていた。それはまるで精霊たちのささやきか歎息のように聞こえた。

「だから君は僕を捨てた」。林群浩が言った。「君は僕の面倒を見て、それから僕を捨てたんだ。そうして僕から逃げていった……」

小蓉が深いため息をついた。「あなたは放射線被曝の治療ができる場所に行かなくちゃならなかった。私には意識不明の患者の面倒を見ることはできなかったのよ。それに、私はもう、もとの世界には戻りたくなかった」。小蓉は少し間を置いて続けた。

「知知が生まれてから、余計にそう思うようになった」

「それは君に家族がいないことと関係あるのかい？」

「そうね。私と玲芳には家族がいなかったから」と小蓉が言った。足もとの落ち葉が薄い音を立てていた。「きっと家族がいない人間っていうのは、障害のあるあの子たちと同じなのよ。あるいは、家族がいないってこともまたひとつの障害なのかも……」

吹き抜ける風が徐々に勢いを増していき、竹林の中に映ったふたつの影が彼らの足元でゆらゆらと揺れていた。「ねえ。私のこと怨んでる？」

林群浩はそれには答えなかった。空を覆っていた黒い雲が晴れ、彼は自分が歩いてきた曖昧な暗闇をようやく目にすることができた。小蓉の弱々しい声はまるで彼女のおだやかな性格を映し出しているようだった。しかし、小蓉は本当におだやかな人間なのだろうか？　こんな大胆なことをしでかす人間が果たして本当におだやかだと言えるのか。暗闇の中で、そして記憶の中で、そうした優しさは徐々に姿を消してゆき、自らを覆い隠そうとしているようだった。そっと小蓉の横顔に目をやった林群浩は、おでこから鼻すじにかけて美しい孤線が浮かんでいることに気づいた。ふと、彼は観覧車で過ごしたあの夜のことを思い出した。この世界の進むスピードはあまりにも早く、また唐突だった。彼は自分が今この瞬間、あの夜小蓉の顔に浮かんでいた甘く優しい表情を無意識に重ね合わせようとしていることにさえ気づいていなかった（緩慢に旋回して垂れ下がっていく星星は手を伸ばせば届きそうなほど近かった。時間は静寂のうちに停止して、光と炎の影が彼女の表情を不思議に変化させ続けていた）。いったい自分は美しい思い出の中に浸っているのか、あるいは消え去ったその思い出を再現しようとしているのか、どうにもわからなかった。

ふたりは河辺まで歩いた。竹林とススキの花が背後の闇にのまれ、目の前では絶え間ない河の流れによって生まれた波紋が冷たい薄霧の中に沈み込んでいた。ほんの一瞬、霧が染み込むだけで、川面にかすかな輪郭が描き出された。それはまるで人類のつくる曖昧な表情、あるいは人類の姿そのものだった。

「君は残酷だ……」林群浩がつぶやいた。「そのせいで、知知は父《てて》無し子になってしまったんだ」

彼の言葉に小蓉は躊躇《ためら》いながら口を開いた。「でも、この子に父親なんて必要ないのよ」。小蓉は続けた。「この子は私がそばにいるだけでいい。それだけでこの子はぼんやりとした幸福の中で一生を終えることができる。この子に父親は必要ないのよ。この子は私の子で、私はこの子にとって一番いい道を選ぶだけ」

「だけど、この子は僕の子どもでもあるんだ」

小蓉はそれには答えず、ただ河向かいに連なる山々をじっと見つめていた。しかし、実際には河向かいにある山々がその瞳に映ることはなかった。それはうっすらとした破線でつながれた巨大な輪郭に過ぎず、月あかりの下でかろうじて存在しているに過ぎなかった。ここでは日が暮れて毎夜闇が訪れた後、あの途方もなく巨大な山々は永遠に純粋な遮蔽物に過ぎず、暗く冷たい物質に過ぎなかった。

「知知が生まれてから、もう一度この問題について考えるようになったのよ。きっと玲芳も私と同じ考えのはず」と小蓉が言った。「知知にとって、こんな世界は必要ないはずよ。なんと言っても、歴史の偶然が造り出した今の文明は**流砂の文明**なんだから。それは偶然生まれた結果に過ぎないのよ。だから今のこの結果が正しいだなんて、本当は誰にも保証できないはずよ。特に知知のような子にとって、今の文明は百パーセント間違っている。この子があの社会の中でどうやって生きていけると思う？　ねえ、本当にこの子があの社会の中で生きていけると思う？」

「私たちはもう手遅れなのよ」。小蓉が続けて言った。「私たちはこの間違った文明に数十年間も飼い慣らされて、すっかり怪物になっちゃった。私たちはみんな怪物なのよ。でも、この子に罪はないはず」。小蓉の言葉が止まった。その目には涙がたまっていたが、嗚咽《おえつ》は河の流れにすっかりかき消されてしまっていた。「この子を愛してる。でも、やっぱりこの子もまた怪物のひとりなのよ。この子は私たちとは違った怪物。ずっとずっと昔、人類は間違った選択をしてしまった。その選択がこの文明を誤らせ、躓《つまず》かせてしまった。それは観覧車と殺人犯が並存する世界。あるいは、それはあなたが昔言ったような極端な自信と楽観がなせるわざなのかも。私たちにはそれを認めて引き返すだけの勇気がなかったのよ。ひとつだけ確かなことは、この奇妙にねじ曲がったすべてはひとつの美しい夢から始まったってこと。……偶然が生んだ選択がこの腐敗した構造を生み出して、この奇形児を生み出した。知知もまたそんな子どものひとりなのよ」

ふと、背後から足音が聞こえた。「ここにいると思った」。ふり返ると、玲芳が知知を抱いて立っていた。

「どうしたの？」小蓉が訊ねた。

「目が覚めちゃったみたいなのよ。泣き出しちゃって、どうしようもなくってね」と玲芳は微笑みながら言った。「本当は放っておこうと思ったんだけど。ほら、泣き疲れたら勝手に眠っちゃうかと思って。けど、どのみち私も少し風にあたりたいと思っていたところだったから。抱っこして歩いていたら、泣きやんじゃった」

玲芳の胸の中で眠る知知はまるで小蓉の位置を探るように、その小さな身体を揺り動かしながら、母親に向けて両手を伸ばしていた（いったいどうやって小蓉のいる場所がわかるのだろうか？ 声か匂いか、それとも本能なのだろうか？ 林群浩は思った。それは彼には理解できない世界だった。**涙なきむせび泣き**。あるいは、生命とは本来こうした多くの取り返しのつかない不条理によって成り立つものなのかもしれない。彼はふたりが澳底《アオディ》村に帰った日の朝のことを思い出していた。陽光がきらきらと光を放ち、真っ青な海原は静謐《せいひつ》さを保っていた。しかし、放射能は広大な空間を音もなく通り抜けて彼らの脆弱な体軀《たいく》を無意識のうちに蝕み、その体内に消えることのない爪痕を残していった。小蓉の体内に、知知の身体に、戻ることのない破滅の刻印を刻みこんだのだ。染色体の断裂異変。都市も田舎も同じく放棄され、荒原と化してしまった。それから、知知はまったく違った人間になってしまった。他の子どもとは違った環境の下で育てられることになってしまったのだ)。

小蓉が知知を抱きかかえた。知知は一瞬ぐずって、丸々とした手が小蓉の首を摑み、それからまたぐずぐずと泣き始めた。

「この子、最近よく泣くのよ」と小蓉が言った。「きっと痛がってるのよね……」

林群浩が小蓉に向かってそっと手を差し伸べた。彼が知知を抱きとめると、赤ん坊は突然泣き止み、せわしなく暴れ始めて何やら言葉にならないことを叫び出した。彼は知知の背中を撫でながらその身体を揺すると、自分の頬を赤ん坊のおでこにぴったりとくっつけてみた。すると、精緻な織物のような体温と目には見えない涙が煙のように身体の中をめぐっているのを感じた。しかし、そこには目を失った表情だけがあった。知知はそんな彼を軽く押し返した。頭に髪は無く、わずかに羽毛のような毛が生えているだけだった。彼はそれを優しく撫でつけた。指の腹が頭上にある凹みの部分まで来ると、ふと動きが止まった。彼はそこから柔らかく、不規則で細やかな変化を感じたのだった……。

突然、知知が笑った。

果たしてこれは笑顔といえるのだろうか？ 林群浩はすっかり戸惑ってしまった。泣いているのか、それとも笑っているのか。あるいは、生命本来の姿に近い知知にとって、泣くことと笑うこととの間に大差はないのだろうか？ この純粋で奇異な表情(満ち足りたような弓なりの口元)は、眼球を持たないこの赤ん坊の眼窩《がんか》を動かしていた。知知は再び泣き出して、林群浩の胸を蹴り上げた。

林群浩は知知を小蓉へ返した。三人は月光に照らし出された渓流を眺めた。ここに来る途中、林群浩は渓流が山の谷間のあたりで大きく曲がり、清らかな薄い緑色をした渓流がまるで曲線の中に落ち込むように白く美しい河を曲がり、また留まっていたのを思い出した。山々が連なるこの暗闇の中で、目の前を流れる河の流れは神秘的で、悠久の時間を移行するように自身の輪郭と渓流の響きをあたりに残すばかりだった。しかも、ほんのわずかに離れた場所にある河沿いの道は深い霧の中に沈み込み、どこにあるのか見つけることさえかなわなかった。

「だから……」林群浩はどう言えばいいのかわからなかった。「だから、君は僕と連絡を断つことにした」

「きっと、私は特別なのよ」。数秒の沈黙の後、小蓉が口を開いた。「施設で育った私にとって、あそこはどこよりも安心できる家だった」

「じゃ、僕たちの家はどうなるんだ？」林群浩は彼女の話を断ちきるように言った。「僕たちふたりの家は？」

「知知には必要ない場所よ」。小蓉はじっと遠くを見つめていた。あたりに霧が立ち込めて、ふたりはまるで亡霊のようにその姿を変えていた。彼女の視線は霧と暗闇の最も深い場所で止まっていた。「あなたがこの文明から離れられないってことはわかってる。きっと簡単じゃないわよね。でも、私には家族がいないし、それはそんなに難しいことじゃないのよ」。小蓉はそこで言葉を切った。林群浩は彼女の頰に涙が光っていることに気づいた。

「知知は被害者。私にはこの子を痛めつけてきたあの社会にこの子を返す理由が見つからない。たとえこの子が一生ぼんやりとした幸福の中で人生を送ったとしてもいいと思ってる。それにこの子だっていつまで生きていられるかわからない。ただ、私がそばにいればこの子はそれだけで満足なのよ……」

林群浩はすっかり黙り込んでしまった。彼はふと昔読んだある記事を思い出した。一九八七年に起こったチェルノブイリ原発事故の後、半径三〇キロ圏内はすっかり廃墟となってしまった。しかし、わずかに残ったウクライナの農民たちだけが土地を離れることを拒んだ。彼らはテレビもなく、故障したラジオを修理にも出さず、外界との往来を完全に遮断したのだった。あるとき、あるジャーナリストがその存在を知って彼らにソ連がすでに瓦解したことを伝えた。「俺たちは皆、平穏に暮らしている」と農民は言った。「外の世界に興味はない。聞けば、外の世界じゃまだ戦争が続いていて、社会主義が終わって、今は資本主義の社会になったそうじゃないか。皇帝《ツァーリ》が戻ってきたなんて者もいたが、そりゃ本当なのかね？」

　その通り。皇帝が戻ってきたのだ。乃《すなわ》ち、漢有るを知らず、魏・晋に論なし。そのとき、彼はふと東《ドン》北角《ベイジャオ》に廃棄された致死量の毒素を持つあの膨大な貯蓄施設を思い出した。境界の曖昧な暗闇の中で、いったい誰があの幾層にも覆い隠された火炎と砂ぼこりの本当の色を知ることができるのだろうか（放射線は壁や屋根をすり抜け、また損傷して腐食した電線やパイプをもすり抜けていく。それは音も色も匂いもない無数の細かい刃の切っ先であり、破壊の幻影そのものなのだ）。それは文明の岐路であった——誤った想像、絢爛《けんらん》で色彩に溢れ、ふくよかで柔軟な情欲を持った質感、そして麻薬の如き致命的な幻覚。しかし、ある瞬間からそれは本来あるべき道から逸れしまい、虚妄の地へと行き着いてしまったのだ。このときから、時間は繰り返し転倒する砂時計となってしまった。**瀕死の者は復活して地獄の炎に臨み、奇蹟の衣を纏いぬ**。そうだ。それは神さまのおこし給《たも》うた奇蹟に違いない。$E=mc^2$。これほど簡潔で優美な数式は、きっと神さまが創造し給うたものに違いない（神さま以外にこれほど正確で優雅な創造物を生み出すことのできる創作者が果たしているのだろうか？）。そのときから、僕たちは神さまにとって代わったと思いあがってしまったのだ（僕たち人間は、あるいは神さまの代理工場なのかもしれない）。核爆弾を胸に抱いて、それをゆっくりと起爆させながら、それでもすべてをコントロールできると思っている。なぜなら、自分たちには十分な技術も自信もあって、すべてを制御統制できるといった思いあがりがあるからだ。それは絶対に戦争のために存在するのではなく、斬新な文明の炉であって、永遠に尽きることのない推進力を秘めているはずだった……

「以前、あなたが倒れていたときに一度だけ、賀《ホー》陳端方《チェンドゥアンファン》が人を遺《よこ》してきたことがあった」と玲芳が突然口を開いた。

「賀陳端方が？」林群浩は訝《いぶか》しげに答えた。「人を遺してきた？　そいつらが自分で賀陳からの使いだって言ったのかい？」

「まさか」と玲芳が答えた。「でも見ればわかるわ」

「やつらがここに来たってこと？」

「ううん、彼らが来たのは大渓漁港」と小蓉が答えた。「あのときはまだここに引っ越してなかったから」

「それってやつらが例の決死隊を組織して、台北の立入禁止区域に調査に出掛けたときのこと？」

「ええ」

「ということは……」林群浩は考えながらつぶやいた。「つまり、賀陳端方が人を遺してきたことを僕は知っていたんだね？」

「知ってたと言えなくもない。でも、あなたはあんな状態だったから」

「なるほど」と林群浩が言った。「だから僕はあんな夢を見たのか……」

「どういうこと？」小蓉が言った。「夢って？」

「いや……」林群浩はしばらくの間黙りこんだ。「大したことじゃない」。三人はそのまま口を閉じた。林群浩は足元に広がる砂地にたくさんの幼いトンボが移動しながら幻想的な黒い影をつくっていることに気づいた。「夢を見たんだ」。林群浩が口を開いた。「さっき言ったような夢の内容が、全部映像として記録されたんだ。だから、僕にはその夢の内容がはっきりわかるんだ。小蓉、僕はその夢の中で君と賀陳端方を見た。夢の中で僕たち三人は何かを言い争っていた。しかも、夢の中には僕の知らない子どもがふたりいたんだ」。暗い灰色の砂粒が林群浩の低い言葉を擦り落としていた。砕けた石が剝がれ落ちる音が微かに響いた。「きっと僕は毎日君のことを夢見ていたんだ……」

小蓉は何も答えなかった。

「君たちは本当にもとの世界に戻りたくないのか？」林群浩が言った。

「ええ」玲芳が答えた。「少なくとも私は戻りたくない。戻ってどうなるの？　この世界はとっくに壊れてしまったのよ。以前なら、子どもたちをこの世界から遠ざける機会はなかったかもしれないけど。私たちは何を根拠にこの子たちをあんな世界に返すことができるの。いったいどんな理由で、そんなことができるっていうの？」

林群浩は黙りこんだ。空に浮かんでいた黒い雲が薄らぎ、霧は河に向かって流れていた。星々が彼らの頭上で輝いていた。知知は規則正しい寝息をたてて眠りこけている。林群浩は蛍を見に行った夜の出来事を思い出していた。蛍は彼らの袖の上で名残惜しそうにして留まっていた。「玲芳。昔君は言っていたね」。林群浩の声はまるで充血しているようだった。「愛は希少だって」

「二匹の怪物にとって、愛は希少なものよ」。玲芳は小さくつぶやいた。「確かにそう言った」

「小蓉、君は……」おかしかったのは、林群浩にとってこの言葉がどうしてこれほどまでに苦痛に満ちているのかまるでわからないことだった。口を開いたのはいいが、まるで自分の言葉が結局のところ何の意味もない言葉の羅列にすぎないような感じがした。「僕と一緒に帰らないか？　知知も連れて一緒に帰るんだ」

小蓉は答えなかった。頭を垂れて、自分の顔を知知の頰にぴったりとくっつけていた。その手は知知の頭の上にある凹みを押さえていた。「私はここに残る」と小蓉が言った。「少なくとも今は帰りたくない」

「どうして……」

瞳を閉じた小蓉の睫毛《まつげ》が揺れ動いた。その表情はひどく落ちついていて、まるで熟睡している知知とともに緩やかで穏やかな夢の世界に落ち込んでいるようだった。「あのときね、妊娠していることはわかっていたのよ。でも、あなたに伝えることができなかった」と彼女が言った。「ううん。伝えることは伝えたけど、あのときのあなたは子どもみたいで何も理解することができなかった。あのとき、私がどれだけ寂しかったかわかる？」小蓉が瞳を開けた。瞳にたまった涙が揺れ動いたが、すぐさまそれは深い霧の向こう側に隠されてしまった。「もちろん、私にだってあんな状態で妊娠したことがよくないことだってことくらいわかってた。あなたを責めてるわけじゃないのよ。私が言いたいのは、人は自分で思う以上に孤独だってこと。……誰にも理解できないのよ。本当に他人を心から理解できる？　自分とはずっと疎遠だったこの文明を本当に心から理解できる？　……生きているのが辛かった。私はもともと極端に人見知りする性格だった上に、母親に棄てられた家族のいない人間だったから。母親に棄てられたあの瞬間、きっと私も障害者になっちゃったのよ。私は長い時間をかけて自分と向き合ってきた。そして、無理にでも自分を訓練してきた。そうやって、自分を一匹の怪物に変えていったのよ。ソーシャルワーカーの仕事だって上手くこなせるし、他人とだってまともに付き合うことができる。孤独な独居老人たちの面倒を見ることだってできるし、低収入家庭の生活補助の手続きを手伝うこともできる。……でも、疲れちゃった。……私ね、半年前に一度だけ子どもを連れて花蓮に診察に行ったのよ。そのとき、病院の中で大きなお腹を抱えたたくさんの妊婦たちと出会った。そこには子どもの手を引いている母親たちもいた。すると、なんだか突然怖くなっちゃたのよ。どんなふうに彼女たちを見ていいかわからなくなっちゃった。この人たちは五体満足な子どもを産むかもしれないし、あるいは障害のある子どもを産むかもしれない。私は彼女たちに嫉妬するべき？　それともやがて向き合わなくちゃいけない痛みや自責の念ってやつを思って、ああなんてかわいそうなのかしらって同情してあげるべき？　それともっと正直に、他人の不幸を喜ぶべき？　……私には、今に至るまで自分の間違いを認めることのできないこの世界を受け入れることができないの。政治的な利益やお金のために事実をどこまでも隠蔽して、人々の命を奪っていったこの社会を、私は許すことができないのよ。きっと私には勇気が足りなかったのかもしれない……」小蓉は涙をぬぐって言った。「残酷にもなりきれないし、毅然とした態度でこのねじ曲がった世界と向き合うこともできない。でも、少なくともここにいれば、私は知知の面倒をみてあげることができる。十分な愛情に、自分自身を疑うだけの余裕がある。外の世界は知知には合わないし、私にも無理なのよ。この不思議ででたらめに満ちた島国で、動機のよしあしは別として人々は力を合わせて人類の歴史を崖っぷちまで押しやって、史上最大の廃墟を造り上げてしまった。私には、こんな間違った世界をどうして知知に受け入れさせなければならないのかわからないのよ……。まったく受け入れる理由なんてないし、そんなこと無意味じゃない」と小蓉が言った。その顔は月光がすり抜ける暗闇に沈み込み、抽象画の中にひっそりと浮かび上がる輪郭のように見えた。そのすぐそばで、神代の昔からあるような古い川面の石が弱々しい月暈《つきがさ》の光を浴びて見え隠れしていた。「以前ならこの世界とだって妥協することができたかもしれない。けど、今の私には知知がいる。この子のためにも、これ以上譲歩することはできないのよ……」

パラパラと雨が降って、月の光は再び力を失い始めた。雨の匂いが砂の上で散開していた。それは重さを持った音であって、また風の質感を備えた水滴だった。林群浩は瞳を閉じて、水と空気の流れを肌で感じていた。彼は自分の記憶の奥底に沈んだこの場所を思い出そうとした（彼はこの場所を覚えているはずだった。しかし、結局それを思い出すことは叶わなかった）。林群浩は知知の顔を見ながら（小さく弧を描いた鼻にかすかにつり上がった唇、そして瞳のない目。平べったい眉の下、骨のある部分のその下に深い二つのくぼみがあった。しゃれこうべのような眼窩。小蓉の肩から首にかけてできた影の中に隠されたその顔は、さながら奇形児の死者をかたどった仮面のようだった）、この子の目では見ることのできない放射線の鋭利な切っ先が染色体を打ち砕き、踏みにじる様子を想像した。赤ん坊の表情は台風が過ぎ去った後に塵芥《じんかい》が洗われた北海岸《ベイハイアン》の美しい光景に広がるフルーツの香気に似ていた。だが、知知の生命とは深夜、文明の巨獣が無防備の熟睡の中に見た、錯誤した夢にすぎないのだ。そこに広がる澄みきった美しさとは、残酷な運命に裏打ちされたものであった。この子は生き残るかもしれないし、あるいは死んでしまうかもしれない。しかし、この子の持つ思考や知覚は、結局のところ一時的な存在に過ぎないのだ。知知だって孤独であることからは逃れられないのだ。林群浩は思った。なぜなら、この泡のように消えていく儚《はかな》さは他人にとって、あるいは錯乱した時間軸の中でこの子を生み出しながら破壊・遺棄した世界にとって、結局のところ何の理由も意義もないものなのだから。

「もしも……」林群浩は瞳を開けた。「もしも、僕がここに残ると言ったら？　残るつもりならどうする？」

小蓉は答えなかった。知知を林群浩に預けると、玲芳から薄いコートを受け取った。「あなたはここにいるべき人間じゃない」と小蓉は小さな声で言った。彼女は受け取ったコートを知知にかけてやると、自分の胸の中に抱き直した。「あなたは私たちとは違う。家族もいるし、元の世界に戻るチャンスだってある」

「僕を拒絶することはかまわないさ」。林群浩は頬に残った涙の跡を隠すように身を翻した。「僕のことを拒絶するのはかまわない。でも知知はどうなんだ？　知知は僕の娘でもあるんだ」

小蓉はしばらくの間、黙りこんだ。「この子に会いに来てもいい。またここに来てもかまわない。どのみち、私たちがこの子と一緒にいてあげられる時間はそう長くはないのよ……」

44

Under GroundZero

2017.7.27
pm 10:22

二〇一七年七月二十七日。夜十時二十二分。台湾。新北《シンペイ》市烏来《ウーライ》山区。北台湾原発事故から六四七日。二〇一七年の総統選挙まで、残り六五日。

「つまり、賀陳端方《ホーチェンドゥアンファン》が人を派遣してきたのは、主任の携帯が目的ってわけか」。扉の外では青白いあかりの下に蚊やブヨが飛び回っていて、目に映らないほど小さな影がセメントの地面の上を旋回していた。

「ええ。でももちろん渡さなかった」。小蓉《シャオロン》は林群《リンチュン》浩《ハオ》を見つめながら言った。「なにも知らないふりをした。だけどどうして彼らはあなたが携帯を持っていったことを知っていたのかしら」

「そんなに難しいことじゃないさ」と林群浩が答えた。「やつらは澳底《アオディ》村にある僕の住処を捜索して、パソコンの中身をチェックした。それから主任のパソコンも。……あるいは主任が僕に事後を託すほど信頼していたことを知っていたのかもしれない……」

「そのことは覚えているのね？」小蓉が言った。「澳底村から携帯を持ち帰って、それを充電して電源を入れてみたのはよかったけど、携帯にはパスワードがかかってた。もちろんパスワードを解除するのはそこまで大変じゃない。お金さえかければなんとかなるから。でも、問題は当時の私たちはそんなことに構ってられなくなってしまったってこと……」

「ああ、だんだん思い出してきたぞ」と林群浩が言った。「でも……やつら、賀陳端方が派遣してきたやつらは自分たちで組織した決死隊が立入禁止区域への調査にやってきてた時期にここに来たのか？」

「たぶん」

「おかしい」。林群浩は眉間に皺《しわ》を寄せて言った。「やりすぎだ。あまりにも手が込んでいるじゃないか。携帯一個手に入れるためにそこまでするなんて。主任はきっとなにかを発見したんだ。あのときの携帯はまだここにある？」

「ええ。ちゃんと保管してる。でも、もう二年も経ってるから……」

「充電器は？　とにかく試してみるんだ」

五分後、ふたりは充電器を陳弘球《チェンホンチウ》の携帯につなげた。

反応はなかった。

「やっぱりダメか」。林群浩は肩を落としてその場に座り込んだ。

「いいじゃない」と小蓉が慰めるように言った。「これでよかったのよ。わからないなら、わからないで仕方ないじゃない。それが一番いいのかもしれない。どちらにせよ、私たちとは関係のないことよ……」

「いや、なんとかなるはずだ」と林群浩が言った。「これを街まで持ち帰れば、きっと中の資料を読み取ることができる」

「私は反対」

「どうして？」林群浩が訝《いぶか》しげに小蓉の顔を見返した。「どうして反対だなんて言うんだ？　さっきも言ったように、僕はこのためにずっと軟禁状態に置かれていたんだ。それだけじゃなく……」

「知らない方がいいのよ」と小蓉が首をふって言った。「なにも知らない人間が一番幸せなのよ」

「どうして君は知りたいと思わないんだ？」

小蓉は黙りこんだ。「知りたくない」。頭を垂れた小蓉が言った。「知りたくない。もう疲れた。きっとあなたも知らない方がいい。知ったところで、いいことなんてなんにもないわよ」。小蓉が彼の目を見て言った。「無知ゆえに幸福なことだってあるのよ……」

林群浩は言葉を詰まらせた。「君の言いたいことはわかるけど……」

「群浩──」玲芳が入り口でふたりを呼んだ。「もう遅いから今夜はここに泊まっていくでしょ？」

夜の闇に溶けるようにしとしとと雨が降っていた。集落に灯っていたあかりがひとつまたひとつと消えていき、糸のような雨によって浮かび上がった暗闇の中へと染み込んでいった。フクロウの鳴き声は空しく、はるか彼方へと響いていた。雨の幕に遮られた山々はその輪郭を消して、あたりにはただ霧だけが漂い、押し寄せる波のように周囲の空間を舐めまわしていた。

45

Under GroundZero

2017.8.17
pm 5:12

二〇一七年八月十七日。午後五時十二分。アメリカ・サンディエゴ。北台湾原発事故から六六八日。二〇一七年の総統選挙まで、残り四四日。

気温は摂氏二十五度、快晴だった。夕焼けは物憂《ものう》げに地平線上に腰を下ろして、まさに変幻無限の光の魔術《マジック》を披露しようとしていた。東側では背の低いオレンジ色をした壁と草原を挟んで、どこまでも広がる太平洋が白く輝くビーチさえもその視界の中に収めていた。一日かけて焼き尽くされたオーシャンブルーの海面は、日が暮れてようやく黄金をまぶしたように光り輝いていた。そこは歴史ある別荘地で、三十数棟のコロニアル・スタイルの建物が大通りに沿うように海に面した坂に並び立つその様子は、さながらレゴのオモチャが並んでいるように見えた。

ブローカーから紹介を受けたときから、黄立舜《ファンリーシュン》はこの場所を気に入っていた。

彼は一年を通して温暖なこの土地を購入したことを心から満足していた。ずぶ濡れになった彼はちょうど庭に備え付けられたプールから上がってきたところで、黒い水着をはいて八ターンほど泳ぎきったその表情はひどく爽快に見えた。恥ずかしそうに自分の下腹部にちらりと目をやった彼は、軒下まで歩いて行ってカクテルを一気に飲み干した。

「ちょっと！」消毒水の匂いがする中で、ビーチに座っていたピンクのビキニ姿の女性が声を上げて立ち上がった。男性の視線を一手に集めるほど完璧なスタイルをしたその女性のレイバンのサングラスには、黄立舜の歪んだ人影が映っていた。「ダメよ、そんなふうに飲んじゃ。運動したばかりで急にそんな冷たいものを飲んだら身体によくないじゃない

――」

黄立舜は手をふって答えた。「もう遅いよ。全部飲んじゃったから」。バスタオルを羽織った黄立舜は顔を拭くと、女性のそばに腰掛けて首にかけられたビキニの紐を解こうとした。

「ちょっと、なにすんの」。女性が黄立舜の手をたたきながら言った。「お腹いっぱいになったら、今度はあっちが欲しくなっちゃったってわけ？」

「おいおい」、黄立舜が口を開いた。「俺はまだお前の身体にすら触れてないんだぜ」

「スケベジジイ」と女性は甘えた声で言った。「ここは公共の場所なのよ」

「どこが公共の場所なんだ？　誰もいないじゃないか？」黄立舜がそう言った途端、黒いスーツを着た男性がひとりプールの端に現れた。

「ほら。やっぱり人がいるじゃない！」女性は依然として甘えたような声で叫んだ。

黒いスーツの男性は早足に黄立舜のそばまで駆け寄ると、身体を屈めて耳元でなにかを囁いた。

「うん、うん」、黄立舜はうなずきながら話を聞いていた。「なるほど。わかった」

黄立舜はその場に立ち上がると、「ちょっと仕事を片付けてくる」と言って、「遊び疲れたら、また私のところに戻っておいで」と続けた。

十分後、部屋着に着替えた黄立舜はアップル製のパソコンの前に座っていた。広いリビングルームの両側からは、巨大なガラス窓を挟んで青く澄みきったプールと真っ青な芝生が一望できた。しかし、黄立舜はそれらには目もくれず、二七インチの高画質パソコンの画面をじっと見つめていた。彼は机においたゴブレットグラスを手に取って、ワインに口をつけた。

「どうかした？」椅子を引いた女性が彼のそばに腰掛けた。緞子《どんす》柄をしたレースの薄いパジャマ（それはフランスのシャンテル社の春の新作だった）を身にまとった女性の引き締まった臀部がちらりと見え隠れした。「遊びの途中でお仕事だなんてめずらしいじゃない？」

「ああ……」と黄立舜が考え込むようにつぶやいた。「分配にどれくらい金が動かせるのかちょっと計算してたんだ」

「お金を使うの？」

「ああ」。黄立舜がマウスを動かしながら答えた。「香港にあるプライベートファンドが投資を求めてきてるんだ」

「プライベートファンド？　それって信頼できるの？」女性は黄立舜の肩に手をかけながら言った。

「大臣の紹介があるからおそらく問題ないだろ」黄立舜が言った。「楊《ヤン》主席秘書官も一口嚙むらしい」

「楊主席秘書官って？」

「楊辰嘉《ヤンチエンジア》だよ」と黄立舜が言った。「核エネルギー安全署の主席秘書。この前のパーティにも来てたじゃないか。もう忘れたのか？」

「ああ、そう言えば――」

「大臣が言うには、このプライベートファンドのリーダーはブラック・ロックのファンドマネージャーだったそうだ」と黄立舜が説明した。「離職して、ほとんどの社員を引き抜いてつくったファンドらしいから、まぁ大丈夫だろ」

「じゃ、これは？」女性がパソコンの画面を指差して言った。

「俺の口座だよ」と黄立舜が言った。「シンガポールに開いたんだ」

「名前が違うけど？」

「自分の名前なんて使うわけないだろ」と黄立舜が言った。「俺の名前を直接使うわけないさ。法人としてなら話は別だが」

「で、あなたはこの会社の責任者ってわけ？」女性が言った。「イギリス領ヴァージン諸島商西城《シャンシーチエン》有限株式会社？」

「ああ、社員は俺ひとりの幽霊会社だよ。前に見たことなかったか？」

女性が首をふって答えた。「私が見たのは別の名前だったわよ。確かバミューダなんとかって」

「ああそうだ。バミューダにも一件あったはずだ」

黄立舜が言った。「実はそこの会社名をメフィストってしようと思ってたんだ」

「メフィ……なんだって？　なんだか舌嚙んじゃいそうな名前ね」。女性が眉をしかめた。「ねえ、それって今やらなくちゃいけない仕事？」黄立舜に抱きついた女性はフランス人形のような瞳をしばたたかせて言った。「ところで……今日の午後、あなたの娘さんの機嫌悪かったの知ってる？」

「うん？」黄立舜がふり返って言った。「へえ、機嫌が悪かったのか？　お前はなんだってまたそんなことを知ってるんだ？」

「なんだっていいじゃない。とにかく虫の居所が悪かったんでしょ」。黄立舜はしばらく黙りこんでから言った。「あいつも十四歳だからな。時間があればショッピングにでも連れて行ってやってくれ」

「了解」

「欲しい鞄や靴があれば買ってやってくれ」

「No problem」。女は指でＯＫサインをつくって言った。「でも、ひとつだけ忠告してあげる。女をそんなふうに扱ってちゃいずれ痛い目にあうわよ」

「なんだって？」

「あの子が自分からあなたに気持ちを素直に話させるようにしなくちゃ。私がそのためにどれだけ苦労してるか知ってる？　あなたの態度じゃダメよ。まるでなってない。女がいつだって服や鞄で買収できると思ったら大間違い」

「ああ、わかってる」。黄立舜はワインを飲み干すと、再び視線をパソコンの画面へと戻した。「何度も聞いた」

黄立舜はパソコンの画面から目を離すことなく答えた。「ファンドの人間が明日ここに来て簡単なプレゼンをしてくれるそうだ。あと少しだけチェックすれば大丈夫だ」

「今回はどのくらいお金を使うつもり？」

「最低でも一五〇〇万ドルは必要らしい」

「そんなに？　ずいぶん羽振りがいいのね」。女性が言った。「そのファンドはなにに投資しているの？」

「再生可能エネルギー」黄立舜が言った。

「あきれた！」大笑いした女性の口元から貝殻のような真っ白な歯が見えた。「再生可能エネルギーに投資するですって？　原発の専門家のあなたが？　再生可能エネルギーはどれも未熟で使い物にならないんじゃなかったの？」

黄立舜は目の前で自分を罵るこの美しい女が得も言えぬ性的魅力を放っていることに気づき、どきりとした。

「ああ、未熟さ。だがそれはずいぶん前の話だ」。彼は女性を膝の上にのせると、その身体を両手でしっかりと抱きしめた。「未熟だったから原発が必要だった。じゃなきゃ、俺の金がどこから出てるか知らなかったとは言わせないぞ。金を稼ぐってのは、並大抵のことじゃないんだ」。黄立舜は豊満なその乳房を摑んで言った。「バカじゃなけりゃお前にもわかるよな？」

46

Under GroundZero

2015.10.19

　ずいぶんと経ってから、林群浩《リンチュンハオ》は夢の中で再び澳《アオ》底《ディ》村のあの懐かしい部屋に舞い戻っていた。時間はちょうど二〇一五年十月十九日、原発事故が起こる日の午前、夢の中で彼は小蓉《シャオロン》を車で送ることもなく、彼女は台風が過ぎた後のあの暗い部屋に留まっていた。矛盾していたのは、原発事故を経験していないはずの林群浩がこれから起こる出来事のディテールにいたるまですべて知っているということだった。彼は一切を破滅へと導く、巨大な天災を生み出す機械の最初の妄執がなんであったのかすべて知っていた。——事故の発端となったのは、燃料プールにつなげられた冷却水パイプの破損だけではなく、実際には原子炉一号機の冷却水パイプに取りつけられた避雷器も台風による強風によって破壊されたことにあった。落雷によってパイプが部分的に破壊され、原子炉の炉心の水位が下がってしまったのだ。緊急修理も間に合わず、「断固たる措置」によって非常用バッテリーを作動させ、予備の冷却水を炉心に流し込むしかなかった。しかし、高出力で運転中の原発において、原子炉内部は常に七五気圧の高圧状態を保っているために、まず原子炉内の気圧を下げなければ予備の冷却水を注入することは困難だった。想定外だったのは、気圧を下げるバルブのパイプラインが同じく強風で破損してしまっていたことだった（それはほんの些細な溶接ミスだった）。結局のところ、彼らは原子炉内部の気圧を正確に下げることに失敗してしまったのだった……

　窓の前に立ちつくしていた小蓉は目に見えないなにかをじっと凝視しているようで、逆光に輝くその後ろ姿が晩秋の冷たい風の中に沈んでいた。事故が起きる前に彼はなんとかして自分の知っている事実を伝えてみたが、彼女はそれになんの反応も示さずに、彼に背を向けたままふり返ることすらしなかった。

　突然寒気を覚えた彼は小蓉を抱きしめようとしたが、伸ばしたその手はそこにあるはずの小蓉の身体をすり抜けていってしまった。

　ふり返った小蓉が悲しげな顔で微笑んだ。その身体は徐々に薄れていき、光と闇が並存する部屋の中に霧散していった。

　しかし、それは結局ただの夢だった。夢でしかなかった。それは一切の現実――、あの空焚きとなった原子炉が高温になり、炉心がメルトダウンし、さらに水素爆発を起こして、大量の放射性物質が目に見えない鋭い切っ先のように大気中に飛び散る――、それらとはなんら関わりのない夢だった。それは彼らが観覧車で行なった永遠の誓いに北台湾一帯に広がる巨大なゴーストタウン、白血病に罹《かか》って次々と死んでいく子どもたちに誰にも理解することのできない知知《チーチー》の神秘的な心となんら関わりのない夢だった。

　なんら関わりのない夢だった。

47

Under GroundZero

2017.9.2
pm 11:09

二〇一七年九月二日。夜十一時九分。台湾台南《タイナン》。北台湾原発事故から六八四日。二〇一七年の総統選挙まで、残り二八日。

ビルの屋上。轟々と吹き荒ぶ風のほか、一切は静寂と暗闇の中に包まれていた。

「来たか」。壁に身を寄せた男の顔は、この都市《まち》の底で徐々に消えていくあかりに向けられていた。どこから伸びてきたのかわからぬ微かな光がその影を断ち切っていた。たくましい身体つきをした男の肩幅は広く、背後に引きずった影がマントのようにその巨大な体躯《たいく》を引っ張っていた。

「ええ」。もうひとりの人間が男の背後に立っていた。

「監視カメラは確認したか？」

「はい」。男は前のめりに身を屈めると、小さく耳打ちした。「警備会社の引継ぎは十一時です。その間、五分間は誰も監視カメラをチェックする人間はいないはずです。それにここの監視カメラはそもそも案山子《かかし》同然で、暗すぎてなにも映りません」

「たとえ映ったとしても、はっきりとはわからないってことか？」

「ええ、それもまた確認済みです。そもそもこの立体駐車場を普段利用する者はほとんどいません。ここに来る者は限られているのです」

「それはなによりだ。しかし、まったく映らないのか？」賀陳端方《ホーチェンドゥアンファン》が冷たい笑みを浮かべて言った。「どうやらここの監視カメラのシステムはわが国軍のそれといい勝負のようだな」。彼はしばらく黙り込んでから、「で、現状は？」とたずねた。

「思わしくありません」と男が低い声で答えた。

「林群浩《リンチュンハオ》と李莉晴《リーリーチン》のふたりはまだ接触を続けています」

「あの女、まったくたいしたたまだ。……我々の脅しも効かなかったのか?」

男はそれに答えず黙っていた。

「おかしな話だ」と賀陳端方がつぶやくように言った。「そう思わないか?」

「おっしゃるとおりです」男がうなずいて言った。「李莉晴は良家の出《で》で成績優秀。聡明で美しく、小さな頃から順風満帆な人生でした。……あるいは、ああした向こう見ずな性格はそこから来ているのかもしれません」

「で? なにか新しい情報は?」賀陳端方が言った。

「李莉晴はドリーム・イメージの資料を何枚か隠し持っています。もちろん、ただの夢に過ぎませんが」

「確認したのか?」

「はい。資料を何枚かダウンロードしたようです」

「問題はそこじゃない。だろ? 夢を証拠資料にする人間なんてこの世界にいやしない」。賀陳端方が言った。「証拠に持ち出したところでなんの説得力もない。やつらだって軽挙妄動は慎むはずだ」

「ええ。たとえ蘇貞昌《スージェンチャン》たちがそれを手に入れたとしても、迂闊《うかつ》に手出しはできないはずです」男が言った。「しかし、問題は林群浩と李莉晴がいまだに接触を続けていることです。私が心配しているのはまさにその点なのです」

「と言うことは……」賀陳端方が言った。「やつらはなにかに勘づいたのか?」

「それだけではありません。あるいは状況はより逼迫しているかもしれません」。男は深く深呼吸して言った。「やつらは間もなく呂世洋《リュシーヤン》にまで辿りつきます」

「呂世洋まで?」賀陳端方は信じられないといった調子で答えた。「林群浩の最初の担当医か?」

「ええ」と男が言った。「林群浩が花蓮《ファリエン》のメノナイト病院から原発処理委員会付属医療センターに転院した際の最初の医者、紀心雅《ジーシンヤー》の前の担当医です」

「それは捨て置けないな」。賀陳端方が眉をひそめて言った。「しかし、君はどうしてそれがわかったんだ？」

「林群浩の健康保険のICカードに異常な運用記録を発見したのです」と男が言った。「近頃、彼がインフルエンザの診察を受けた記録があったのです。あなたも知っているように、我々は細心の注意を払って呂世洋に関する記録を処理してきました。そこで前回林群浩が診療した際に使用した健康保険のICカードを手に入れたのですが、診察そのものに問題はありませんでしたが、分析の結果、何者かが彼のICカードを使って呂世洋の資料を読み取ろうとしていたことが確認されたのです……」

「まさか」。賀陳端方が答えて言った。「健康保険のICカードから侵入しただって？　ハッカーでも雇わなけりゃ不可能だ。やつらにそんな技術はないはずだろ」

「林群浩には不可能です。彼には我々の監視が十分に行き届いていますから」と男は言った。「しかし、李莉晴に関してはなんとも言えません。我々は李莉晴の行動を制限する法的根拠を持っておりません。おそらくあの女がやったことでしょう」。男はやや間隔を置いて続けた。「憂慮すべきは、もしも彼らが呂世洋にまで行き着いてしまった場合です。そうなればことは面倒です」

「なるほど……」賀陳端方は苛立たしげに答えると、身を翻して背後の暗闇の中に足を踏み入れた。その足音が空っぽの空間に鳴り響いた。「呂世洋はまだ台中《タイジョン》にいるのか？」

「はい」

「そうか……」賀陳端方はなにかを考えながらつぶやいた。「あるいはそこまで気にする必要はないのかもしれない。なんと言っても、呂世洋だってこちら側の人間だ。しかし、我々が林群浩に行なった拷問は明らかに違法行為だった。もしもこの件が外部に漏れてしまった場合、呂世洋は保身のために我々を裏切らないとも限らない。やつは林群浩が一度自分の手で回復したことを知っているんだからな」

「ええ。目下我々にアドバンテージがあるとすれば、我々は呂世洋が主治医をしていた時期の記録をすでに削除してあるという点です」と男が現状を分析するように言った。「記録は林群浩の保険証からすべて消されているはずです。物証はありません。が、それでも何者かがその削除のプロセスに気づき、それを復元しないとも限りません。もしもその手のプロであれば、当初の医療施設の場所を割り出すことができるはずです。もしも彼らがそれと呂世洋との関係に勘づけば、あるいは呂世洋本人や彼の医療チームに接触することになるかもしれません……」

「そうなれば、隠し通せるものではなくなってしまうな」

「そこまで悲観することもありません」と男は言った。「しかし、リスクは依然として残ります。しかも、決して小さくないリスクが」

「なるほど……」賀陳端方がうなずいて言った。

「今さらこんなことを言うのもなんだが、我々は当初呂世洋にああしたことをやらせるべきではなかったのかもしれないな……」

「あるいはそうかもしれません。しかし失礼を承知で言えば、確かにそれは後付けの論理のように思います」と男は言った。「当初は林群浩を収容・管理する必要性が確かにありました。我々はなんらかの名目を使って、彼を監視下に置く必要があったのです。合法的に収容しているのに、医療行為だけ行なわないというわけにはいかなかったはずです。そうしなければ、彼を監視する合理性が担保できなかった。それにもしも我々がなんの行動も起こさなければ、林群浩本人も疑いを抱いたはずです」

「確かにそうだ」

「さらに言えば目下の問題はそこではありません。彼を拷問にかけたことはすでに過去のことです。当初林群浩の体調はすでに回復していましたが、我々は彼の回復を阻止する必要がありました。彼の心とその記憶を完全にたたき潰す必要があったのです。

他に選択肢はなかった。今重要なのは、彼らが呂世洋に関するあらゆる資料に辿り着くことを阻止することです。我々が彼から『五感剝奪』した事実に、彼らが辿り着くのを阻止することなのです――」男は補足するように言った。「しかし、憂慮すべきは、我々はすでに林群浩と李莉晴のふたりに何度か警告を与えてきたことです。彼らがそれでも接触を続けているとすれば、それは彼らがリスクを犯してでも行動するに足るだけの進展があったということなのです」。男はしばらく間隔を置いて言った。「私はただその点だけが心配なのです」

賀陳端方はうなずくと、しばらく黙り込んでから口を開いた。「さてどうすべきか」

男はそれに返事を返さなかった。

「君は……」賀陳端方がふと口を開いた。「私についてどれくらいになる?」

「二十年ほどになります」と男が言った。

「私は今なにをすべきだと思う?」

男は相変わらず沈黙を貫いていた。

「陳弘球《チェンホンチウ》のメールを受け取ったときに……」賀陳端方が口を開いた。「私が言っているのは、十月十九日のあの日だ。原発事故が起こった当日、私は陳弘球からメールを受け取った。彼は翡翠《フェイツイ》ダムがすでに汚染されていることを確認したと言ってきた。東北から吹きつける季節風が放射能を翡翠ダムまで運んでいったんだ。台風による降雨は多くなかったが、それでも放射能がダムを汚染するには十分な量だった。それは陳弘球が貯水エリアまで自ら足を運んでガイガーカウンターで測量した結果だった。やつは勝手に自分の持ち場を離れたんだ。あのとき君は核エネルギー安全署は技術部門で、理論上永遠に冷や飯喰らいの組織だと言っていた。もしもあのことさえなければ……」

「ええ」。男の顔の輪郭は逆光が生み出す闇の中に沈んでいった。黒一色の虚像はフランシス・ベーコンが描く、粉々になった人形《ひとがた》のようだった。「あれこそが唯一のチャンスだと思ったのです。我々は非常時には非常時の対応を採るべきですが、多くの人間は一生かけてもその『非常時』を手にすることができないのです。呉敦義《ウードゥンイー》〔国民党の政治家。当時中華民国の副総統〕も朱立倫《チュリールン》〔国民党の政治家。当時新北市市長〕も郝龍斌《ホーロンビン》〔国民党の政治家。当時台北市市長〕も、江宜樺《ジャンイーファ》〔国民党の政治家。当時中華民国の国会議長〕も、彼らはそれを待つことができなかった。蘇貞昌などは孤立した熱帯低気圧のようなものです……」

「それこそがまさに、我々が今ここにこうして立っている原因だろ？」

男は相変わらず沈黙を続けた。しばらくして彼は右の拳を突き出して、それを賀陳端方に向かってゆっくりとふりかざしてみせた。手刀のようなその切っ先は夜の間隙の中にしばらく浮かび上がっていた。次の瞬間、すべては光のない暗闇の中に沈んでいった。

ふり返った賀陳端方はビルの合間に広がる光のない夜と向き合った。疾風がその耳元で轟々と音を立てて鳴いていた。彼は、旧台南市内を抜ければやがて人家の疎らな嘉南《ジャナン》平野へと至ることを知っていた。光なき広漠とした荒野が彼の視界の下で際限なく広がっていた。上空を覆う闇夜がまるで燃え上がる炎のようにその形状を夢幻に変化させていたが、暗闇があまりに深すぎたせいで（その闇は荒削りで険しいタッチであったために、周囲の一切までをのみこみ、己自身さえものみこんでしまっていた）、誰もその微妙な変化に気づく者はいなかった。

「実際、あなたは今ここにこうして立っている」

男が言った。その声は乾いてはいたが、薄く冷たいものだった。「わかっているはずです。あのとき、事実を公表しなかったのは正しい選択でした。翡翠ダムが汚染されているといった重要な情報が無名の人間によって公表されるべきではなかった。なぜなら、そこには政治的な意義がないからです」。男はしばらく言葉を区切って話を続けた。「英雄とは人によって創られるものなのです。**政治的意義**もまた、政治家によって創造されるべきなのです」

「わかっている。だから私は今ここに立っているんじゃないか」と賀陳端方は低く答えた。「だから私が情報を隠蔽したのは正しかった。だから馬総統に向かって権限を与えるように強く要求したことは正しかった。だから被災地区への調査隊を結成したことは正しかった。だから危険を冒して被災区に足を踏み入れたことは正しかった。だから馬総統に立入禁止区域の設定を助言したことは正しかった……」

「そのとおりです」と男が言った。「それこそがまさに、**政治的意義を創造する**上で避けては通れないプロセスなのです。あなたは自ら足を運び、翡翠ダムの汚染状況を確認した。あなたが自ら出向いたということが重要なのです」

「その代償として、他人の命を犠牲にしてもか……」

「代償となったのは他人の命です。数十万の体内被曝者がその犠牲となりました」。男は復唱するように繰り返した。「しかし、政治的意義はすべてに優先するのです。あなたはそれを理解すべきです」。その声には表情らしきものがなかった。「政治的意義はすべてに優先する。放射能にも、そしてあなた自身にも。あなたの命もまた、選択の余地などないのです」

「しかし、結局あの携帯を手に入れることはできなかった」と賀陳端方が言った。「我々はメールの記録を消すことに成功した。ただ携帯本体の行方だけが不明だ……」

「だからどうしたというのです」。しばらく沈黙していた男が再び口を開いた。「すでにずいぶん時間が経ち、それを知っている者たちもあらかた死にました。人々の集合意識の中で、メールの存在などもはや存在しないのも同然なのです」

「しかし、携帯を手に入れることはできなかった。それが我々にとってリスクであることに変わりはないはずだ」

「それほど大きなリスクではありません」。男はそこまで言うと、一度言葉を区切って話を続けた。「現在林群浩と李莉晴のふたりこそが我々にとっての唯一のリスクなのです。最も危険なのは我々がすでに彼らに警告を与えてしまっているということなのです……」

「つまり……」低く擦れた賀陳端方の声はまるで細かくひき潰された砂利のようだった。彼は自分の監視下で林群浩が見たドリーム・イメージを思い出した。霧の舞い散る雪原で放射能の塵の中を進み、最後には行き倒れていく人々。施設の中で起こった存在しない言い争い。炎のようにその身を常に変化させていく空間、真っ暗なホテルの部屋に隠された秘密。二〇一五年十月十九日の原発事故当日、陳弘球から送られてきたメッセージが彼の携帯画面に映し出された。翡翠ダムの水源エリアの放射線量を測定した陳弘球は、それを毎時八五シーベルト、正常値の七〇万倍の基準だと言った。しかし、それもあくまで体外被曝の基準値であって、放射能が体内に取り込まれて体内被曝した場合を考えればまったく参考になるような数値もなく、想像するだに恐ろしかった。

「つまり」、賀陳端方が声を落として言った。「私には他に選択のしようがなかったということだ……」

男は顔を上げて空を仰いだ。大空に浮かぶ星々は夜風が立てる鋭い音の中に隠れていた。疎らな街のあかりだけが賀陳端方の瞳の中で燃え上がっていたが、それもまた一瞬で消えてしまった。それは文明が持つ幻影であって、また月の裏側の世界のようでもあった。無数の小さな生き物たちがかつてそこに留まり、最終的には永遠の虚空へと投げ込まれ、消えていったのだった。

「おっしゃるとおりです」と男が言った。「他に選択肢はなかったのです。我々はあるゆるリスクを排除しなければなりません……」

駐車場の屋上、男はふっと賀陳端方に身を寄せたと思うと、さらに彼に近づいていった。吹き荒れる風が駐車場の中で押し合い、ふたりの鼓膜を強く圧迫していた。鼓膜の内側では巨大な音が反響していた。屋上の壁の隅ではさながら存在しない幻影のように男が静かに、静かに、賀陳端方の身体の中へと吸い込まれていった。

0

GroundZero

（ジジ、ジ、ジジジ……）

（テレビ画面に光が灯る）

「……視聴者の皆さま、最新のニュースをお知らせいたします。今朝未明、台南市《タイナン》楠西区《ツーシー》東部の山間部で男女の遺体が発見されました」

画面がちかちかと光り、ノイズが吹雪のように画面全体を侵食していた。アナウンサーの五官も乱像《ゴースト》のためにはっきりと映らず、まるで全身が痙攣を起こしているようだった。「死亡していたのは、三十二歳の男性と三十一歳の女性、ＤＮＡ鑑定によれば、ふたりはエンジニアの林氏と医師の李氏であることがわかりました。警察の初動調査によると、ふたりは服毒自殺を図った可能性が高く、無理心中の疑いがあるとのことです。今回の事件は各方面で大きな関心を呼んでいます。死亡した林氏はかつて第四原発に勤めていましたが、事故当初は原発建屋内におらずに被曝を免れました。しかし、その後行方不明となった彼は原発事故の三週間後、北台湾原発事故立入禁止区域における強制疎開令発令以来第一二七番目の未疎開者として、花蓮《ファリエン》のメノナイト病院から通報を受けて保護された経緯がありました」

「エンジニアであった林氏は発見当初記憶障害を起こしていて、失踪していた期間のことはなにも覚えてはいませんでした。また、放射能の影響から血液に異常をきたしており、鬱病も併発していました。そこで林氏は原発事故処理委員会によって準備された医療機関で専門的な治療を受け、収容所に収監されることになったのでした。一方、李氏は総統府北台湾原発事故処理委員会付属医療センターに勤務していた医師で、林氏の鬱病と記憶障害の治療を担当しておりました。おそらく、そこから両者の関係は深まっていったものと思われます」

「しかし、現在わかっているところによれば、林氏の鬱病と記憶障害はまったく好転の兆しが見えない状態であったそうです。さらに今年の八月に母親が亡くなった際には再び失踪、家族から通報を受けた関連機関によれば、おそらく記憶障害の悪化によって生活の基本的能力を失った結果、再度の失踪に繋がったのではないかということです。あるいは長引く病によって厭世気分が強くなり、母親の病死が引き金となって失踪したのではと考えられています。記憶障害については頭部への負傷、あるいは被曝による影響が関係していると言われ、李氏と無理心中した理由とともに、現在調査中であるとのことです……」

ゴーストタウン。廃墟となった台北。誰もいない都市《まち》が、テレビ画面にはぼんやりと映し出されていた。古い街並みに並ぶビルに無人のアパート、街頭に立ち並ぶＬＥＤ看板、大型家電量販店にかけられた薄型テレビ、誰もいないオフィスビル、病院のホールに学校の事務室、デパートの中庭、無数のテレビ画面が果てしなく続く暗闇の中でちかちかと輝いていた。それはまるでいくつもの目を持った巨大なバケモノのようだった。あるいはそれはいたるところに転移しては寄生する、感光点を持った悪性の腫瘍にも似ていた。

「続きまして、選挙に関する情報をお伝えいたします。総統選挙まで残り一週間、本日はスーパーウィークエンドです。与野党両陣営ともに最後のパーティーを開き、得票のために全力で動員をかけています。選挙十日前に行なった匿名の世論調査では、与党総統候補である賀陳端方《ホーチェンドゥアンファン》が依然として二、三百ポイントの僅差で野党候補者である蘇貞昌《スージェンチャン》にリードしており、戦況は苛烈を極めています。現在の時刻は午後五時十六分、ここで台南市の蘇貞昌選挙対策本部へカメラを切り替えたいと思います……」

（ざわめきは小さくなっていき、画面は徐々にぼんやりとしていく――）

（ジ、ジジジジジジ、ジジ、ジジジ――）

（ブツン）

静寂。アパートには誰ひとりいなかった。この瞬間この場所で、唯一の人工的な光源はテレビ画面の光とともに音もなく消えてしまった。窓の外からはかすかな明かりだけが差し込み、部屋の中にある家具には厚いほこりが積もっていた。地面には亀裂が走り、タイルは破損していた。黴《かび》と錆《さび》が目につくあらゆるものを占有して、天井に張り巡らされたパイプからはぽたぽたと水が滴り落ちていた。

雨が降っていた。静かな雨だった。雨粒は古いアパートの屋上に降り注ぎ（アンテナは倒れ給水塔もすでに破損して、蜘蛛やアメンボ、ブヨの死骸が水面に積み重なるように浮かんでいた）、屋上にあるエレベーターの発電機室の上に降り注ぎ（錆ついたハンドル、ちぎれたワイヤーロープ）、廃棄物が風に四散する街頭に降り注ぎ、微かな光の中で静かに死滅する電線の上に降り注いでいた。雨は文明によって一瞬にしてその命脈が絶たれてしまった北台湾地区の巨大なゴーストタウンの上に降り注いでいた。人類によって生み出された華麗な荒野の上に雨は降り注いでいた。人類がこの地を去って随分と時間が経ったが、流砂の上に残された文明の残影だけはいつまでもそこに留まっていた。しかし、最後に残ったものはただ虚無だけだった。

雨は亡霊たちの身に降り続いていた。ただ虚無の上に、降り続いていた。

アジア初の脱原発国家・台湾

3・11の原発事故以降、台湾は日本の近隣諸国の中で最も「フクシマ効果」が現れた国だった。二〇一七年一月、台湾の国会にあたる立法院では、新たに就任した蔡英文《ツァイインウェン》総統が現在台湾に合計六基ある原発を二〇二五年までに事実上廃炉にすることを決定、再生エネルギーの拡大を目指す方針を明言した。しかし、アジア初の脱原発国家の道程は決して平坦なものではなく、その運動は一九八〇年代から続いてきた民主化運動との関連の中で一歩一歩前進してきた歴史がある。

台湾の原発政策は、戦後日本と同様に冷戦体制の産物として誕生した。一九五〇年代、国民党政府はアメリカから技術導入することで原子力開発に乗り出したが、その背景には米ソ両大国による核の共同管理に加え、核実験に成功した中国共産党への対抗意識があった。一九七〇年代から八〇年代にかけて次々と建設されていった六基の原発は、国民党独裁体制の下で強権的に進められ、アメリカの企業がプラント一式の提供から建設までを一括して請け負う方式が採られてきた。独裁体制を敷く国民党とそれを支持するアメリカ政府との蜜月関係の下で建設された原発は当初からその安全性が懸念されてきたが、戒厳令体制当時はまだ市民が政府の政策に異を唱えることは難しかった。実際、原発問題が本格的に社会的な争点になったのは、一九八〇年代中葉に環境保護聯盟などの市民組織が、党外組織であった民進党の急進派と連携することで反原発を訴えてからであった。

こうした背景から、街頭での社会運動に一歩先駆ける形で産声を上げた台湾の原発小説もまた、国民党一党独裁体制に対するアンチテーゼとして書かれた側面が強い。例えば、郷土文学作家として名高い宋澤萊《ソンズーライ》の『廃墟台湾』(一九八五年)も、国民党による無計画な原発建設計画と一方的な安全性アピールに異議を唱える目的で書かれたものであった。物語は、放射能に汚染されて国際的な立入禁止区域に指定された三十年後(二〇一五年)の台湾に二人の西洋人が調査にやってくるといった叙述スタイルを採っている。「超越自由党」と呼ばれる全体主義政党による独裁体制下で自殺が横行する凄惨な社会の有様と極度の環境汚染と頻発する原発事故によって急速に破滅へと向かっていく台湾の様子は、自由な発言がいまだ十分に許されていなかった戒厳令下当時の政治状況が強く影響した作品となっている。

一九八七年の「解厳」(戒厳令の解除)後も、反原発運動は依然として台湾の民主化運動にとって重要な課題のひとつであったが、そんな彼らが民意を無視した強権政治の象徴として強く抗議した対象こそが、本作にも登場する第四原発だった。二〇〇〇年の総統選において、戦後一貫して原発建設政策を推進してきた国民党が政権を失うと、反原発運動と協力関係を築いてきた民進党は第四原発再評価委員会を設立、陳水扁政権は同年十月に第四原発中止を宣言したが、そのわずか三ヵ月後には国民党の反対を受けて建設再開へと転じる政治的譲歩を行なった。民進党のこうした態度は、市民運動が特定の政党との連帯の下で原発反対を訴えていくといった台湾における従来の運動スタイルにとって大きな転換点となっただけでなく、市民運動と民進党との距離を広げる要因のひとつにもなった。

そして、二〇〇八年三月に国民党が再び政権与党の座に返り咲くと、第四原発は再度建設の方向へと向かっていたが、運転再開を予定していた二〇一一年三月に福島第一原発事故が発生、台湾国内における原発反対の声は自然と高まりを見せ、福島第一原発事故から二周年を迎えた二〇一三年三月には、台湾各地で二十二万人を超えるデモ参加者が原発廃止の気勢をあげたのだった。こうした国民の大規模な反原発運動を受けて、二〇一四年四月には馬英九《マーインジウ》総統がやむなく第四原発の一号機の稼動凍結と二号機の工事停止を表明、翌年には正式に建設・運転が凍結されることとなった。そして、二〇一六年五月、反原発を掲げて当選した民進党の蔡英文が総統に就任したことで、台湾の民進党政権は満を持して台湾全土の原発の廃炉を決定、ここにアジア初の脱原発国家を宣言するに至ったのであった。

ポスト・フクシマにおける台湾の原発小説

本書は二〇一三年に台湾の麥田出版社から刊行された『零地點 GroundZero』に、著者が加筆・修正した内容を日本語に翻訳したものである。本書が書かれた二〇一三年の時点では、台湾は原発政策を推進してきた国民党政府が依然として政権与党として強い力を持ち続け、政府が脱原発に舵を切るかどうか、いまだ予断の許さない政治状況にあった。福島第一原発事故以降、台湾では毎週金曜日の午後六時から台北の自由広場で通称「五六運動」と呼ばれる反原発デモ集会が定期的に行なわれ、著名な作家や映画監督などが民衆に向かって脱原発を訴えてきたが、本書の著者である伊格言もこの運動の常連だった。

伊格言は一九七七年に台南で生まれ、大学時代には台湾大学と台北医学大学で心理学と医学を学び、大学院時代に中国文学研究科に所属するといった異色の経歴を持った作家で、ＳＦ小説を中心に幅広い創作活動を行なってきた。本書は著者にとって初めての邦訳となるが、これまでにも二冊の短篇小説集（『甕中人（大甕の住人）』二〇〇三年、『拜訪糖果阿姨（アメ玉おばちゃんをたずねて）』二〇一三年）に、二冊の長篇小説（『噬夢人（夢を喰む者）』二〇一〇年、『零地點 GroundZero（グラウンド・ゼロ 台湾第四原発事故）』二〇一三年）、一冊の詩集（『你是穿入我瞳孔的光（君は僕の瞳に射し込んだ光）』）を刊行するなど、二〇〇〇年代以降の台湾文学を代表する作家の一人である。作家活動以外にも、国立台北芸術大学で講師を務めながら文学評論などを含めた幅広い執筆活動を行ない、さらに二〇一六年からは作家張耀升《ジャンヤオシェン》、陳栢青《チェンボーチン》らと共にインターネット上の文学評論「外辺世界」を発表するなど、創作活動と同時に原発問題を含めた社会問題にも広い関心を抱いてきた。

こうした作家としての豊富なキャリアを背景に、二〇一三年当時、市民運動が直面した従来の反原発運動の限界と、福島第一原発事故を契機とした反原発の民衆運動の熱気が台湾中を覆い尽くす中で本書を執筆した伊格言は、戒厳令時代に活躍した作家たちとは違った方法で原発問題にコミットしようと試みる。元来ＳＦ小説を得意としてきた伊格言は、街頭に飛び出してきたデモの参加者たちや現実の政治家や著名人たちを積極的に小説世界にリンクさせることによって、台湾の原発問題に介入しようとしたのだった。

物語は、二〇一五年の国民投票によって商業運転が開始された第四原発が突如原因不明のメルトダウンを起こすことから始まる。政府は重大な放射能汚染に侵された北台湾を立入禁止区域に指定、ついで台南への遷都を宣言する。かつて第四原発のエンジニアであった林群浩《リンチュンハオ》は事故の影響で当時の記憶を失っていたが、やがてその失われた記憶の中に事故の重大な秘密があることを知る。そこには立入禁止区域を調査する「決死隊」を組織して一躍国民的英雄となった次期総統候補、賀陳端方《ホーチェンドゥアンファン》の秘密があった。政府の厳重な監視下に置かれた林群浩は、カウンセラーの李莉晴《リーリーチン》と協力することで失踪した恋人の行方を追いながら徐々に事件の核心に近づいていく。

サスペンスタッチで書かれた本書は、戒厳令期に書かれた『廃墟台湾』などと比べて、原発事故後の未来を描いているという点では共通しているが、前者がその凄惨な未来を三十年先といった比較的遠い未来に設定していたのに比べて、本書では事故を執筆のわずか二年後の二〇一五年に設定している点に大きな違いがある。つまり、前者が現実には実在しない架空の政党や人物を創造することで批判の許されない現実政治を風刺していたのに対して、本書では馬英九や台湾電力など、登場人物の多くが実在の人物や団体によって構成されているのだ。さらに、高線量被曝に関する叙述などに関しても伊格言は、台湾の原子力エネルギー委員会の資料を参考にするなど、その影響を決して誇張して描くことなく、物語に徹底してリアリティを与えようとしている（例えば、本書で問題となる翡翠《フェイツイ》ダムの水源エリアの放射線量は毎時八五シーベルト、正常値の七〇万倍の数値と描かれているが、東海村JOC臨界事故の際には高線量被曝の影響で約三ヶ月後に亡くなった作業員が浴びた線量は一八～二〇シーベルであったとされている）。

このような現実と際どいまでに接近した叙述方法について、伊格言は現実を「低空飛行」した結果だと述べている。作家の駱以軍《ルオイージュン》は、それを第二次世界大戦から現在に至るまで連合国軍との戦争を続けるパラレルワールドの日本を描いた村上龍の『五分後の世界』の手法に喩《たと》えているが、『グラウンド・ゼロ　台湾第四原発事故』はむしろ虚構《フィクション》と現実《リアル》の間に広がる距離を可能な限り縮めることで、原発事故によって起こり得るかもしれない未来のディストピアの様子を詳細に描写しようとしたのだといえる。

伊格言はテクストが現実の単なる複製《コピー》ではないことを強調しながら、次のようにその理由を述べている。

> 社会的な批評性をもつ小説として、私はこの問題と直接ぶつかることを望んだ。――そして、それこそが私の行動的芸術でもある。私は一冊の小説を書き上げた（それは叙述的な芸術であって、ただそれだけの価値しかない）。しかし、私がこの問題とぶつかることを望み、それを台湾の市場や社会、国民へと引き渡した際、それは同時に単なる叙述的芸術の域を超えて行動的芸術としての機能を備えることになる。そして、台湾で暮らすすべての人間が、この行動的芸術の参与者でもあるのだ（もちろん、そこには馬英九や江宜樺《ジャンイーファ》、台湾電力や第四原発、民進党や劉宝傑《リウバオジエ》らも含まれている）[*1]

＊1　伊格言『零地點 GroundZero』（麥田出版社、二〇一三年）の三一三～三一四頁から引用。

読者が本書を読むことを通じて小説に参入することではじめて完成する、開かれたテクストとしての『グラウンド・ゼロ　台湾第四原発事故』は、反原発運動の気運が高まりながら従来の運動のあり方に挫折していた市民運動との連続性の上に成立する実験的小説でもあった。言葉を換えれば、本書は現実を「低空飛行」することによって、デモ活動に参加する街頭の読者たちと共同で既存の原発政策を是とする社会を変革しようとした実験的メタフィクション小説であったといえる。こうして築き上げられた「現実」は、物語の設定を遠い未来ではなくそのわずか二年後にすることや、実在の人物や組織をテクスト内にはめ込むことによって、より一層リアリティを増していった（仮に本書の馬英九総統を安倍首相に、台湾電力を東京電力に置き換え、古舘伊知朗などのキャスターが実名で登場してくる小説を想像していただければ、日本の読者もそのリアリティとそうしたリスクを敢えて取ることを決めた著者の「勇気」を感じることができるかもしれない）。

実際、戒厳令時代における台湾の原発小説が架空の事故を想定していたのに対して、本書では第四原発といった具体的な危機をあげた上で、その構造的欠陥を詳細に描写している。そのことはまた、作品があくまで戒厳令の解除以降における台湾の市民運動の延長線上に位置していたことをも意味している。著者が「行動的芸術」と名付けるその叙述方法からは、テクストを現実の陰画として読者に読ませるのではなく、当時街頭でデモ活動に参加していた多くの読者たちとテクストを対話させることによって、現実を変革しようといった強い意志を読み取ることができる。

こうして読者の手に渡った『グラウンド・ゼロ　台湾第四原発事故』は、発売の翌年には呉濁流文学賞長篇小説賞と華文SF星雲賞長篇小説賞をダブル受賞することになった。華文SF星雲賞長篇小説賞の選考委員は、その受賞理由を「本作は巨大な現実世界を侵食しており、小説は小説内だけに留まらず、小説後の現実をも支配しており、それは大江健三郎とは違った現実突破の試みともいえる」と評している。また、作家の黄崇凱《ファンチョンカイ》も、その意義を「現実が素材として血肉化され、テクストと現実の政治状況、そして読者といった三者の対話を可能としている」と述べて、その創作手法を大きく評価した。

今ある危機的な現実をテクストが築く「現実」に重ね合わせ、そこから過去の過ちを認める「勇気」を訴えかける本書の叙述戦略は、作家と台湾の市民運動との連帯（あるいは信頼関係）の上で成立したものであったわけだ。

ディストピアの背景に隠された日本

台湾の社会運動から生まれてきた本書は、一見したところ日本とは無関係なようにも見えるが、その誕生の背景に福島第一原発事故があった以上、そこに描かれる「現実」は決して台湾国内に止まらず、物語には日本に関する表象がさながらあぶり文字のように随所に散りばめられている。

例えば、戒厳令体制下にその建設が決定され、テクストにおいて「人類最大の廃墟」を生み出す第四原発は、民主主義を否定する抑圧の象徴であるだけではなく、日本による「第二の侵略」とも呼ばれる新たな植民地主義の象徴でもあった。現地住民たちの度重なる抗議運動にもかかわらず、一九九六年には米国のＧＥ《ゼネラル・エレクトリック》が第四原発工事を落札、原子炉製作に関しては日立と東芝、三菱重工がそれぞれ設計、輸出することが決められた。両原子炉は日本がほぼ独自で設計したいわゆる「日の丸」原子炉で、「原子力平和利用推進国としての国際的義務を果た」（経済産業省）そうと謳っていた当時の日本の原発セールスにとって稀少な成功例でもあった。

伊格言が描いたメルトダウンを起こす第四原発とは、ライセンス契約権を握ることで戦後一貫して他国の原発建設をコントロールしていた米国の原子力政策と、原子力受領国から供与国へと生まれ変わろうとしていた日本の成長戦略との合作関係の下で生まれたものだった。冷戦時代に建設された台湾の原発は、プラント一式の提供から建設までを一括して請け負う方式が採られてきたが、第四原発建設に際しては受注者側が負う商業リスクと責任が大きいと米国側の受注会社が不満を表明したために、複数の現地の請負業者が分担して請け負う個別契約へと施工方法を切り替えることになった。しかも、李登輝政権から二十年近く建設と停止を繰り返してきた第四原発は施工主や請負会社が繰り返して交代したこともあって、小説でも詳しく述べられているように、試運転前から電子系統の故障などから事故が多発するトラブルが続いていた。

テクストにおいて、林群浩はもともと日本の民間電力会社で働いていたが、第四原発からスカウトされて台湾に戻ってきたという設定になっている。同僚の一人は複雑に入り組んだ第四原発で働くことは前任者たちの「尻拭い」であると漏らしているが、現場のエンジニアたちはまともに運転することのできない第四原発の背景には場当たり的に請負業者を変えてきた台湾電力の管理体制があると考えている。しかし、実際に彼らがこうした「尻拭い」をしなければならない本当の背景には、米国との協力関係の下で一九九〇年代から原子力立国を目指していた日本の原発輸出政策があったのだ。

第四原発事故によるディストピアといった未来予想図が描かれた背景には、安心・安全を謳ってきた日本の原発が未曾有の「人災」を起こしたことで数万にのぼる人々が故郷からの避難を余儀なくされるといった被害者の立場だけではなく、そうした「人災」を他国に輸出しようとしていた（している）加害者としての立場もあることを忘れてはならない。日本の原発政策は、しばしば中央の電力をまかなうために地方の犠牲の上に成り立っていると指摘されるが、原発輸出政策はさらに当事国の中央政府と結びつくことによって、その地方を犠牲にするといった二重の犠牲体制を強いる構図になっているのだ。

一方、「日の丸」原発の暴発がディストピアを生み出す原因であったとすれば、テクストに描かれた犠牲をめぐる表象は、そうしたディストピアを維持するために作り出された「政治的意義」であった。物語では二〇一五年に起こった原発事故によって暫定憲法が公布され、総統選挙が二〇一七年まで延期される設定となっているが、そこで総統候補の最右翼とされているのが、原発事故当時に核エネルギー安全署（台湾の原子力規制委員会にあたる行政院原子能委員会がモデル）署長であった賀陳端方である。賀陳端方は原発事故によって大量の汚染水が台北近郊の翡翠ダムに流れ込んでいた事実を知りながら、それを公表しないどころか自ら十五名の「決死隊」を率いて立入禁止区域に乗り込むといったパフォーマンスを大々的に演出する。本来であれば原発政策の最高責任者であった賀陳端方は真っ先にその責任を問われるべきだが、こうしたパフォーマンスによって彼は国民的英雄として総統候補まで上り詰めていく。

賀陳端方が結成した十五名の「決死隊」は、福島第一原発事故当時に各国メディアから賞賛されたフクシマ・フィフティを想起させる。フクシマ・フィフティは、原発事故を食い止めるために立ち上がった英雄として、当時台湾のメディアでも「福島五十死士」などの名で広く報道された。彼らが「日本国家の崇高な犠牲者」として祭り上げられていった過程について、高橋哲哉はかつて原発政策がその根底において他者の犠牲を前提としていることをあげながら、それを沖縄米軍基地に通じる「犠牲のシステム」であると呼んだ。原子力ムラの欲望と惰性から生まれた「人災」の「尻拭い」をさせられた日本のフクシマ・フィフティは、スケープゴートとして現場の放射線除去といった終わりの見えない責任を押し付けられた後、今度は日本のために尊い犠牲を払った「英雄」としてメディアから表象されてきた。結果的に東電とそれを支える政府は、事故の初期段階において国民の目を原発廃止といった議論から逸らすことに成功している。

一方、本書において十五名の「決死隊」は、自らが勇敢な自己犠牲者であることを演出することで、同じく「人災」を招いたその責任を回避して、国民はその実態を知らぬままに彼らを英雄視していく。

総統候補となった賀陳端方はこうした犠牲の上に成り立った自らの地位は「台北市民六〇〇万人の生命」に優先する「政治的意義」であるとうそぶく。賀陳端方の述べる「政治的意義」とは、福島第一原発事故で実際に演じられた「犠牲のシステム」が、『グラウンド・ゼロ　台湾第四原発事故』に描かれた「現実」において形を変えて再演されているのだといえる。

原発事故後にテレビのトークショーに出演した賀陳端方は、司会者から「決死隊」の内実について質問されると、次のように問題の本質をはぐらかしている。

> 「今回の原発事故は台湾がこうむった痛みの記憶なのです」。賀陳端方は突然、まるで話題を避けるかのように話の矛先を変えてしまった。「しかし、それはすでに起こってしまったことで、この事実を変えることはできません。少なくとも、宜蘭《イーラン》、基隆《キールン》、台北、新北《シンベイ》など、北台湾の立入禁止区域を設定したことによって、我々は国民の生命及び安全を一定程度護ることができたと考えております。しかも私個人が思うに、現在重要であるのは責任の追及に時間を費やすことではなく、一刻も早く原発事故が国家に与えた損害を食い止め、台湾の社会秩序を以前のように回復させることだと考えております」（本書一〇一頁から引用）

本書が描く「現実」とは、決して台湾国内の「現実」だけに根ざしているわけではない。実際、「台湾がこうむった痛みの記憶」を乗り越えるために「社会秩序を以前のように回復させ」ようと唱える賀陳端方の政治的姿勢は、ある意味で原発事故以降における日本政府の陰画であって、強烈な皮肉にもなっている。自らの責任を棚に上げて「現在重要であるのは責任の追及に時間を費やすことではな」いと主張する賀陳端方は、原発政策を推進してきた顔を持たない原子力ムラの住人たちの声でもある。本書に挿入されたもうひとつの日本をめぐる表象とは、責任の追及が延々と先延ばしにされ、人々が被った「痛みの記憶」が新たな成長戦略の中で利用される現実でもあるのだ。

福島第一原発事故へのリアクションとして生まれた本書は、原発事故前のあらゆる「常識」が逆転しながらも、従来の権力規範がいまだ強く作用する近未来の台湾社会を描いているが、その手法は未来を語るように見えて実のところその核心はあくまで我々の過去の中にある。そこで語られる「我々」の中には、原発政策がグローバルなものである限りにおいて、国境を越えた無数の読者たちがその閲読空間への参与者となり得るのだ。

おわりに

一昔前まで、台湾では「日本にできてなぜ我々にできない（いやできるはずだ）」といった論調があらゆる分野で唱えられてきた。しかしいま、日本側がどう思っているかは別にして、先行ランナーの後塵を拝しているのは間違いなく日本の方だ。同性結婚の議論にしても脱原発の議論にしても、紆余曲折はありながらも、台湾は日本より一歩も二歩も先を走っている。日本はとっくにアジアの先頭ランナーなどではなく、だからこそ、原発問題を含めた現在まで続く戦後の「負債」といかに向き合っていくか考えるべきときなのかもしれない。

脱原発運動のただ中で生まれた『零地點 GroundZero』が、台湾の読者たちを原発問題に引き込んでいったように、邦訳された本書が日本の読者たちにとって、日本の原発政策をめぐる歪みを変革する動きへ参入するきっかけとなればと願っている。「台湾にできてなぜ日本にできない（いやできるはずだ）」と日本の読者が感じ、わずかでもなにか行動を起こしてくれれば、訳者としてこれほど嬉しいことはない。

最後になったが、本書を翻訳するにあたって、白水社の杉本貴美代氏には懇切丁寧な校正をしていただいた。また、原発や被曝に関係する記述の訳文については、京都大学原子炉実験所研究員の今中哲二先生に編集部から適宜問い合わせ、確認していただいた。ここにお礼を申し上げたい。

二〇一七年三月

倉本知明

本文中、今日の人権意識に照らして不適切とされる語句や表現があるが、原文を尊重してママとした。

（編集部）

装幀　天野昌樹
装画　Rodney Moore, RRM Works

［訳者略歴］
倉本知明（くらもと・ともあき）
1982年香川県生まれ。立命館大学大学院先端総合学術研究科修了、学術博士。台湾文藻外語大学助理教授。専門は比較文学。
台湾・高雄在住。共著『戦後史再考――「歴史の裂け目」をとらえる』（平凡社、2014年）、訳書に蘇偉貞『沈黙の島』（あるむ、2016年）がある。

グラウンド・ゼロ　台湾第四原発事故

2017年　4月25日　印刷
2017年　5月15日　発行

著者　伊格言
訳者　©倉本知明
発行者　及川直志
発行所　株式会社白水社
〒101-0052
東京都千代田区神田小川町3-24
電話　営業部　03-3291-7811
編集部　03-3291-7821
振替　00190-5-33228
http://www.hakusuisha.co.jp

印刷所　株式会社三陽社
製本所　誠製本株式会社

乱丁・落丁本は、送料小社負担にてお取り替えいたします。
ISBN978-4-560-09540-9
Printed in Japan